DE ZWAARTEKRACHT
VAN VOGELS

D1386342

TRACY GUZEMAN

DE
ZWAARTE
KRACHT
VAN
VOGELS

LANNOO

Voor mijn ouders, Jane en Dean
En mijn zussen, Jill en Marnie – fervente lezers, allemaal

www.lannoo.com
Registreer u op onze website en we sturen u regelmatig
een nieuwsbrief met informatie over nieuwe boeken en
met interessante, exclusieve aanbiedingen.

Copyright © 2013 by Tracy Guzeman

Vertaling: Lilian Schreuder
Opmaak: Asterisk*, Amsterdam
Oorspronkelijke titel: The Gravity of Birds
© **Oorspronkelijke uitgever:** Tracy Guzeman, 2013

Als u opmerkingen of vragen heeft, dan kunt u contact nemen met onze redactie:
redactielifestyle@lannoo.com

© Uitgeverij Lannoo nv, Tielt, 2014
D/2014/45/574 – NUR 311
ISBN: 978-94-014-2045 7

Ik word vroeger wakker, nu de vogels zijn gekomen
en in de standvastige bomen zingen.
Op een veldbed bij een open raam
lig ik als uitgeputte grond, terwijl de lente zich ontvouwt.

Van alle reizigers die ik me herinner, wie van hen
ging er niet aan boord van het schip
met verdriet tussen hun kaarten?
Tot het leek dat mannen nooit ergens heen gaan,
ze vertrekken alleen
waar ze ook mogen zijn, als het sterven begint.

Voor mijzelf bemerk ik dat mijn gebrekkige leven
niet om verbetering vraagt of verhulling van afstand;
Waar, in welk land, kan ik deze gedachten neerleggen,
immer nog inwoner van deze gevallen stad?

Op een veldbed bij een open raam lig ik terug te denken
terwijl de vogels in de bomen zingen over de cirkel van de tijd.
Laat het sterven doorgaan, en laat mij, als dat kan,
mijn deel van rampspoed krijgen voordat ik in beweging kom.

O, ik ga naar de haven om de grote schepen te zien vertrekken,
en mijn wonden kloppen ongeduldig; toch keer ik terug
om de treurige ruïne van mijn huis aan te pakken;
hier of nergens anders zal ik mij verzoenen met de werkelijkheid.

Mary Oliver, 'No Voyage', 1963

Een

Augustus 1963

Alice zwierf langs de bemoste rand van het bos en bleef telkens hangen op schaduwrijke plekken. Ze wachtte op het geluid van zijn Austin-Healey, als die vaart moest minderen op het weggetje dat het staatspark scheidde van de houten huisjes die het meer omzoomden. Ze hoorde alleen de fluitende conversatie van gorzen, die weerklonk in de takken boven haar. De felblauw gekleurde mannetjes schoten dieper weg in de bomen toen ze haar eigen *zwiet-zwiet tju-tju zwiet-zwiet* in hun richting floot. Dennenzaailingen streken langs haar broek, terwijl ze zich een weg baande door de lage begroeiing, hun groene hoofdjes helder van kleur onder het bladerdak. Ze had vale kleren aangedaan waarmee ze niet opviel in het bos, haar haren weggestopt onder een pet met een lange klep. Toen ze dan eindelijk zijn auto hoorde, dook ze weg achter een groepje berken en maakte zich zo klein mogelijk, hurkend in een ondiepe kuil met varens en gevallen bladeren. Terwijl ze haar vogeldagboek en een gedichtenbundel op haar schoot hield, trok ze perkamentachtige vellen los van de stammen en keek toe hoe hij de begrinte parkeerplek aan de voorkant van zijn huis opreed.

Hij zette de motor uit maar bleef in de cabrio zitten, waar hij een sigaret opstak, die hij langzaam oprookte. Zijn ogen bleven zo lang gesloten dat ze zich afvroeg of hij in slaap was gevallen of misschien weer een van zijn zwaarmoedige buien had. Toen hij zich eindelijk losmaakte van zijn krappe stoel, was hij net zo recht en smal als de boomstammen achter hem. Hun donkere, effen massa verzwolg zijn schaduw. Alice bewoog zich krampachtig, doordat haar linkervoet sliep. Het geritsel van de planten onder haar veroorzaakte niet meer verstoring dan een klein dier, maar hij draaide zich onmiddellijk om naar de plek waar ze zich had verstopt en staarde naar een plek recht boven haar hoofd, terwijl zij haar adem inhield.

'Alice', fluisterde hij in de warme lucht. Ze kon nog net het sisgeluid ervan horen, waarbij zijn lippen nauwelijks bewogen. Maar ze wist zeker dat hij haar naam had gezegd. Dat hadden zij tweeën met elkaar gemeen; ze waren allebei observeerders, zij het op een verschillende manier.

Hij tilde een papieren zak van de passagiersstoel en hield die bijna liefkozend dicht tegen zijn borst gedrukt. Flessen, concludeerde ze, denkend aan haar vader en de vele malen waarbij hij heen en weer was gelopen tussen de auto en hun eigen huisje. Hij bracht voorzichtig de flessen drank over, voldoende voor een maand lang toosten en slaapmutsjes, en 's morgens een glaasje tegen de kater. 'Die verdraaide middenstanders hier verhogen meteen hun prijzen zodra de eerste zomergasten verschijnen', had haar vader gezegd. 'Waarom zou ik twee keer zoveel betalen voor iets wat ik maar één keer opdrink?' Niemand zou hem te slim af zijn. Dus waren er flessen rode en witte wijn, champagne, Galliano en sinaasappelsap voor haar moeders cocktails, wodka en gin, een assortiment frisdranken voor het mixen, een dure fles whiskey en diversen kratten bier. Die werden allemaal voorzichtig getransporteerd op dezelfde manier waarop Thomas Bayber nu bezig was.

Ze wachtte totdat hij de paar leistenen treden had beklommen en de hordeur achter hem was dichtgeslagen, voordat zij zelf in beweging kwam. Ze koos haar weg over een zachte berg grond, bedekt met dennennaalden. Intussen krabde ze aan een muggenbult en opende de poëziebundel om die nog eens te lezen. Mevrouw Phelan, de bibliothecaresse, had het boek voor haar apart gehouden toen het binnenkwam.

'Mary Oliver. *No Voyage and Other Poems*. Mijn zus heeft het me vanuit Londen toegestuurd, Alice. Ik dacht dat jij het wel als eerste zou willen lezen.' Mevrouw Phelan waaierde onbekommerd door de bladzijden en knipoogde naar Alice, alsof ze samenzweerders waren. 'Het heeft nog die nieuweboekenlucht.'

Alice had het boek voor het meer bewaard, omdat ze geen van de gedichten wilde lezen voordat ze in precies de juiste omgeving was.

Vanmorgen op de aanlegsteiger had ze een handdoek gepakt, nog een beetje vochtig en ruikend naar algen, en ging ze languit op haar buik liggen, steunend op haar ellebogen, terwijl ze door het boek bladerde. Het verblindende zonlicht op de knisperende bladzijden bezorgde haar hoofdpijn, maar ze bleef waar ze was en liet toe dat de hitte haar huid zachtroze kleurde. Ze bleef lezen, waarbij ze haar adem inhield na iedere strofe, zich concentrerend op de taal, op de precieze betekenis van de woorden. Ze betreurde het dat ze alleen kon fantaseren wat er was bedoeld, in plaats van het met enige zekerheid te weten. De bladzijde met het gedicht *No Voyage* was gekreukeld, gepokt door korreltjes zand, de hoek gemarkeerd door de vochtige afdruk van Alice' duim. 'Op een veldbed bij een open raam lig ik als uitgeputte grond.' Er zaten geheimen in de regels die ze niet kon ontraadselen.

Als ze het Thomas zou vragen, zou die het gedicht wel voor haar willen uitleggen, zonder zijn toevlucht te nemen tot de overdreven taal die volwassenen zo vaak gebruikten, waarbij ze vage woorden kozen en verwarring voorwendden. Zij tweeën hadden de gewoonte aangenomen om kennis uit te wisselen als zij langskwam. Hij leerde haar dingen over jazz, bebop en de exotische bossanova, waarbij hij haar zijn favorieten liet horen terwijl hij schilderde – Slim Gaillard, Rita Reys, King Pleasure en Jimmy Giuffre. Hij stak zijn penseel in de lucht op momenten dat hij wilde dat ze goed zou letten op een bepaald loopje. Op haar beurt liet ze hem de laatste noties in haar vogeldagboek zien – haar schetsen van de velduil en Amerikaanse smient, de cederpestvogel en late zangers. Ze legde uit hoe de onschuldig ogende Amerikaanse klapekster zijn prooi doodde door die in de nek te steken om het ruggenmerg te doorsnijden, voordat hij zijn slachtoffer op doorns of prikkeldraad spietste om die later uit elkaar te trekken.

'Goeie genade', zei hij rillend. 'Ik zit in de klauwen van een ornithologische horroractrice.'

Ze vermoedde dat hun gesprekken hem een reden gaven om dingen voor zich uit te schuiven, maar ze maakte hem aan het lachen met haar beschrijvingen van de mensen in de stad: Tamara Philson, die haar lange parelketting overal droeg, zelfs op het strand, nadat ze had gelezen over een inbraak in de naburige stad; de Sidbey-tweeling, die door hun ouders altijd identiek werd gekleed, tot en met de baretten op hun haar en de veters in hun sneakers. Het enige zichtbare verschil tussen het stel was een paars stipje dat meneer Sidbey op het oorlelletje van een van hen had aangebracht. 'Jij, Alice,' zei Thomas, 'bent mijn betrouwbaarste remedie tegen de verveling.'

Ze tuurde door de berkenstammen in de richting van de achterkant van het huis. Als ze te lang zou wachten voordat ze aanklopte, was hij misschien al aan het werk gegaan, en dan liep ze het risico dat ze hem stoorde. Hij zou zich dan energiek gedragen en zijn zinnen zouden kort zijn. Hij was dan net een wild dier, net als de katten thuis die ze tevoorschijn probeerde te lokken vanachter de houtstapel om ze te kunnen pakken. Ze zou nooit zomaar naar hem toe zijn gegaan, maar hij had hen – zij het in algemene bewoordingen – zelf uitgenodigd. Toch vond ze het maar beter om hem behoedzaam te benaderen.

'Kom gerust langs', had hij tegen haar familie gezegd op die eerste dag, toen hij zich voorstelde op de steiger die de twee huizen met elkaar deelden. Hij kwam aangelopen uit het bos om de opgewonden hond te pakken die om hem heen rende. Maar voorstellen was niet echt nodig geweest – tenminste niet van zijn kant. Zij wisten precies wie hij was.

* * *

'Die artiest', zo noemde haar vader hem, net zoals hij 'die vuilnisman' of 'die seriemoordenaar' zou zeggen. Ze had haar eigen plekje aan de bovenkant van de trap, lang voordat ze naar het meer gingen, waar ze de gesprekken van haar ouders afluisterde.

'Myrna zegt dat hij talentvol is', had haar moeder gezegd.

'Nou, ik neem aan dat zij het kan weten, met haar kennis op het gebied van… wat doet hij ook alweer?' Haar vaders stem had die geïrriteerde toon die hij vaak gebruikte als hij werd geconfronteerd met de kennis van Myrna Reston over alle mogelijke onderwerpen.

'Je weet heel goed wat hij doet. Hij is kunstschilder. Ze zegt dat hij een beurs heeft gekregen voor de Royal Academy.'

Haar vader snoof, niet onder de indruk. 'Een kunstschilder. Dus mensen betalen hem om hun drank op te drinken, te lonken naar hun dochters en, zuigend aan de punt van een penseel, in een stoel te zitten. Leuk werk als je dat kunt krijgen.' Alice zag voor zich hoe haar vader met zijn ogen rolde.

'Je hoeft niet zo sarcastisch te doen, hoor, Niels.'

'Ik ben niet sarcastisch. Ik wil alleen niet dat iemand uit mijn familie loopt te stroopsmeren bij de een of andere artiest. We hebben onze handen al vol aan...' Er was even een pauze en het gefluister werd onhoorbaar, maar Alice wist over wie ze het hadden: Natalie. Haar vaders stem dreunde even later weer en maakte haar aan het schrikken op de traptrede waar ze was gaan zitten. 'Waarom nu, na al die zomers waarin het huis verlaten is geweest? Dat had beter zo kunnen blijven...'

Haar moeder onderbrak hem. 'Of ze dat huis nu wel of niet gebruiken, is niet onze zaak. Het irriteert jou alleen omdat je niet meer een van onze boten kunt vastleggen aan hun kant van de steiger als hij daar is. Daar kun je toch moeilijk die jonge man de schuld van geven.'

Haar vader zuchtte diep – zijn teken dat hij zich gewonnen gaf. 'Ik kan het in elk geval proberen.'

Met zijn vieren waren ze drie weken geleden op een zaterdagavond aangekomen: Alice, haar ouders en haar oudere zus Natalie; allemaal zweterig en moe van de lange reis. Toen ze de volgende morgen wakker werd, was het eerste wat ze zag hun koffers die wijd open op de vloer van de slaapkamer lagen. Er waren allerlei dingen naast gevallen en de koffers moesten nog worden uitgepakt. Het zwempak dat ze van de waslijn greep en na het ontbijt met moeite aankreeg, voelde als rubber tegen haar huid, nog vochtig van hun rituele zwempartij in de schemering van de avond ervoor. Ondanks haar vaders wilde gelach toen hij Alice en haar moeder nat spatte, en haar moeders overdreven gegil als reactie daarop, had Natalie geweigerd mee te doen, en bleef ze op de oever staan in het verdwijnende licht. Het enige wat ze deed was hen gadeslaan, met haar armen over elkaar geslagen en haar gezicht strak met een uitdrukking van koele vijandigheid, iets wat ze zichzelf had aangeleerd sinds ze terug was, nadat ze een tijdje ergens heen was geweest. Alice begreep niets van Natalies plotselinge en intense hekel aan hun drieen. 'Waarom ben je toch zo'n klier?' had ze op de achterbank van de auto gefluisterd op de rit erheen, waarbij ze bewust een woord koos dat Natalie vaak voor haar gebruikte, en stootte haar zus aan toen die weigerde te antwoorden. 'Je maakt ze op die manier nog ongelukkig. Je verpest straks alles.'

Toen Alice jonger was, had haar vader eens een ruw masker gemaakt van dennennaalden en grassprieten, die hij vastlijmde op een verrot stuk dennenschors dat als een huid was afgeworpen. Hij maakte dat met stevig geel touw vast aan hun kano, en zei tegen Alice dat hun Nederlandse voorouders geloofden dat er watergeesten in de boegbeelden van schepen leefden, die de boten en hun zeelieden beschermden tegen alle mogelijke ellende – stormen, nauwe en verraderlijke doorgangen, koorts en ongeluk. Kaboutermannekes, zo noemde hij ze. Als het schip strandde of, nog erger, als het zonk, leidden de kaboutermannekes de zielen van de zeelieden naar het hiernamaals. Zonder een watergeest om hen te begeleiden zou de ziel van een zeeman voorgoed verloren zijn op zee. Natalie, onbeweeglijk op de rotsige oever, zag er niet naar uit dat ze een van hen tegen wat dan ook zou willen beschermen.

Alice lag die eerste morgen lui op de steiger, waar ze luisterde naar haar ouders die het hadden over alle dingen die ze die dag misschien zouden gaan doen. Ze kwamen nooit overeind uit hun stoel, verschoven alleen van de ene heup naar de andere, hun huid met witte strepen van de zonnebrandlotion, hun ogen onzichtbaar achter een donkere zonnebril, hun vingers verstrengeld, behalve als ze stukken van de krant met elkaar wisselden of zich uitstrekten naar hun bloody mary. Toen de hond ineens op de steiger verscheen, een lage diepe grom in zijn keel, trok de moeder van Alice haar voeten geschrokken op tot op de stoel. Ze hoorden een scherpe stem die diep vanuit het bos kwam en riep: 'Neela. Neela, kom hier. Nu!

Ze doet niets, hoor, heeft alleen wat last van het "kleinehonden-complex"', was het enige wat hij zei. Ze kwam in de verleiding om op haar beurt te zeggen: 'Je bent niet zoals ik had verwacht', maar hield haar mond.

Ze stopte bij de achterdeur van Thomas' vakantiehuis, de boeken in haar hand geklemd, en haalde diep adem, terwijl ze het bos van haar voeten veegde: een vlek dennenhars, het poederachtige stof van droge bladeren, een citroengeel spoor van mos.

Het was niet zo dat ze nooit eerder bij hem langs was geweest, maar haar ouders hadden toen altijd geweten waar ze uithing, hadden gezwaaid en geroepen: 'Zorg dat je niet tot last bent, en blijf niet te lang.' Op dat moment realiseerde ze zich hoe het was om Natalie te zijn, te weten wat je niet hoorde te doen, maar het toch doen.

De verf op de deur had een vaalbruine kleur die begon te verschieten naar grijs, gebarsten en bobbelig als een krokodillenhuid. Er vielen schilfers op de grond terwijl ze over de deur wreef. Ze sloeg de rechtermouw van haar blouse om, om de vochtige manchet te verbergen die ze in het meer had laten bungelen terwijl ze aan het lezen was. Het vocht ervan trok door en maakte een stukje van haar huid koud, maar de rest van haar lijf voelde aan alsof het in brand stond, zenuwachtig en trillerig. Ze wiebelde op haar hakken, hield haar boeken tegen haar borst gedrukt. Toen ze de deurknop aanraakte, voelde die elektrisch aan in haar hand, warm van een zonnestraal die tussen de dennen door viel. Ze bleef hem vasthouden, liet hem tegen haar handpalm branden.

Een bries kwam aanwaaien over het meer, met daarin de echo van meeuwen en de scherpe lucht van zoetwaterharing die lag te rotten op de oever na het onweer van gisteravond. Alice keek omhoog door de wirwar van takken die boven haar hoofd in elkaar grepen, naar de heldere schoongewassen hemel. Haar hoofd duizelde, en ze hield de deurknop steviger in haar hand.

'Jullie mogen altijd langskomen als je daar zin in hebt', had hij gezegd. Op het moment van die uitnodiging had haar moeder aarzelend geknikt, waarbij ze Baybers hond in de gaten hield, die snuffelend en krabbend van plank naar plank liep. Haar vader kwam overeind uit de verweerde Adirondack-stoel, waardoor de steiger licht onder hem schommelde. Met die onverwachte beweging veranderde er iets, en Alice had plotseling het gevoel dat ze andere mensen waren geworden dan de familie die ze nog maar een paar momenten daarvoor waren geweest.

'Felicity Kessler', zei haar moeder, terwijl ze haar hand uitstak. 'Dit is mijn man, Niels. We huren in augustus altijd het huis van de Restons. Je kent Myrna vast wel. Mevrouw Reston?' 'Mijn familie laat me niet zo vaak naar buiten gaan.' Hij knipoogde naar haar moeder, en Alice was ontzet toen ze zag dat haar moeder een kleur kreeg. 'Myrna's – mevrouw Restons – naam is vast weleens naar voren gekomen in een gesprek, maar ik heb tot nog toe nog niet het genoegen gehad.'

'Daar boft u dan maar mee', zei haar vader.

'Niels!'

'Ik maak natuurlijk maar een grapje. Zoals mijn vrouw u zal vertellen, meneer Bayber, kan het nuttig zijn om in je kennissenkring iemand te hebben die zo... goed geïnformeerd is.'

'Noem me alstublieft Thomas.' Hij droeg een donkere sweater die rafelde bij de manchetten, met daaronder een wit button-down hemd en een met verf bespatte kaki broek. Een rieten mand vol druiven zwaaide in een van zijn handen. 'Hier', zei hij, terwijl hij de mand aan haar vader overhandigde. 'Onze tuin staat er vol mee. Het zou zonde zijn om ze gewoon te laten hangen als ze rijp zijn.'

Toen niemand reageerde, ging hij gewoon door, zonder zich iets aan te trekken van de behoedzame blik op haar vaders gezicht.

'Beschouw ze als een zoenoffer. Een verontschuldiging voor Neela hier. Zij en ik hebben veel gemeen, waarvan het voornaamste is, volgens mijn moeder, dat we allebei totaal onopvoedbaar zijn.'

Dat was het moment waarop Alice hem aardig begon te vinden. Tot dan toe had ze hem voornamelijk vreemd gevonden, met zijn met verf bevlekte kleren, wilde haar en ogen die dezelfde grijze kleur hadden als het meer in de ochtend. Te zeker van zichzelf en te lang. En hij staarde naar hen – iets waarvan haar moeder telkens weer tegen haar zei dat ze dat niet mocht doen, maar toch stond hij daar heel doelbewust naar hen te staren. Hij probeerde dat niet eens te verdoezelen, alsof hij voorbij hun vlezige contouren kon kijken, diep naar binnen, op plaatsen waar ze hun zwakheden en gênante dingen verstopten.

Ze was niet gewend aan mensen die zo zonder omwegen spraken, zeker niet bij het meer, waar de gesprekken van volwassenen vol enthousiasme en onoprechtheid waren. 'We moeten beslist afspreken nu jullie hier zijn!' 'Je moet echt een borrel komen halen bij ons.' 'Wat een leuke, mooie kinderen hebben jullie!' 'Ik bel je snel!' Met de hele maand augustus voor zich was ze ervan overtuigd dat haar enige opwinding te vinden zou zijn in de boeken die ze had meegenomen. Om naast iemand te wonen die totaal onopvoedbaar was, klonk als een bevrijding.

'Ik ben Alice', zei ze, terwijl ze zich bukte om Neela's kop te aaien. 'Wat voor hond is dit?'

Hij torende boven haar uit. Zijn wimpers waren zwart en net zo lang als van een meisje en ook zijn haar was zwart, opkrullend rond de lange punten van zijn kraag.

'Alice. Leuk je te ontmoeten. Nou, niemand lijkt precies te weten wie haar ouders zijn. Ik heb zo mijn vermoedens, maar omdat ik een heer ben, aarzel ik om beschuldigingen te uiten. Bij de toegang tot de markt in de stad zien we vaak een bordercollie en een Yorkie zitten. Altijd als we erlangs rijden, begint Neela oorverdovend te blaffen. Ik ben er tamelijk zeker van dat het familie van haar moet zijn.'

Alice beschermde haar ogen tegen de zon in een poging hem beter te kunnen zien. 'Dus jij en Neela komen hier vaak?'

Hij lachte, maar het was een droog, raar geluid zonder een spoor van vrolijkheid. 'Goeie hemel, nee. Mijn ouders hebben dit huis al tientallen jaren, maar hebben te veel vrije tijd om echt vakantie te houden. Relaxen is heel moeilijk voor de rijken. Er is altijd wel iets wat in de gaten moet worden gehouden, een gebeurtenis waar ze beslist bij moeten zijn.' Hij keek even naar haar moeder voordat hij eraan toevoegde: 'Mevrouw Reston heeft misschien wel verteld dat ze tamelijk rijk zijn.'

Alice keek toe hoe haar moeders keel bewoog terwijl ze langzaam slikte en omlaag keek om de planken van de steiger te inspecteren. Haar vader verslikte zich in zijn bloody mary voordat hij begon te lachen en Thomas Bayber op zijn rug sloeg. 'En jij zei dat je die vrouw nog nooit hebt ontmoet. Ha ha!'

Thomas glimlachte. 'Tot dit moment heb ik door omstandigheden nog nooit tijd doorgebracht in deze vredige gemeenschap.' Hij tuurde over het meer. 'Maar nu ik hier eerder dit jaar ben aangekomen, praat ik er net zo enthousiast over als mijn vader, op een toon die verbazingwekkend veel op die van hem lijkt. Ik zit hier nu dus sinds juni en ik gebruik hun zomerhuis als atelier. Ik schilder, zoals jullie waarschijnlijk wel kunnen zien.' Hij gebaarde naar zijn kleren en haalde zijn schouders op. 'Niet iets wat mijn vader beschouwt als een passend beroep.'

Hij deed een stap naar achteren en sloot zijn ogen half, terwijl hij hen bestudeerde met zijn kin omlaag en zijn armen gevouwen. Alice vroeg zich af hoe ze eruitzagen in de ogen van een vreemde. Tamelijk gewoon, dacht ze, als een willekeurige groep mensen die je uit de trein zag stappen of zou passeren op straat. Door alleen wat vage aanwijzingen zag je dat ze op de een of andere manier bij elkaar hoorden; de manier waarop ze hun haar gladstreken met hun handpalmen; de vastberaden stand van hun schouders; de bleke huid die snel sproeten vertoonde; een uiterlijk kenmerk dat hier en daar terugkwam – haar moeders fraai gevormde neus bij Natalie, haar vaders bleekblauwe ogen die zich herhaalden in haar eigen gezicht. De ene zus die mooi was; de andere die pienter was; een vader met een uitdrukking die met de jaren steeds somberder was geworden; een moeder die wist hoe ze een zekere mate van evenwicht tussen hen moest bereiken. Ze konden een willekeurige familie zijn.

Thomas knikte, terwijl hij kennelijk aan het nadenken was. 'Jullie komst biedt mij een kans. Ik vroeg me af of ik jullie zou mogen tekenen. Jullie allemaal samen, bedoel ik.'

'Nou, ik weet niet of...'

Thomas onderbrak haar vader. 'U zou me er een plezier mee doen, meneer, dat kan ik u verzekeren. Ik kan deze idyllische omgeving niet oneindig blijven schilderen. Berken, Canadese dennen, de meeuwen en houtsnippen, boten die heen en weer varen over het meer. Eerlijk gezegd word ik er een beetje gek van.'

Haar moeder lachte en onderbrak Alice' vader voordat die bezwaren kon opperen. 'Dat zouden we geweldig vinden. Het is heel aardig van je om het te vragen. Wat opwindend!'

'Jullie mogen de tekening houden. Wie weet wordt die op een dag geld waard. Natuurlijk is het net zo goed mogelijk dat de schets absoluut niets waard gaat worden.'

Alice kon zien hoe haar vader zijn opties overwoog. Een ervan was dat hij vier weken lang te maken zou krijgen met haar moeders verbolgenheid als hij Baybers aanbod zou afslaan. Ze vroeg zich af waarom hij nog aarzelde.

'Ik neem aan dat als we er allemaal samen op komen, het wel goed zal zijn', bood hij uiteindelijk aan. 'Je hebt Alice, onze vogelaar, al ontmoet. Ze is veertien, en begint in de herfst in de derde klas. En dit is Natalie, onze oudste. Ze begint volgende maand op de Walker Academy.'

Alice realiseerde zich toen dat haar zus nog niet één keer had opgekeken van de steiger, kennelijk in de ban van het boek dat ze aan het lezen was. Vreemd, omdat Natalie er sinds lang aan gewend was dat zij altijd het middelpunt van alle aandacht was. Ze had het glanzende, stralende voorkomen van een nieuw stuk speelgoed. Haar verschijning trok hordes slungelige jonge mannen naar hun voordeur, en allemaal hoopten ze dat ze iets voor haar mochten doen: limonade kopen als Natalie het warm had, een trui halen als ze het koud kreeg, meppen naar insecten als die te dicht in de buurt van haar bedwelmende aantrekkingskracht kwamen. Alice stond meer onder invloed van Natalie dan wie van die jongens ook, en ze oefende de maniertjes van haar zus in de spiegel als ze alleen was. Ze aanvaardde haar afdankertjes met heimelijke verrukking en wenste dat ze een klein beetje van Natalies schaamteloze impulsiviteit had. Er zat kracht in de schoonheid van haar zus. Zelfs nu, lusteloos en nog beroerd van een virus dat ze had opgelopen nadat ze weken weg was geweest om universiteiten te bekijken, was Natalie nog steeds die stralende zon, de ster waaromheen de rest van hen draaide. Dat ze niet probeerde haar charme in te zetten of zelfs maar te laten blijken dat ze de aanwezigheid van Thomas Bayber had opgemerkt, was verrassend. Nog verrassender was het feit dat geen van haar ouders Natalie vermaande vanwege haar onbeleefde gedrag of aandrong dat ze hem netjes begroette. En Thomas Bayber van zijn kant leek zich net zo min bewust van Natalie.

'Hallo, Thomas, ben je thuis? Ik ben het, Alice.' Ze klopte harder; de gladde deurknop draaide in haar hand en de deur ging piepend open.
'Thomas?'
Haar vader zat in de roeiboot, halverwege het meer; Natalie had geen zin gehad om samen met haar van de rotsen te gaan springen en had in plaats daarvan haar zwempak gepakt, een lunch klaargemaakt en gezegd dat ze naar het strand bij de stad ging en geen gezelschap wilde. Haar moeder was naar zomervrienden om bridge te spelen.
'Thomas?'
Er klonk gerommel, en daar stond hij in zijn volle omvang het licht te blokkeren. Hij zag eruit alsof hij geslapen had – met samengeknepen ogen, één kant van zijn wang gekreukeld, zijn donkere haar in de war – hoewel ze zelf had gezien hoe hij nog geen halfuur geleden met papieren zakken in zijn armen naar binnen was gelopen.
'Je ziet er vreselijk uit', zei ze.
Hij glimlachte naar haar en haalde een hand door zijn haar. 'Alice. Wat een onverwacht genoegen.'
'Komt het uit?'
'Natuurlijk. Waarom niet?'
'Waar is Neela?' Ze was gehecht geraakt aan het hondje, en ze had tegenwoordig wat eten bij zich, voor het geval ze het dier toevallig tegen het lijf zou lopen. Natalie daarentegen had het over Neela als 'dat valse kreng'.
'Ze bijt je als je niet uitkijkt', had ze tegen Alice gezegd.
'Helemaal niet. Je bent jaloers omdat ze mij aardig vindt.'
'Dat heeft haar er niet van weerhouden om een hap uit Thomas te nemen, en die is haar baasje.'
'Daar geloof ik niks van.'
'Dat zou ik maar wel doen', had Natalie gniffelend gezegd. 'Ik heb het litteken zelf gezien.'
Thomas draaide zich om en liep de hoofdruimte van het huis in. 'Ik denk dat Neela op bezoek is bij vriendjes.' Zijn blote voeten lieten voetstappen na op het fijne stof op de grond, en Alice volgde zijn spoor.

'Dat verdraaide krijtpoeder', zei hij. 'Het komt overal terecht.'

'Waar werk je aan? Mag ik het zien?'

'Ik weet niet of het al klaar is voor publieke consumptie, maar als je het per se wil zien, dan wil ik je wel een voorvertoning geven. Blijf hier staan.' Hij liep door doeken die waren opgestapeld op een ezel tegenover de serie ramen die uitzicht gaven op het meer. Hij koos een van de werken, pakte dat op bij de hoeken en kwam terug door de kamer. Hij ging zitten op een oude fluwelen bank en klopte op het kussen naast hem.

De bank had de kleur van donkere chocola, de stof vlekkerig en versleten op sommige plaatsen, met grote gobelinkussens in de hoeken. Ondanks de staat van de bank had die toch een schaduw van elegantie. Diezelfde schaduw omhulde alles in de kamer. Prachtige boeken met gehavende omslagen en bladzijden die bol stonden door schimmel, een staande klok met een gebarsten deur en een sonore slag die elk kwartier klonk, duur uitziende oosterse tapijten met ongelijke franje – allemaal vergane glorie, maar toch perfect door de manier waarop alles precies zo was als het naar jouw idee zou moeten zijn. Het zomerhuis van de Restons was hiermee vergeleken maar klein, met een derde van de grootte, en moest de indruk wekken alsof de eigenaren sportmensen waren, hoewel niets meer bezijden de waarheid was. Dit huis was zoals Thomas, besloot Alice: met gebreken en droefgeestig, maar wel volkomen eerlijk.

Ze ging op de bank naast hem zitten en vouwde haar benen onder zich. Hij draaide het doek om zodat ze het kon zien. Het was een krijttekening van het strand dicht bij de stad, helaas zonder vogels. Ze herkende het silhouet van de Canadese dennen tegen de lucht en de rand van de oeverlijn die terugboog na de landtong. Maar ook al kende ze de locatie, de manier waarop Thomas het had afgebeeld maakte dat die onbekend leek. De aanlegsteiger was getekend in donkere, heftige strepen; de bomen waren bladerloze, geblakerde spitsen, en het water leek furieus, schuimend tegen de rotsen en beukend tegen het strand.

'Waarom heb je het zo getekend? Ik word er bang van als ik ernaar kijk.'

'Ik zou je moeten bedanken omdat je me voorbereidt op de critici. Het is ook de bedoeling dat het dat effect heeft, Alice.'
'Dat stuk strand is prachtig. Het ziet er helemaal niet zo uit.'
'Maar toch herkende je het.'
'Ja.'
'Je herkende het, ook al maakt het je bang, ook al vind je het donker en lelijk. Dus misschien zijn die eigenschappen inherent, maar negeer jij ze liever. Je ziet de lelijkheid niet omdat je dat niet wil. Dat is nu de taak van een kunstenaar: om ervoor te zorgen dat mensen naar dingen kijken – niet alleen naar dingen, maar ook naar mensen en naar plaatsen – op een manier die anders is dan wat ze normaal zouden doen. Om bloot te leggen wat er onder het oppervlak verborgen zit.'

Alice volgde de lijn van een boomstam, waarbij haar vingertop net boven het papier bleef hangen. Toen ze zich realiseerde dat hij naar haar handen keek, verborg ze die onder haar benen.

'Waarom verstop je ze?' Zijn stem klonk geduldig maar resoluut. 'Laat me eens kijken.'

Ze aarzelde voordat ze haar handen ter inspectie aanbood. Hij pakte ze allebei in die van hem, zijn handpalmen warm en glad als een steen. Hij bekeek ze aandachtig, draaide eerst de rechter en toen de linker om. Hij liet zijn eigen vingers langzaam omlaaggaan over die van haar, maakte cirkelbewegingen over haar knokkels en wreef over de huid erboven, alsof hij probeerde iets weg te vegen. Al die tijd bleef hij naar haar gezicht kijken. Alice beet op de binnenkant van haar wang en probeerde niet ineen te krimpen, maar de pijn was scherp en ze deinsde terug.

'Zit eens stil. Waarom zit je zo te draaien?'
'Het doet pijn.'
'Dat kan ik zien.' Hij liet haar handen los, stond op van de bank en liep naar het raam, waarbij hij zijn tekening weer op de ezel zette. 'Heb je dit al eens tegen iemand verteld?'
'Nee.'
'Ook niet tegen je ouders?'
Ze schudde haar hoofd.
Hij haalde zijn schouders op. 'Ik ben geen dokter. Ik ben

nauwelijks een kunstenaar naar het idee van sommige mensen. Maar als iets pijn doet, dan moet je dat tegen iemand vertellen.'

'Ik heb het nu toch tegen jou verteld?'

Thomas lachte. 'Ik tel nauwelijks mee als iemand die serieus wordt genomen.'

Ze wist dat er iets niet goed was; ze wist dat nu al een tijdje. Ze hinkte als ze 's morgens uit bed stapte; niet elke morgen, maar vaak genoeg om te weten dat ze het niet langer kon gooien op een toevalligheid: een verstuikte enkel, een schaafwond door een steen, een blaar. 's Nachts kon ze ineens een koortsaanval krijgen, als een plotseling opstekende storm, waarna ze rood aangelopen en duizelig was. Als ze opstond om naar het medicijnkastje te gaan voor een aspirine, was alles ineens weer normaal. Haar romp zat onder de uitslag die samen met de koorts ook zo weer kon verdwijnen. Haar gewrichten waren in oorlog met de rest van haar lichaam en gebruikten tactieken die simpel maar effectief waren: de huid rond haar knieën kreeg een afstotelijk rode kleur, terwijl er een constante, nare warmte ontstond die irriteerde als jeuk. Ze was nooit gezegend geweest met Natalies natuurlijke sierlijkheid, maar de laatste tijd was ze houterig en onhandig. Ballen, potloden, de hengsels van tassen – allemaal vielen ze uit haar handen alsof ze probeerden te ontsnappen. Ze struikelde over haar eigen voeten, zelfs als ze er alleen maar naar keek. 's Nachts vertraagde de tijd tot die leek stil te staan; elke tik van de grote wijzer van de klok strekte zich langer uit, terwijl ze probeerde zichzelf af te leiden van de pijn in haar gewrichten.

Ze had er wel iets over tegen haar moeder gezegd, maar alleen in heel vage termen, waarbij ze erg haar best deed om het nonchalant te laten klinken. Haar moeders reacties neigden vaak naar het extreme en Alice had er geen zin in om de hele zomer beperkingen opgelegd te krijgen. Maar haar moeder, die zich op dat moment gereedmaakte voor een etentje, had afwezig geantwoord: 'Groeipijn. Dat gaat wel over, let maar op.'

'Soms trillen mijn handen', zei ze tegen Thomas.

'Soms trillen mijn handen ook. Dan komt een beetje whiskey goed van pas.'

Ze kon er niets aan doen dat ze moest glimlachen. 'Ik denk niet dat mijn ouders dat goed zullen vinden.'

'Hmm. Daar kon je weleens gelijk in hebben. Denk je dat je een poosje stil kunt zitten?'

'Dat denk ik wel. Hoezo?'

'Ik wil alleen een snelle schets maken. Als je dat tenminste niet erg vindt.'

'Je hebt al die tekening van ons allemaal gemaakt.'

'Dat weet ik. Maar nu wil ik alleen jou tekenen. Is dat goed of niet?'

'Zolang je maar niet mijn handen tekent.'

Hij rolde zijn mouwen op en schudde zijn hoofd. 'Begin niet nu al delen van jezelf te haten, Alice, daar ben je te jong voor. Ik zal je handen niet tekenen als je dat niet wil, maar ze zijn mooi. Hou ze eens omhoog. Zie je wel? Je vingers lopen prachtig spits toe. Je zou beter een penseel kunnen vasthouden of een muziekinstrument kunnen bespelen dan de meeste mensen door de afstand van het middelste kootje van je vinger tot aan de top. Ideale verhoudingen.'

Hij pakte een potlood en sleep dat tegen een stukje schuurpapier. 'Waarom ontbreekt het ons aan het vermogen om kleine stukjes perfectie te roemen? Behalve als het duidelijk is op grote schaal, worden die niet de moeite waarde gevonden. Ik vind dat uiterst irritant.'

'Vogels zijn perfect. Toch zien de meeste mensen die volkomen over het hoofd.'

'Nou, als vogels perfect zijn, dan ben jij dat ook. En ik kan me niet voorstellen dat iemand jou niet zou opmerken, Alice. Nou, hou je hand eens omhoog. Ik wil dat je die goed bestudeert.'

Ze werd zich plotseling bewust van zichzelf, van haar warrige haar, haar vuile voeten. Ze hield een hand omhoog en staarde naar de rug ervan, zich afvragend wat ze geacht werd te zien. Intussen liep Thomas naar de platenspeler in de hoek van de kamer, waar hij door een stapel albums bladerde voordat hij een plaat uit de hoes haalde. Hij zette de naald op de plaat, schonk zichzelf wat te drinken in en stak een sigaret op. De stem die de kamer ineens vulde was Frans en treurig, de zangeres volkomen alleen op de wereld.

'Concentreer je je op je hand? Zie je dat blauwe riviertje net onder je huid?' Dat is een pad dat erom smeekt gevolgd te worden, of
een stroompje dat over een verheffing van bot loopt voordat het in
een vallei duikt. Zit nu even stil en laat me je tekenen. Ik zal het
snel doen.'

'Wie is dat?'

'Edith Piaf.'

'Ze klinkt niet blij.'

Hij zuchtte. 'Je zult moeten ophouden met praten. Je uitdrukking verandert op die manier telkens. Ze wordt ook "Het Meisje
Mus" genoemd – aha, iets wat met vogels te maken heeft! Als ze
niet gelukkig klinkt, dan komt dat omdat ze daar ook geen reden
voor heeft. Raakte heel jong zwanger. Moest haar dochtertje onder
de hoede van prostituees achterlaten terwijl zij werkte.' Hij pauzeerde en keek op van zijn ezel. 'Choqueer ik je?'

Ze schudde haar hoofd, bij zichzelf onthutst over de omstandigheden van die vrouw, maar opgewonden door het beeld dat zich
vormde: een onaanzienlijk bruingrijs vogeltje met een dikke snavel
dat losbarstte in schitterende, droevige tonen.

'Haar kind stierf aan hersenvliesontsteking toen het pas twee jaar
oud was. Piaf raakte gewond bij een auto-ongeluk en werd ver-
slaafd aan morfine. Haar grote liefde kwam om bij een vliegtuigongeluk. Ze is een erg tragische figuur. Maar haar geschiedenis voegt
een extra dimensie toe aan haar muziek, vind je niet? Ze wordt gekweld. Dat hoor je in haar stem.' Hij neuriede mee, kennelijk tevreden over zijn naargeestige verhaal.

'Jij bent niet gelukkig. Word jij ook gekweld?'

Hij tuurde naar haar via de zijkant van zijn schetsblok voordat
hij zijn potlood neerlegde op de drager van de ezel. Hij fronste,
maar één hoek van zijn mond krulde op, alsof ze hem amuseerde.

'Waarom denk je dat ik niet gelukkig ben?'

Dat was een fout van haar, dat ze mensen precies vertelde wat
haar bezighield. 'Je zou eens moeten oefenen in de kunst van subti-
liteit', had Natalie ooit tegen haar gezegd.

'Ik had helemaal niets moeten zeggen.'

'Alice.'

Ze beet op de binnenkant van haar wang voordat ze hem antwoord gaf. 'Als mensen niet gelukkig zijn, is dat gemakkelijk te zien, ook al doen ze vaak erg hun best om het te verbergen.'

'Heel scherpzinnig. Ga door.'

'Misschien verberg jij het door de manier waarop jij naar mensen kijkt. Jij concentreert je alleen op delen van hen. Alsof je hen niet wil kennen als een compleet mens. Of misschien wil je niet dat ze jou leren kennen. Misschien ben je bang dat ze jou niet zo leuk zullen vinden.'

Hij verstijfde bij het laatste. 'Ik ben klaar. Ik zei je al dat ik het snel zou doen. Dat is een interessante theorie, vooral uit de mond van een veertienjarige.'

'Je bent boos.'

'Op iemand die zo vroegwijs is als jij? Dat zou gevaarlijk zijn.'

'Wil je me niet zo noemen?'

'Vind je dat niet leuk? Het is bedoeld als compliment.'

'Het is helemaal geen compliment.' Haar wangen werden rood en haar ogen begonnen te tranen. Ze voelde zich ellendig omdat ze zich realiseerde dat ze iets verkeerds had gezegd. 'Het betekent alleen dat je meer weet dan volwassenen vinden dat je zou moeten weten, en dat je hen een ongemakkelijk gevoel geeft. Ze weten niet meer wat ze wel en niet kunnen zeggen als je in de buurt bent. Bovendien klinkt het te veel als "eigenwijs". Ik heb een hekel aan dat woord.'

Hij liep naar de bank en bood haar een zakdoek aan die vol opgedroogde verf zat, maar ze duwde hem terug in zijn richting, knipperend met haar ogen in een poging niet te huilen. Thomas grinnikte. De gedachte dat hij haar uitlachte, maakte haar woedend, en ze begon te stamelen totdat hij een vinger onder haar kin legde en haar gezicht naar hem toedraaide.

De lucht in de kamer werd warm. Het geluid van haar eigen hart maakte haar aan het schrikken, het snelle gebonk zo onmiskenbaar, zo luid in haar oren. Hoe kon hij dat niet horen? Het overstemde Het Meisje Mus en dreunde boven haar woorden, haar droefgeestige gejammer uit. De inhoud van de kamer draaide rond en Alice' mond werd droog. Ze kon niet genoeg lucht in haar longen krijgen. Het zou niet lang duren voordat ze naar adem zou happen, als een vis die spartelde in ondiep water. Haar blik schoot van zijn voeten naar de manchet van zijn mouw, naar de naald van de platenspeler die zachtjes deinde op het oppervlak van de grammofoonplaat. Haar huid tintelde. Er viel niets aan te doen. Ze moest wel naar hem kijken en toen ze dat deed, veranderde zijn uitdrukking van quasiberouw naar bezorgdheid en toen naar begrip. Haar gezicht gloeide.

Hij liet zijn hand vallen en deed een stap naar achteren, bestudeerde even de vloer voordat hij weer naar haar keek. 'Goed. Vanaf nu zal ik zowel het woord "vroegwijs" als "eigenwijs" uit mijn vocabulaire schrappen. Vergeef je me dan?' Hij trok een gezicht en drukte zijn handen samen, alsof hij bad.

Hij stak nu op een vriendelijke manier de draak met haar, of anders probeerde hij haar aan het lachen te maken. De wereld werd daardoor weer net zo snel goed als die op zijn kop was gezet. Het speet hem dat hij haar gevoelens had gekwetst. Hij wilde dat ze hem vergaf. Ze kreeg even een gevoel van macht.

'Ja. Ik vergeef je. Bovendien durf ik te wedden dat, als ik het aan jouw ouders zou vragen, ze zouden zeggen dat jijzelf ook nog niet erg volwassen bent. Je kunt toch niet zoveel ouder zijn dan ik, Thomas.'

Deze keer glimlachte hij niet. 'Trucjes passen niet bij jou, Alice, en ik hoop ook niet dat je je die ooit gaat aanleren. Als je wil weten hoe oud ik ben, vraag het dan gewoon. Hoewel ik dat niet zou aanbevelen voor iedereen. De meeste mensen zouden het niet zo leuk vinden. Gelukkig ben ik niet als de meeste mensen.' Hij maakte een buiging. 'Ik ben achtentwintig. Oneindig veel ouder dan jij. Stokoud.'

'Je lijkt niet stokoud.'

'Nou, maar dat ben ik wel. Ik ben oud geboren. Mijn moeder vertelde me eens dat ik eruitzag als een boos oud mannetje toen ik werd geboren – gerimpeld, gezicht als een gedroogde pruim, waterige ogen. Heb je weleens van de uitdrukking "een oude ziel" gehoord? Ik werd geboren met een hoofd vol van de mislukte dromen van iemand anders en een hart vol herinneringen van iemand anders. Er valt niets aan te doen, neem ik aan, maar als ik had geweten dat het die kant op zou gaan met mij, had ik liever zelf de herinneringen en het hartzeer uitgekozen waarmee ik opgescheept werd.' Hij keek naar haar. 'En jij? Ik neem aan dat jij er net als de meeste mensen van jouw leeftijd naar verlangt om ouder te zijn.'

Ze negeerde het nadrukkelijke 'mensen van jouw leeftijd'. Ze wilde niet toegeven dat, welke serieuze plannen ze ook voor zichzelf had gemaakt, die constant veranderden, afhankelijk van de dag van de week, of het boek dat ze net had gelezen, of dat ze zich sterk voelde na een hele nacht slaap, of moe na een koortsachtige nacht. De toekomst was een donkere grot die zich als een gapend gat vlak voor haar bevond en haar wenkte om naar binnen te gaan.

'Niet verlangend. Je wordt ouder, of je nu wil of niet.' Ze haalde haar schouders op. 'Misschien worden we allemaal opgeblazen en maakt het niets meer uit.'

'Wat? Je bedoelt door de communisten? Dat denk ik toch niet.'

'Waarom niet?'

'Ik denk niet dat de meerderheid van hen ons zou willen opblazen, net zo min als wij hen willen opblazen.'

Alice knikte, en herinnerde zich andere gesprekken die ze toevallig had gehoord. 'Gegarandeerde wederzijdse vernietiging.'

'Ik ben onthutst over de kennis die jij bezit. Op jouw gevoelige leeftijd lijkt het me gezonder om wat minder goed geïnformeerd te zijn. Het zou er op zijn minst voor kunnen zorgen dat je beter slaapt. Je zult toch al snel genoeg opgroeien. Mensen worden tegenwoordig zo snel afgestompt en cynisch.' Hij trok een dun stuk papier van een rol, legde dat over de tekening en stopte die in een koker.

'Misschien zouden mensen moeten proberen om niet zo afgestompt en cynisch te worden.'

Thomas lachte en schonk zichzelf nog eens in. 'Een toost op jou, Alice. Je bent een jongedame die wijzer is dan past bij haar leeftijd. Zelfs wijzer dan ik ben. Moge niets en niemand je teleurstellen. Pak nu je tekening en ga. Ik heb nog werk te doen.'

'Mag ik morgen weer komen?'

'Ik zal waarschijnlijk gek worden als je dat niet doet. En zoals je al zo vriendelijk suggereerde, heb ik hulp nodig om mijn perspectief te helpen verbeteren.'

Ze was al bijna bij de oprit van het huisje van de Restons toen ze zich realiseerde dat ze haar boeken had achtergelaten op het tafeltje naast de bank. Ze had hem nog niet eens iets gevraagd over het gedicht. Morgen, dacht ze. Maar er was een schets die ze nog wilde afmaken – de buffelkopeend met zijn opvallende zwart-witte markering die ze die morgen over het ondiepe deel van het meer had zien stuiven – en andere gedichten die lagen te wachten om te worden gelezen. Dus keerde ze terug op haar schreden.

De wind stak op. Een vlucht glanstroepialen verduisterde de hemel boven haar hoofd, waarbij hun rauwe gekwetter de lucht vervulde als het zwaaien van roestige hekken. Er kwam een volgende onweersbui aan en als ze niet snel was, zou ze doorweekt worden, ook al was de wandeling terug niet meer dan vijf minuten. Ze liet de deur van het huis op een kier staan toen ze naar binnen ging en riep zacht zijn naam, maar er kwam geen antwoord. 'Werk te doen' betekende meestal slapen, dacht ze, bij het zien van zijn lege glas. Ze haastte zich naar de zitkamer. De deuren die leidden naar de andere delen van het huis waren gesloten en alles was stil. Het huis zelf leek te zijn gestopt met ademhalen, het gekraak en gepiep ontbrekend, ondanks de wind buiten. Ze kon nog steeds zijn voetafdrukken in het krijtpoeder op de grond zien, als die van een spook, die naar en weg van zijn ezel leidden.

Een windvlaag schoot de kamer in en maakte dat de tekeningen die rustten op de ezel, wegvlogen. Waarom had ze er niet aan gedacht om de deur te sluiten? Ze begon ze op te rapen, met de bedoeling ze terug te zetten voordat hij doorhad dat er iets niet op zijn plaats was, maar stopte toen ze het eerste stuk papier aanraakte, een kleurpotloodtekening. Haar adem bleef in haar keel steken en haar huid werd klam. Ze zonk op haar knieën, niet in staat om te ademen.

Ook al zou ze niet naar het gezicht hebben gekeken, dan nog zou ze hebben geweten dat het Natalie was. Dat waren de armen en benen van haar zus die zo nonchalant op de bank hing, de bleke lijn van een litteken net onder haar knie door een skiongeluk twee jaar eerder. Dat was Natalies haar, wanordelijk en wild, als gekarameliseerd zand, een lange krul rond haar vinger gewikkeld. Dat was de halsketting van haar laatste vriendje, met de kleine parels glanzend tegen de huid van haar hals. De zongebruinde lijn die de glooiing van haar borsten doorkruiste, de kleine spiraal van haar navel, de bleke huid strak tussen haar heupbeenderen, al het verborgen, intieme roze van haar. En, om elke hoop of mogelijke twijfel te vernietigen, Natalies veelbetekenende glimlach.

Twee

Finch greep naar de ceintuur van zijn regenjas toen hij uit de taxi stapte en hield een arm omhoog, in een poging zijn blote hoofd te beschermen tegen de late oktoberregen. Hij stak het trottoir over in twee grote stappen en nam de steile trap, waarbij hij de vuilniszakken en vieze luchtjes die aan weerszijden doorsijpelden, probeerde te vermijden. Daardoor belandde hij recht in de plassen die zich in het midden van de treden hadden gevormd. De nattigheid sijpelde door in zijn sokken, terwijl hij keek hoe de taxi uit het zicht verdween. Gestrand. Hij overwoog kort om een taxidienst te bellen en terug te gaan naar zijn eigen huis, een warm verlicht, keurig appartement van bruinrode zandsteen in Prospect Heights, waar, dankzij zijn dochter, de koelkast goed gevuld was met gezond zij het saai eten. 'Je bloeddruk', zou ze zeggen. 'Je hart. Je knieën.' Hij zou willen vragen: 'Hoe kunnen pruimen iets doen voor mijn knieën?' Hij vroeg zich weleens af of hij eraan had gedacht om zijn pijp te verstoppen, maar zij zou simpelweg haar schouders ophalen en naar hem glimlachen, en in die glimlach zou hij heel kort de mond van zijn vrouw zien, samen met zijn hele perfecte wereld; alles zoals het ooit was geweest.

Toen hij vijf jaar geleden het appartement in Williamsburg had geregeld voor Thomas Bayber, verkeerde de buurt in wat de glimlachende makelaar had omschreven als een 'overgangsperiode'. Finch had het beschouwd als een investering, optimistisch veronderstellend dat het een overgang naar iets beters zou zijn, maar de verbetering van de woonwijk zo ver in zuidelijke richting liet nog op zich wachten. Hij tuurde door een groezelig, gebarsten stuk glas. Hij kon nauwelijks de voordeur open krijgen, opgezwollen door alle regen, en toen hij op de zoemer voor 7A drukte was er, zoals altijd, een grappige tussenfase waarin degene die zoemde en degene die daarop moest reageren, hun pogingen niet konden coördineren en Finch ongeduldig een paar keer aan de deur van de lift trok. Daarbij slaagde hij er altijd in om de knop om te draaien op het moment dat het slot weer in werking trad. Na drie gedwarsboomde pogingen en veel binnensmonds gevloek verliet hij de hal en liep in de richting van de trap.

Hij redde het tot de overloop van de vijfde verdieping maar moest toen even stoppen. Hij ging op een trede zitten en wreef over zijn kloppende knieën. Die hardnekkige mankementen in zijn systeem presenteerden zich met verbazingwekkende ijver. Hij had hoofdpijn. Of dat nu kwam door schuldgevoel of boosheid, dat wist hij niet. Hij wist alleen dat hij er niet van hield als hij moest komen opdraven. Er was een tijd waarin hij dit bezoek zou hebben aangemerkt als iets wat nu eenmaal bij vriendschap hoorde, waarbij hij de definitie van dat woord nogal oprekte. Maar nu was hij intussen zover dat hij het niet meer nodig vond om een verklaring te geven en zag hij de dingen voor wat ze waren. Hij was af en toe van nut voor Thomas, maar meer ook niet. Zo simpel was het.

Zijn vrouw zou niet hebben gewild dat hij daar was. Claire zou hem misschien zelfs hebben verbaasd door de woorden te uiten die ze al die jaren voor zich had gehouden: *Genoeg is genoeg, Denny.* Ze zou gelijk hebben gehad. Zelfs het fraaie rouwstuk dat Thomas had laten bezorgen bij de kerk – Finch kon er niets aan doen dat hij zich afvroeg of hij die uiting van Thomas' royaliteit misschien niet zelf betaald had – zou Claire niet hebben gesust. Hijzelf had er ook geen bijzondere troost aan ontleend. Thomas, of dingen die met Thomas te maken hadden, hadden te veel van hun uren samen opgeslokt om te worden geneutraliseerd door een enkel extravagant rouwstuk met orchideeën. Een golf van verdriet overspoelde Finch, en hij werd overweldigd door haar afwezigheid. Elf maanden was niet lang – hij vond af en toe zelfs nog een condoleancekaart in zijn brievenbus – maar de tijd had zich uitgestrekt en ging nu langzamer. Zijn dagen zwollen op door de monotonie van de uren, stapelden zich voor en achter hem op in kolossale bergen, de voorbije dagen hetzelfde als de komende.

Hij kwam moeizaam overeind en greep de trapleuning beet, terwijl hij zichzelf eraan herinnerde dat hij dankbaar moest zijn voor deze afleiding. Zou hij anders vandaag zijn huis hebben verlaten? Deze week? Het was veel waarschijnlijker dat hij zich in zijn appartement zou hebben opgesloten, omringd door proefschriften en examens, half luisterend naar de *Tallis Fantasia* van Vaughan Williams, terwijl zijn scherpe rode potlood zweefde boven een vel papier. De tekst zou trillen voor zijn ogen en hij zou de belangstelling verliezen voor onverschillig welke gedachte een student ook zou proberen te verwoorden. In plaats daarvan zou hij overdreven sentimenteel worden en gaan zitten dommelen, waarbij zijn hoofd even omhoog zou schieten voordat het weer tegen zijn borst zou zakken.

Zelfs de lichte afleiding van doceren zou binnenkort achter hem liggen. Decaan Hamilton had krachtig aangedrongen op een sabbatical aan het begin van het nieuwe trimester, een suggestie die Finch had besloten niet te delen met zijn dochter of met wie dan ook. 'Neem je tijd, Dennis', had Hamilton tegen hem gezegd, glimlachend terwijl hij zijn polsbandjes en squashbril in een flitsende sporttas stopte. Meer dan dat kon Finch niet doen om te voorkomen dat hij de man zou wurgen. De tijd nemen. Er was verdomme veel te veel tijd. Kon hij die maar wegwensen.

Toen hij jonger was, had hij zich vaak afgevraagd wat voor soort oude man hij zou worden. Zijn vader was een goed onderlegde persoon geweest, minzaam en gemakkelijk in de omgang met vreemden, hoewel streng tegen zijn eigen zoon. Finch nam aan dat als hij zelf bejaard zou zijn, hij waarschijnlijk net zo zou worden, misschien iets gereserveerder. Maar in de leegte die Claire had achtergelaten, merkte hij dat hij begon te veranderen in iemand die minder leuk was. Het werd hem duidelijk dat toen ze nog samen waren, hij de mensen had bekeken door de ogen van zijn vrouw, die veel milder was. De buren van wie ze altijd had beweerd dat die bedachtzaam waren, vond hij nieuwsgierig en bemoeiziek. Altijd als hij hen passeerde, hielden ze hun hoofd schuin met een uitdrukking van bezorgdheid en maakten dan klokkende, meelevende geluidjes. De vrouw aan de overkant van de straat, voor wie Claire onduidelijke, puddingachtige dingen had gekookt, leek hulpeloos en niet in staat tot de simpelste klusjes. Ze belde Finch als er een lamp verwisseld moest worden of haar stoep moest worden geveegd. Alsof hij haar knecht was. De algemene lompheid, het gebrek aan beleefdheid, de slechte manieren – de hele menselijke beschaving leek in te storten, en vertoonde alleen maar slecht gedrag. Toen hij op de zesde verdieping was gekomen, realiseerde hij zich dat het gemakkelijk genoeg was om alle schuld op Thomas te gooien. De man maakte van zichzelf een simpel doelwit. Maar met iedere stap herinnerde hij zich de een of andere kleinering of manier waarbij hijzelf ongetwijfeld zijn vrouw in de loop der jaren pijn had gedaan. De opening van een tentoonstelling en de feesten, elke gelegenheid waar Thomas zich had omringd met bewonderaars, zijn arm stevig om het middel van een mooi jong ding. Het meisje was vaak gehuld in een stof die haar elfachtige figuurtje nauw omsloot; met tot in de puntjes verzorgd haar dat danste om haar schouders, glanzend in het licht, lippen donker gestift en in een eeuwig tuitmondje, dicht bij Thomas' oor. Dat waren de meisjes die naar een punt net achter Finch' schouders keken, nooit in zijn gezicht, nooit voldoende geïnteresseerd om te doen alsof ze iets over hem in hun hoofd wilden prenten. Ondanks deze achteloze afwijzingen had hij toch vaak terloops zijn vingers uit die van Claire losgemaakt en had hij zijn arm, bijna als vanzelf, van haar middel langs zijn zij omlaag laten glijden. Hoe vaak was hij niet een halve stap voor haar uit gaan lopen? Doelbewust schiep hij soms een wig van afstand door haar zacht bij haar elleboog te pakken en haar in de richting van de bar of de dichtstbijzijnde ober te draaien. Alsof ze niet goed genoeg was, niet in deze situatie, niet met deze mensen. Zijn hoofd bonkte en een trage brandende pijn ergens aan de onderkant van zijn ruggengraat flikkerde en vlamde op, terwijl hij zich de laatste treden op dwong. Ze was waarachtiger geweest dan wat dan ook in die zorgvuldig ingerichte ruimtes, de kilte zo aanwezig dat hij bijna zijn eigen adem kon zien.

Er was nog iets waar alleen hij verantwoordelijk voor was, datgene waarvan hij wist dat het haar gevoelens diep gekwetst moest hebben. Het was de manier waarop hij bedekt te kennen had gegeven dat het talent van Thomas haar bevattingsvermogen te boven ging. Om in de nabijheid van zoiets unieks te mogen zijn, was hij bereid zich te onderwerpen, een ondergeschikte rol te spelen. Hij had er zich bij meer dan een gelegenheid tegen verzet om de woorden 'je begrijpt het gewoon niet' te gebruiken. Maar ze had het wel degelijk begrepen. Ze wist dat hij nooit dichter bij bewieroking en succes op wereldwijd niveau zou kunnen komen dan op deze manier, en hij had veel meer gedaan dan zich simpelweg overgeven aan de verleiding. Hij was er recht ingedoken, onstuimig en met een grote plons, een vloedgolf veroorzakend die alles en iedereen in zijn leven omver dreigde te werpen.

Veertig jaar geleden doceerde Finch kunstgeschiedenis en had hij moeite zijn jonge gezin te onderhouden van het salaris dat de universiteit beschouwde als een royale beloning voor iemand van zijn leeftijd met nog maar weinig ervaring. Een collega kwam met de suggestie om zijn magere inkomen aan te vullen met het schrijven van recensies voor tentoonstellingscatalogi, wat op zijn beurt leidde tot het schrijven van krantenartikelen over diverse galerietentoonstellingen. Hij was eerlijk en onbevooroordeeld in zijn beoordelingen, een instelling die niet zorgde voor fervente aanhangers en evenmin voor mensen die te kennen gaven dat ze hem waardeloos vonden, maar wel voor telkens nieuwe opdrachten. Hij was gematigd in zijn lof, maar deed wel zijn best om een kunstenaar onder de aandacht te brengen van wie hij vond dat die dat verdiende, zonder ooit overdreven enthousiast te doen. Hij zorgde ervoor dat hij ver genoeg van de gevaarlijke grens van vleierij bleef. Toen kwam er een simpel verzoek van een vriendin van de vakgroep Engels. Een jonge man, erg getalenteerd, zo had ze gehoord, had een kleine tentoonstelling in een galerie in het centrum. Zou hij daar langs willen gaan? De vader was rijk, had goede connecties en had royale bijdragen gegeven aan de universiteit. Zou hij er een kijkje kunnen nemen? Finch mompelde iets voordat hij met tegenzin instemde. Dagen later, toen hij al half op weg naar huis was, herinnerde hij zich ineens zijn belofte. In een chagrijnige stemming draaide hij zich om en ging naar de galerie.

Eerst dacht hij dat Thomas de galerie-eigenaar was. Hij was te goed gekleed voor een jonge kunstenaar, bij lange na niet zo nerveus als Finch zou hebben verwacht van iemand die zijn eerste eigen tentoonstelling had. Hij stond in een hoek, waar hij uittorende boven de kring van vrouwen die dicht om hem heen stonden. Af en toe offerde een van hen haar plaats op om nog een glas wijn of een bordje met kaas te halen, om bij terugkeer te ontdekken dat haar plaats was ingenomen. Finch merkte geamuseerd het gevecht om een plaatsje op. Die vrouwen waren een en al ellebogenwerk en vernietigende blikken. Toen hij de kring doorbrak om zich voor te stellen, glimlachte Thomas nauwelijks , maar greep zijn hand stevig vast en trok zichzelf in de richting van Finch, alsof die hem een reddingsboei had toegeworpen.

'Hoe lang denk je dat ik nog moet blijven?' vroeg hij. Hij duwde een donkere krul weg van zijn gezicht, en Finch schatte in dat ze ongeveer even oud moesten zijn, waarbij hij erkende dat dit ongeveer de enige fysieke eigenschap was die ze deelden. Thomas zou zeker worden beschouwd als aantrekkelijk: zijn smalle neus, veranderlijke grijze ogen en zijn huid met dezelfde bleekheid als een blanco doek. Zijn schoenen hadden kwastjes en vertoonden nog geen barstjes in het leer, alsof hij ze speciaal voor deze gelegenheid had gekocht. Hij leek een duur maatpak te dragen, wat maakte dat Finch zich ogenblikkelijk bewust werd van zijn eigen willekeurig bij elkaar gezochte kleding – lichtelijk gekreukt op het randje van slordig.

Hij schudde zijn hoofd, omdat hij het niet begreep. 'Wat bedoel je?'

'Hier, bedoel ik. Moet ik blijven totdat de drank op is, of totdat de mensen ver heen zijn? Ik weet wel wat ik het liefst zou willen.'

Finch glimlachte, ontwapend door de eerlijkheid van de man. 'Jij bent dus niet de galerie-eigenaar.'

'Ben bang van niet. Ik ben degene van wie al dat werk aan de muren is. Thomas Bayber.'

'Dennis Finch. Leuk je te ontmoeten. Vat dit niet verkeerd op, maar ik zou mezelf waarschijnlijk moeten excuseren.'

'Aha. Recensent zeker?'

'Ben bang van wel.'

'O, je hoeft nergens bang voor te zijn, denk ik. Iedereen schijnt te denken dat ik tamelijk briljant ben.' Hij gebaarde naar een passerende ober voor een drankje en stak twee vingers omhoog, waarbij hij zijn hoofd schuin in de richting van Finch hield. 'Ik kijk uit naar je recensie. *The Times?*'

Finch vond hem ineens iets minder aardig. 'Voor een eerste expositie zou dat onwaarschijnlijk zijn, meneer Bayber.'

'Noem me alsjeblieft Thomas. Niemand noemt me ooit meneer Bayber, goddank.' Hij legde een arm om Finch' schouder alsof ze samenzweerders waren. 'Misschien dat we tijdens onze volgende ontmoeting allebei een stapje verder zullen zijn gekomen.' Thomas wees in de richting van een groep schilderijen. 'Zoals ik al zei, ik kijk uit naar je recensie.'

Op de zevende verdieping stopte Finch even en veegde zijn gezicht en zijn nek droog met een zakdoek. Vier uur in de middag en hij was al doodmoe. Hij stond voor Thomas' appartement en vroeg zich af waarom hij niet de moeite had genomen om te vragen naar het doel van dit bezoek. Toen hij op de deur klopte, ging die open. De gordijnen waren dicht en het weinige middaglicht dat in de kamer wist door te dringen, was vol warrelende stofdeeltjes. Het plafond had dezelfde bleke ivoorkleur als altijd, maar in het anderhalf jaar sinds zijn laatste bezoek waren de muren granaatrood geschilderd. Toen Finch wat beter keek, ontdekte hij dat de verf rechtstreeks op het behang was aangebracht, en nu al op sommige plaatsen begon te bladderen en blaasjes vertoonde. Er stonden overal stoelen, waardoor de ruimte was veranderd in een hindernisbaan. Terwijl zijn ogen zich aanpasten aan de schemering, merkte hij Thomas op. Hij zat in een gestoffeerde oorfauteuil tegen de muur aan de oostkant, waar flarden behang in spiralen aan weerszijden van hem omlaag hingen. Thomas' ogen openden en sloten zich langzaam, als van een hagedissenkoning in een stripboek. Hij was helemaal in het zwart gekleed, op de geruite sjaal om zijn hals na waarvan de kleuren vies waren geworden. Hoewel Finch gewend was aan zijn verschijning, stuitte het hem vandaag tegen de borst. Weer die verdraaide aanstellerij. Het was zeker niet koud in de kamer; de warmte en een walm van drank en zweet kwamen in golven op hem af, en hij keek naar een plek waar hij kon gaan zitten.

'Denny! Kom binnen. Maak het je toch gemakkelijk. Blijf niet in de deuropening staan als de een of andere vertegenwoordiger.' Thomas' ogen versmalden zich en hij leunde naar voren in zijn stoel, alsof hij zichzelf ergens van probeerde te vergewissen. 'Je ziet er niet zo best uit.'

'Ik voel me prima. Kon niet beter. Maar ik kan niet lang blijven, vrees ik. Ik ga vanavond uit eten met Lydia. Een nieuwe bistro die zij en mijn schoonzoon hebben ontdekt.' Finch had een hekel aan leugens, zowel van anderen als van hemzelf, maar dit leugentje vertelde hij zonder enige gewetenswroeging. Veel gemakkelijker om nu meteen maar te zeggen dat hij snel weg moest. Hij koos een van de kleine stoelen en betreurde dat ogenblikkelijk, omdat hij eerst het gepiep van veren hoorde en toen een onaangename druk tegen zijn rug voelde.

'Hoe gaat het met je dochter?'

'Met Lydia gaat het prima, dank je wel, hoewel ze me eindeloos loopt te betuttelen. Het is bijna alsof je een babysitter hebt.' Hij pauzeerde en realiseerde zich hoe ondankbaar hij klonk. 'Toch mag ik van geluk spreken dat ik haar heb.'

'Zeker. Ik vraag me weleens af of iemand wel beseft hoe gelukkig hij is voordat het te laat is.' Thomas gaf Finch een treurige glimlach. 'Te laat om er nog van te genieten of het te benutten, een van die twee.'

Thomas leek zich niet op zijn gemak te voelen. Zijn vingers frummelden aan de stof aan de uiteinden van de armleuningen, en Finch merkte dat hij nerveus begon te worden. Hij kon zich niet herinneren dat hij de kunstenaar ooit zo verstrooid, zo verloren had gezien. Thomas mompelde zacht iets voor zich uit en keek op naar Finch, alsof hij verbaasd was dat die daar nog steeds stond.

'Vertel me de waarheid, Denny. Je hebt me af en toe ongetwijfeld mijn eenzaamheid benijd. Net zoals ik jou het gezelschap van een dochter heb benijd. En de boezem van een gezin waar je je vermoeide hoofd kon laten rusten.' Hij maakte een nauwelijks waarneembare zwaai met zijn hand, voordat hij fronste. 'Nou, wat valt daar nu nog aan te doen?'

Had hij ooit Thomas' leven als single gewenst? Finch probeerde zich zijn huis voor te stellen zoals het vroeger was, inmiddels al vele jaren zonder de hectiek, de geluiden en geuren van een gezin, de langzaam verdwijnende trauma's uit de puberteit, hun dagelijkse interactie die, bijna onopgemerkt, was veranderd in gewoontes. Zijn vrouw die het haar van hun dochter 's avonds borstelde aan de keukentafel, haar vlakke hand achter de borstel aan, tot elk dwars haartje weer op de juiste plaats was gebracht. Zij drieën, een gezin van lezers, opgekruld op de bank op zondagochtenden, gezichten half verborgen achter een krant of boek. Claire onder de dekens naast hem in bed, haar lichaam als een heerlijke komma tegen het zijne gedrukt. Lydia 's avonds in zijn werkkamer, haar adem die naar kaneel rook en zijn hals verwarmde, terwijl ze over zijn schouder leunde en vroeg naar het werk dat hij aan het bestuderen was. Dat en zoveel meer was zijn leven geweest. Hij kon zich geen enkel moment herinneren waarop hij zou hebben gewild dat iets daarvan anders zou zijn geweest.

'Weet je, Denny, hoe ouder we worden, hoe meer ik jou mag en hoe minder ik van mezelf ga houden.'

'Je klinkt absoluut melodramatisch. Je drank is zeker op.'

'Ik meen het.'

'In dat geval heb je bewezen wat ik altijd al heb vermoed. De succesvolste kunstenaars zijn vervuld van zelfverachting. Deze openbaring van jouw kant moet er dus op wijzen dat je aan een nieuwe periode van productiviteit gaat beginnen, vriend.'

Een dunne glimlach verscheen op Thomas' lippen en hij sloot kort zijn ogen, voordat hij antwoordde. 'We weten allebei dat ik nooit meer iets zal schilderen.' Hij stond op uit zijn stoel en liep naar het dressoir om een karaf te pakken. 'Drink je een glas mee?'

Finch klopte op de zak van zijn jas. 'Ik hou me bij mijn pijp, als je dat niet erg vindt.'

'Ieder dan maar zijn eigen vernietigingsmiddel.'

Finch kon voelen hoe zijn stemming verslechterde terwijl die toch al niet zo best was. De sfeer in de kamer was zwaar deprime-rend. 'Zo, Thomas. Dus jij hebt iets op je lever.'

Thomas lachte, een droog geratel dat overging in gehoest en weergalmde in de kamer. 'Je wil nog steeds graag meteen ter zake komen, Denny. Dat waardeer ik. Ja, ik heb iets op mijn lever.' Hij aarzelde, en Finch trommelde met zijn vingers tegen de versleten stof op de armleuning. 'Wat zou je ervan zeggen als ik je zou vertel-len dat ik een schilderij heb waarvan ik graag wil dat je dat ziet?'

'Een kunstenaar in wie je geïnteresseerd bent?'

'De kunstenaar in wie ik altijd het meest geïnteresseerd ben ge-weest, natuurlijk. Het is een schilderij van mijzelf.'

Finch was er zeker van dat hij het niet goed had verstaan. 'Ik heb alles gezien wat je hebt gemaakt, Thomas. Je weet dat ik een van je vurigste bewonderaars ben, maar je hebt al twintig jaar geen pen-seel meer aangeraakt. Dat heb je me zelf verteld.'

'Twintig jaar. De tijd gaat zo langzaam voorbij en dan ineens is dat niet meer zo. Als je op dat punt bent gekomen, word je je er in-eens van bewust hoeveel tijd je hebt verdaan. Twintig jaar. Ja, dat klopt.' Hij liep terug naar de stoel en ging erachter staan, alsof hij bescherming zocht. 'Wat als dit nu eens geen nieuw schilderij was?'

Finch voelde hoe zijn tong opzwol terwijl zijn mond droog werd. 'Maar al je werk is gecatalogiseerd in mijn boeken. En in de *catalo-gue raisonné*. Elk van jouw schilderijen, Thomas, tot in het kleinste detail onder de loep genomen.'

'Misschien niet elk schilderij.' Thomas leegde zijn glas en haalde een onvaste hand langs zijn kin. 'Ik weet wat voor een perfectionist je bent. Hoe grondig in je werk en je research. Ik had mijn redenen om het achter te houden. En nu, nou ja, wilde ik dat jij het als eer-ste zou zien. Dat ben ik jou wel verschuldigd, nietwaar?'

Zijn stem had een hypnotische klank gekregen en het begon Finch te duizelen. Nog een Bayber. Dat was gewoon niet mogelijk. Boosheid flitste fel door zijn aderen en hij begroef zijn nagels in zijn handpalmen, terwijl hij zich al die jaren herinnerde waarin hij had gewerkt aan de catalogue raisonné. De uren weg van Claire en Lydia, opgesloten in zijn benauwde werkkamer, zijn nek ongemak-kelijk in een hoek boven de een of andere foto om de betekenis van een penseelstreek te duiden, een reden aan te geven voor de keuze van een kleur. De afgunst die hij nauwelijks wist te onderdrukken bij de erkenning dat deze buitensporige hoeveelheid talent terecht was gekomen in de handen, in de geest, in de ziel van slechts één persoon. Een in een isolement levende, egoïstische persoon. En nu, nog een Bayber? Dit achterhouden leek onverdraaglijk, vooral in het licht van de jaren waarin ze elkaar nu al kenden; de veronderstelde vriendschap; de indirecte suggestie van vertrouwen, van een bevoorrechte status. De huur die Finch uit zijn eigen zak betaalde, de kleine maandelijkse bijdrage die hij Thomas stuurde, zodat hij kon blijven eten, hoewel het veel waarschijnlijker was dat het geld ervoor zorgde dat hij goed doorgesmeerd bleef. Een schilderij achterhouden maakte zijn positie maar al te duidelijk.

Thomas schraapte zijn keel. 'Er is nog iets, Denny. De reden waarom ik je hier heb laten komen, zoals je zult begrijpen.'

'Wat bedoel je?'

'Ik wil dat jij de verkoop voor me gaat regelen.'

'Ik? Sorry, Thomas, dit vind ik beledigend.' Finch stond op en liep een ronde door de kamer, waarbij hij het meubilair probeerde te vermijden. 'Waarom ik? Je kunt net zo gemakkelijk Stark bellen, of honderd andere kunsthandelaren wat dat aangaat.'

'Ik heb daar zo mijn redenen voor. Ik wil niet dat dit wordt verkocht via een kunsthandelaar of via een galerie. Bovendien is mijn overeenkomst met Stark al lang geleden beëindigd.' Thomas liep naar Finch en legde een hand op zijn schouder. 'Ik wil dat dit rechtstreeks naar een veiling gaat. Jij hebt nog steeds connecties, Denny. Jij kunt dit voor mij regelen, niet? En het moet snel gebeuren.'

Finch' hoofd stond in brand. De pijn die in zijn rug was begonnen, verspreidde zich door zijn lichaam. Hij zou de hele kamer in brand kunnen steken, simpelweg door zijn vinger ernaar uit te steken.

'Je had me dit jaren geleden al kunnen vragen.' Finch kon voelen hoe er stoom van zijn huid opsteeg. 'Moet je jezelf nu zien. Kijk naar de manier waarop je leeft. Dit is niet een rare grap of een vreemd artistiek temperament. Je leeft in ellende, waarvan ik ook nog eens een flink deel heb betaald. Waarom nu?'

'Je bent boos. Natuurlijk ben je dat. Dat had ik kunnen verwachten. Ik weet dat je leven de laatste tijd niet gemakkelijk is geweest.' Thomas ging rechtop staan en haalde zijn hand van Finch' schouder. Hij liep de kamer door naar een van de grote ramen die van de grond tot het plafond liepen, verborgen achter zware lange gordijnen, en duwde die opzij. 'Zou het zo vreemd zijn als ik terug zou willen hebben wat ik ooit had, net zoals jij dat wil?'

'Jij bent degene die is gestopt met schilderen. Jij hebt je reputatie laten wegglijden, die heb je niet zomaar verloren. Zou je zo vriendelijk willen zijn om niet zo neerbuigend te doen. En doe geen veronderstellingen over mijn leven.'

'Ik verwacht niet dat je het zult begrijpen.'

De woorden deden pijn in zijn oren door de bekendheid ervan, en een ellendig mes draaide zich om in zijn ingewanden. *Ik verwacht niet dat je het zult begrijpen.* Dus dit was wat Claire gevoeld moest hebben. Dit was de manier waarop hij haar pijn had gedaan.

Thomas bestudeerde zijn handen, en keerde zich toen af van het raam. 'Echt hoor, Denny, ik moest aan jou denken. Het zal nu heel wat meer waard zijn dan toen ik het schilderde. Ik zal in staat zijn om je alles in tienvoud terug te betalen, begrijp je dat dan niet?' Hij leegde zijn glas en liep weer naar het dressoir, om zichzelf nog eens in te schenken. Hij hief het glas in Finch' richting. 'Stel je je de publiciteit toch voor.'

Helaas kon Finch zich die maar al te gemakkelijk voorstellen. Dat beschamende verlangen dat hij niet kon onderdrukken, het verlangen dat bleef leven op de grens van zijn bewustzijn, die onuitgesproken wens voor een minuscuul deeltje van wat Thomas had verspild: het geld, de zwierige levensstijl en het talent; zijn vermogen om diegenen die zijn werk zagen, te verplaatsen naar een plek waarvan ze niet wisten dat die bestond. Finch had zichzelf er bijna van overtuigd dat zijn boeken zuiver voor de wetenschap waren. Behalve de onbeduidende royalty's verdiende hij er zelf niets aan. Hij was uiteindelijk niet de kunstenaar. Hij was professor in de kunstgeschiedenis en recensent. Hij kon doen alsof hij begreep wat hij zag, raden naar de bedoeling van de kunstenaar, maar verder was zijn bijdrage gering. Flarden van een droom kwamen in hem naar boven en tolden door zijn hoofd. Als eerste een nieuwe Bayber zien, die ontdekken, na twintig jaar. Zijn teleurstelling omdat hij voelde dat hij in de verleiding werd gebracht, was net zo duidelijk als de stem van zijn vrouw in zijn hoofd, hun gesprekken die onverminderd doorgingen sinds haar dood. *Genoeg is genoeg, Denny.* Hij duwde Claire weg, en sloot diezelfde melodische klanken buiten waarvoor hij elke dag weer zijn best deed om die op te roepen, en liet toe dat ze tot zwijgen werden gebracht door zijn voortrazende gedachten. Zijn hartslag versnelde. Hij wreef zijn handen samen, voelde een kilte.

'Laten we het dan maar eens gaan bekijken.'

De sluwe glimlach. Alsof hij zo gemakkelijk te doorzien was, zo snel overgehaald kon worden.

'Nog niet, Denny.'

'Wat bedoel je? Ik kan moeilijk over iets praten wat ik niet heb gezien.'

'O, ik kan me zo voorstellen dat als je het nieuws laat uitlekken, er meer dan genoeg belangstelling zal ontstaan, ook al heeft niemand het nog gezien. En natuurlijk heb ik het schilderij niet hier.'

Thomas' lijf mocht dan in slechte conditie zijn, maar aan zijn ego mankeerde nog niets. 'Pas als ik het heb gezien,' zei Finch, 'ga ik mensen bellen.'

Thomas leek het niet te hebben gehoord. 'Ik zat te denken dat je misschien de zoon van Jameson zou kunnen vragen om er een blik op te werpen. Om zijn oordeel te geven over de authenticiteit. Hij werkt bij Murchison, niet? En hij heeft het een beetje moeilijk sinds Dylan is overleden, naar ik heb gehoord.'

'Stephen? Stephen Jameson? Je maakt zeker een grap?'

'Hoezo?'

Was het Finch' verbeelding of leek Thomas beledigd, omdat zijn suggestie met zo weinig enthousiasme werd begroet? 'Die jongen heeft een briljante geest – echt angstaanjagend. Hij is absoluut getalenteerd, vooropgesteld dat je erin slaagt om zijn, laten we zeggen, hebbelijkheden over het hoofd te zien. Maar ze zouden hem nooit zelf sturen. Cranston zou hem nooit alleen laten gaan. Niet om jou te ontmoeten.'

Thomas besteedde nauwelijks aandacht aan zijn emoties, op een snelle blik na. 'Je hebt medelijden met hem.' Hij glimlachte. 'Je hebt gelijk voor wat Cranston betreft natuurlijk, dat is een opgeblazen idioot. Maar als jij Jameson zou bellen, Denny. Als jij hem deze kans zou geven...'

Hoe kon Thomas dit hebben geweten? Dylan Jameson was heel lang een goede kennis van Finch geweest, iemand die hij graag mocht en respecteerde, het soort vriend waar kunstenaars naar verlangen: een voorvechter van onbekende en genegeerde kunstenaars, een man wiens galerie warmte had door het geluid van gelach en vriendelijke lofprijzingen, iemand die zijn mening doordacht en oprecht te kennen gaf. Toen hij nog leefde, was hij op de bres gesprongen voor zijn zoon, waarbij hij Stephens buien van breedsprakigheid verzachtte, en het ongeduld en de arrogantie die anderen in hem waarnamen, nuanceerde. Terwijl de mensen de vader graag mochten, werd de zoon min of meer getolereerd. Stephen was nu begin dertig en leefde zonder plan sinds zijn vaders dood, een vreemde vogel, geremd in de omgang met andere mensen en overgevoelig. Hij had een bijna fotografisch geheugen voor zover Finch wist, en bezat een encyclopedische kennis. Als je de geruchten mocht geloven, had hij zijn kansen vergooid door een ongelukkige affaire.

Finch had Stephen een paar keer mee uit genomen nadat zijn vader was gestorven. Daarmee vereffende hij oude schulden, zei hij tegen zichzelf, maar de waarheid was dat hij het fijn vond om iets in zijn agenda te kunnen schrijven. Het gezelschap van de man kon stimulerend zijn, ondanks het feit dat hij vaak chagrijnig of somber was, of obsessief werd als ze ergens over discussieerden. Na een paar glazen Bushmills kon Stephen lyrisch worden over iets wat hij in Europa had gezien, of Finch verlokken tot een debat over de voors en tegens van restaureren versus conserveren.

'Kijk naar India. De wetten daar verlammen de mogelijkheden in de privésector. Het is duidelijk dat openbare projecten talent vereisen dat daar niet aanwezig is. Het werk kan alleen ter plekke worden gedaan, maar de meeste instituten hebben niet de noodzakelijke financiële middelen, dus ligt de kunst te vergaan in de kelders van hun musea', had Stephen gezegd, waarbij hij zijn glas op de bar klapte en zijn handen door zijn haar haalde. 'De vochtigheid, de slechte opslagfaciliteiten, al die werken die ik heb gezien met scheuren en pigmentbeschadiging. Het is misdadig. Bijna landverraad. Ik kan niet begrijpen waarom ze geen stappen willen ondernemen.'

'Ik weet zeker dat ze graag jouw opinie in overweging willen nemen, Stephen, vooral gezien de vriendelijke manier waarop die wordt geuit.'

Hun confrontaties eindigden zelden in overeenstemming, aangezien dat een compromis zou hebben betekend en Jameson junior overdreven dol leek te zijn op zijn eigen mening. Maar toch schepte Finch genoegen in hun gedachtewisselingen. Zijn ontmoetingen met Stephen hielden hem scherp; ze gaven hem ook een reden om zijn appartement uit te gaan en versterkten zijn laatste beetje waardigheid, doordat hij hierdoor de nogal bemoederende bezoekjes van Lydia kon afslaan zonder dat hij daarvoor afspraken hoefde te verzinnen.

Hoe Thomas hier lucht van had gekregen, was een volkomen raadsel voor Finch. Hij vermoedde dat de kunstenaar nog nauwelijks een sociaal leven had, en stelde zich voor hoe hij vierentwintig uur per dag opgesloten zat in het donkere, deprimerende appartement waaruit Finch nu dolgraag wilde ontsnappen.

'Jameson heeft niet de autoriteit om het werk op zich te nemen. Dat weet je.'

'Ja.'

'Waarom betrek je hem er dan bij?'

'Ik heb gehoord dat hij goed is in wat hij doet.' Thomas draaide zijn rug naar Finch toe en vroeg: 'Of moet ik soms de verleden tijd gebruiken?'

'Het antwoord ken je al, anders zou je hem niet hebben voorgesteld. Waarom handel je niet rechtstreeks met Cranston, als je van plan bent het schilderij te verkopen? En waarom Murchison & Dunne? Wat vertel je me niet, Thomas? Ik ben niet in de stemming voor spelletjes.'

'Ik wil iemand die de juiste hoeveelheid aandacht zal besteden aan het werk. En die volkomen onpartijdig kan zijn.'

Het was Thomas' twijfel aan zijn onpartijdigheid die maakte dat Finch in de richting van de deur liep. Wat een opluchting zou het zijn als hij achter dit alles een punt kon zetten, om eindelijk dit hoofdstuk van zijn leven ver achter zich te laten, waar het thuishoorde, en door te gaan met iets anders. Maar Thomas kwam achter hem aan.

'Je kijkt hier niet objectief naar, Denny. Zou het niet vreemd lijken dat na al die tijd, gezien mijn huidige levensomstandigheden, jij degene zou zijn die nog een schilderij van mij zou "ontdekken"? Als jij degene zou zijn die de echtheid ervan zou gaan vaststellen, nadat je mijn levenswerk al hebt gedocumenteerd?'

'Al je werk waarvan ik af wist.'

'Dat bedoel ik. Op deze manier kan niemand twijfelen aan jouw motieven, of je reputatie bezoedelen. Ik zal voor de variatie de schuldige partij zijn, Denny. We weten allebei dat ik daar veel ervaring mee heb en te weinig de schuld op me heb genomen voor wat dat betreft.' Thomas' hand bleef rusten op zijn bovenarm, het gewicht ervan licht, behoedzaam. 'Ik heb mijn gunstenbank al lang geleden geplunderd. Of je me nu gelooft of niet, ik zou dit aan niemand anders willen toevertrouwen. Ik heb jouw hulp nodig.'

Claire zou hem hebben gewaarschuwd. 'Het is niet zo dat je lichtgelovig bent, Denny. Je geeft er nu eenmaal de voorkeur aan om het beste deel van iemand te vertrouwen, hoe klein dat deel ook is. Zelfs als dat beste deel niet eens meer aanwezig is om jouw vertrouwen waard te zijn.'

Finch was uitgeput, waarbij elk van zijn achtenzestig jaren zwaar op hem drukte. Hij had Thomas nog nooit zo kwetsbaar horen zeggen dat hij iets nodig had. Hij keek naar de man, zijn ingevallen wangen, het gereutel bij iedere inademing, en zwichtte. 'Goed.'

'Je woord erop?'

Finch knikte. 'Ik zal Jameson bellen. Maar als dit niet deugt, Thomas, dan bewijs je hem geen dienst. Er zullen meer dan genoeg mensen zijn die hem graag op zijn bek zien gaan, om nooit meer overeind te komen.'

'Hij heeft wat bruggen achter zich verbrand, hè?'

'Sociaal gezien is hij een olifant in een porseleinkast. Cranston maakt het hem niet gemakkelijk. Niet dat hij daartoe verplicht is; hij heeft hem uiteindelijk een baan gegeven.'

Thomas snoof, alsof hij ineens iets smerigs rook. 'Ik stel me zo voor dat die idioot ruimschoots waar voor zijn geld krijgt. Maar ik zou niet willen dat die jongen nog meer problemen krijgt. Zeg tegen hem dat hij Cranston mee moet nemen. En bedankt, Denny, voor je belofte om te helpen. Ik sta bij je in het krijt, meer dan mijn bedoeling was.'

Finch kromp ineen onder het woord 'belofte' en een ongemakkelijk gevoel bekroop hem.

Thomas leek zijn onbehaaglijkheid te voelen en glimlachte. 'De beste manier om de opmars van de tijd te vertragen, Denny, misschien zelfs de enige manier, is door iets onverwachts op zijn pad te gooien. Ik denk dat het een bijzonder interessante bijeenkomst gaat worden. Voor ons allemaal.' En daarmee schuifelde Thomas Bayber lachend terug in zijn slaapkamer.

Drie

Stephen Jameson schudde de regen van zijn paraplu, stapte in de antieke lift en drukte met zijn elleboog op de knop voor de tweeëntwintigste verdieping, terwijl hij een thermosbeker met koffie, zijn aktetas, en diverse manilla mappen in zijn handen hield. De deuren gingen dicht en hij werd omgeven door vochtige, zware lucht, vervuld van schimmelgeuren en het zweet van andere mensen en een spoor van iets zoets en licht alcoholisch, als een rumcocktail. De liftkooi ging met een plotselinge slingerbeweging omhoog. Terwijl dat gebeurde, staarde hij verlangend naar de knop waarop '57' stond, de verdieping waar de directiekantoren van Murchison & Dunne, veilingmeesters en taxateurs van kunst en antiek, waren gevestigd.

Zijn kamer – de enige op de tweeëntwintigste verdieping – grensde aan de liftkoker, wat inhield dat de uren van zijn werkdag werden verstoord door het gekraak en gekreun van het transport, terwijl de lift de mensen die meer werden gewaardeerd dan hij, naar hogere verdiepingen bracht. Met zijn aktetas tegen zijn borst geklemd rommelde hij met de klink terwijl hij de krom getrokken deur van zijn kantoor openduwde met zijn heup. Met zijn elleboog drukte hij de lichtschakelaar in en keek rond in de kamer, voor het geval er die nacht plotseling een wonderbaarlijke transformatie zou hebben plaatsgevonden. Maar het was er allemaal nog, precies zoals hij het de avond ervoor had achtergelaten. Een gedraaid telefoonsnoer kwam uit een gaatje in de hoek van het plafond aan de voorkant, om weer te verdwijnen via een iets groter gaatje in een hoek boven in de achterwand. Uit een van de geluiddempende plafondtegels kwam maisgeel isolatiemateriaal naar buiten gestulpt, en er was het kleine maar altijd aanwezige plasje van muf ruikend water op de grond naast de radiator.

Ingelijste diploma's, waarop vermeld stond dat hij een bul in zowel kunstgeschiedenis als scheikunde had behaald, hingen aan de muur tegenover een notenhouten bureau, waarvan het vernis er in grote stukken bij hing. Er was een catalogus onder een van de bureaupoten geduwd omdat daar een balpoot ontbrak. Zijn pogingen tot decoratie waren beperkt gebleven tot een vaan met 'Go Wolverines!' die hij had gestolen van een studentenprikbord in de buurt na een enorme overwinning van Michigan op de Golden Gophers van de universiteit van Minnesota, en verder was er nog een overleden philodendron in een pot met cementachtige grond, zijn skeletachtige bladeren zo droog als papier tegen de zijkant van de archiefkast.

Hij liet de mappen boven op de kast vallen en plofte zelf neer achter zijn bureau. Het leer van de stoel kraakte en plooide onder hem. Het voicemaillampje op zijn bureautelefoon knipperde nerveus en zijn mobiel trilde in zijn zak. Hij ging met een vingertop drie keer over elke knop van de bureautelefoon, van links naar rechts, van rechts naar links, en toen opnieuw van links naar rechts, maar deed geen poging om zijn boodschappen te beluisteren. In plaats daarvan kauwde hij op een dwangnagel, terwijl hij de onderste la van zijn bureau opende. Hij haalde er een fles Maker's Mark uit, deed een royale scheut van de whiskey in zijn koffie en maakte zijn das los. Daarna vouwde hij zijn armen op het bureau en legde zijn hoofd erop. God, wat voelde hij zich ellendig.

Op zijn achttiende had hij zich een totaal andere toekomst voorgesteld voor de eenendertigjarige man die hij nu was. Op die leeftijd had er een vrouw moeten zijn. Een paar kinderen zou ook mooi zijn geweest, om nog maar niet te spreken over de diverse mijlpalen die de weg van zijn carrière hadden moeten opluisteren. Hij kneep zijn duim en wijsvinger tegen zijn neusrug om een nies te onderdrukken. De luchtkanalen zorgden voor een constante stroom van stof en andere ongezonde deeltjes in zijn kantoor, en in de tweeënhalf jaar dat hij nu bij Murchison & Dunne zat, had hij last gekregen van stevige allergieën en af en toe migraineaanvallen. Er kriebelde iets in zijn keel, waardoor hij een raar geluid maakte, omdat hij probeerde niet te niezen.

Zijn bureautelefoon ging en nadat hij er een boze blik op had geworpen, verzamelde hij de weinige energie die hij nog over had en hief zijn hoofd.

'Stephen?'

'Ja.'

'Met Sylvia. Ik heb al eerder een voicemailbericht bij je ingesproken. Heb je dat niet gehoord?'

Hij ging rechtop zitten in de stoel en trok zijn das recht, alsof de persoonlijke assistente van Cranston hem kritisch bekeek vanaf de andere kant van een dubbele spiegel, terwijl ze in werkelijkheid vijfendertig verdiepingen hoger tegen hem aan het praten was. Sylvia Dillon schepte er een pervers genoegen in om zijn toch al ellendige bestaan nog erger te maken. Ze was een zure vrouw met een smalle mond die al haar halve leven bij M&D werkte. Ze had piekerig blond haar dat er niet in slaagde haar vlekkerige roze schedel te bedekken. Als assistente van de directeur bepaalde zij wie er toegang had tot Cranston, wat haar een betreurenswaardige hoeveelheid macht gaf en een ingebeelde mate van gezag die ze zonder enige aarzeling aanwendde. Haar typerende gelaatsuitdrukking bestond uit een combinatie van achterdocht, minachting en afkeer, en daar werd Stephen vaak op onthaald. Behalve als ze sprak met Cranston beëindigde ze haar telefoongesprekken vaak abrupt door gewoon op te hangen, zonder een normale beleefdheid zoals 'tot ziens', 'bedankt' of zelfs maar 'dag'.

Degenen die hiervan op de hoogte waren, probeerden een wit voetje bij haar te halen: overdreven complimenten, kunstig verpakte doosjes snoep in de kersttijd, zelfs af en toe een kamerplant. Stephen had hen bij zichzelf bespot omdat ze zo stompzinnig en slijmerig bezig waren, maar inmiddels vroeg hij zich toch af of zijn gebrek aan respect ervoor had gezorgd dat ze nu de pik op hem had. Het was óf dit óf een niet al te subtiele herinnering aan het feit dat zij, net als iedereen, precies wist waarom hij vier jaar geleden bij zijn vorige baas was weggegaan.

'Sylvia. Ik kom net binnen. Precies op dit moment. Ik ben nog even ergens langs geweest om een schilderij te bekijken. Onderweg, bedoel ik.'

'Wat voor schilderij was dat?'

Sukkel die hij was. Waarom had hij niet gewoon gezegd dat hij naar de tandarts was geweest, of in een file had gestaan door een ongeluk met een voetganger? Hij was nooit een goede leugenaar geweest. Een goede leugen vroeg om een zekere mate van kalmte, een eigenschap die hij niet leek te bezitten. Hij stelde zich voor hoe Sylvia achter haar bureau zat, haar schouders naar elkaar toegetrokken met militaire discipline, haar nagels tot klauwen gevormd dankzij de beheerste streken met een kartonnen nagelvijl.

'Faillissement. Ik bedoel, verzekeringsclaim. Rondom een faillissement. Ik wilde er nog een keer naar gaan kijken voordat ik de definitieve waarde van het stuk ga bepalen. Wat je boodschap betreft...'

Ze zuchtte luid, alsof hun korte gesprek haar nu al had uitgeput. 'Meneer Cranston wil graag weten of je al klaar bent met de taxatie van het landgoed Eaton.'

Eaton. Eaton. Hij wreef over zijn voorhoofd en ging stapsgewijs terugdenken, zoals zijn gewoonte was. Eaton rijmde op Seton. Seton Hall. Seton Hall was in New Jersey. New Jersey was de Tuinstaat. Zijn favoriete tuinen waren bij Blenheim Palace. Palace Place – Palace Place 4250. Het adres van de Eatons! Het beeld dat hij naar boven haalde uit zijn geheugen was dat van een verschrompelde zevenentachtigjarige, die zijn rolstoel door een galerij met een marmeren vloer duwde, met een stijve vinger naar een schilderij wees, en daarna naar een volgende. Hij herinnerde zich de kale knikker van de man, de fascinerende moedervlek in de vorm van Brazilië die het grootste deel van zijn hoofd bedekte. Helaas was deze Eaton dezelfde man die dwaas genoeg was om te geloven dat zijn achtentwintigjarige en derde vrouw uit liefde met hem was getrouwd. Hij was nu overleden en ze verdeed geen tijd met de verkoop van het landgoed en de inboedel.

Er was niets bijzonders aan de collectie, op de litho's van Motherwell en een acryl doek van Mangold na, die een goede prijs op een veiling zouden kunnen opbrengen. Wat mooi meubilair, het meeste Louis xiv: een paar bijzettafeltjes met inlegwerk, een eiken *bonnetière*, een bronzen Boulle-klok met een mahonie kast die misschien vijftigduizend kon opbrengen. Maar de meeste stukken waren van mindere kwaliteit, verzamelobjecten gekocht door een rijke, vervelde man die het in de eerste plaats belangrijk vond om zijn buren een stap voor te zijn.

Stephen herinnerde zich dat hij ruim acht maanden geleden de collectie had geïnventariseerd en gefotografeerd. De cameraflits die weerkaatste op al dat verblindende wit – de muren, de marmeren vloer, de dunne gordijnen voor de palladiaanse ramen van de galerij – had hem een bonzende hoofdpijn bezorgd. Maar wanneer had Cranston dan gevraagd om de waardebepaling? En waar had hij het dossier gelaten? Er was nog niets naar zijn computer gestuurd; een snelle blik op zijn bestanden toonde alleen een lege map, gemarkeerd als 'Eaton'. Hij duwde zijn stoel naar achteren en bladerde door de mappen op zijn bureau, boven op de archiefkast, boven op de boekenkast. Niets. Als hij dit dossier niet boven water kon krijgen, was het afgelopen met hem. Cranston zou niet geneigd zijn om hem nog een kans te geven.

'Stephen?'

'Ja, Sylvia?'

'Het landgoed van de Eatons?'

'Juist. Ben dat net aan het afronden.'

'Goed. Hij wil je om vier uur vanmiddag zien om alles door te nemen.'

'Eh, dat wordt moeilijk. Ik heb al een afspraak om vier uur.'

'Ik heb je online agenda bekeken. Daar staat niets in voor vandaag.'

De vrouw maakte bijna een spinnend geluid. Hij zag het helemaal voor zich hoe hij de telefoon uit de muur zou rukken en daarmee op haar in zou beuken, totdat er stukken van haar af zouden breken. Daarna zou hij haar à la Picasso reconstrueren; een oor vastgemaakt aan haar heup, een arm die uit haar hoofd schoot, lippen die uit haar grote teen omhoogkwamen.

'Eigenlijk zie ik ook de komende dagen helemaal niets in je agenda staan, Stephen.'

'Mijn schuld, denk ik', zei hij, terwijl hij door een stapel conservatierapporten en vettige sandwichverpakkingen op de hoek van zijn bureau rommelde. 'Ik heb mijn agenda nog niet gesynchroniseerd. Ik was van plan om dat vanmorgen te doen. Dus vandaag ligt het wat moeilijk.'

'Hij wil dit nu echt afgerond hebben.'

Stephen probeerde zich Cranston voor te stellen zoals hij voor haar zou staan om dit te betogen. *Ik wil dit nu echt afgerond hebben, Sylvia.* Onwaarschijnlijk. Misschien had zij het op zich genomen om dit in Cranstons agenda te zetten, in een poging zijn geloofwaardigheid te ondermijnen. Maar Stephen bemerkte een verstrooide toon in haar stem die aangaf dat haar aandacht begon te verslappen. Misschien was er nog een ander slachtoffer haar beeld binnengedrongen. Alsjeblieft, alsjeblieft, alsjeblieft, shit, alsjeblieft. Hij beet zo hard op zijn onderlip dat er bloed uitkwam.

'Als je het dan vandaag echt niet kunt doen, dan zal ik proberen je morgenochtend in te passen.'

'Ik zal even kijken.' Hij bladerde door de lege bladzijden van zijn agenda. 'Ja, dat komt me beter uit, Sylvia. Ik zal het noteren. Tot ziens.' Hij hing op en wachtte nog even voordat hij het toestel in de bovenste la van zijn bureau stopte. Hij maakte met potlood een korte aantekening op het notitieblok op zijn bureau: 'Kamerplant kopen.'

Vier jaar om te boeten voor een fout die hij in minder dan een minuut had gemaakt. Stephen had zijn o zo veelbelovende carrière helemaal in zijn eentje verknald. Misschien niet helemaal in zijn eentje. Hij had niet geweten dat Chloe getrouwd was; tenminste, hij had zichzelf niet toegestaan om die mogelijkheid te overwegen. Hij had zeker niet geweten met wie ze getrouwd was. Ze had zich niet gedragen als iemand die getrouwd was, hoewel hij terugkijkend niet zou weten hoe een getrouwd iemand zich zou gedragen, afgezien van de voor de hand liggende veronderstelling van trouw. 'Een tamelijk ongelukkige weglating', had hij tegen haar gezegd via zijn mobiel, terwijl hij voor zijn voormalige kantoorgebouw stond te wachten op een taxi, zijn bezittingen in een kartonnen doos gepropt.

Hij was in het kantoor van haar man – die pas was benoemd tot hoofd acquisitie bij Foyle's in New York en tevens zijn nieuwe baas was geworden – en bladerde door een portfolio die foto's bevatte van het materiaal dat was bestemd voor de veiling van de komende week. Toen hij opkeek van een foto van een paar blauwe Sèvres-vazen van rond 1770 zag hij ineens Chloe's gezicht dat hem streng aankeek vanaf een ingelijste foto op het dressoir.

'Dat is Chloe', had hij gezegd.

'Ken je haar dan?' had de man gevraagd.

'Ze is mijn vriendin', had hij automatisch geantwoord, niet in staat om de zelfvoldane glimlach te verbergen die daarop volgde. Bij de stomverbaasde blik van de man had hij het aanhoudende alarmbelletje in zijn hoofd genegeerd en was hij dom doorgegaan, waarbij hij zich zonder dat hij het wist nog dieper in de nesten werkte. Hij had aangenomen dat niet de foto maar de lijst het waardevolle stuk was – uit de tijd van de romantiek, rond 1850; schitterend bladgoud over grijze bolus; een ovaal van bloemen en bladeren in een diepe holle lijst met een concave rand; in onberispelijke conditie op een haarscheurtje in de lijst na. Een stuk dat hij misschien zelf wel zou willen hebben, als hij al niet datgene had wat zich in de lijst bevond. Dus had hij zijn mond opengedaan en zijn lot bezegeld.

Bij het zien van de foto van Chloe begreep hij ineens zowel de noodzaak van het superlatief als de funeste trots, verbonden aan het verwerven van iets van schoonheid. Hij kon de zachte ronding van haar wang onder zijn duim voelen, zijn vinger die over de sproeten op haar neus ging. Hij kon haar exotische parfum ruiken, frangipane, dat hem een beetje misselijk maakte, alsof hij op zee was. 'In Australië noemen ze die "dodemansvinger", had ze hem ooit eens verteld, voordat ze haar lichaam tegen hem aandrukte onder het gesteven hotellaken dat van hun schouders gleed. Hij had gesidderd toen haar donkere haar over zijn borst streek. Hoe had hij geluk gedefinieerd voordat hij haar had kende?

Hij had gekeken hoe de ogen van andere mannen haar volgden als ze naar een tafeltje in een restaurant liepen, had het nauwelijks merkbare omdraaien van hoofden op straat gezien, gevolgd door de blik waarmee hij werd opgenomen. Ze vroegen zich vast af hoe het kon dat hij zo veel geluk had gehad. Dat vroeg hij zichzelf ook af. Toen hij haar eens vroeg waarom ze met hem was, had ze simpel gezegd: 'Jij bent slimmer.' Als hij er al aan had gedacht om te vragen: 'Dan wie?', dan had hij dat idee net zo snel weer verworpen, zonder te willen weten of die 'wie' in kwestie in het algemeen of specifiek was bedoeld. Het was voldoende om bij haar te zijn. Hij werd aantrekkelijker als hij de enige was.

Maar als ze niet bij elkaar waren, was het gevoel dat hem achtervolgde een duistere mengeling van ongeloof, achterdocht en een verdovende gewaarwording dat hij sprakeloos was van geluk. Wat een stomheid ook dat zijn eerste gedachte niet was geweest waarom Chloe's foto op het dressoir van zijn baas stond.

'Hoe kon je dat in godsnaam nou doen?' had ze hem gevraagd, op een toon die hem alarmeerde.

'Hoe kon ík dat nou doen? Mag ik je er even aan herinneren dat jij van ons tweeën degene bent die klaarblijkelijk getrouwd is? De man stelde mij een vraag. Moest ik soms liegen? Bovendien zie jij het belangrijkste over het hoofd. Ik ben ontslagen! Drie jaar, waarin ik bezig ben geweest een reputatie op te bouwen bij een van de beste veilinghuizen in het land, naar de filistijnen.'

'Nee, jij bent degene die het belangrijkste over het hoofd ziet. Natuurlijk had je moeten liegen. Iedereen zou dat hebben geweten. Hoe kón je hem vertellen dat ik je vriendin was?'

'Nou, het is wel duidelijk dat ik niet doorhad tegen wie ik dat zei, om te beginnen. Maar nu weet hij het. Is dat zo vreselijk? Ik vind het niet leuk om iets wat zo duidelijk is te moeten benadrukken, maar uiteindelijk ben jij wel mijn vriendin.'

De stilte voordat ze antwoordde maakte dat de afschuwelijke werkelijkheid tot hem begon door te dringen. 'Begrijp je niet wat je hebt gedaan, Stephen? Hoe kon je zo ongelooflijk stom zijn?'

Dat laatste viel tenminste te verklaren. Zijn hele leven was hij al gezegend met de uitzonderlijke gave om iets verkeerd te begrijpen, vooral als het om vrouwen ging – hun verlangens, hun behoeftes, hun manier van denken. Zelfs zijn eigen moeder had hem weleens onderzoekend aangekeken, alsof hij haar kind niet was maar een vreemd wezen dat in haar huis was achtergelaten. 'Waarom denk je in vredesnaam dat ik dat meende?' vroeg ze dan. Op zulke momenten had hij gewenst dat hij een zus had in plaats van enig kind te zijn, verlangend naar iemand die hem zou kunnen helpen om de raadselachtige taal van vrouwen uit te leggen.

Hij negeerde het gefluister dat hij achter zich hoorde, hard genoeg gesist dat hij het nog net kon horen – 'Ze heeft hem gebruikt. Wist dat iemand zoals hij haar man zou vernederen. Ze zette het hem gewoon betaald' – en concentreerde zich op herinneringen die, achteraf gezien, niet konden worden verwrongen tot berekende, valse daden: Chloe die haar vingers door de zijne vlocht als ze rond middernacht in Central Park liepen; Chloe die op haar onderlip beet terwijl ze zijn das rechttrok, een aanblik die hem elke keer weer vertederde; Chloe die zijn zak volstopte met keelpastilles voordat ze een bioscoop binnengingen, waar ze zich afzonderden op de achterste rij, zodat zijn hand ongezien over de bovenkant van haar dij kon dwalen.

Het ontslag en de daaropvolgende breuk werden gevolgd door een net zo vernederende negen maanden durende periode waarin hij eerst hard op zoek ging naar een nieuwe baan, daarna halfslachtig en vervolgens helemaal niet meer. Als mecenas en beschermheer van lokale politici en allerlei geruchtmakende zaken kostte het Chloe's man geen enkele moeite om gunsten te vragen. Stephen ontdekte al snel dat hij op de zwarte lijst stond voor elke baan of toekomst die hij passend zou hebben gevonden. Er zou geen belangrijke positie als conservator meer voor hem zijn bij een groot museum, en evenmin zou hij nog mogen toezien op de kunstaankopen van Fortune 500-bedrijven. Hij zou geen toezicht mogen houden op restauratoren, en hij zou geen toespraken hoeven te houden voor het Amerikaans Instituut voor het Behoud van Historische en Kunstzinnige Werken. En hoewel hij zichzelf niet kon voorstellen als docent achter een spreekgestoelte, omdat hij meestal een hekel had aan groepen van meer dan vijf mensen, waren ook zijn academische vooruitzichten somber. Het ergste van alles: hij werkte niet langer bij het meest prestigieuze veilinghuis in de stad, althans het meest prestigieuze sinds schandalen de reputatie van zowel Christie's als Sotheby's hadden bezoedeld.

Hij zegde de huur van zijn appartement op, sliep op de bank bij diverse collega's, waar hij al snel te veel vergde van hun gastvrijheid en die relaties daarna zag voor wat ze waren – oppervlakkige kennissen die niet bestand waren tegen het gedrag van een vriend die alle alcoholische drank uit de koelkast of zelfs uit een wijnkoeler opdronk, chipskruimels liet vallen tussen de gleuven van de kussens op de bank en klaagde over zijn huidige bestaan op een toon die varieerde tussen gekerm en waanzin.

Toen er zich niets aandiende in de sfeer van betaald werk, begon hij rond te hangen in de galerie van zijn vader, waar hij facturen van de ene stapel naar de andere verplaatste om de tijd te doden. Hij had daar kunnen werken – Dylan had het hem aangeboden – maar Stephen vermoedde dat dit aanbod meer voortkwam uit medelijden dan uit een oprecht verlangen naar zijn gezelschap. De galerie werd al geleid door iemand die geniaal en betrouwbaar was, met meer enthousiasme dan Stephen had kunnen opbrengen, en als hij het aanbod had aangenomen, dan nog zou hij niet de galerie-eigenaar zijn geweest of zelfs mede-eigenaar, maar assistent van de manager. Als het ontbreken van een titel niet voldoende zou zijn geweest om hem te weerhouden, dan was de bijna voelbare teleurstelling van zijn vader dat zeker.

'Je kunt maar beter jezelf herpakken, jongen, en stoppen met je zelfmedelijden. Je bent niet de eerste man die zo'n enorme blunder heeft begaan.'

'Dit is nogal een vreemde peptalk.' Stephen rommelde door flyers, niet in staat zijn vader aan te kijken.

'De mensen vergeten, zoon, maar je zou dat gemakkelijker voor hen maken als je een beetje minder…'

'Een beetje minder wat?'

Zijn vader schudde alleen maar zijn hoofd. 'Laat maar zitten. Je bent het nieuws van vandaag, maar dat duurt niet eeuwig. Een andere ongelukkige zal snel genoeg jouw plaats innemen, en die zal waarschijnlijk minder talent hebben dan jij, Stephen. Goddank verdwijnt je talent niet, alleen maar omdat je met je broek omlaag betrapt bent. Al had ik graag gewild dat dat niet met de vrouw van een ander was geweest.'

'Pap…'

'Ik bedoel alleen dat ik graag had gewild dat het met iemand was geweest die je mee naar huis had kunnen nemen om kennis te maken met je moeder.' Stephen voelde het gewicht van zijn vaders hand net boven zijn schouder zweven. Hij wenste dat die hand omlaag zou gaan en daar zou blijven liggen, maar dat gebeurde niet. Hij keek op en de pijn en teleurstelling die hij op het gezicht van zijn vader zag werkte op hem als een langzaam werkend gif.

Zijn vader deed een stap naar achteren. 'Vind je dat ik hard tegen je ben?'

De afstand tussen hen leek enorm. 'Was het soms mijn schuld dat Chloe haar huwelijk geheimhield? Nee. Is het mijn schuld dat ze een ongelukkige relatie had? Niet echt. Toch ben ik degene die hier gestraft wordt.'

Zijn vader bestudeerde zijn knokkels. 'O ja? En wat zou je zeggen van haar man? Denk je dat hij niet gestraft wordt?'

De manier waarop zijn vader dat zei gaf Stephen een plotseling gevoel van paniek. Hij voelde dat Dylan meer wist van een dergelijke situatie dan Stephen wilde weten.

'Ze had bij hem weg moeten gaan', zei Stephen. Waarmee hij bedoelde: *ze had niet bij mij weg moeten gaan.*

'Mensen die getrouwd zijn leren om zich te schikken', zei zijn vader. 'Dat is de enige manier waarop ze erin slagen om getrouwd te blíjven.'

Stephen keek hem recht aan, en zag plotseling een oude man. De leeftijd had zijn vaders gezicht veranderd in een studie in tektoniek – diepe valleien en zachte plooien huid die tegen elkaar opbotsten, ondiepe inhammen, oude littekens, een verzameling bruine vlekken; de inkepingen van kruisarceringen bij zijn ooghoeken, zijn rommelige, borstelige wenkbrauwen; de mond die dun en zuur was geworden, het enthousiasme en de scherpte die wat begonnen te verdwijnen.

'Eerlijk gezegd kunnen zijn gevoelens me niets schelen.'

'Ik hoop dat je dat niet meent.'

Stephen wendde zich af. Hij kon er niet meer tegen om nog langer aan de situatie te moeten denken, of zijn aandeel erin. 'Ja,' zei hij, 'dat meen ik wel.'

Stephen goot nog wat whiskey in het restant van zijn koffie en greep naar een tissue, terwijl hij moest niezen en een vlek maakte op de papieren die over zijn bureaublad verspreid lagen. Het was een straf van bijna bijbelse omvang geworden. Toen hij nog een rijzende ster was bij Foyle's, had hij zijn tijd doorgebracht met reizen door Europa op kosten van de zaak en, o, wat een tijd was dat geweest! Hij bezocht veilinghuizen, particuliere huizen en musea. Hij verwonderde zich over oude meesters en hedendaagse grote kunstenaars, adviseerde over het restauratieproject in de grotten van Lascaux, streek met zijn vingers langs Aubusson-tapijten, vervaardigd door Vlaamse wevers, onderzocht met groot vakmanschap gemaakte meubels en gaf zelfs bescheiden zijn mening over de waarde van een Meissen-vingerhoed, gedecoreerd met het wapen van een Ierse aristocraat. En nu, vier jaar later, zat hij gevangen bij Murchison & Dunne, waar hij de laagste sport van de ladder bezet hield, en waar hij niets anders deed dan taxaties, terwijl de rente op zijn creditcards opliep, zijn huur maar bleef stijgen en zijn positie steeds hachelijker werd.

Het was geen toeval dat ze hem hier hadden opgesloten, op de tweeëntwintigste verdieping. Simon Hapsend, de werknemer van wie de kamer was geweest voordat hij daar kwam, was verantwoordelijk voor de ontwikkeling van de website van het bedrijf en het promoten van de mogelijkheden van de firma op het gebied van taxaties met behulp van forensisch onderzoek, en verder diensten die het hele gamma doorliepen van verklaringen van experts tot aan waardebepalingen voor verzekeringsdoeleinden, prenuptiale taxaties en taxaties met betrekking tot faillissementen, vermogens en inboedels.

Maar Simon was op staande voet ontslagen toen een speciale eenheid van de FBI ontdekte dat pogingen om de systemen van diverse grote financiële instituten te hacken, afkomstig waren van zijn computer. Dat het computerbewijs van de speciale eenheid toen zelf werd gehackt en niet kon worden gelokaliseerd, was de enige reden dat Simon niet in de gevangenis belandde. Zo erfde Stephen zijn kantoor, samen met de vreemde dingen die hij had achtergelaten: lijsten met wachtwoorden en gebruikersnamen die in een gat aan de achterkant van een la waren weggestopt, e-mails van een onbekende afzender, waarin Stephen werd verzocht om de bestanden die op mysterieuze wijze op zijn computer verschenen, te verwijderen. En verder vond hij nog een vaal, olijfkleurig T-shirt, de oorzaak van een smerige lucht, met daarop een afbeelding van een slang en het woord 'Python' in zwarte letters, dat hij uiteindelijk gelukkig wist te ontdekken, weggestopt achter de archiefkast.

Stephen staarde naar de muur en vroeg zich af hoe lang hij nog in leven zou kunnen blijven op Japanse noedels en bier. Zijn vertrouwen in zijn eigen talent verdween met dezelfde snelheid als het geld op zijn bankrekening. Hij bestudeerde zijn golvende reflectie in de roestvrijstalen thermosfles. Het leek onwaarschijnlijk dat hij op een mooie manier oud zou worden. Zijn zwarte haar vertoonde hier en daar al wat grijs bij de slapen. Hij was gezegend met een lengte van een meter negentig, hoewel zijn beide ouders allebei vrij klein waren, maar hij begon een buikje te krijgen, doordat het lidmaatschap van de sportschool een van de eerste dingen was geweest die hij had opgezegd. Zijn ogen waren bloeddoorlopen door slaapgebrek en een teveel aan whiskey; zijn huid had de grauwe tint van een vieze vaatdoek gekregen. En hij was er zich maar al te zeer van bewust dat de voornaamste reden waarom hij nog niet ontslagen was, de reputatie van zijn vader was.

Dylan Jameson was het grootste deel van zijn leven eigenaar van de kleine galerie in SoHo geweest. Stephen had zijn jeugd doorgebracht met rennen door die prachtig verlichte ruimtes en zich verstoppen achter enorme schilderijen. Zijn speelgoed had bestaan uit schilderijclips en L-haken, en tentoonstellingscatalogi die hij opstapelde als pilaren. Hij leerde over perspectief terwijl hij schrijlings op Dylans schouders zat en zijn vader naar schilderijen in de galerie toe liep en er dan weer bij vandaan ging. Hij bracht Stephen wiskundige termen bij: verdwijnpunten en horizonlijnen, graden en aslijnen en kromlijnige varianten. Zijn vingertoppen volgden de vlakke delen van verf op een doek, de ribbels waar stevige penseelstreken de zware olie hadden weggeduwd en die van de ene naar de andere kant hadden laten lopen. Hij tuurde door een vergrootglas terwijl zijn vader hem ondervroeg: transparant of dekkend? Alla prima of onderschildering? Nat in nat of vet over mager?

Maar ondanks zijn vaders aanbod om te komen werken in de galerie, ongeacht het ontbreken van een titel, zou het gewoon niet goed zijn geweest. De hoge ruimtes waren vervuld van desillusie, en het opgewekte voorkomen van de galeriemanager was een subtiele herinnering aan zijn eigen gemis aan persoonlijkheid. In plaats daarvan, aan het begin van de zomer, had Stephen het beetje spaargeld dat hij nog bezat opgenomen en was hij naar Europa gevlucht met een gevoel van schaamte. Daar zwierf hij over het vasteland, verbleef in goedkope hotelletjes en pensions, stopte wat harde broodjes en stukjes worst die overbleven van zijn ontbijt in zijn rugzak voor zijn lunch, dronk goedkope wijn die hem hoofdpijn bezorgde en rookte sigaretten die zorgden voor gele vlekken op zijn vingertoppen. Overal stelde hij zich Chloe naast zich voor. De aanhoudende druk van haar nagels tegen zijn handpalm als ze wilde dat hij ophield met praten en haar zou kussen. Het geluid van haar hakken, heen en weer lopend, terwijl hij Titiaans *Hemelse en aardse liefde* in de Galleria Borghese bestudeerde. Haar vluchtige blik van teleurstelling toen ze het laatste beetje van een glas pinot noir op een terrasje dronk. En de vreemde uitdrukking die hij opving voordat ze de kans had om die te vervangen door een die aangenamer was – een berekende hardheid die hem ter plekke deed bevriezen.

In Rome had hij niet de moeite genomen om de oproep te beantwoorden toen hij op het scherm zag dat het zijn moeder was die belde. Hij was er zeker van dat ze hem op vleiende toon zou proberen over te halen om terug te komen. Hij had gewoon zijn telefoon uitgezet. Vier maanden in Europa en er waren nog steeds veel wonden die hij moest likken. Toen hij dagen later zijn telefoon weer eens aanzette, zag hij dat hij een aantal boodschappen had gekregen. Het was laat in de herfst, alles al skeletachtig en somber, toen hij naar huis vloog voor de begrafenis van zijn vader. Daar was hij dan, terug in New York, ellendiger dan toen hij was vertrokken; een paar van zijn vaders manchetknopen als zijn meest concrete bewijs dat hij ooit de zoon van Dylan Jameson was geweest.

De kennis van zijn vader ging gepaard met de ziel van een dichter, een diepe waardering voor schoonheid in al haar gedaanten. Dylans begrip van wat een kunstenaar hoopte te kunnen overbrengen, samen met zijn oprechte wens dat een kunstenaar succesvol zou worden, had ervoor gezorgd dat hij talloze fans had – nieuwe kunstenaars wier werk nog getoond moest worden, gevestigde kunstenaars die een slechte tentoonstelling hadden gehad of waren neergesabeld door een negatieve pers, veilingmeesters die wisten dat zijn vader veel dingen uit de eerste hand wist, taxateurs die graag een second opinion wilden.

Stephen daarentegen werd alleen geïntrigeerd door methodologie. Wat iemand dreef om te creëren interesseerde hem niet, maar wel de gebruikte technieken en de gedachte dat vakbekwaamheid kon worden geleerd en doorgegeven. Hoe kon je het verschil zien tussen leermeester en uitvoerende leerling, hoe kon je echt onderscheiden van vals? Het vaststellen van de herkomst van een werk was cruciaal voor de authenticatie, en vaak moeilijk voor elkaar te krijgen. Als de herkomst niet met zekerheid kon worden vastgesteld, waren er nog andere bronnen beschikbaar, en dat was waar Stephens talent lag. Hij had de brede kennis van een kunsthistoricus gecombineerd met het verlangen van iemand die iets authentiek moet verklaren, om het onbewijsbare te bewijzen.

Hij was het gelukkigst als hij verdiept was in afgezonderde werkzaamheden: het bestuderen van pigmenten, het doen van onderzoek met de Wood-lamp, het uitvoeren van grafologische analyses. De uren vlogen voorbij wanneer hij gebogen zat over de signatuur op een schilderij en genoot van de schoonheid in het patroon van opgaande en neergaande lijnen; als hij kritisch brutale, zware streken of zwakke, bibberende krullen bekeek; die laatste aanraking van het penseel op canvas ontcijferde. Had het trots betekend? Triomf? Of, zoals hij vaak vermoedde, louter opluchting omdat het schilderij eindelijk af was?

Het was louter toeval dat hij tweeënhalf jaar geleden naast Cranston had gestaan bij een boedelverkoop; niets dan toeval dat ze allebei hadden staan staren naar hetzelfde onbekende schilderij. En toen Stephen begon te praten, waren de woorden die toen kwamen eigenlijk alleen bedoeld voor hemzelf; het was een gewoonte die te moeilijk was om te doorbreken, dit vaststellen van feiten terwijl hij die waarnam. Het werk verraadde altijd de kunstenaar, niets anders dan een nauwelijks merkbare verandering in het gedrag van een pokerspeler. Maar toen het telefoontje kwam van Cranston met het aanbod voor een baan, wist Stephen dat het niet de Voorzienigheid was geweest maar de hand van zijn vader die hem stimuleerde om de brokstukken van zijn leven bij elkaar te rapen en door te gaan.

De telefoon zoemde vanaf de plek waar hij die had opgeborgen in de bureaula. Hij aarzelde en stelde zich voor hoe Sylvia's irritante stemgeluid weer zijn gehoor zou teisteren. Maar toen hij op het scherm keek, zag hij dat het gesprek niet intern was. Het was professor Finch.

Het laatste wat hij wilde was een avondje uit met Finch, hoewel Stephens mogelijkheden voor gezelschap gering waren geworden. Finch had beperkte contacten buiten de academische wereld, maar hij compenseerde dat met zijn algemene kennis van kunstgeschiedenis, en zijn zeer specifieke kennis van een bepaald onderwerp: Thomas Bayber. Behalve dat hij voorzitter was geweest van het comité dat Baybers catalogue raisonné tot stand had gebracht, had de professor ook nog twee boeken geschreven over Baybers werk, die allebei gunstig waren ontvangen en geprezen. Stephen had hem jaren geleden voor het eerst ontmoet, tijdens een van de party's in de galerie van zijn vader. Niemand bij Murchison & Dunne had zin om tijd te besteden aan luisteren naar Finch' verhalen of nu en dan een Bushmills met hem te gaan drinken, het pijproken te verduren en het gedruppel van bruin speeksel dat onvermijdelijk verscheen in de hoek van diens mond. Maar Stephen moest toegeven dat hij het gezelschap van de professor wel plezierig vond.

'Stephen Jameson.'

'Stephen, met Dennis Finch.'

'Professor Finch, ik heb nu even geen gelegenheid om te praten. Sta op het punt naar een vergadering buiten de deur te gaan. Een bespreking. Een bespreking voor een vergadering, bedoel ik. Later?'

'Natuurlijk, Stephen. Maar als je me zo snel mogelijk terug kunt bellen, zou ik dat op prijs stellen. Ik wil met je praten over een nieuwe Bayber.'

De lucht rondom hem werd zwaar. Stephen hoorde niet langer de lift terwijl die kreunend langs zijn kantoor kwam, of het gesis van de radiator. Alles was stil.

'Zei je een nieuwe Bayber?'

'Inderdaad. Ik vroeg me af of je misschien geïnteresseerd bent om het werk te authenticeren.'

Thomas Bayber was een kluizenaar die twintig jaar geleden was gestopt met schilderen en een van de briljantste nog levende kunstenaars. Honderdachtenvijftig gecatalogiseerde schilderijen, allemaal in musea, met uitzondering van drie werken die zich in een privécollectie in Spanje bevonden, een schilderij in Rusland en vier andere werken in privébezit in de Verenigde Staten. De mogelijkheid dat hij degene zou kunnen zijn die een nieuw schilderij zou mogen authenticeren, maakte dat Stephens handen begonnen te trillen. Een vondst zoals deze zou alle fouten uit het verleden doen vergeten. Er zouden interviews en promoties komen, en dure restaurants; hij zou voortaan de lift naar de bovenste verdieping mogen nemen, al was het maar om zijn ontslag in te dienen. De ontelbare mogelijkheden zorgden ervoor dat het zweet hem uitbrak en zijn neus begon te lopen. Maar toen begon de twijfel in zijn hoofd rond te tollen. Van alle mensen zou juist Finch weten of een Bayber authentiek was; hij had immers zijn leven gewijd aan het bestuderen van het werk van de kunstenaar. Waarom zou hij niet Christie's of Sotheby's bellen? Een zure kiem van achterdocht maakte Stephen inwendig van streek. Iemand nam hem in de maling. Zijn beschadigde reputatie zou een tweede vernedering niet overleven.

'Waarom ik?' vroeg hij vlak.

'Thomas heeft specifiek naar jou gevraagd. Aangezien ik al de catalogue raisonné heb samengesteld en dit een werk is dat ik niet ken, vindt hij het beter als iemand die minder bevooroordeeld is, om het zo maar eens te zeggen, het werk gaat onderzoeken.'

'Is hij soms bang dat jij geneigd bent het af te wijzen, omdat het niet eerder bekend was?'

Er viel een stilte. 'Ik weet niet precies wat zijn redenering is geweest, Stephen, maar ik ben het met hem eens. Het zou het beste zijn als er buiten mij nog iemand anders naar het werk zou kijken.'

De stem van de professor klonk gespannen. 'En er is nog iets. Ervan uitgaande dat jij het werk als dat van Bayber zou herkennen, wil Thomas het meteen laten veilen. Hij wil dat Murchison & Dunne de verkoop gaat doen. Het zou kunnen dat je Cranston moet meenemen.'

Stephen was niet zo blij met de gedachte dat hij de directeur van Murchison & Dunne erin zou moeten betrekken zonder dat hij eerst zelf de situatie kende. Aan de andere kant, als Cranston erachter zou komen dat hij het werk in zijn eentje had bekeken, zou hij misschien gaan denken dat Stephen meer in zijn eigen belang zou handelen in plaats van in het belang van de firma. Beter om maar meteen met Cranston te gaan praten. Als ze het stuk allebei op hetzelfde moment zouden zien en het was vals, dan zou Stephen het als zodanig kunnen aanmerken, wat Murchison & Dunne een vernedering zou besparen. Als het schilderij wél een echte Bayber was, dan zou Cranston meteen weten dat Thomas Bayber persoonlijk had gevraagd of Stephen het wilde authenticeren.

'Wanneer?'

'Ik hoopte eigenlijk morgenmiddag. Als jij daar dan natuurlijk gelegenheid voor hebt.'

Stephen negeerde Finch' tamelijk scherpe sarcasme. 'Die hebben we.'

Ze spraken een tijdstip af en Stephen schreef het adres op een stukje papier, voordat hij de telefoon neerlegde. Zijn handen beefden terwijl hij het nummer van Sylvia intoetste, en hij veegde zijn handen af aan zijn broek terwijl hij wachtte totdat ze zou opnemen.

'Sylvia.' In zijn stem weerklonk ineens een vreemde autoriteit. 'Ik wil graag vanmiddag een afspraak met Cranston, maar niet over de boedelverkoop van Eaton. We moeten iets anders bespreken. Iets vertrouwelijks. Boek een conferentiekamer.' Hij hing op zonder nog iets te zeggen, en stelde zich Sylvia's geschokte uitdrukking voor, haar mond als die van een gestrande vis, die zich opende en sloot in een perplexe, ademloze O.

63

Vier

De volgende middag om precies kwart over een zag Stephen hoe Cranston liep te ijsberen over de marmeren vloer van de hal, waarbij zijn buik over zijn broekriem golfde. Zijn handen had hij in de zakken van zijn kameelharen jas gestopt. Behalve Cranstons gezeur over de regen werd er weinig gesproken tijdens de autorit, waar Stephen dankbaar voor was. Cranston had de vorige middag duidelijk laten blijken dat hij het onwaarschijnlijk achtte dat er iets zou voortkomen uit deze bespreking, maar met het oog op de geringe kans dat Bayber en Finch niet zouden proberen om hen te bezwendelen, had de firma de verplichting om de situatie in te schatten, voordat ze de autoriteiten zouden inlichten om die twee aan te geven voor een poging tot fraude. Ondanks zijn beweringen van het tegendeel kon Stephen zien hoe Cranston aan het fantaseren was over de mogelijkheden, mocht er toch enige waarheid zitten in het verhaal. Murchison & Dunne had nog nooit iets gedaan op dit niveau; de gedachte wat een verwerving zoals dit zou doen voor de reputatie van de firma, voor toekomstige zaken en voor het gegarandeerde voordeel voor meneer Cranston zelf, ging niet aan de man voorbij.

'Voordat we verder gaan, wil ik even een duidelijke afspraak maken. Ik voer het gesprek, meneer Jameson. Ik weet niet waarom het verzoek rechtstreeks naar u is gegaan, maar aangezien dat nu eenmaal zo is, vind ik het niet meer dan redelijk dat u erbij bent. Zuiver in de hoedanigheid van waarnemer natuurlijk.' De auto stopte. Op het trottoir stonden diverse vuilniszakken en de kast van een oud televisietoestel. Cranston snoof. 'Laten we ter wille van u hopen, meneer Jameson, dat dit goed uitpakt.'

Stephen kreunde inwendig en knikte. Cranstons toon maakte

zijn wankele positie duidelijk. Sinds het telefoontje van Finch gisteren, had Stephen vermoed dat er iets ging gebeuren, en vroeg hij zich af of hij iets van bedriegerij had gehoord in Finch' haperende zinnen. Maar zelfs die behoedzaamheid kon zijn enthousiasme voor een ontmoeting met Bayber niet dempen. Dat zij tweeën in dezelfde ruimte zouden zijn op hetzelfde moment had hem een onrustige, slapeloze nacht bezorgd.

Ze liepen omzichtig de trap voor het huis op, en ontweken de vuilnis die aan de onderkant van de trapleuning was vastgemaakt. Toen ze aanbelden, ging de deur meteen open; niemand vroeg naar hun naam. De lift was klein en Stephen, die zijn gereedschapstas tegen zijn borst gedrukt hield, werd gedwongen om tussen Cranston en een vrouw met een kromme rug in te staan. Ze hield een kat met een dunne vacht in haar armen. Het dier droeg een halsband waaraan een lange lijn bengelde.

Finch deed al open terwijl Stephen nog aan het kloppen was. De professor greep zijn hand nog voor die van Cranston vast, schudde die stevig en trok hem over de drempel.

'Kom binnen, maar let op waar je loopt. Thomas houdt het hierbinnen tamelijk donker. Ik gleed net nog uit over een potlood en zag mijn leven al aan me voorbij flitsen.'

Er volgde een snelle knik ter begroeting in de richting van Cranston, terwijl die naar binnen schuifelde. Daarna sloot Finch de deur achter hen en liep hij snel de kamer door om zijn plek te claimen – een versleten bergère met een hoge rug en een doorgezakte zitting.

Stephen keek verbaasd om zich heen. Het leek wel een filmset; een vreemde combinatie van een horrorfilm met een twintigste-eeuwse periodefilm. Zware gordijnen tot op de grond sloten het meeste licht buiten. De muren hadden een doffe rode kleur, met stroken behang die loslieten bij de hoeken alsof ze probeerden te ontsnappen, en het lijstwerk van het plafond was bedekt met een laag stof. Uit het ventilatierooster van de airco kwamen luchtjes van eten en whiskey mee. Stoelen stonden verspreid in de kamer zonder een duidelijke opstelling en oosterse tapijten, allemaal versleten, sommige met kale plekken die het patroon onderbraken, waren in vreemde hoeken neergelegd. Het was de nachtmerrie van een dronkaard – een alcoholtest binnenshuis die bestond uit een doolhof van meubilair en hindernissen op verschillende hoogtes. Bayber was nergens te bekennen, maar Stephen hoorde herhaalde geluiden van geritsel en af en toe wat gebonk in een van de achterkamers, alsof een dier in een te kleine ruimte zat opgesloten. De gedachte dat een man wiens talent hij zo lang had bewonderd, zo dichtbij kon zijn, dat hij zo meteen misschien zelfs zijn hand zou schudden, zorgde ervoor dat zijn keel droog werd. Hij probeerde iets te bedenken als introductie om er blijk van te geven dat hij op zijn minst een zekere mate van begrip bezat van het oeuvre van de man.

'Ik ben blij dat jullie konden komen, vooral omdat ik het zo kort tevoren heb gevraagd', zei Finch.

'Een dergelijke uitnodiging hadden we onmogelijk kunnen afslaan.' Cranston gaf Finch een kleine glimlach, maar Stephen kon zien dat hij op zijn hoede was. Een voorheen onbekende Bayber die nu opdook, bekeken in het schemerige licht van een verwaarloosd appartement. Het sloeg nergens op. Cranston had de angstige blik van iemand die vermoedde dat hij op het punt stond het slachtoffer te worden van een gokspel met drie blinde kaarten.

Maar Stephen kon nauwelijks zijn enthousiasme bedwingen. Wat het resultaat ook zou zijn, deze dag was nu al beter dan welke dag ook in de afgelopen dertig maanden waar hij zich doorheen had geworsteld. Wat de reden ook mocht zijn, het lot spiegelde hem zijn redding voor.

'Is hij er?' vroeg hij aan Finch, terwijl hij gebaarde in de richting van de kamers aan de achterkant van het appartement.

'Hij komt zo bij ons. Mag ik jullie intussen wat te drinken aanbieden?'

Stephen greep het glas whiskey dat Finch hem overhandigde vast alsof het iets heiligs was. Cranston sloeg het aanbod af. 'Ik wil graag scherp blijven', zei hij, fronsend naar Stephen, die de uitdrukking van zijn werkgever wel zag, maar niettemin de whiskey snel naar binnen sloeg.

'Misschien,' begon Cranston, 'terwijl we hier toch wachten, zou u ons wat achtergrondinformatie kunnen geven. Meneer Jameson leek nog niet veel bijzonderheden te weten.'

Finch' gezicht bleef onbewogen en Stephen verbaasde zich over zijn rustige gedrag. Hij moest toch ook opgewonden zijn? Over de telefoon had hij beweerd dat hij het schilderij nog niet had gezien, en evenmin wist hij iets over het onderwerp, wanneer het was geschilderd of waar het was geweest. Stephen vond hem opvallend beheerst, gezien het feit dat de catalogue raisonné waaraan hij jaren had besteed om die samen te stellen, nu niet langer compleet was of nog deugde, waarbij het leek alsof het achterhouden van het werk door zijn vriend doelbewust was geweest.

'Ik laat het aan Thomas over om zijn toelichting hierop te geven, aangezien mijn kennis met betrekking tot het stuk beperkt is. Ik kan alleen zeggen dat het bestaan van nog een Bayber mij tot voor gisteren niet bekend was. Volgens de wens van Thomas heb ik contact opgenomen met onze collega hier, meneer Jameson.'

Cranston wierp hem een snelle blik toe en knikte licht. Stephen wist niet zeker of de blik er een van bewondering was of louter een herinnering dat Cranston, als belangrijkste vertegenwoordiger van de firma, het woord zou doen.

Cranston negeerde Finch' terughoudendheid en vervolgde zijn ondervraging. 'Dit werk, een studie misschien? Voor een werk dat al in de catalogue raisonné is opgenomen?'

Finch' ogen vernauwden zich voordat hij zich omdraaide naar de bar om zijn glas nog eens te vullen.

'Nee, geen studie. Een tamelijk groot olieverfschilderij, naar wat ik heb begrepen.'

'Juist.' Cranston wreef met zijn duim over zijn kin. 'U zult zich mijn verbazing wel kunnen voorstellen, professor, hoewel ik hoop dat u het niet zult beschouwen als een gebrek aan interesse van de kant van Murchison & Dunne. In het verleden zijn de veilingen van het werk van meneer Bayber via grotere veilinghuizen gegaan, en ik moet toegeven dat ik een beetje nieuwsgierig ben waarom alleen wij de gelukkigen zouden zijn die in aanmerking komen.'

'Ik neem aan dat Thomas daar zo zijn redenen voor heeft gehad. Kunstenaars. Allemaal excentriekelingen, nietwaar?' Finch pauzeerde en hief zijn glas in de richting van Cranston. 'U twijfelt toch niet aan uw vermogen om een goede prijs te krijgen voor het werk?'

'Absoluut niet. Mochten we besluiten het aan te nemen, dan zal de veiling onze allergrootste aandacht krijgen. Geen enkel detail zou worden vergeten.'

Stephen beet op de binnenkant van zijn wang. Alsof het nog de vraag was of ze het werk zouden aannemen.

Finch wierp Cranston een harde blik toe, onaangedaan door zijn omzichtigheid. 'Ik ben ervan overtuigd dat dat hem gerust zal stellen.'

De zware gordijnen die voor een overwelfde doorgang hingen die leidde naar de achterkamers, gingen uiteen. Stephen zag eerst de hand die de stof opzij hield – de lange vingers, de gespikkelde huid tegen de dieprode stof van de gordijnen. Toen kwam de rest van Thomas Bayber de kamer in. Hij was net zo lang als Stephen, alleen licht gebogen door leeftijd, en hij bewoog weloverwogen; niet alsof het lopen zelf specifieke inspanning vroeg, maar alsof er achter elke stap een plan zat. Hij wierp een scherpe blik over het verzamelde gezelschap terwijl hij zich een weg baande naar een stoel naast die van Finch. Hij ging erop zitten zonder een woord te zeggen en stak een hand uit, waarin Finch meteen een glas plaatste. Voor het eerst had Stephen medelijden met de professor. Hij vervulde vlekkeloos de rol van lakei, en Stephen begreep dat hij en Cranston getuige waren van gedrag dat zich door jarenlange herhaling had geperfectioneerd.

De lucht in de kamer was verstikkend. Stephen kon het gekriebel achter in zijn keel niet bedwingen en hoestte nadrukkelijk. Zijn gezicht werd rood, terwijl hij zocht naar het glas dat hij eerder had neergezet.

'Meneer Jameson, misschien is het verstandig om nu over te stappen op water', spoorde Cranston hem aan, nadat hij Stephen hard op zijn rug had geslagen.

'Ja', zei Stephen, terwijl hij zijn duim tussen de kraag van zijn overhemd en zijn hals stak. 'Dat zou zeker verstandig zijn. Neem me niet kwalijk.'

Finch en Bayber keken elkaar even aan en Stephen voelde zich diep vernederd toen ze begonnen te lachen. Hij voelde hoe hij nog roder werd, terwijl het vertrouwen en enthousiasme dat hem eerder nog overeind had gehouden, nu uit hem wegvloeide.

'Neem me niet kwalijk, meneer Jameson, maar het is een oude waarheid: de ellende van een ander is altijd de gemakkelijkste manier om het ijs te breken. Los hiervan ben ik heel blij u eindelijk te ontmoeten.'

Baybers stem had de resonantie van een put en ondanks Stephens vastbeslotenheid om neutraal te blijven, was hij verrukt doordat de man hem zo aandachtig bekeek. Hij wist dat Bayber begin zeventig was en had aangenomen, misschien omdat hij al zo lang niet meer in de publieke belangstelling stond, dat de fysieke gesteldheid van de kunstenaar achteruit zou zijn gegaan. Maar behalve zijn gelaatskleur, die doodsbleek was, en een zekere mate van aarzeling in zijn bewegingen, was hij nog hetzelfde als op de foto's die Stephen van hem had gezien: lang en slank, zijn hoofd geheven, zijn haar nu een dikke grijze kuif. Zijn gedrag was autoritair maar tegelijkertijd charmant.

'Ik ken uw moeder door de galerie, meneer Jameson, maar niet uw vader. Hij was een bijzonder mens, geloof ik, iemand die het verdiende om bewonderd te worden. De wereld zou heel wat prettiger zijn voor kunstenaars, en ook voor de mensen in het algemeen, als er meer waren zoals hij. Mag ik u mijn welgemeende condoleances aanbieden.'

Het was onverwacht om zijn vader te horen noemen precies op het moment dat Stephen aan hem dacht, en zijn vingers wreven over de manchetknopen die hij in een zak van zijn colbert bewaarde. Zijn vader zou het geweldig hebben gevonden om in het gezelschap van deze mensen te zijn: zijn vriend Finch, de opgeblazen Cranston, en Bayber, een man wiens talent hij had geprezen, ondanks de vermaarde, algemeen bekende morele misstappen van de kunstenaar. Was hij maar zo tolerant ten opzichte van mij geweest, dacht Stephen, maar meteen daarna schaamde hij zich daarvoor. Bayber bestudeerde hem. Te bedenken dat de man in zijn vaders galerie was geweest en dat Stephen hem nooit had gekend.

Bayber schraapte zijn keel. 'Genoeg beleefdheden, heren, laten we ter zake komen. Ik heb een schilderij dat ik wil verkopen. Ik neem aan dat het een schilderij is dat u graag voor mij wilt verkopen, ja?'

'Zodra we de gelegenheid hebben gehad om het werk te onderzoeken en de echtheid ervan vast te stellen, zouden we dat heel graag willen', zei Cranston.

Bayber hield zijn handen samen alsof hij in gebed was, de toppen van zijn vingers rustend tegen zijn lippen. Stephen realiseerde zich dat hij een slechte poging deed om een glimlach te verbergen.

'Natuurlijk, meneer Cranston. Ik zou niets anders verwachten. En hier hebben we dan in deze kamer twee mannen die in staat zouden moeten zijn om u een definitief antwoord te geven voor wat betreft de authenticiteit van het werk, nietwaar? Meneer Jameson, mag ik u uitnodigen?'

Bayber gebaarde naar de hoek van de kamer waar een stapel zeildoeken de grond bedekte. Stephen liep erheen en hief gretig een hoek van het bovenste zeildoek op, om daaronder weer een volgend aan te treffen. Hij rolde er in totaal vijf op voordat de zwakke glinstering van een vergulde hoek maakte dat hij zijn adem inhield.

Het was stil in de kamer. Stephen schudde zijn hoofd en richtte al zijn aandacht op het moment, waarbij hij alles behalve het werk voor hem buitensloot. Hij vocht tegen het verlangen om het hele zeildoek weg te trekken van het schilderij en concentreerde zich in eerste instantie alleen op de lijst. Zachtjes trok hij het zeildoek opzij, totdat de hele verticale rand van de lijst werd blootgelegd.

Schaapje, schaapje, heb je witte wol, reciteerde hij binnensmonds. Hij begon ieder onderzoek altijd met een kinderversje, om zijn geest tot rust te brengen en zijn concentratie te bevorderen. Finch had gelijk gehad, het was inderdaad een groot werk. De lijst zelf was al schitterend: een cassettalijst in de Arts & Crafts-stijl van Prendergast, met een handgesneden buitenrand en een ietwat holle binnenrand en ojiefprofiel, afgewerkt met polimentverguldsel, tweeëntwintig karaat bladgoud.

Ja baas, ja baas, drie zakken vol. Een voor de meester... Het goud was met agaatsteen gepolijst boven donkerbruine bolus aan de buitenrand, en was mat goud gelaten boven de groene bolus op de binnenrand. De hoeken van de lijst waren versierd met verdiept uitgesneden acanthusbladmotieven, en de verguiding was licht opgewreven om de bolus te tonen. Het schrijnwerk leek degelijk, en de algemene conditie van de lijst was goed. Met deze afmetingen zou de lijst weleens tien tot vijftienduizend of zelfs nog meer waard kunnen zijn.

Hij keek even over zijn schouder. De andere drie keken aandachtig naar hem. Hij duwde het zeildoek weg van het schilderij en haalde een paar katoenen handschoenen uit de zak van zijn colbert. Nadat hij zijn horloge had afgedaan, zwaaide hij met een tweede paar handschoenen naar Cranston en zei: 'U zult uw horloge ook af moeten doen, en ook uw manchetknopen.' Hij keek op naar Bayber.

'Waar?'

'Hier, denk ik. Tegen de muur.'

Cranston knikte naar Stephen en met z'n tweeën tilden ze het schilderij voorzichtig op en droegen het naar de muur aan de andere kant, waar een beetje zonlicht in de kamer viel. Ze zetten het schilderij daar uiterst voorzichtig neer en stapten toen naar achteren, waar ze zich voegden bij Finch en Bayber, die was opgestaan en de rug van de stoel vastgreep. Stephen vroeg zich af of Bayber enige bezorgdheid voelde, of dat onzekerheid hem al lang geleden had verlaten. Maar de man keek eerder gepijnigd dan bezorgd, alsof hij geen gelukkige herinneringen aan het werk had. Gedrieën keken ze naar het schilderij met opgetrokken wenkbrauwen, keken naar Bayber, en namen hem snel op voordat ze weer naar het schilderij keken.

Een dof geworden plaatje aan de onderkant van de lijst vermeldde: GEZUSTERS KESSLER. Het schilderij toonde een zitkamer in wat een groot zomerhuis leek te zijn – ruwe houten muren, houten vloeren, een hoog plafond met een slaapzolder. Een late zomermiddag. Open ramen liepen langs de achterkant van de kamer, en de gordijnen waren zo geschilderd dat het leek alsof er een briesje waaide. Stephen kon bijna de wind in zijn nek voelen. Een rand kamperfoelie verzachtte de omtrek van het raam, en een strook water was zichtbaar in de verte. Diffuus licht scheen vaag op diverse

71

oppervlakken: een stuk van het verschoten oosterse tapijt dat een deel van de vloer bedekte, de wijzerplaat van een staande klok, een open boek op een salontafeltje. De kamer stond vol met voorwerpen, allemaal met een vreemde gloed, ongetwijfeld door de onderschildering, alsof alles even belangrijk was.

Drie mensen vormden het middelpunt van het schilderij: een jonge man, misschien eind twintig, en twee jongere meisjes. Stephens huid tintelde. De jonge man was duidelijk Bayber. Of het nu kwam door de uitdrukking op zijn gezicht of de manier waarop de meisjes naast hem stonden, dat wist hij niet, maar Stephen kreeg even een gevoel van onbehagen terwijl hij het doek bestudeerde.

De kunstenaar had zijn eigen jeugdige arrogantie vastgelegd, waarbij hij zichzelf in een eerlijk zij het niet geflatteerd licht had weergegeven. Op het schilderij zat Bayber lui op een tweezitsbankje, een witte enkel balancerend op de knie van zijn andere been. Op zijn bootschoenen waren slijtplekken zichtbaar. Hij droeg een wit net overhemd met de mouwen opgerold tot boven zijn ellebogen en het bovenste knoopje los, en een vaak gedragen kakibroek, waarvan de kreukels en schaduwen van de kreukels zo vakkundig waren weergegeven dat Stephen de aandrang moest onderdrukken om zich uit te strekken en de stof aan te raken. Baybers haar was lang, met donkere krullen rond zijn gezicht. Er lag een grand foulard over de bovenkant van het bankje; een van Baybers armen strekte zich erover uit, de andere arm rustte op zijn dij. Zijn uitdrukking was 'zelfverzekerd' – dat was het woord ervoor; 'zelfvoldaan', een minder aardig woord. Hij keek recht voor zich uit, alsof hij gefascineerd was door de man die dit alles vastlegde.

De meisjes daarentegen keken allebei naar Bayber. De oudste van de twee had een sluwe glimlach van het soort dat het hart van een vader zou breken. Stephen dacht dat ze misschien zestien of zeventien was, maar haar uitdrukking maakte dat ze er ouder uitzag, door een harde, wetende glinstering in haar ogen. Ze stond achter het tweezitsbankje, rechts van Bayber. Haar blonde haar werd uit haar gezicht gehouden in een gladde paardenstaart die over een schouder golfde en uiteindelijk overging in krullen. Kleine gouden oorringen vingen het licht en waren te chic voor haar kleding – een bleekgroene, mouwloze blouse en jeans. Haar huid had de kleur van warme karamel, en hij zag met één oogopslag dat ze het soort meisje was dat alles kreeg zonder dat ze erom hoefde te vragen. Net zoals Chloe, dacht Stephen, die zich weer de bleke huid in de buiging van haar arm herinnerde als hij die omdraaide. Een van de handen van het meisje rustte op Baybers schouder, maar toen Stephen een stap dichter bij deed om het schilderij te bestuderen, realiseerde hij zich dat ze hem daar stevig vasthield. De gewrichten van haar vingers waren licht gebogen, haar nagels bleek, de stof van Baybers overhemd er net onder uit geplooid. Haar andere arm hing nonchalant langs haar zij en verdween achter de stof van de grand foulard.

De jongere zus zat op het bankje naast Bayber. Ze leek ongeveer dertien, een en al lange armen en benen en was zo bruin als een indiaan, zou Stephens moeder hebben gezegd. Haar sproeterige benen staken uit een gerafelde denim short en een geruit hemd was rond haar middel samengeknoopt. Stephen kon bijna de donzige gouden haartjes op haar gebruinde huid zien. Haar benen had ze onder zich opgetrokken, haar voetzolen bespikkeld met stof en korrels glinsterend zand. Haar haar hing los en viel als een waterval van golven rond haar gezicht; een wolk van zomerblond. Een van haar handen rustte op de bovenkant van een vogelkooi van filigraan die op de leuning van het bankje balanceerde, het dunne deurtje van metaaldraad op een kier. Haar andere hand was weggestopt onder die van Bayber, en rustte op zijn dij. Ze had de verveelde blik van een puber. De blik die ze Bayber schonk was er een van nieuwsgierigheid en tolerantie, niet per definitie bewondering.

Stephen was sprakeloos. Er was niets wat ook maar een beetje leek op een formeel portret in het oeuvre van de kunstenaar. Hij keek naar Finch, die fronste. Cranston, die veel minder bekend was met het werk van Bayber, keek naar Stephen en trok zijn wenkbrauwen op.

'Meneer Jameson? Uw indruk?'

'Het is, eh, het is…'

'Verontrustend', zei Finch. Hij keek naar Bayber alsof hij hem nooit eerder had gezien.

Cranston liep dichter naar het schilderij toe en glimlachte. 'Verontrustend is niet per se slecht als het kunst betreft. Ik ben meer geïnteresseerd in wat u ons kunt vertellen over het werk, meneer Bayber.'

Bayber leek verloren in gedachten, niet in staat zijn blik van het schilderij los te maken. 'Ik herinner me er niet veel meer van.' Zijn stem kwam van ver, en er klonk een leugen in door.

'Ik weet niet zeker of ik dat begrijp', zei Cranston.

'Het werd lang geleden geschilderd. Ik herinner me weinig van de omstandigheden, hoewel ik wel weet dat het een schilderij van mij is.' Hij glimlachte toegeeflijk naar Stephen. 'Ik reken erop dat meneer Jameson dat weet te verifiëren.'

'Maar als u zegt dat u zich weinig herinnert van de omstandigheden...' vervolgde Cranston.

'Dat is alles wat ik bedoel. De zussen – Natalie was de oudste van de twee, Alice de jongste – waren buren van mij gedurende een maand in de zomer van 1963. Augustus, geloof ik. Behalve dat valt er niet veel te vertellen. Vrienden van de familie, zou je kunnen zeggen, denk ik.'

'Hebben ze geposeerd voor dit schilderij?'

'Nee, dat hebben ze niet.'

Stephen was opgelucht om dat te horen. Hij bewoog zich dicht naar het schilderij toe, en zijn vingers gleden over het oppervlak. *Een, twee, kopje thee. Drie, vier, glaasje bier...* Hij pakte een vergrootglas uit zijn zak en bestudeerde het oppervlak, de penseelstreken, de pigmenten. Gisteravond had hij Finch' beschouwingen over Bayber in een heftige leesaanval doorgenomen, voordat hij zich had gestort op de catalogue raisonné.

Er was iets ongewoons aan de armen van de meisjes aan de buitenkant, die zich het dichtst bij de randen van het doek bevonden. Er was verf toegevoegd aan beide gebieden. Wat had Bayber daar veranderd en waarom? Hij keerde terug van het schilderij en nadat hij Cranstons onderzoekende blik had genegeerd, keek hij Bayber onzeker aan.

'De lijst?'

'Ja, meneer Jameson?'

'Die moet ik verwijderen.'

Cranston wilde gaan protesteren, maar Bayber stak een hand op. 'We zijn hier allemaal met hetzelfde motief. Meneer Jameson, u mag doen wat u nodig acht.'

Cranston werd lijkbleek. 'We dienen de lijst in onze eigen faciliteit te verwijderen, zodat het schilderij niet zal worden beschadigd. Jameson, je wil toch niets doen wat de ongeschonden toestand van het werk kan aantasten?'

'Zeker niet. Het schilderij lijkt in goede conditie; de verflaag is stabiel, geen schilfering of bladders, alleen wat barstjes in de verf- en gronderingslaag, waarschijnlijk door fluctuaties in de omgeving.' Hij keek weer naar Bayber.

'Mag ik u vragen waar u het bewaard heeft?'

'Ik waardeer uw bezorgdheid, meneer Jameson. De omstandigheden mogen dan niet ideaal zijn geweest, maar ik denk niet dat het schilderij hoe dan ook merkbaar belast is geweest.'

Stephen knikte. Cranston, tegensputterend, wierp zijn handen in de lucht, en gaf nu elke pretentie van beheerstheid op. Finch liep naar de plek waar Stephen stond.

'Wat kan ik doen om te helpen?'

'Mijn tas? Het gereedschap dat ik nodig heb zit daarin.'

Stephen maakte een grote plek op de grond vrij en legde daar diverse zeildoeken op. Finch keerde terug met de gereedschapstas, verzamelde toen een paar stoffen blokken die werden gebruikt als deurstoppers, om die onder de hoeken van het schilderij te leggen. 'Cranston, we zullen jou ook nodig hebben', zei hij.

Cranston voegde zich mopperend bij hen. Met zijn drieën draaiden ze het schilderij om. Stephen ging met zijn handen over de spielatten en controleerde om te zien of ze waren kromgetrokken. Alle vier de wiggen zaten op hun plaats, de hoeken zuiver in verstek. Hij merkte gaatjes op die gediend moesten hebben voor de ophanghaken, maar die ontbraken en er was ook geen spoor van staaldraad meer te bekennen.

'Het werk heeft gehangen', zei hij tegen Bayber. Eerder een constatering dan een vraag.

'Ja. Maar alleen in mijn atelier, meneer Jameson. Ik veronderstel dat ik het op een bepaald moment beschouwde als een origineel werk. Maar origineel kan ineens sentimenteel worden gevonden, en dat is nooit goed voor een kunstenaar.'

Stephen haalde een tang uit zijn tas en begon de spijkers uit de lijst te verwijderen, waarbij hij zijn adem inhield terwijl hij ze stuk voor stuk draaide en eruit trok.

Het regent, het zegent, de pannetjes worden nat. 'Ik heb een blokje hout nodig voor deze laatste, Finch. Iets wat kan dienen als draaipunt.' Er vormden zich zweetparels bij zijn slapen. *Er kwamen twee boerinnetjes aan...*

'Meneer Jameson, alstublieft!' Cranston zweette ook, en was aan het puffen, er kennelijk niet aan gewend om veel tijd op handen en voeten door te brengen.

Die vielen op hun gat. 'Kijk.'

Nu de laatste spijker eruit was, gebruikte Stephen een pincet om voorzichtig een opening in de hoekversterking te maken, en trok die toen van de strook die het doek beschermde. Hij verwijderde de lange nieten die het doek aan de lijst vasthielden, schommelde toen achterwaarts op zijn hielen, haalde diep adem en instrueerde Cranston om de lijst stil te houden. Hij en Finch trokken daarop voorzichtig het doek naar achteren.

Er volgde een collectieve zucht terwijl de lijst zich keurig scheidde van het doek. Finch en Cranston zetten de lijst tegen de muur terwijl Stephen het schilderij inspecteerde. Verwaarloosbare lijstbeschadiging, geen reden tot bezorgdheid. Doek aan de achterkant geniet, waarbij de zijkanten ongeschonden waren gebleven. Het schilderij liep door langs de zijkanten, maar er waren gebieden waar de dikke laag verf in elkaar was gedrukt langs de beide verticale randen van het doek. Stephen bespeurde vlekjes van andere pigmenten die zich hadden vastgezet in de grove penseelstreken, alsof het schilderij was afgesleten langs de zijkanten, er daar iets tegenaan had gedrukt, waardoor pigment in pigment was geschuurd. Hij legde het vergrootglas neer en wreef over zijn gezicht voordat hij zich weer wendde tot Bayber en hem aanstaarde.

'Nou?' zei Cranston.

Stephen liet zijn blik niet los van Bayber. 'Waar zijn ze?' vroeg hij.

'Waar zijn wat?' zei Cranston, zijn stem geagiteerd en luider, terwijl zijn ogen de hoeken van de kamer afspeurden. 'In godsnaam, Jameson, wees eens duidelijk. Waar ben je precies naar op zoek?'

Stephen wachtte tot Bayber hem een bijna onmerkbare knik gaf. Hij wendde zich tot Cranston en Finch en glimlachte.

'De twee andere delen van het schilderij, natuurlijk.'

Vijf

Cranston vertrok opgewonden, en wilde onmiddellijk regelingen treffen om het schilderij te laten verplaatsen naar een lab, waar Stephen gebruik kon maken van de modernste technologie om het te authenticeren. 'Ben al laat voor een bespreking aan de andere kant van de stad', zei hij, terwijl hij op de bovenkant van zijn horloge tikte met een vinger. 'Je vindt het toch niet erg als ik alvast ga?' Hij verdween op de achterbank van de wachtende auto en schreeuwde vanuit het portier: 'Ik laat het aan jullie tweeën over om plannen te maken. Laat me weten wat jullie nodig hebben, en ik zal zorgen dat het in orde komt.' Het wegrijden van de auto door een plas doorweekte Finch' schoenen.

Hij en Stephen werden alleen gelaten voor het appartement van Thomas, wachtend op een taxi terwijl de mist veranderde in motregen. Ze stonden ongemakkelijk dicht bij elkaar om zo de paraplu van Finch te kunnen delen. Finch strekte zijn arm uit in een onhandige houding boven zijn hoofd om het verschil in lengte te compenseren.

'Dit zal Sylvia ontzettend ongelukkig maken', zei Stephen, die tevreden leek over zichzelf. 'Ze zal nu wel beleefd tegen me moeten zijn.'

'Wie is Sylvia?'

'Vreselijke koe. Ik hoop dat je haar nooit zult ontmoeten. Maar goed, over die regelingen…'

Elke schijn van kalmte was verdwenen toen Thomas eenmaal het bestaan van twee bijbehorende werken had bevestigd. Cranstons normale nerveuze maniertjes werden nog eens versterkt. Zijn vingers dansten door de lucht en tokkelden op een onzichtbaar klavierinstrument. Stephen was druk gaan bewegen en mompelen, en zag ongetwijfeld zijn kans op redding. Finch zelf had een ongewone hoeveelheid agitatie gevoeld.

'Alle drie de werken dus naar Murchison & Dunne, meneer Bayber?' Cranston kon zich nauwelijks beheersen.

Thomas knikte. 'Natuurlijk, meneer Cranston. Dat is altijd al mijn bedoeling geweest. Dat het werk in zijn geheel zal worden verkocht. Alleen in zijn geheel.'

'Geweldig', zei Cranston.

Finch' keel kneep dicht. 'Natuurlijk.' Nooit een goed teken bij Thomas. Hij voelde de behoefte om te gaan zitten. De last van een belofte die hij niet had willen doen, lag als een steen op zijn maag.

'En, meneer Cranston. U neemt contact met me op over een plan, neem ik aan?'

'Een plan?' Cranstons wenkbrauwen kwamen nu dichter bij zijn haargrens, maar hij glimlachte toegeeflijk.

'Een plan voor het vinden van de twee andere panelen, natuurlijk.'

Finch bracht zijn hand naar zijn voorhoofd.

Cranston verbleekte, waarbij de kleur snel uit zijn gezicht trok. 'Hebt u die dan niet hier?'

Thomas glimlachte, en schudde zijn hoofd.

'Maar u weet wel waar ze zijn?' vroeg Stephen.

'Nou, als hij dat zou weten, dan zou het niet waarschijnlijk zijn dat het nodig is om ze te vinden, meneer Jameson. Luister, Bayber...' Cranstons humeur was abrupt omgeslagen, wat begrijpelijk was. Finch zelf werd met de minuut minder enthousiast.

'Alstublieft, meneer Cranston.' Thomas opende zijn handen naar hem, alsof hij hem een buitengewoon logische verklaring ging geven. 'Geen paniek. Het is heel simpel. De andere twee panelen werden jaren geleden gestuurd naar de zussen Kessler. Ik denk dat ze wel blij zullen zijn met de inkomsten die de verkoop waarschijnlijk zal opbrengen.'

'Gaat u ze opbellen om het te vragen?' Stephen leek op een volgende berisping van Cranston te wachten, maar kennelijk vroeg Cranston zich dat zelf ook af.

Thomas liep naar het raam en staarde naar het fluwelen gordijn alsof hij daar doorheen kon kijken, naar de straat en het vlakke middaglicht buiten. 'Ik ben bang dat ik ze uit het oog ben verloren.'

Finch kuchte. De situatie begon duidelijk uit de hand te lopen. Hier had hij geen ja op gezegd, hand erop of niet. Hij moest zich zo snel mogelijk losmaken van de dreigende ellende.

'Thomas,' zei hij, 'dit kun je toch veel beter laten doen door een detective of iets dergelijks? Een professional die de zussen Kessler kan lokaliseren en uitvinden of die schilderijen nog in hun bezit zijn? Daarna kan Murchison & Dunne de eigenaren benaderen betreffende een verwerving. En Jameson kan dan de werken authenticeren. Ik betwijfel of iemand in deze kamer de kennis heeft die nodig is om vermiste personen op te sporen.'

'Ja,' stemde Cranston in, 'dat klinkt heel redelijk.'

'O, maar jullie hebben die vaardigheden wel', zei Thomas, terwijl hij zijn vingertoppen tegen elkaar drukte. 'Denny, ik geloof dat jij en meneer Jameson precies de juiste mensen zijn voor deze klus.'

Het werd onthutsend duidelijk dat Thomas alles allang had doorgedacht, en dat Finch en Stephen zojuist opdracht hadden gekregen tot een zoektocht, waardoor hun lot nu met elkaar was verbonden.

'Als ik zo vrij mag zijn, meneer Bayber, waarom denkt u dat?' Stephen leek volkomen verbijsterd.

'Wie kan beter op zoek gaan,' zei Thomas, 'dan diegenen die gevestigde belangen hebben in het resultaat? Financieel gezien, en in andere opzichten.'

'En, moet ik de reserveringen doen of doe jij dat?'

'Reserveringen?' Finch was verstrooid. Druppels van een van de baleinen van de paraplu kropen in zijn nek. Zijn wollen sokken waren vochtig en joegen de kilte recht zijn enkels in.

'Voor onze vlucht. We kunnen vanaf JFK naar Rochester vliegen; daar zijn we zo. Het is waarschijnlijk vanaf daar ook niet zo'n lange rit met een taxi.'

'Ik ben er niet helemaal van overtuigd dat dit de beste manier is om de dingen aan te pakken. Cranston had niet zo snel moeten vertrekken.'

'Is er soms een probleem?' vroeg Stephen, die zijn aktetas naar zijn andere hand verschoof en een taxi aanriep die even afremde, voordat die snel langs hen schoot. Bij Finch' aarzeling viel hij uit: 'Je gelooft toch wel dat dit zijn werk is, niet? Het was maar een vluchtig onderzoek, maar ik ben er tamelijk zeker van dat...'

'Misschien dat jij er alleen maar tamelijk zeker van bent, maar ik heb geen enkele twijfel.'

Finch wist dat het werk van Thomas was zodra hij het zag. Niet dat het portret ook maar in de verste verte leek op iets wat Thomas ooit had gemaakt, maar toch herkende Finch het. De zwarte, witte en gele pigmenten van zijn verdaccio zorgden ervoor dat er een grijsgroene onderschildering ontstond die de warme ivoorkleur van de primer versterkte. Hij kon de techniek van Thomas net zo gemakkelijk identificeren als Lydia's kinderlijke gekrabbel op een stuk papier. Daarnaast waren zijn reacties op Thomas' schilderijen intuïtief en visceraal: een plotselinge samentrekking in zijn onderbuik, een prikkeling in zijn vingertoppen, een dreun tegen elk vooroordeel dat hij koesterde met betrekking tot wat nu precies kunst was.

Dat was het geschenk van het kennen van de geheime taal van een kunstenaar, een geschenk dat kwam met de leeftijd en door geconcentreerde studie: het vermogen om een penseelstreek te interpreteren, kleuren te herkennen, een patroon te identificeren dat de hand van de kunstenaar instinctief schiep omdat hij zo het liefst werkte. Finch kon kijken naar het werk van Thomas en zijn trots en frustratie erin aflezen, het genot dat perfectie hem verschafte, zijn obsessieve verlangen. Maar hij zou het aan Stephen moeten overlaten, met zijn arsenaal aan speeltjes, snufjes en technologie, om het werk officieel te erkennen als een Bayber. Dat feit zat in zijn verkeerde keelgat als een stukje voedsel, lekker in het donker van zijn keel, en dat weigerde om eruit te verdwijnen. Hij was een expert op zijn gebied, en Jameson weer op een ander gebied. Het geld ging gepaard met het verlossende woord van slechts een van hen.

'Ja, het is het werk van Bayber, Stephen. Ik weet zeker dat een nauwkeuriger onderzoek dat zal bevestigen.' Finch was razend op Thomas. De feestdagen kwamen eraan, en de gedenkdag van Claires dood was al over een paar weken. Hij wilde niet weg voor de een of andere vage opdracht. Hij wilde een winterslaap houden in zijn eigen appartement, en pas wakker worden als de duisternis van de maanden die voor hem lagen voorbij was. Maar hij had zijn woord gegeven. Dat betekende iets voor hem, zoals Thomas heel goed wist. Hij zat in de val.

'Denk jij soms dat we ergens anders moeten beginnen met zoeken? Niet eerst naar het zomerhuis moeten gaan? Wil je in plaats daarvan in het huis zelf beginnen?'

Finch bereidde zich voor op het onvermijdelijke gehoon. 'Ik vlieg niet.'

'Wat bedoel je?'

'Ik zei dat ik niet vlieg.'

Stephen liet zijn gereedschapstas vallen en begon heftig te schudden, totdat hij uiteindelijk dubbelsloeg en hikkend zijn knieën vastgreep.

'Ik vind dat helemaal niet grappig', zei Finch.

Stephen ging weer rechtop staan en maakte zijn ogen droog met de zoom van zijn jasje. 'O, maar dat is het wel', zei hij. 'Want ik kan niet autorijden.'

Finch trommelde met zijn vingers op de hoek van zijn bureau, wachtend tot er een nieuw venster zou worden geopend. Toen Stephen er eenmaal achter was gekomen dat hij niet wilde vliegen, kreeg hij op de een of andere manier de saaie taak toegeschoven om de logistiek te regelen. Wie had er vandaag de dag nou toch geen rijbewijs? Hoe functioneerde die man? Aan de andere kant kon Finch honderden mensen bedenken, zowel bekend als onbekend, die weigerden te vliegen. Het scherm van zijn laptop begon eindelijk te knipperen en kwam met een pagina van een autoverhuurbedrijf. Een formulier met vragen die moesten worden beantwoord, hokjes die moesten worden aangevinkt, cijfers die moesten worden ingevuld, eventuele misdrijven die moesten worden gemeld, allemaal nodig voordat ze hem waardig zouden vinden om in een Fiesta of Aveo van hen te mogen rijden. Hij aarzelde even bij de klasse 'Speciale auto's', in verleiding gebracht door het vuurrood van een Mustang, totdat hij weer nuchter werd. Late herfst, slecht weer en Stephen Jameson. Bij geen van die elementen was een sportwagen een goed idee. Hij tuurde en drukte op een toets, tuurde en drukte, stopte even om alles nog eens na te lezen en drukte toen nog een laatste keer – 'Verstuur.'

Hij duwde het gordijn opzij en keek uit het raam. De oktoberlucht was een grauwe deken, met hier en daar rafelige wolken. Het zou gaan vriezen als het zou ophouden met regenen. Hij tikte weer met zijn vingers, wachtend op de bevestiging van zijn reservering. Waarom dit zeurende gevoel van haast?

Het schilderij bracht hem in verwarring. Verder was er natuurlijk nog de leeftijd van de meisjes. En de uitdrukking van de oudere zus, verontrustend door de intensiteit ervan. Boosheid straalde van het doek af, maar toch was de uitdrukking ingehouden, een hoedanigheid die zowel veelbetekenend als beangstigend was. Kessler. De naam kwam hem vaag bekend voor, en hij groef in zijn geheugen, op zoek naar een aanknopingspunt.

Dat Thomas zichzelf op het doek had geplaatst was veelzeggend. Als kunstenaar bewaarde hij altijd een zekere afstand. Kunstbeschermers of bewonderaars mochten dan misschien denken dat ze zijn werk kenden, maar in werkelijkheid zouden ze alleen zien wat hij wilde dat ze zouden zien. 'Dat is het kleine plekje waar ik me verborgen houd, Denny', had Thomas ooit eens tegen hem gezegd. 'Die dunne lijn tussen het schilderij en de openbare figuur, dat is waar ik besta. Dat is wat niemand ooit zal zien.'

Maar wat Finch het meest verontrustte, was de sfeer van het schilderij. Alles geraffineerd geënsceneerd, met uitzondering van de emoties van de mensen. Die gevoelens kwamen bij Finch overweldigend en pijnlijk echt over. De droefheid die hij had gevoeld nadat hij het appartement had verlaten en weer in zijn eigen huis terugkwam, was blijven hangen. Hij rilde, terwijl hij zich afvroeg of hij eigenlijk wel iets met zekerheid wist over Thomas, buiten de grootsheid van zijn talent.

Het talent waar hij zeker van was. Dat werd steeds weer bevestigd, zo kort geleden nog door de stilte in de kamer toen Stephen en Cranston voor het eerst het schilderij zagen, hun uitdrukking van ontzag en ongemakkelijkheid. Hij herinnerde zich zijn eigen reactie toen hij voor het eerst het werk van Thomas bekeek, de schitterende verbintenis van inzicht en verbeelding met ongetemperde lichamelijkheid. De ongemakkelijkheid kwam door de emoties die Thomas ontlokte aan de kijker, emoties die, ter wille van het fatsoen, meestal werden afgeweerd of getemperd. Het kritisch opnemen van zijn werk verraadde je; een voyeur die ter plekke werd betrapt. Thomas' ware talent, zo had Finch zich lang geleden al gerealiseerd, was het vermogen om de kijker in verlegenheid te brengen.

Maar dit schilderij zorgde ervoor dat ook de kunstenaar zich ongemakkelijk moest voelen. Finch had tussen Thomas en Stephen in gestaan, waarbij hij klein leek doordat zij allebei zo lang waren, en hij had van de een naar de ander gekeken. Ze hielden hun hoofden schuin in dezelfde houding, hun scherpe neuzen in de richting van het doek. Maar terwijl de blik van Thomas veranderde van verlangen naar droefheid, staarde Stephen naar het schilderij met een intensiteit die suggereerde dat hij alles wat onder het pigment lag al kon voorspellen.

Met een marge van drie of vier jaar had Finch een goed idee wanneer het werk was geschilderd. Los van het onderwerp wezen de gebruikte kleuren, de intensiteit van de penseelstreken en het niveau van de uitwerking van de achtergrondobjecten allemaal op een bepaalde periode in het werk van Thomas. Hij zou het aan Stephen overlaten om met de fijnere details te komen. Wat hem had overrompeld was de pijn in de ogen van de jonge man op het schilderij. Finch had diezelfde pijn bemerkt bij Thomas terwijl de kunstenaar zijn eigen werk bekeek. Er was ook arrogantie, maar die was lang niet zo in het oog vallend als de ontgoocheling van iemand die buiten de grenzen van de liefde staat. Het beangstigde Finch. In de jaren waarin hij Thomas nu al kende, kon hij zich geen tijd herinneren waarin hij had meegemaakt dat hij echt naar iets verlangde. Hij had zich nooit afgevraagd of er iets zou kunnen zijn wat Thomas wenste, maar wat ontbrak in zijn leven. Tot dit moment.

Finch had een skelet van Thomas' leven geconstrueerd met behulp van de weinige beenderen die hem werden aangeboden. De rest was verkregen door ijverige research, maar het was een incompleet beeld, niets wat Thomas uit zichzelf had aangeboden om verder uit te werken. Finch wist dat de ouders van Thomas afstandelijk en ongeïnteresseerd waren geweest. Ze hadden al snel genoeg van wat zij beschouwden als luiheid van de kant van hun enig kind – een gebrek aan interesse om in de familiezaak te stappen – en ze zetten zijn toelage stop toen hij achtentwintig was, ondanks talrijke lofprijzingen en zijn groeiende succes. Ze vonden dat zijn kunst niet meer aandacht verdiende dan welke andere hobby ook: bloemschikken, wijn maken, tafeltennissen.

Thomas was er niet op voorbereid om de wereld in zijn eentje aan te kunnen. Hij was opgegroeid in een milieu waarin hij alleen rijkdom en privileges kende, omringd door mensen die zijn ouders hadden ingehuurd om alles voor hem te doen: hem eten te geven, hem overal heen te brengen, hem op te voeden, eventuele onverklaarbare scherpe randen van iets te verdoezelen. Hoewel zijn schilderijen voor grote bedragen weggingen, smeet hij zijn geld over de balk. Toen Finch zijn atelier vijftien jaar na hun eerste ontmoeting eens bezocht, was hij geschokt om te zien dat er geen normale etensvoorraad aanwezig was. De keukenkastjes waren leeg, op sigaretten en drank na. Toen hij Thomas' magere gestalte zag, vroeg hij zich af waar de man van leefde. Er lagen stapels ongeopende post verspreid over de grond: rekeningen die allang betaald hadden moeten worden, persoonlijke correspondentie die op dezelfde stapel was gegooid als reclamefolders, waarschuwingen dat water, elektriciteit en gas zouden worden afgesloten, verzoeken voor privé-opdrachten, uitnodigingen van conservators in de hoop een overzichtstentoonstelling te mogen organiseren. Finch had zich een weg gebaand door het puin van maandelijkse verantwoordelijkheden. Voor Thomas waren dit de typische kenmerken van het leven van een normaal mens, dus verkoos hij die te negeren, waarbij hij het wel best vond dat de snel groeiende verzameling enveloppen een soort mijnenveld ging vormen waar hij elke dag weer gewoon overheen stapte.

'Je moet een deel hiervan echt bekijken, hoor', had Finch gezegd, terwijl hij door een handvol enveloppen bladerde waar een zwart voetspoor overheen liep.

'Waarom zou ik dat doen?' had Thomas gevraagd.

'Zodat je straks niet in een atelier zonder verwarming, zonder stromend water en zonder elektriciteit zit. En voordat je de moeite gaat nemen om met een slim antwoord te komen, denk er dan aan dat het je niet mee zal vallen om een penseel vast te houden als je vingers stijf van de kou zijn. Bovendien, wat als iemand contact met je probeert op te nemen? Heb je hier bijvoorbeeld telefoon?'

Thomas had alleen geglimlacht en gezegd: 'Wie zou er in vredesnaam contact met mij willen opnemen?'

Finch maakte een zwaaiend gebaar naar de grond. 'Ik denk om te beginnen al deze mensen.'

Thomas haalde zijn schouders op en ging verder met schilderen. 'Jij zou dat voor mij in de gaten kunnen houden.'

'Ik ben je secretaris niet, Thomas.'

Thomas legde zijn penseel neer en staarde naar Finch. Hij bestudeerde zijn gezicht op een aandachtige manier waarvan Finch vermoedde dat hij die normaal reserveerde voor zijn modellen.

'Het was niet mijn bedoeling je te beledigen, Denny. Ik dacht dat je het alleen misschien wel nuttig zou vinden om, terwijl je toch bezig bent met mijn overzichtscatalogus, toegang te hebben tot mijn papieren. Je zou toch moeten weten dat ik niemand anders mijn persoonlijke correspondentie zou toevertrouwen.'

Uiteindelijk had Finch ervoor gezorgd dat hij een assistente kreeg, een ontwapenend geduldige vrouw van middelbare leeftijd met zout-en-peperkleurig haar, moeder van vier kinderen, wier vertrouwdheid met chaos haar de ideale kandidaat maakte voor het werk. Ze bezocht het atelier van Thomas twee keer per week in een poging orde te scheppen in de chaos. Ze leek veel plezier te beleven aan het opruimen en het duurde niet lang of Thomas' zaken waren beter georganiseerd dan in jaren het geval was geweest, met behulp van mevrouw Blankenship, de assistente. Ze liet zijn brieven en persoonlijke correspondentie in een map achter voor Finch, en de betalingsherinneringen wikkelde ze met plakband rond diverse flessen drank als een soort papieren isolatiehulzen.

'Dat is de enige plek waar hij er aandacht aan zal besteden', legde ze Finch uit, toen die vragen stelde over haar tamelijk onorthodoxe methode. 'Ze worden nu toch betaald?'

Dat was waar, en op een gegeven moment had mevrouw Blankenship zelfs geprobeerd om zich ook te storten op het appartement zelf. Ze kwam een paar keer per week langs om de glazen te verzamelen die op de diverse vlakke oppervlakken in de diverse kamers werden neergezet en bracht ze allemaal naar de gootsteen.

'Waarom kun je hem niet met rust laten?' had Claire gevraagd.

'Hij is een vriend. Hij heeft verder niemand.'

'Hij gebruikt je. En jij laat dat toe. Ik begrijp niet waarom.'

Hoe moest hij dat aan haar uitleggen als hij het niet eens aan zichzelf kon uitleggen? Hij had de leeftijd bereikt waarop zijn mogelijkheden niet langer oneindig waren; wat hij nu had, was alles wat hij nog zou hebben. Hij kon zijn persoonlijke voldoening loskoppelen van zijn professionele... wat eigenlijk? Teleurstelling? Te sterk uitgedrukt. Middelmatigheid misschien? In zijn hoofd waren zijn persoonlijke en professionele leven van elkaar gescheiden; het een deed geen afbreuk aan het ander. Maar Claire beschouwde ontevredenheid in hem soms als een gedeeltelijk falen van haar kant, alsof zij het kon afdwingen dat hij vermaard zou worden. In zijn eigen huis had hij het geluk dat hij de belangrijkste man op de wereld was. Daarbuiten was zijn succes beperkt geweest. Hij was niet voorbestemd voor eerbetoon; er zouden geen superlatieven verbonden worden aan zijn naam.

'Als Thomas en zijn vermaardheid er niet zouden zijn geweest, hadden we nu misschien bonen uit blik gegeten in plaats van...' Hij gebaarde met zijn vork over hun maaltijd, ossenhaas in mergsaus, cantharellen met kastanjes, en de robijnrode schittering van een mooie pinot noir die zijn wijnglas kleurde.

'Ik neem aan dat jouw boeken zichzelf dan schrijven? Dat jouw prestaties niets te betekenen hebben?' Claire verborg even haar gezicht achter haar servet, en toen ze het weer op haar schoot legde, waren haar wangen nat.

'Wat is er?' Er ging een hele serie rampscenario's door zijn hoofd.
'Heb je het gevoel dat je een compromis hebt gesloten? Nu je getrouwd bent en een kind hebt, bedoel ik. Dat je minder hebt dan je had gedacht dat je zou krijgen?'

Hij hoefde geen seconde na te denken over zijn antwoord. Hij had heftig zijn hoofd geschud, in een poging haar te onderbreken. Hij had misschien meer succes gewild, maar nooit ten koste van zijn gezin. Als hij had moeten kiezen, zou de keus heel gemakkelijk zijn geweest. Ze had zijn arm stevig vastgegrepen en hij had haar laten doorpraten.

'Het is de manier waarop je je gedraagt als je thuiskomt nadat je bij hem bent geweest. Gespannen. Niet op je gemak. Je kijkt rond in dit huis alsof er iets is veranderd in de tijd dat je bent weggegaan en weer thuis bent gekomen. Alsof alles kleiner is geworden. Grauwer.'

Hij was perplex. 'Ik heb me nooit gerealiseerd dat ik dat doe.'

'Dat maakt het des te erger. Meer in overeenstemming met de werkelijkheid.' Ze staarde naar de tanden van haar vork.

Hij bracht haar handen naar zijn mond en kuste de binnenkant van haar polsen, eerst de een, toen de ander, getroffen door het idee dat hij twijfel bij haar had gezaaid over hoeveel ze voor hem betekende. 'Ik heb niet het gevoel dat ik een compromis heb gesloten, Claire.'

'Dat dacht ik ook niet. Ik denk dat je precies bent geworden wat je had willen worden. Een man met een grote waarde. Ik weet alleen niet zeker of je dat wel in jezelf herkent.' Ze sloot haar ogen en keek hem toen aandachtig aan. 'En Bayber? Wat zou jij van hem zeggen?'

'Ik zou zeggen dat ook hij precies is zoals hij had willen zijn. Een man met een groot talent.'

'Hij is degene die een compromis heeft gesloten, Denny. Hij heeft alleen voor zijn talent gekozen. En als zijn tijd komt, zal hij ontdekken dat hij meer dan wat ook verlangt naar wat jij hebt.'

Hij hield nog meer van haar omdat ze dat zei, hoewel hij betwijfelde of Thomas aan het einde van zijn leven aan hem zou denken. Toch was er nog iets in Finch, een onbeheersbaar element dat hunkerde naar wat Thomas had, niet ten koste van zijn eigen goede leven, maar als toevoeging. Thomas' talent was de deken die hem 's nachts warm hield, de maaltijd die hem voedde, de lucht die hij inademde. Zijn talent zou hem generaties lang overleven. Finch was eerlijk genoeg om, in elk geval tegenover zichzelf, toe te geven dat je best jaloers mocht zijn op een dergelijke nalatenschap. Was het zo erg om iets van de zon van Thomas op je te laten schijnen? Om alleen maar de verste straling van die warmte te willen voelen?

Naar de rest verlangde hij niet. De rij vrouwen die op Thomas stonden te wachten was lang, maar daar stond tegenover dat elke relatie net zo snel weer voorbij was. Als Thomas genoeg had van het gezelschap van een bewonderaarster, werd er verwacht dat de vrouw in kwestie geruisloos zou verdwijnen, zonder drama's of scènes of hysterisch gedoe, om daarna snel vervangen te worden. In Thomas' ogen was er geen uitleg nodig.

Maar dat er vele jaren voorbijgingen zonder dat je in het gezelschap verkeerde van iemand die belangrijk voor je was? Finch probeerde zich een ander leven voor zichzelf voor te stellen, maar kon dat niet. Het verlies van zijn vrouw was verschrikkelijk geweest. Zelfs nu nog werd hij soms midden in de nacht wakker, om te ontdekken dat hij zijn armen had uitgestrekt naar haar kant van het bed en haar ontbrekende gestalte omvatte. Hoe pijnlijk dit ook was, een leven waarvan zij nooit deel uitgemaakt zou hebben, zou nog erger zijn geweest. Datzelfde gold voor Lydia. Haar zangerige stemgeluid, het zwaaien van haar armen tijdens het lopen, de manier waarop ze beet op de nagelriem van haar wijsvinger als ze een belangrijke beslissing moest nemen. Dat alles zat in zijn ziel gegrift. Het was onmogelijk om dat uit te wissen.

Slapen was ook onmogelijk. Hij woelde en draaide het merendeel van de nacht, en gaf het uiteindelijk op door nog voor zonsopgang op te staan. Hij moest onder vier ogen met Thomas praten voordat dit verder ging. Hij mocht dan wel zijn woord hebben gegeven, maar hij had niet gezegd dat hij ook deel wilde uitmaken van een reizend circus. Op een bepaald punt in de kleine uurtjes van de ochtend had hij besloten dat hij nergens met Stephen heen zou gaan voordat hij precies wist wat Thomas wist, en wat die nu echt wilde.

Ik ben getrouwd met een wijs man. Claires stem was de zon die hij nodig had.

'Sarcasme is verspild aan diegenen die geen fatsoenlijke nachtrust hebben gehad, lieverd. Wees eerlijk. Je vraagt je af waarom ik jaren geleden niet zo veel ruggengraat heb getoond.'

Ik vraag me af wat hij van plan is, Denny. Net als jij.

Hij wachtte tot na het ontbijt voordat hij mevrouw Blankenship belde om haar te laten weten dat hij bij Thomas langs wilde gaan. De telefoon ging op het moment dat hij zich uitstrekte om haar nummer in te toetsen.

'U moet snel komen.' Mevrouw Blankenship klonk alsof ze had gerend.

'Ik wilde u net bellen. Ik ga vanmorgen bij Thomas langs.'

'We zijn in het ziekenhuis, professor. Meneer Bayber heeft een beroerte gehad.'

* * *

Hij was al bijna een jaar lang niet meer in een ziekenhuis geweest. Het was er akeliger dan hij zich herinnerde. Al die kunstmatige lichtheid, die bedoeld was als geruststelling – hier hebben we orde en hygiëne; chirurgische behandeling en farmaceutische verlichting; schema's die worden gehanteerd en procedures die worden uitgevoerd – was alleen niet de realiteit. Dat bleek wel uit het gekreun dat opklonk uit de bedden die langs hem heen werden geduwd door patiëntenvervoerders die resoluut voortstapten op sneakers, door de hoge grijze karren met wasgoed met daarachter medewerkers van de huishoudelijke dienst, en de lucht van ziekte en bloed die rond het beddengoed hing.

Mevrouw Blankenship, zo capabel en energiek in Thomas' appartement, was veranderd in een huilend hoopje ellende in gekreukelde kleren, in elkaar gedoken op een plastic stoel in de wachtkamer.

'Hij lag op de grond toen ik vanmorgen binnenkwam', zei ze,

terwijl ze met de zakdoek die Finch haar aanbood, haar rode gezicht depte. 'Ik heb meteen een ambulance gebeld, maar het duurde zo lang voordat ze kwamen. Ik bleef hem maar vertellen dat ze onderweg waren. Ik weet niet of hij me heeft gehoord.'

'Ik weet zeker van wel.' Finch keek of hij een dokter zag, maar toen dat niet het geval was, klopte hij mevrouw Blankenship op haar schouder, en ging op weg naar de zusterpost. Daar merkte hij dat hij gewoon werd genegeerd door drie verschillende vrouwen. Toen herhaald keelgeschraap geen enkel effect sorteerde, pakte hij een van de pennen waarop een grote kunstbloem aan het uiteinde was bevestigd en stak die met een nijdig gebaar achter zijn oor. 'Bayber,' zei hij, 'Thomas Bayber. Ik moet weten in welke kamer hij ligt.'

De verpleegkundige die het dichtst bij hem zat gaf hem een vernietigende blik en stak haar hand uit. Hij gaf de pen terug. 'Vierde verdieping. Linksaf', zei ze. 'Voorbij de eerste zusterpost rechtsaf. Ze brengen hem daarheen vanaf de Spoedeisende Hulp. U kunt met zijn dokter praten zodra ze klaar met hem zijn.'

'En hoe lang gaat dat duren?' vroeg hij, maar ze had zich al afgewend. Finch haalde mevrouw Blankenship op en met zijn tweeën volgden ze de borden naar de lift, waar ze dicht op elkaar staand, samen met andere bezoekers met slaaptekort en bleke gezichten, naar boven gingen. Daar ging de massa uiteen op een steriele verdieping die er hetzelfde uitzag als de vorige.

Het duurde twee uur voordat Finch eindelijk kon praten met een dokter. Een ernstige beroerte; het was nog te vroeg om al te kunnen zeggen hoeveel spraak en beweging Bayber uiteindelijk terug zou krijgen. Hij lag er nu rustig bij. Ze hielden hem continu in de gaten met monitors; voorlopig viel er niets anders te doen. Finch belde Cranston om hem op de hoogte te stellen en vertelde mevrouw Blankenship dat ze naar huis moest gaan om te rusten.

'Kom niet eerder terug dan morgen', beval hij haar. 'Als u bij hem mag, moet u hem vertellen dat Jameson en ik naar het zomerhuis rijden, en daarna naar het oude huis van de Kesslers. Vertel hem dat ook als hij slaapt, mevrouw Blankenship. En vertel hem dat meer dan één keer. Het is belangrijk.'

De schokdempers van de Sentra die Finch had gehuurd waren versleten. De auto hotste over de snelweg, en Stephen hotste mee, zijn hoofd bij elke hobbel gevaarlijk dicht tegen de hemel. Finch reed te snel en gebaarde terwijl hij praatte, wat ervoor zorgde dat Stephen zich tegen de rugleuning van zijn stoel drukte en nadrukkelijk in de richting van de snelheidsmeter keek. De regen tikte onophoudelijk op het dak en overstemde het klassieke radiostation dat telkens wegviel toen ze tussen een serie heuvels doorreden. Vochtige lucht vanuit de ventilatieroosters streek langs Stephens nek. Het was alsof hij in een mobiele versie van zijn kantoor bij Murchison & Dunne zat.

Finch hief zijn kin en snoof de lucht op. 'Bananen zijn echt niet geschikt voor een reis in een auto. Fastfood kan ik nog begrijpen, maar behalve als het een appel of een pruim is, is fruit nu niet de beste keus.' Hij was stiekem blij dat hij zich even uit de greep van zijn dochter had bevrijd, zodat hij nu kon genieten van een maaltijd met vetten, zout en slappe stukjes groente waarvan de voedingswaarde minimaal was, zonder dat iemand hem afkeurend wees op de gevaren van cholesterol en hoge bloeddruk. 'Ik had een grotere afvalzak mee moeten nemen. Hoe kan iemand die zo nauwgezet als jij bezig lijkt te zijn met bepaalde dingen, op deze manier reizen?'

'Ik ben een anomalie.'

'We moeten er bij de volgende afslag af om een afvalbak te zoeken.' Finch gebaarde naar de achterbank, die de laatste rustplaats was geworden voor Stephens fastfoodbakjes, bananenschillen, lege waterflessen, gebruikte tissues en papiertjes van keelpastilles.

'Goed hoor', zei Stephen chagrijnig. De hele situatie was belachelijk. Hij werd gedwongen om zijn leven in de handen van Finch te leggen in de zes uur die het zou duren om naar het zomerhuis te rijden, alleen omdat Finch een onredelijke angst voor vliegen had. En nu kreeg hij opmerkingen over zijn gedrag?

'Waarom hebben we niet jouw auto genomen?'

Finch kneep zijn lippen samen. 'Lekkende koppakking.'

'We hadden er nu al kunnen zijn, weet je.'

'Daar ben ik me van bewust.'

'Heb je vliegangst gekregen door turbulentie? Rook in de cabine? Dat zou ik nog kunnen begrijpen.'

Finch keek hem kwaad aan voordat hij zijn blik weer op de weg richtte. 'Je rijbewijs halen is echt niet zo moeilijk. Je zou kunnen genieten van de vrijheid van de weg.'

'En jij zou kunnen genieten van de vrijheid van de lucht. Ik bedoel, hoe kom je in vredesnaam ooit ergens?'

'We gaan nu ergens heen.'

'Dat is niet wat ik bedoel.'

'Jij rijdt niet omdat je in de stad geen behoefte hebt aan een auto. Is dat de essentie?'

'Ja. En wagenziekte.'

Finch keek hem ongemakkelijk aan en paste de ventilatieroosters aan, waardoor er meer lucht in de richting van Stephen kwam. 'Nou, ik woon ook in de stad en ik heb wel degelijk de behoefte om een auto te hebben. Een middel om de stad uit te kunnen als de muren op je af komen. Hoe ouder ik word, hoe minder ik hou van het gezelschap van andere mensen. Bovendien wordt wagenziekte meestal minder als jij degene bent die rijdt.'

'Dat verklaart nog niet waarom jij niet wil vliegen. Ik weet dat je in het buitenland bent geweest, en ik betwijfel of je dat zwemmend hebt gedaan. Er bevindt zich een werk van Bayber in de permanente collectie van het Palazzo Venier dei Leoni, in de Guggenheimcollectie. Je hebt daar uitvoerig over geschreven in de oeuvrecatalogus. En je hebt in de jury gezeten van de biënnale in het Chianciano Museum of Art.' Stephen vergat even zijn maag evenals zijn kortstondige gevoel van voldoening, toen de professor accelereerde in een bocht.

Finch was even stil voordat hij antwoord gaf. 'Dit is iets van de laatste tijd. Mijn vrouw is overleden. Sindsdien ben ik niet meer op een vliegveld geweest.'

Stephen staarde naar de vloermatten, daarna naar buiten door het met regen bespatte raam, en vervolgens weer naar de vloermatten. Hij had het weer voor elkaar. Had weer eens een stommiteit begaan.

'Dat wist ik niet.' Hij keek hoe Finch strak op de kilometerteller keek, voordat hij methodisch verder ging met een controle van de buitenspiegels.

'Dat had ik ook niet van je verwacht.'

'Hoe lang…'

'Bijna een jaar geleden. Ik heb nog maar één Thanksgiving, één Kerstmis en één Valentijnsdag zonder haar doorgebracht. Ik zou bijna kunnen doen alsof ze op vakantie is.' Hij gaf Stephen een wrange glimlach. 'Het zal niet lang meer duren voordat ik haar kleine imperfecties ben vergeten. Die ga je uiteindelijk nog het meest missen, die kleine onvolkomenheden. Ze worden achteraf gezien zelfs vertederend. Het laat je niet meer los.'

'Is ze omgekomen bij een vliegtuigongeluk? Dat zou je angst kunnen verklaren, hoewel vliegen het veiligste vervoermiddel is. Je kans om een vliegtuigongeluk te krijgen is één op de elf miljoen en…'

'Jameson.'

'Sommige mensen vinden het geruststellend om te weten wat de kans is dat er iets bepaalds kan gebeuren.'

'Ze zat niet in een vliegtuig. Had niet eens een ticket in haar hand. Ze stond op het vliegveld te wachten om haar zus af te halen en kreeg een hartaanval.'

De regen kwam nu harder omlaag en Finch zette de ruitenwissers aan, waardoor de voorruit smerig werd. Hij had die dag zelf zijn schoonzus kunnen afhalen. Wat was er zo belangrijk geweest dat hij de twee uur die de heen- en terugreis vergde, niet had kunnen missen? Ongetwijfeld had het in de algemene categorie 'werk' gehoord, een excuus waarvan Claire wist dat het zinloos was om daar tegenin te gaan. Als hij in haar plaats was gegaan, was ze misschien op bed gaan liggen om te rusten. Na een dutje zou ze zich vast beter hebben gevoeld.

'Moeten we niet even stoppen? Het lijkt me niet goed om te rijden als je overstuur bent.'

Finch schudde zijn hoofd. 'Ik doe een verwoede poging om de details te vermijden – welk moment, als het anders was gegaan, had kunnen resulteren in een andere uitkomst? Waarom ze haar niet hebben kunnen reanimeren op het vliegveld.' Hij zette de ruitenwissers wat harder. 'Ongelukkigerwijs is er niet altijd een dokter in de buurt als je er een nodig hebt.'

'Wat heeft dat te maken met vliegen?'

'Het is de luchthaven, niet de vlucht. Het eindeloze gedreun van aankondigingen, de waarschuwende piepgeluiden van karretjes die achteruit rijden. Mensen die eruitzien alsof ze in hun pyjama reizen. De beveiligers en politieagenten. Al die getrainde professionals met hun technische kennis, en het enige wat ze wisten te doen, was kijken naar haar op de grond en de mensen te vragen door te lopen.' Zijn duim drukte tegen de vinyl bekleding van het stuur tot zijn nagel bloedeloos was. 'En ik moet denken aan die schoenen.'

'Natuurlijk.'

Finch keek niet langer op de weg voor zich, maar naar hem, verrast.

'Dat begrijp je?'

'Eh, ja.' Stephen gebaarde naar de voorruit. 'Moet je je niet op de weg concentreren?'

'Vertel eens.'

'Honderden mensen op de luchthaven, uur na uur. Zo veel mensen die over diezelfde plek lopen. Het zal er wel vuil zijn geweest. Smerig, waarschijnlijk. Ik kan het je niet kwalijk nemen dat je er niet aan wil denken hoe ze daar lag.'

Finch nam wat gas terug. 'Ja. Daar kan ik absoluut niet tegen.'

'Je moet nu waarschijnlijk voor jezelf koken?'

Finch keek hem perplex aan, maar brak toen in gelach uit dat diep in zijn borst moest zijn begonnen. 'Ik neem aan dat je wil weten of ik haar mis? Ja, ik mis haar elke seconde.'

'Ik kan me daar geen voorstelling van maken', zei Stephen.

'Dat denk ik toch wel.' Finch reageerde op de waterval van remlichten voor hem en ging langzamer rijden, om rond een matras te manoeuvreren die midden op de weg lag. 'Toen jouw vader stierf, was je toch in Europa?'

Stephen voelde zich erg ongemakkelijk. Het bekende gevoel van gal dat omhoogkwam in zijn maag, en hij rook de bananenschillen op de achterbank, niet langer lekker tropisch. De auto dampte als een stinkende jungle, en de voorruit werd ook maar niet schoon.

Warme, vochtige lucht besloeg de onderkant van de ramen als de adem van een geest. 'Ik was in Rome. Ik wilde de Mattheus-cyclus van Caravaggio zien, dus ik was op weg naar de Contarelli-kapel in de San Luigi dei Francesi.'

'En?'

'Ik heb de schilderijen gezien.'

'Dat is niet wat ik bedoelde.'

'Een vrouw en een vader – dat is niet hetzelfde.'

'Het zou wel kunnen.'

Stephen staarde naar de grond, naar de bobbelige vloerbedekking vol kruimels en modder. Hevige regen geselde het dak. 'Er is over dertig kilometer een afslag. Daar kunnen we de rotzooi dumpen. Ik heb trouwens toch nieuwe keelpastilles nodig.'

'Je hebt gewoon het recht om me te zeggen dat je er niet over wil praten.'

'Ik wil er niet over praten.'

Finch wierp een snelle blik in de achteruitkijkspiegel, drukte toen stevig op het gas, waardoor de achterkant van de auto scheeftrok en Stephen beide handen tegen het dashboard drukte. Finch keek naar Stephen en glimlachte. 'Mij best.'

Stephen voelde hoe het bloed uit zijn gezicht wegtrok. 'We verongelukken zo nog allebei.'

'Zou kunnen. Zoals je al benadrukte is de kans dat we in een auto verongelukken groter dan in een vliegtuig. Maar je mag gerust zelf rijden.'

'Het zou je verdiende loon zijn als ik dat zou doen. Ik kan me niet voorstellen dat ik slechter zou rijden dan jij.'

'Dat is betwistbaar.'

Stephen drukte zijn gezicht tegen het koude glas van het zijraam en sloot zijn ogen. Zijn maag was van streek en er vormde zich een film van zweet boven zijn bovenlip. Het verkeer voor hen was vertraagd tot een kruipgang en de reistijd die nog voor hem lag, strekte zich eindeloos voor hem uit. Nog één keer zo'n verkramping van zijn ingewanden en hij zou er serieus over gaan nadenken om Finch bij een rustpauze in de steek te laten om de rest van de weg te gaan liften.

Hij staarde in de auto die op de rijstrook naast hen stond. Een kind met een mond die er plakkerig uitzag, liet een speelgoed-paardje galopperen door het landschap van het zijraam. Stephen moest denken aan de grotschilderingen van Lascaux, de Aziatische Paarden en de Vechtende Steenbokken, meer dan 17.000 jaar oud, zo adembenemend in hun simpelheid. Als adviseur van het Wetenschappelijk Comité in 2003 had hij de verplichte bescher-mende overall, de laarzen en het gezichtsmasker aangetrokken, en was naar de *Diverticule Axial* gegaan, waar hij moeite had met ademhalen en moest huilen bij het zien van de persistente aanslag van witte schimmel die de ruggen van de paarden bedekten. Alsof ze door een sneeuwstorm hadden gerend. Zijn vader zou zijn reac-tie hebben begrepen. Hij stelde zich voor hoe ze met zijn tweeën in de stille schemering van de grotten zouden hebben gestaan, in de kille, onaangename vochtigheid, waar ze de zacht aangezette lijnen van mangaandioxide en oker, van houtskool en ijzeroxide zouden hebben bestudeerd.

'Ik was een teleurstelling voor hem', zei hij, terwijl hij zich naar Finch draaide.

Finch accelereerde rustig, en voor één keer hield hij zijn blik op de weg. 'Je vader was ongelooflijk trots op jouw talent.'

'Mijn vader wenste dat ik iemand anders was. Mijn moeder ook. Een gewoner kind. Is dat niet vreemd voor een ouder om dat te wensen voor je kind? Dat hij minder zou zijn dat wat hij is?'

'Wensen dat jouw kind iets anders zou hebben gedaan, is niet hetzelfde als wensen dat hij anders zou zijn.' Finch trapte weer op de rem, en Stephen slikte een paar keer achter elkaar.

Finch greep Stephens linkerhand en prikte er hard in. 'Er is een drukpunt dat "Dal dat verenigt" of "Hegu" wordt genoemd, tussen je duim en wijsvinger boven op je hand. Als je je duim en wijsvin-ger bij elkaar brengt, zie je een bergje ontstaan en wanneer je ze spreidt zie je op dezelfde plek een dalletje. Plaats hier de duim van je andere hand en druk op dat punt.'

'Wat is daar de bedoeling van?'

'Dat zorgt er onder andere voor dat je niet gaat overgeven in de auto.'

Stephen drukte zijn linkerduim stevig tegen de plek waar hij zich verbeeldde dat het Hegu-punt op zijn rechterhand zou moeten zijn. Hij begon achteruit te tellen vanaf 16.200, het aantal seconden dat hij naar schatting nog in de auto zou moeten zitten. Zelfs voor een Bayber die niemand nog heeft gezien, dacht hij, is dit erg veel gevraagd van een mens. Er blies warme lucht tegen zijn wang terwijl hij wegdoezelde, en hij droomde, eerst over Chloe, de vochtige warmte van haar ademhaling terwijl ze in zijn oor fluisterde, en daarna over Natalie Kessler zoals ze was afgebeeld op het schilderij, haar gebruinde arm die zich uitstrekte vanachter het tweezitsbankje, terwijl ze hem wenkte om bij haar te komen.

Zes

Oktober 1971

Alice reed alleen naar het zomerhuis. Ze had niet tegen Natalie verteld dat ze een paar dagen wegging, omdat ze bang was dat hun voortdurende discussie over de kosten van haar opleiding dan weer zou oplaaien. Natalie zou dan hebben aangedrongen dat als Alice dan zo nodig weg moest van de universiteit terwijl ze er nog maar net met haar postdoctorale opleiding was begonnen, ze net zo goed thuis kon komen. Dat zou weer schelen in de kosten, want zo ruim hadden ze het niet. Maar thuis – of wat daarvan nog over was – was de laatste plaats waar Alice nu wilde zijn.

Alles waarvoor ze wegvluchtte – de universiteit, het restant van haar familie, haar blijvende verdriet en de groeiende schaduw van haar achteruitgang – vervaagde buiten de ramen van de auto. Het gezoem van de banden was hypnotisch en maakte haar slaperig. Ze reed de zon tegemoet, en de warmte straalde rondom haar; vanaf het vinyl van het dashboard, het stuur onder haar handen, door het glas heen. Alleen een dunne wig van koelere lucht drukte zich de auto in door het ventilatierooster bij de bestuurder, dat trouwens nooit goed had gesloten.

Slaperigheid. Waren haar ouders daar bijna twee jaar geleden door overvallen? Hadden ze zich zo veilig gevoeld, lekkere warm in de auto met de donkere nacht die hen omgaf, waardoor ze simpelweg waren weggedoezeld? Nee. Ze had zich ontelbare keren helder voor de geest gehaald wat ze die avond hadden gedaan. Daarom weigerde ze nu de radio aan te zetten, ondanks het feit dat de muziek haar wakker zou houden. Alleen al haar vingers op de knop houden was voldoende om haar ineen te laten krimpen. Haar vader zou vast hebben meegezongen met de radio; zijn enthousiaste, valse noten die maakten dat haar moeder zich opkrulde in haar stoel met haar handen over haar oren, waarbij ze moest lachen. Hij zou zich wel hebben gedraaid om naar haar te kijken zoals hij altijd deed als hij dacht dat niemand het zag. Hij fluisterde dan een enkel woord, een geheimtaal tussen hen die buiten hun dochters om ging. Had hij een hand van het stuur gehaald om zich naar haar uit te strekken, de rug van haar gehandschoende hand naar zijn mond te brengen?

De politieagent die aan de deur had gestaan op die november-avond, krijtwit en niet veel ouder dan zijzelf, stond met zijn kin op zijn borst, alsof het gewicht van zijn nieuws het onmogelijk voor hem maakte om zijn hoofd op te heffen. Ze had hem op de stoep laten staan in de dwarrelende vlokken, onder het met sneeuw be-dekte buitenlicht, bang dat als ze hem binnen zou vragen, alles wat hij zou komen vertellen werkelijkheid zou worden. Maar deson-danks was het waar, en toen ze hem opnieuw had gevraagd wat er was gebeurd, herhaalde hij alleen: 'Dat weten we nog niet precies.'

De stilte in de auto werd oorverdovend. Alice praatte in zichzelf, en reciteerde haar eigen versie van het alfabet: de gewone namen van vogels, beginnend met de Amerikaanse fregatvogel en eindi-gend met de zwartkopsijs. Toen ze klaar was begon ze opnieuw, maar deze keer gebruikte ze de wetenschappelijke namen, *Accipiter gentilis* – havik tot *Zonotrichia leucophrys* – witkruingors.

Ze had ingeschat dat ze zesenhalf uur nodig zou hebben om van de universiteit naar het Senecameer te rijden, maar ze had geen re-kening gehouden met het aantal keren dat ze moest stoppen om even te rusten om de stijfheid uit haar handen te wrijven. Ze ging van de weg toen ze halverwege was, en parkeerde de auto op een plek waar het gras van buigzaam groen was veranderd in knisperend goud. De middaglucht was gelardeerd met de geur van dingen die op de grond waren gevallen. Beukenbladeren krulden in zichzelf op, bestreken met de matte glans van de herfst; de krentenbomen waren scharlakenrood gekleurd. Ze ontspande haar lichaam nadat ze uit de auto was gestrompeld en haar handpalmen tegen de warme motor-kap had gelegd. Telkens als een steek van pijn haar in paniek dreigde te brengen, herinnerde ze zichzelf eraan dat het een opluchting was om te verdwijnen, ook al was dat maar voor korte tijd.

Ze was nog maar vijf weken bezig aan haar postdoctorale opleiding en was nog aan het herstellen van de stress van alles uitpakken en proberen nieuwe mensen te leren kennen, toen ze een aanvaring kreeg met haar mentor. Juffrouw Pym had gesuggereerd dat het zelfs met een langer schema moeilijk zou kunnen zijn voor Alice om een diploma in de ecologie en evolutiebiologie te halen, gezien haar huidige conditie. De mondhoeken van juffrouw Pym bogen omlaag toen ze het woord 'conditie' gebruikte, alsof Alice iets had waarbij je maar beter een zekere afstand kon bewaren.

'Reumatoïde artritis is geen "conditie", juffrouw Pym. Het is een ziekte. En ik was me er niet van bewust dat een perfecte gezondheid een absolute vereiste was voor het behalen van een graad. Zo lang ik het werk kan doen…'

'De kwestie is, juffrouw Kessler, dat ik daar niet zo zeker van ben.'

Juffrouw Pyms donkere haar was in een strakke knot gedraaid die alle uitdrukking uit haar gezicht haalde, op het snelle fronsen van haar voorhoofd na, waarmee ze de indruk gaf dat ze hoofdpijn had. Haar voet tikte nerveus tegen haar stoelpoot, alsof ze stiekem ergens aan het marcheren was, weg van de universiteit, weg van de studenten die haar geduld op de proef stelden en haar deskundigheid in twijfel trokken.

'Ik kan het werk aan. Op Wesleyan…'

Juffrouw Pym trok haar wenkbrauwen op en onderbrak haar. 'Juffrouw Kessler, ik weet dat u hier met de juiste kwalificaties bent gekomen. Ik weet ook dat u 's morgens tijdens het hele college van professor Strand over ornithologische biogeografie hebt geslapen. Er waren maar vijftien studenten bij het college. Uw "gebrek aan aandacht" is niet onopgemerkt gebleven.'

Alice had haar tegengesproken uit pure koppigheid, waarmee ze uiteindelijk juffrouw Pym afmatte. Die beëindigde hun gesprek met de waarschuwing dat ze beter haar best zou moeten doen, voordat ze haar kortaf met een hoofdknik wegstuurde. Terug op haar kamer in het studentenhuis had Alice zich op haar bed uitgestrekt, terwijl ze trilde van boosheid. Ze had de aandrang onderdrukt om Natalie te bellen, omdat ze wist dat het gesprek dat ze dan zouden hebben, niet het gesprek zou zijn dat zij zou willen. *Wat een kreng! Je kunt haar daar niet mee weg laten komen, Alice. Ze weet duidelijk niet waar jij toe in staat bent. Ik kan tegen de avond bij je zijn. Hoe klinkt dat? Juffrouw Pym, gevloerd in de docentenkamer.* De Natalie die dat zou hebben aangeboden, was acht jaar geleden verdwenen, en vervangen door een vreemde tweelingzus wier scherpe kant nu net zo makkelijk op Alice kon worden gericht als op een bevooroordeelde mentor.

Ze had toegekeken vanuit haar raam op de eerste verdieping terwijl andere studenten over het gazon liepen in de richting van een demonstratie, samenklonterend in een amorfe massa van steunbetuiging: voor vrouwenrechten, voor rassengelijkheid, voor sociale rechtvaardigheid, tegen de oorlog. Ze had hen het gemak benijd waarmee ze over de campus wandelden, de manier waarop ze tegen elkaar opbotsten met een eensgezind gevoel, hun vrijmoedige, hartelijke omarmingen, die bij haar een waterval van pijn over het landschap van haar lichaam zouden hebben uitgestort.

Op Wesleyan had ze zich fanatiek geconcentreerd op het behalen van haar bachelorgraad, waarbij ze het zichzelf niet toestond om aan iets anders te denken. Ze stelde haar verdriet uit. Ze drukte het schuldgevoel weg dat ze had omdat ze op de universiteit wilde blijven, evenals haar gedachten aan Natalie, nu alleen thuis met hun huishoudster Therese. Ze ploeterde door een mist van farmaceutische oorsprong, een van de neveneffecten van haar vele medicijnen, en zorgde ervoor dat ze niet te veel vooruit ging denken. *Artsen kunnen het mis hebben; nieuwe behandelingen zijn in zicht; elk geval is anders*, werden haar mantra's.

Zichzelf zien te redden en zichzelf stimuleren werden gedragingen die al lang geleden waren doorgedrongen in haar DNA. Toen ze slaagde, was Alice er zeker van dat pure wilskracht en vastberadenheid, gecombineerd met royale recepten van haar artsen, haar dromen intact zouden houden. Ze kon nog steeds als eerste een nest ontdekken dat net zo schitterend was gebouwd als het huis van welke architect ook; zich verwonderen over het gestippelde verenkleed van een nieuw soort uil; doodstil staan in het struikgewas in het bos van Guánica, wachtend op de roep van de Puerto Ricaanse nachtzwaluw, net voor het aanbreken van de dag. Als haar weg al onzeker was geweest, dan was in elk geval het eindresultaat nooit aan enige twijfel onderhevig geweest. Tot nu toe. Veldstudie zou op zijn best moeilijk zijn, gewoon onderzoek claustrofobisch en onaantrekkelijk, terwijl ontledingen en laboratoriumwerk bijna onmogelijk zouden zijn, aangezien het moeilijk begon te worden om een mes vast te houden. Ze wilde niet stoppen met haar studie; maar ze wist ook niet hoe ze door kon gaan. Ze moest ergens alleen zijn waar ze haar gedachten kon ordenen.

De ochtend na haar confrontatie met juffrouw Pym had ze wat kleren ingepakt en had ze de jongen aan de andere kant van de gang vijf dollar betaald om haar koffer naar beneden te dragen en die achter in haar Mustang uit 1968 te gooien. Haar vader had haar die coupé gegeven kort voordat hij en haar moeder waren omgekomen op de Connecticut Turnpike, nadat ze een voorstelling van *Promises, Promises* hadden gezien in de stad. Ironisch, want juist die woorden gebruikte haar moeder vaak als reactie op haar vaders geruststelling dat hij nooit meer te laat zou komen voor een familie-etentje, een schooloptreden of een benefietvoorstelling.

Haar moeder had achter haar kaptafel gezeten, waar ze haar decolleté poederde en vrolijk wat Shalimar achter haar oren opbracht, terwijl Alice' vader met de kaartjes in zijn hand liep te ijsberen in de hal, met het kleingeld in zijn zak rammelde en op zijn horloge keek. Haar moeder neuriede 'I'll Never Fall in Love Again', terwijl ze de laatste hand legde aan haar kleding. Haar vader knipoogde naar Alice en trok haar moeders rits omhoog, waarbij hij het refrein met haar meezong. Alice kende de melodie van het lied uit haar hoofd; haar hart ging tekeer en haar maag kromp samen zodra ze de eerste paar noten hoorde. Ze kon dat lied nooit meer horen zonder dat ze die twee naast elkaar voor in de auto zag zitten, haar vader zingend in haar moeders haar, terwijl zij tegen zijn schouder rustte. Zouden ze die vrachtwagen zelfs maar gezien hebben? Was er een moment van paniek geweest? Een gelegenheid voor hen om ook maar een fractie van een seconde nog aan haar te denken?

Juffrouw Pym had een dossier geraadpleegd terwijl ze Alice in haar bedompte kantoor de les las. 'De afgelopen twee jaar zijn emotioneel voor je geweest. Het voortschrijden van je conditie,' – een verontschuldigend schrapen van haar keel – 'ik bedoel, je ziekte, je ouders kwijtraken. Zo veel dingen die je hebt moeten regelen.'

Je ouders kwijtraken. Wie zei er nu zoiets? Alsof ze zich ergens voor haar verborgen hielden en het enige wat ze hoefde te doen was een paar kussens omdraaien of een kastdeur openen. Ze waren niet zoek. Ze wist precies waar ze waren. Met haar wijsvinger had ze het grimmige graniet van hun grafstenen gevolgd. Naast elkaar, net zoals ze waren geëindigd, naast elkaar zittend op autostoelen die nog steeds de vuile afdrukken van de zolen van haar sneakers droegen op de rug van blauw vinyl.

Natalie had er geen woorden aan vuil gemaakt om die te verwijderen, niet één voor één, maar met een enkele, krachtige veeg. Toen Alice thuiskwam voor de zomervakantie, voordat ze aan haar laatste jaar op de middelbare school zou beginnen, had ze de deur van de slaapkamerkast van haar ouders geopend, om te ontdekken dat die helemaal leeg was; de kleren, de schoenen, de vilten hoeden met hun stijve stukjes veren, de tinnen doos vol herinneringen aan hun verkeringstijd, de rollen cadeaupapier en oude kerstlabels met sporen van nog nauwelijks zichtbare inkt, allemaal verdwenen. Hun lakens waren verdwenen uit de linnenkast, hun schaatsen en tennisrackets lagen niet meer op de zolder. Hun asbakken, de onderzetters met hun samengevlochten initialen. Allemaal weggegeven, had Natalie gezegd, aan het Leger des Heils, want waarom zou je constant herinnerd willen worden aan iets wat voorbij was? Zelfs de lucht van hen was verdwenen, vervangen door de niet meer frisse dennengeur van een schoonmaakproduct waar Alice misselijk van werd. Het enige wat ze had kunnen redden was het rietje van haar vaders fagot, nog steeds in het oude jodiumflesje in het medicijnkastje.

Het huis waarin ze was opgegroeid was een gevangenis geworden als ze niet op school was. Therese, die dol was op Natalie maar Alice altijd schrik had aangejaagd, was constant bezig het huis schoon te maken als Alice thuis was met vakantie, een wolkje adem van een spiegel vegend, het vale patroon van een voetafdruk van de vloer in de hal. Alice kon de slaafse toewijding van die vrouw niet begrijpen, of hoe ze bezig bleef in een huishouden dat nu nog maar uit drie mensen bestond. Maar Natalie wilde haar per se in dienst houden en zei tegen Alice: 'Je hebt geen idee hoe moeilijk het is om in mijn eentje het huis te onderhouden. Jij bent hier niet, vergeet dat niet. Ik wel.'

De geest van haar ouders spookte door de hal, op zoek naar aardse zaken. Alice hoorde hen 's nachts, hun gedempte stemmen die in haar oren klonken, terwijl ze lag te woelen in bed. 'Lieverd, heb je soms mijn schort gezien? Ik heb die hier net nog opgehangen in de keuken en nu is die weg.' Of haar vader, die chagrijnig zocht naar zijn favoriete zijden stropdas, goud met donkerblauw, met een klein vlekje vlak boven de punt, terwijl hij zei: 'Je moeder heeft die das nooit mooi gevonden. Ze heeft die zeker stiekem ergens verstopt, nietwaar, Alice?'

Het was acht jaar geleden sinds ze voor het laatst in het zomerhuis was geweest. Myrna Reston, die zich op de achtergrond hield sinds het schandaal waar de beleggingsmaatschappij van haar man bij betrokken was geweest, liet tegenwoordig de taak van het verhuren van het zomerhuis over aan haar oudste zoon, George junior. George had een onbelangrijke functie in zijn vaders bedrijf, en had niet de ambitie om veel meer te doen dan in de veilige omarming van het familiebedrijf te vallen. Alice herinnerde zich hem vaag als een pokdalige tiener die had geprobeerd een tuinslang aan de voorkant van haar badpak naar binnen te duwen toen ze nog op de basisschool zat. Gelukkig herinnerde hij zich haar alleen als Natalies kleine zusje, en toen ze belde om te informeren naar het huis, leek hij het leuk te vinden om iets van haar te horen en nog leuker om nog wat huur te vangen buiten het seizoen.

'Je mag het voor een prikkie huren, schat', had hij aangeboden. 'Het zal er 's ochtends wel koud zijn, maar ik zal ervoor zorgen dat ons mannetje daar wat hout klaarlegt voor de open haard. Er zal in deze tijd van het jaar niet veel gebeuren in de stad. De meeste winkels zijn al dicht nu het seizoen voorbij is. Maar je kunt nog steeds je boodschappen bij Martin's halen en waarschijnlijk ook de rest van wat je nodig hebt.'

Alice had hem verzekerd dat ze niet was geïnteresseerd in winkelen, maar dat ze alleen een paar dagen weg wilde van de universiteit, waar te veel afleiding was.

'Zijn de colleges niet net begonnen?'

'Individuele studie dit trimester. Ik heb gewoon een rustige plek nodig om wat research te doen.'

'Hmm. Hoe gaat het trouwens met Natalie?'

George was net als iedereen smoorverliefd op Natalie geweest, maar door een ongelofelijke combinatie van arrogantie en stompzinnigheid was hij alleen beduidend volhardender geweest. Hij was altijd snel geweest in het uitvoeren van haar opdrachten, gaf haar dure cadeautjes waarvan ze niet had geweten dat ze die wilde, zorgde ervoor dat ze de antwoorden voor examens kreeg en werkte potentiële rivalen uit de weg door middel van valse geruchten. Natalie had hem aan een lange lijn gehouden, die ze af en toe wat inhaalde door hem een compliment te geven, of te knipperen met haar wimpers als ze iets nodig had. Toen ze jonger was, had Alice hem simpelweg beschouwd als een onruststoker, maar toen ze ouder werd had ze zich gerealiseerd dat zijn streken iets van wreedheid in zich hadden. Het was moeilijk om ze simpelweg af te doen als typische uitbarstingen van tienertemperament.

'Met Natalie gaat het goed, dank je wel. Ik geloof zelfs dat ze het gisteren nog over je had, George. Ik zal haar zeker vertellen dat je naar haar hebt gevraagd. En ik hou je graag aan dat aanbod van openhaardhout, als je het niet erg vindt.' Het leugentje was haar ontglipt zonder dat ze er ook maar een seconde over had nagedacht.

'Ik zal ons mannetje vragen om de sleutel onder de mat te leggen. Laat me alleen even weten op welke dag je wil komen, en dan zal ik zorgen dat alles in orde is.'

'Morgen,' zei ze. 'Als dat kan. Ik wil er graag morgen heen.'

'Dat is kort dag.'

Alice had haar adem ingehouden.

'Ik ga hem bellen. Ik denk dat dat wel gaat lukken. Alleen zal ik hem dan wel wat extra moeten betalen.'

Ze maakte zich zorgen dat het zomerhuis een miniatuurversie zou blijken te zijn van het huis dat ze in haar hoofd had, maar er was niets veranderd, behalve dan de afwezigheid van stemmen. Het huis was altijd vol andere mensen en hun spullen geweest, maar nu echode het geluid van haar koffer die ze op de houten vloer liet vallen door de lege kamers. *Het is hier vredig*, herinnerde ze zichzelf. *Dat wilde je toch.* Maar het was ook eenzaam.

George Restons mannetje, Evan, had inderdaad een stapel hout bij de open haard neergelegd en de ramen opengezet om het huis te luchten. De kamers hadden een vage lucht van meeldauw, op de slaapkamer na die zij en Natalie zo veel jaren hadden gedeeld, met de zware balken tegen het plafond en de knoestige grenen wanden. De lucht in die kamer was droog en rook naar cederhout. Ze herinnerde zich hoe ze met hun tweeën op en neer sprongen op de dunne matrassen, elkaar vastgrijpend en uitgelaten gillend als hun vader na het donker over de horren kraste en deed alsof hij een beer was; hun nagels onder de sapvlekken van de frambozen die ze in het bos vonden; Natalie die met gekruiste benen op het grind aan de kant van de weg zat, waar ze haar best deed om de zoom van Alice' jeans los te maken die vast was komen te zitten in de versnelling van de fiets, terwijl Alice probeerde de fiets in evenwicht te houden en overeind te blijven. Ze duwde het geruite gordijn opzij en keek uit over het meer. Waar was die zus gebleven? De zon stond laag aan de hemel, nauwelijks een halve cirkel nog zichtbaar aan de horizon, en het water had de matgrijze kleur van grafiet. Doodstil.

Ze liet zich vallen op een van de twee bedden en trok de chenille sprei over haar schouders. De kamer werd kouder en ze overwoog op te staan om de ramen dicht te doen. Maar ze had niet de energie om beide te doen en ging weer liggen. Ze dook nu onder de dekens en luisterde hoe de nacht zijn intrede deed in het huis: de gedempte echo's van vogelgeroep, het gepiep van vleermuizen, het aarzelende nachtelijke geritsel van kleine dieren. Ze werd één keer wakker en zag dat de slaapkamer vol melkachtig licht was: de maan, die helder aan de hemel stond. Alles wat ze zag leek alleen een schaduw te zijn, alsof het een andere wereld was. Ze luisterde scherp, toen nog scherper, wachtend op het geluid van haar ouders die zich bewogen in de kamer ernaast. Zo viel ze weer in slaap, terwijl ze probeerde iets te horen wat er niet was, totdat haar oren pijn deden van de inspanning.

In haar dromen die nacht strekte ze zich uit, armen en benen golvend als zeegras, haar botten flexibel als elastiekjes, haar ruggengraat soepel buigend en strekkend. Ze werd omringd door groen water, en haar eigen veerkracht kwam als een verrassing – haar sierlijkheid hersteld, haar bewegingen moeiteloos. Strekken werd zwemmen. Zwemmen werd hardlopen door het water, totdat de viscositeit toenam en de druk tegen haar lichaam groter werd dan ze aankon.

Toen ze uit haar slaap ontwaakte, kon ze schoorsteenrook en de zware lucht van hars ruiken, en ze knipperde met haar ogen, omdat ze graag de restanten van haar dromen wilde verdrijven. De ochtendzon viel schuin door het slaapkamerraam, en tegelijkertijd voelde ze weer de bekende stijfheid van ledematen en gewrichten, lichaamsdelen die haar sinds lange tijd in de steek lieten. De noodzakelijkste aspecten van haar skeletstructuur waren veranderd van nuttige botten in een serie obstakels die tegen elkaar aan schuurden en veranderden in onbeweeglijke dingen, versteende versies van de knopen die haar vader haar had leren maken toen ze een kind was.

Ze stonden samen op de aanlegsteiger, Alice en Natalie en hun vader, zo'n twintig treden omlaag vanaf het huisje. De roeiboot dobberde heen en weer, en kwam af en toe vast te zitten tegen de steiger, totdat het water de boot kreunend weer liet gaan. Natalie, net dertien geworden, was toen al meer bezig met het aandachtig bekijken van haar weerspiegeling die op en neer deinde in het water dan met welke les ook, en Alice greep die kans om de aandacht van haar vader op te eisen.

'Het is belangrijk dat jullie allebei wat nautische basisvaardigheden onder de knie krijgen', zei haar vader, zich kennelijk niet bewust van het feit dat geen van zijn dochters zin had om een donker stuk water op te gaan. De teen van een van zijn nieuwe bootschoenen wees op een bladzijde in een boek over knopen, en Alice herinnerde zich de duidelijke zwart-witillustraties, een gerafeld stuk touw dat op magische wijze veranderde in een ingewikkelde structuur van kronkels en cirkels die onmogelijk te ontwarren leken. Haar vader hield een stuk touw losjes tussen zijn handen. 'Het einde van de lijn waarmee je werkt wordt het "bittere eind" genoemd. De hoofdlengte heet het "staande eind". Voordat de zomer voorbij is, zullen jullie allebei weten hoe je een platte knoop, een mastworp, een paalsteek, een kikkersteek en een schootsteek moet maken.' Haar vader drukte op haar schouder. 'Je zult een apenvuist kunnen maken voordat je het in de gaten hebt, Alice. Een kwartje voor jullie allebei voor elke knoop die je leert.'

De hele middag zat ze op de steiger, de planken warm tegen haar huid, de lucht van het meer die haar neus vulde, het touw erover en eronder, eronder en eromheen, eromheen en erdoor. Na een paar uur had ze het stuk touw getransformeerd in een serie wanstaltige knopen. Natalie sprong over de rotsen en lag op de steiger, haar mouwen opgerold tot haar schouders, haar jeans netjes omgeslagen tot boven haar knieën. Ze keek af en toe even naar Alice door oogleden die ze samenkneep tegen de zon.

'Krijg je er nooit genoeg van om te doen wat er van je verwacht wordt?' Er zat geen zweem van sarcasme in die vraag, alleen een spoortje verwarring, alsof Natalie iets probeerde te begrijpen wat haar niet duidelijk was.

'Ik denk dat ten minste een van ons het moet proberen.' Alice stond op en ging naast haar zus zitten, pakte Natalies stuk touw en beet op haar onderlip terwijl ze haar nauwgezette constructie van knopen hervatte.

Natalie glimlachte naar haar voordat ze over haar maag wreef. 'Zorg je ervoor dat die van mij er goed uitzien?'

Wat Alice zich vooral herinnerde van dat jaar, was niet dat ze op de fiets naar de stad ging met haar vader, of het elegante handschrift van haar moeder las op de ansichtkaarten die ze stuurde naar familie. Evenmin dat ze 's avonds tussen hen in zat, terwijl ze keek hoe de hand van haar vader die van haar moeder aanraakte, of het veld van sterren dat ontsprong aan de donkere hemel. Wat ze zich vooral herinnerde, was het gevoel van glad touw in haar handen, de kartelranden van warme munten die in haar handen werden gelegd, en

Natalies knipoog toen haar vader twee gelijke porties kwartjes uittelde.

Haar lichaam rebelleerde nog tegen de rit van de vorige dag, maar dat had ze wel verwacht. Haar opwellingen werden bijna altijd gevolgd door een dag waarop ze rust nodig had, en daarna was het meestal wel mogelijk om terug te keren naar de toestand van ervoor. Ze liet het bad vollopen en terwijl het water over haar huid kabbelde, herinnerde ze zich weer hoe haar lichaam had aangevoeld in haar droom, vloeibaar en soepel. Spinnen liepen kriskras over het plafond, en schoten heen en weer om aan de damp te ontsnappen. Ze bond haar haar samen in een losse knot, kleedde zich aan en pakte een plaid uit de mand naast de open haard. Daarna liep ze naar het meer. De zon reflecteerde op het wateroppervlak en verblindde haar met heldere glinsteringen. De roeiboot lag nog op dezelfde plek, en kleine golfjes kabbelden tegen de gebutste zijkanten aan. Alice spreidde de plaid uit, klom in de boot en ging er languit in liggen. Het water wiegde haar en de zon verwarmde haar huid totdat ze het gevoel had alsof ze van gesmolten suiker was, vloeibaar geworden tot een bleekgouden hoop.

Ze had niet in de gaten dat de boot was losgeraakt van zijn meertouw, totdat ze de afwezigheid van land voelde, totdat ze de vertrouwde geur van opwarmend hout niet meer rook – de planken van de steiger, de bast van bomen beschilderd met zonlicht, de harshoudende, kromgetrokken shingles van het huis – en voelde in plaats daarvan het trage trekken van water om haar heen. Ze ging overeind zitten, en raakte in paniek toen ze zag hoe ver ze van de oever was gedreven. Gelukkig was het meer kalm en de roeiriemen lagen veilig in hun dollen. Ze trok zich overeind tot op de zitplaats van de boot en maakte haar haar los, voelde hoe de bries erdoorheen waaide totdat het droog was. Ze zou misschien terug kunnen roeien met behulp van wat windvlagen; zo niet, dan kon ze een passerende boot aanroepen en om hulp vragen. Maar het was laat in het seizoen en het was stil op het meer. Er waren geen andere boten te bekennen.

Alice liet haar handen over het ingekerfde hout van de riemen gaan. Het was gemakkelijker om op het water na te denken, een andere koers voor haar leven te overwegen. Op het vaste land lieten haar beperkingen op luide toon van zich horen. Maar hier, ver weg van de oever, oefenden het vastberaden drijfvermogen van de oude boot en het gestage ritme van de kleine golven hun invloed op haar uit. De wind stak op en liet haar shirt opbollen als een spinnaker. Slierten wolken breiden zich in elkaar tot een vale streng, wervelend en uiteenvallend boven haar hoofd terwijl ze van donker naar licht en weer naar donker gingen. Een lichte golfslag klapte tegen de zijkant van de boot. Ze kon zien hoe een onweersbui zich vormde aan de rand van de hemel en keek met meer geïnteresseerdheid dan angst toe, tot er zich in de verte, bij de landtong, een gordijn van regen vormde dat langzaam haar kant op kwam.

De bliksem schoot langs de hemel en door het gedreun van de donder die volgde kon ze inschatten hoe ver het onweer nog weg was. Ze stak de riemen in het water en schrok van het gewicht ervan. Terwijl ze aan een riem trok om de boot in de richting van het huis te keren, kermde ze bij de pijn die via haar schouder omlaag schoot over haar rug. Het kostte al haar kracht, terwijl de riemen nauwelijks over het wateroppervlak scheerden. Als ze geen voortstuwingskracht zou kunnen genereren, zou ze niet vooruit komen. Ze haalde de riemen terug in de boot en trok de deken van de bodem, drapeerde die om haar schouders en probeerde een simpele knoop; het enige wat haar stijve vingers nog voor elkaar kregen. Ze speurde de bodem van de boot af, op zoek naar iets wat ze zou kunnen gebruiken als bedekking of als vlag. Er was alleen een plastic melkcontainer, waarvan de bovenkant was afgesneden om te dienen als een geïmproviseerd hoosvat. Toen ze weer opkeek, begon een striemende regen haar gezicht te geselen. Ze beschermde haar ogen en keek weer over het water in de richting van het huis. Ze dacht dat ze in de verte het gesputter van een motor hoorde, maar wat het geluid ook was, het werd meegevoerd door de wind. Ze stak de riemen weer in het water en trok zo hard ze kon, naar adem snakkend bij de inspanning. Vijf vruchteloze slagen was alles waartoe ze in staat was, voordat ze haar hoofd op haar borst liet vallen. De oever was nog net zo ver als daarvoor. Maar er bewoog zich iets in haar richting, dat groter en luidruchtiger werd, een motorboot die een diepe V door het water sneed terwijl die in haar richting kwam. Misschien had de huisbeheerder van de Restons, Evan, gezien dat de boot er niet meer lag. Of misschien was het George. Toen zag ze iets bekends in de gestalte van de figuur die de boot bestuurde, en ze wist dat hij het was.

Het leek onwaarschijnlijk, zo niet onmogelijk. Ze had zijn carrière gevolgd zonder dat dat haar bedoeling was, had de recensies van zijn tentoonstellingen gelezen, de lofprijzingen en zijn succes in de afgelopen jaren gevolgd. Er kon geen reden zijn waarom hij hier nu zou zijn. Ook zijn ouders waren er niet meer, zij het dat ze niet dood waren. Er had een artikel over zijn moeder gestaan in *Architectural Digest*. Op een foto was ze te zien terwijl ze door een stapel oude tijdschriften bladerde in de steriele wachtkamer van haar reumatoloog. Ze hadden een prachtig stenen huis in Frankrijk aan het einde van een brede laan, omzoomd door rijen olijfbomen. Ze woonden tegenwoordig het grootste deel van het jaar in Europa, teleurgesteld als ze waren in 'de trieste achteruitgang van de Amerikaanse cultuur.' De foto had haar verrast: twee stoïcijnse gezichten zonder rimpels, met een hond die mooi tussen hen in zat op een donkerblauw bankje, en bij alle drie zat het haar keurig op dezelfde manier. Zo totaal anders dan het gezicht dat ze zich herinnerde als ze aan hem moest denken, wat ze een hele tijd niet had gedaan. Ze had belangrijkere dingen om zich druk om te maken en ze had haar herinneringen aan hem, samen met haar gevoelens van teleurstelling en schaamte, naar een donkere plaats achter in haar hoofd weggestopt.

Ze kon de uitlaat van de boot ruiken, zelfs door de stortbui heen. Hij zette de motor uit en liet zijn boot naast de hare glijden. Hij strekte zich uit naar een van de riemen en trok zichzelf dichterbij.

'Pak het touw', schreeuwde hij naar haar, maar ze reageerde niet. Haar gewrichten leken samengesmolten tot een nutteloos hoopje botten, en ze kon zich niet bewegen.

'Pak het, verdomme, Alice. Wat mankeer je? Je verdrinkt hier zo nog.' Hij greep een van de riemen en duwde de boot naar achteren, totdat hij voldoende dichtbij was om een stuk nylon touw door het oog van de boeg te halen. Hij liet een lang stuk vieren en bond de beide uiteinden van het touw stevig aan elkaar rond de middelste zitplaats in de motorboot.

'Hou je goed vast', brulde hij over zijn schouder.

Ze liet haar handen op de zijkanten van de boot rusten, haar vingers te verdoofd en koud om iets te kunnen vasthouden. De boot deinde onder haar terwijl die over het water werd getrokken, bonkend over het kielwater van de motorboot. Thomas hield een hand op de gashendel en keek om de paar seconden over zijn schouder, alsof hij dacht dat ze zou kunnen besluiten om ineens te gaan zwemmen. Onwaarschijnlijk, behalve als hij aanzienlijk sneller zou gaan dan nu het geval was en ze in het water zou tuimelen. Ze maakte zich meer zorgen over hoe ze straks uit de boot zou moeten stappen en de trappen naar het zomerhuis op zou moeten lopen zonder dat hij elke stap van haar zou gadeslaan. Haar fysieke zwakheid was waar ze zich het meest voor schaamde, iets wat ze wanneer dat maar mogelijk was probeerde te verbergen.

Haar wangen prikten door de harde regen die haar huid teisterde. Waarom was ze hier teruggekomen? Ze zag de vage contouren van het huis van de Baybers door de zwaaiende bomen. Ze was hierheen gekomen omdat dit de plek was waar haar gelukkige herinneringen veilig opgeborgen waren, verweven met het bos, glinsterend aan het oppervlak van het meer. Haar jongere zelf nog onzichtbaar in het bos, waar ze het gezang van vogels identificeerde, de sterren aan de avondhemel benoemde, half luisterde naar het geruststellende roepen van haar naam door haar ouders, die nog meer lachten en nog meer dronken en op de steiger herinneringen ophaalden, terwijl ze met hun witte benen in het koude, donkere water bengelden. Hier had ze zich door het papierdunne vlies van de puberteit gewerkt om de heerlijke opwinding van aantrekkingskracht te voelen, de botsende intensiteit van verlangen en onzekerheid.

Daarna al die dingen die toen waren gevolgd; het besef dat ze dwaas en naïef was geweest; de ware aard van Thomas onthuld, evenals die van Natalie. Hier was alles begonnen, en ook weer geëindigd. Een paar maanden later zou de wereld op zijn grondvesten wankelen in Dallas. Terwijl ze in die novembermaand bij haar vader op de passagiersstoel zat, keek ze geschrokken hoe hij de radio harder zette en ongelovig zijn hoofd schudde. Even later zette hij zijn auto aan de kant van de weg, net als al die andere auto's, en begroef zijn hoofd in zijn armen. Terwijl ze uit het raam keek, zag ze een pantomime van emoties in elke auto: tranen, ontzetting, angst. Het was de eerste keer dat ze haar vader had zien huilen, de eerste keer dat ze begreep dat er dingen in het leven zouden zijn waartegen hij haar niet kon beschermen. Die herinnering had haar eigen huivering, net zoals ze dat een paar maanden eerder had gevoeld toen Thomas Bayber voor het eerst over hun steiger liep: de wetenschap dat de wereld was veranderd en dat niets ooit nog hetzelfde zou zijn.

Thomas minderde gas toen ze de oever naderden, zette de motor uit en sprong van de boot op de steiger. Hij bond de motorboot vast, greep toen het touw en haalde de roeiboot rustig naar de kant. Daarbij stak hij zijn voet uit om te voorkomen dat de boot tegen de steiger zou botsen. Het water stroomde overal van hem af, langs de scherpe hoek van zijn neus, van de punten van zijn haar waar dat tegen zijn nek zat geplakt. Het enige wat ze kon doen was zitten wachten totdat hij weg zou gaan. Uiteindelijk ging hij rechtop staan en stak een hand uit.

'Als je zit te wachten op een formele uitnodiging, dan kan je lang wachten.'

'Laat me nou maar zitten.'

'Jou hier laten zitten? Ben je niet bij je hoofd? Het is noodweer, en jij denkt echt dat ik jou hier laat zitten?' De wind rukte de woorden uit zijn mond. 'Sta op. Zo meteen vat je een dodelijke kou en dat wil ik niet op mijn geweten hebben.'

Ze keek hem kwaad aan. 'Denk je niet dat ik op zou staan als ik dat zou kunnen?'

Dat kalmeerde hem. Ze kromp ineen bij zijn oppervlakkige observatie van haar stijve ledematen, haar vreemd neergelegde handen, die als tangen op de zijkanten van de boot rustten. Maar na een korte en onverholen inschatting bleven zijn ogen een moment langer op haar rusten, waarna er nog een andere blik volgde die ze niet kende.

Hij veegde zijn hand over zijn gezicht. 'Nou, daar had je weleens aan mogen denken voordat je besloot in die verdomde boot te stappen. Kun je dan in elk geval even opschuiven, zodat we niet allebei in de plomp vallen als ik je eruit probeer te tillen?' Dat lukte haar nog wel. Ze beet op haar lip terwijl hij haar uit de roeiboot hees, waarbij ze zich voelde als een verroest en bevroren voorwerp.

'De rest kan ik zelf wel.'

'Doe niet zo idioot. Ik kan je moeilijk hier achterlaten, en hoewel ik betwijfel of ik nog natter kan worden dan ik nu al ben, moeten we toch maar iets beters proberen, vind je niet?' Hij zwaaide haar omhoog in zijn armen, en ze sloot haar ogen, haar vernedering compleet. Hij liep langzaam de steiger over en pauzeerde aan de voet van de stenen trap. Haar oor schoot telkens tegen zijn borst terwijl hij de treden nam, en ze kon zijn onregelmatige ademhaling voelen.

'Je rookt nog steeds.'

'Dit lijkt me niet het juiste moment voor een preek.'

'Je loopt te hijgen.'

'Jij bent zwaarder dan je eruitziet. En ik ben oud, weet je nog?'

Hij betreurde het dat hij dat woord had gebruikt, voelde ze, door de manier waarop hij haar plotseling in zijn armen verplaatste. Maar het was al te laat. Natuurlijk wist ze het nog. Ze wist alles nog. Ze rilde terwijl de regen tot in haar haar doordrong.

'Alice.'

'Niet praten. Alsjeblieft, niet praten.'

'Je bent vastbesloten om dit gênant te laten worden, merk ik.' Maar hij zei verder niets meer, vervolgde alleen de moeizame weg naar zijn huis.

Het pad was ongelijk en sponsachtig, gedeeltelijk verborgen onder rottende bladeren en dennentakken die door de onweersbui naar beneden waren gekomen. Ze kon voelen hoe drassig de grond was bij elke voetstap die hij nam, alsof hij door een moeras ploeterde. In de verte scheen er licht vanuit de zitkamer van het zomerhuis van de Baybers, zwak en waterig vanachter de stroom van regen die langs de ramen liep. Bij de achterdeur zette hij haar voorzichtig neer, zijn armen trillend door de inspanning om haar precies zo neer te zetten. Hij duwde de deur open, en ze ging achter hem aan naar binnen, waar ze ontdooide door de warme lucht die haar omgaf.

'Ik neem aan dat je me nu de les gaat lezen omdat ik het huis heb achtergelaten met de open haard nog aan.'

'Nee. Het voelt te goed aan om weer warm te zijn', zei ze, dralend in de gang, terwijl haar tanden tegen elkaar klapperden. 'Ik blijf alleen nog even om droog te worden, daarna ga ik weer.'

'Alice.'

Dat was alles wat hij zei, maar het was voldoende. Huilen was het stomste wat ze kon doen, maar op dat moment vroeg ze zich af hoe ze erin was geslaagd om dat zo lang niet te doen. De jaren waarin ze afhankelijk was geweest van andere mensen, stapelden zich achter haar op en die welke nog vóór haar lagen, leken ontelbaar. Haar enige taak was altijd geweest om een goed humeur te bewaren, stoïcijns te doen over haar RA. Maar op dat moment wilde ze alleen maar iemand die de macht had haar beter te maken. Om alles te herstellen.

'Waarom lijk ik toch altijd dit effect te hebben op vrouwen? Ze zijn bij me in de buurt en ze beginnen te huilen.' Hij bood haar een zakdoek aan uit zijn zak, maar die was net zo nat als de rest van hem en toen ze die aannam, druppelde het water omlaag langs de schuine kant van haar arm.

Hij staarde naar haar. Toen ze eindelijk opkeek, sloot hij zijn ogen en schudde zijn hoofd. 'Ik vond het heel erg toen ik het hoorde van je ouders', zei hij. 'Myrna Reston, natuurlijk.' Hij ging een van de slaapkamers in en kwam terug met wat kleren.

'Geen knopen', zei hij. 'Heb je hulp nodig?'

'Ik kan niet...'

'We zijn allebei doorweekt. De regen zal voorlopig niet ophouden, en ik kan me niet voorstellen dat het goed voor je is om in natte kleren te blijven zitten. Alsjeblieft.'

Ze stond met tegenzin op, omdat ze liever was blijven zitten bij de constante, lage vlammen van het vuur, het opbeurende blauw en oranje ervan dat haar huid weer tot leven bracht.

'Er is een logeerkamer waar je je kunt omkleden', zei hij, gebarend naar een kamer aan de andere kant van de gang.

Ze nam de kleren van hem aan en liep door een donkere gang. De logeerkamer, als die dat moest voorstellen, was drie keer zo groot als haar kamer op de universiteit. Een hoog tweepersoonsbed stond tegen de muur aan het andere eind van de kamer, tussen twee ramen met verschoten koffiekleurige gordijnen die net de grond raakten. Aan de andere kant van de kamer werd de ruimte bijna helemaal in beslag genomen door een grote klerenkast, de bovenkant versierd met krullerig houtsnijwerk. Een oude zoete lucht van parfum met iets van tuberoos of gardenia erin hing rond het beddengoed.

Op het nachtkastje naast een lampje stond een vogelkooitje van goud filigraan met daarin een porseleinen vogeltje dat op een takje zat, het geheel niet groter dan een centimeter of vijftien van het hoogste punt tot aan de onderkant. Verrukt tilde Alice het bodemloze kooitje op en pakte voorzichtig het vogeltje, opgelucht dat het vuur weer wat beweging in haar vingers had weten te krijgen. Het was een *Passerina caerulea,* een blauwe bisschop, in zijn zomerkleed. Het beeldje was tot in de kleinste details uitgewerkt, en ze ging met de top van haar wijsvinger langs de rug, het vakmanschap bewonderend. De kop, mantel en borst waren allemaal diep kobaltblauw, met de felste kleur op de stuit en kruin van de vogel; de vleugel- en staartveren waren donkergrijs. De vleugels werden gemarkeerd door twee kastanjebruine vleugelstrepen, en een zwart masker strekte zich uit van de voorkant van de ogen naar de stevige, zilvergrijze snavel. De blauwe bisschop zat op een takje van een toverhazelaar en zelfs de blaadjes daarvan, ovaal met licht golvende randen, waren accuraat geschilderd: donkergroen bovenop en wat bleker groen aan de onderkant.

Alice draaide het beeldje om, maar er was geen merkteken om te weten wie het had vervaardigd. Aan de muur boven het nachtkastje hing een aquarel van dezelfde vogel, in dezelfde setting. Aan de onderkant van het schilderij stond in nauwelijks leesbaar cursief schrift: 'Voor Letitia Bayber, onze vriendin. Het ene model naar het andere.' En de handtekening: 'D. Doughty.'

Was dit de kamer van Thomas' moeder? Alice had alleen die ene foto van haar gezien, in het tijdschriftartikel, en het was moeilijk om de uitdrukkingsloze vrouw die naast haar man en hond zat, in overeenstemming te brengen met de vriendin van iemand die zoiets prachtigs als dit vogeltje kon maken. Ze keek nog eens om zich heen in de kamer en realiseerde zich hoe misplaatst het beeldje was; het enige delicate voorwerp in een kamer vol donker mahoniehouten meubilair en getemperde kleuren, allemaal overdreven groot en deprimerend. Alice zette het vogeltje met het kooitje terug op het nachtkastje, en vond het haast jammer dat iets wat zo mooi was, in een kamer stond waar zelden iemand kwam.

De gordijnen bij de ramen waren open, vastgebonden met koorden die eindigden in wollige, uitgerafelde kwasten. Het huis werd aan alle kanten omgeven door bos. Toen Alice uit de ramen keek naar het vlakke zwart van bomen en de nacht, was het enige wat ze zag haar eigen waterige weerspiegeling in het glas. Ze worstelde zich uit haar kleren en liet ze in een vochtige hoop achter op de vloer. De kleren die hij voor haar had gehaald waren van hemzelf, concludeerde ze door de manier waarop alles los om haar heen hing. Het zachte T-shirt viel ruim over haar heupen, het verschoten blauw onderbroken door een grillige inktvlek op haar buik. De pyjamabroek was gemakkelijk om aan te trekken. Ze trok het koord vast rond haar middel en maakte een losse, slordige strik, raapte toen haar eigen doorweekte spullen op en ging terug naar de zitkamer.

Hij had intussen ook droge kleren aangetrokken en knikte toen hij haar zag. 'Dat staat jou beter dan mij. Mag je drinken?'

Ze had haar medicatieregime gemist, de bonte verzameling pillen die ze een paar keer per dag moest innemen. 'Heb je cognac?' vroeg ze, moe en roekeloos, verlangend naar een zekere mate van vergetelheid.

Hij trok een wenkbrauw op, maar gaf geen antwoord, schonk alleen iets amberkleurigs vanuit een karaf in een glas en stak dat naar haar uit. Nadat ze het glas had aangenomen, nam hij haar kleren van haar over. Ze hield het glas cognac met beide handen vast en nam een voorzichtig slokje. Ze voelde de warme vloeistof licht als een trage vlam door haar keel gaan en zich een weg banen langs de wand van haar borst. Ze verwonderde zich over het effect van de drank en de scherpe lucht die brandde in haar ogen, met de aangename verdoving erachteraan. Hij liep ergens heen terwijl zij zich liet zakken in een stoel met een hoge rug dicht bij het vuur. Ze schoof heen en weer, op zoek naar een houding waarin ze zich het minst onprettig zou voelen.

Deze kamer was nog net zo als in haar herinnering. Het had gisteren kunnen zijn dat ze haar voetafdrukken achterliet op de met krijt bestoven vloer toen ze achter hem aan liep en ongemakkelijk op het tweezitsbankje zat terwijl hij fronste en schetste. Het gaf haar het vreemde gevoel alsof ze in een museum was, een museum waarvan de conservator laks was in het uitvoeren van zijn taken, dacht ze, toen ze overal de fijne film van stof op zag liggen: op een stapel boeken, een klok, de zware koperen kandelaars met hun taps toelopende kaarsen.

Thomas kwam weer de kamer in en porde met een pook in het vuur, voordat hij in de stoel tegenover haar ging zitten. Hij had blote voeten, met hoge wreven, de kleine teen van zijn linkervoet krom, duidelijk ooit gebroken. Het had een onaangename intimiteit om hem blootsvoets te zien, en ze voelde iedere beweging die haar lichaam maakte onder de stof van zijn dunne T-shirt. Acht jaar sinds ze elkaar voor het laatst hadden gezien. Wat maakte het verschil in leeftijd nu nog maar weinig uit.

'Er is een porseleinen beeldje in de logeerkamer.'

Hij pookte weer in de as. 'Ik was vergeten dat ik het daar had gezet.'

'Is het van jou? Het lijkt me niet iets wat jij zou hebben.'

'Omdat je mij zo goed kent?' Hij glimlachte naar haar. 'Je mag het hebben als je wil. Neem het gerust mee.'

'Waarom krijg ik het gevoel dat jij niet het recht hebt om het weg te geven?'

'Opmerkzaam als altijd, zie ik. Ik denk dat je gelijk hebt. Technisch gezien is het niet van mij, dus mag ik het niet weggeven. Ik heb het gestolen.'

'Ik geloof je niet.'

'Dat zou ik maar wel doen. Ik heb het weggenomen bij mijn moeder. Het was iets wat ze koesterde, een geschenk van een goede vriendin van haar, en tamelijk kostbaar, geloof ik. Heb je ooit gehoord van Dorothy Doughty?'

Alice schudde haar hoofd.

'Ze is ongeveer tien jaar geleden overleden. Zij en haar zuster, Freda, waren buren van mijn moeder in Sissinghurst. Ik geloof dat Freda soms op mijn moeder paste, toen die nog een kind was. De zusters waren allebei beeldend kunstenaar; ze hadden thuis hun eigen pottenbakkersoven. Dorothy was ornitholoog en naturalist, zoals je waarschijnlijk wel kunt zien. Ze vond het leuk om modellen te maken van de vogels die ze in hun achtertuin zag. Zij en Freda gingen uiteindelijk werken voor de Royal Worcester porseleinfabriek als freelance modelmakers. De modellen van Freda waren kleine kinderen, maar die van Dorothy waren allemaal vogels en heel mooi. Die in de logeerkamer was een preproductie-prototype. Ze gaf het aan mijn moeder in het jaar dat ik werd geboren.'

'Waarom heb je het weggenomen?'

Hij haalde zijn schouders op. 'Ik wilde haar pijn doen.'

'Je deed het opzettelijk om gemeen te zijn?'

'Verbaast je dat?' Hij stond op en liep naar de drankvoorraad, waar hij een nieuw glas cognac voor zichzelf inschonk. Hij schoof de karaf in haar richting, maar haar glas was nog vol en ze schudde haar hoofd.

'Ik wilde dat ze het gevoel van verlies zou ervaren. De afwezigheid van iets waar ze dol op was. Dat was ze duidelijk niet op haar zoon. Ik geloof dat ze er tamelijk overstuur van was. Ik was verrast om te zien dat ze zo veel emotie kon oproepen.'

Hij klonk niet boos, maar vertelde het nuchter en afstandelijk, terwijl hij van zijn cognac nipte en in het vuur staarde. Er ging een rilling over Alice' huid, en deze keer had dat niets te maken met de regen of haar uitputting. Ze rolde het glas heen en weer tussen haar handen, keek hoe de cognac langzaam naar beneden gleed aan de binnenkant en nam toen nog een slok. 'Het klinkt alsof je geen erg gelukkige jeugd hebt gehad.'

'Ik ben echt niet de enige. Ik zou er maar niet over inzitten.' Hij keek haar kalm aan terwijl zij bijna niet stil kon blijven zitten. 'Mis je je ouders?'

'Ik mis ze elke dag.'

Hij knikte, alsof hij dat wel had verwacht. 'Ja. Natuurlijk doe je dat. Ik ben al bijna acht jaar vervreemd van mijn ouders. Ik voel niets als ik aan hen denk. Maakt me dat tot een slecht mens, denk je?'

'Dat niet.'

Een klein glimlachje. 'Aha. Nu komen we ergens. Dat andere, bedoel je. Dat maakt me een slecht mens.'

Dacht hij soms dat ze het konden vermijden om terug te gaan naar die vreselijke geschiedenis, terwijl hij hier in dezelfde kamer was met haar, zo dicht bij haar stond dat ze zich zou kunnen uitstrekken om zijn hand aan te raken die het glas vasthield? De zich verspreidende warmte van de cognac zette haar inwendig in brand, en trok haar dieper het kussen van de stoel in. Ze haalde diep adem.

'Denk je dan dat het je tot een goed mens maakt?'

Hij haalde houtblokken uit een rieten mand en gooide die op het vuur, waardoor een regen van vonken de schoorsteenpijp in vloog. 'Ik ging een dutje doen nadat jij die middag was vertrokken, Alice. Toen ik terugkwam in deze kamer, wist ik dat je de schets had gezien. Dat kwam niet alleen doordat de tekeningen in de verkeerde volgorde lagen – ik weet niet zeker of ik me precies zou hebben herinnerd hoe ik ze had gerangschikt, los van de voor de hand liggende bedoeling dat ik die bepaalde tekening nooit bovenop zou hebben gelegd. Ik zag je voetafdrukken in het krijtstof. En een duimafdruk in de hoek van die tekening. Je wist niet dat je die had achtergelaten, hè?'

Hij stond voor haar en pakte haar pols. Ze kromp ineen en probeerde zich los te maken, maar hij had het niet in de gaten of het kon hem niet schelen. Hij bracht haar hand dichter bij die van hem en omcirkelde de omtrek van haar duim met een vinger, alsof hij iets probeerde uit te wissen voordat hij haar losliet.

Ze hield haar hand tegen haar borst, en voelde hoe de warmte van haar gewrichten door haar shirt heen trok. 'Het doet er niet toe.'

'Doe niet zo idioot. Natuurlijk doet het ertoe.'

'Misschien voor jou. Niet voor mij.'

Hij dronk zijn glas leeg en zette het met een doffe klap neer op een tafeltje. 'Je kunt slecht liegen, Alice. Goddank.'

'Nee. Ik ben alleen moe. Ik ben hierheen gekomen omdat ik een poosje alleen wilde zijn; ik ben hier niet voor jou gekomen. Ik ben hier niet gekomen om jou te zien of jouw stem te horen, en ik wil me niets van dat alles herinneren. Ik word er beroerd van.'

Als ze inderdaad zo slecht kon liegen zoals hij zei, dan zou hij meteen dwars door haar heen hebben gekeken. Ze voelde zich tegenwoordig constant alleen; daarvoor had ze niet naar het zomerhuis hoeven te komen. Bij hem zijn was een balsem, al was het maar omdat hij haar ouders die paar weken had gekend. Ze kon hem vragen of hij zich nog herinnerde dat haar moeder bang was geweest voor Neela, of dat haar vaders handgreep krachtig was geweest toen hij hem die eerste keer de hand schudde. Ze kon hem vragen wat hij had gezien toen hij die middag naar hen vieren op de steiger had gekeken. Herinnerde hij zich nog de dronk die haar vader had uitgebracht tijdens het eten die avond, toen zijn tekening af was? Ze zag nog zo voor zich hoe de glazen werden geheven in de lucht. Ze hadden allemaal iets rozigs over zich; ze kon nog het ijle getingel horen, het getingel van kristal, maar de woorden die bij die bepaalde herinnering hoorden, waren verdwenen. Al het andere in haar leven leek kapot; ze wilde niet dat haar band met hem, hoe vaag en kapot die ook was, het volgende zou zijn dat zou tellen als een verlies.

Zijn gezicht betrok door haar woorden. Ze was verrast om te zien dat ze hem gekwetst had. De Thomas uit haar herinnering was hard en onverschillig, en hij leefde om haar te herinneren aan de betekenis van verraad.

'Zo,' zei hij, 'Alice is uiteindelijk dan toch volwassen geworden. En ondanks haar aandoening, heel handig met een mes.'

Ze wendde zich af omdat ze hem niet aan wilde kijken.

'Was ze in jouw kamer toen ik daar die dag was?' Het was niet haar bedoeling geweest om dat te vragen, maar nu de woorden eruit waren, besefte ze dat haar dat nog het meest had achtervolgd, de gedachte dat haar zus had zitten luisteren naar hun gesprek, terwijl ze haar gezicht begroef in een zacht kussen om haar gelach te dempen. Misschien was het een zweem van Natalies parfum geweest dat ze had geroken in de logeerkamer, Natalies krachtige aanwezigheid die in staat bleek om zelfs de op- en neergaande lijn van acht jaar te weerstaan.

'Als je dat denkt, dan zou je niets geloven van wat ik je zou kunnen vertellen.' Zijn gezicht was rood, van het vuur, van de drank. 'Ongelofelijk! Er zijn jaren verstreken en toch voel ik me nog gedwongen om mezelf te verdedigen. Misschien doordat jouw hoge dunk van mij een van de weinige dingen was die ik belangrijk vond.'

'De mening van een veertienjarig meisje? Dat lijkt me onwaarschijnlijk. Als ik eraan denk hoe mijn ouders jou vertrouwden…'

'Jouw ouders waren bepaald geen heiligen, Alice. Het zou edelmoedig zijn om te zeggen dat het gewone mensen waren die een paar zeer ernstige fouten hebben gemaakt. Doe nu niet alsof ze perfect waren. Dat is een te dun koord om er je evenwicht op te bewaren. En wat Natalie betreft…'

Ze stond wankel op uit haar stoel, gestimuleerd door alcohol en woede. 'Noem haar naam niet. Die wil ik niet horen.' Alice gooide zich tegen hem aan met alle kracht die ze in zich had, armen zwaaiend, handen nutteloos, maar toch beukend tegen zijn borst. Elke klap stuurde schokgolven door haar lichaam, een hamer tegen haar botten.

Hij bleef doodstil staan en deed geen poging zich te verdedigen. De razernij verdween net zo snel als die was gekomen en ze zonk op de grond neer, haar nutteloze enkels wankelend onder haar gewicht, haar voorhoofd rustend tegen zijn knieën. Ze ademde zo zwaar dat ze dacht dat ze zou stikken, en tussen hijgende snikken in zei ze: 'Ik ben bang. Ik ben overal bang voor. Constant.'

Hij raakte haar hoofd aan, streelde haar onhandig. Ze herinnerde zich hoe hij met Neela was, de manier waarop hij de hond in zijn armen had gehouden en over haar kop had gewreven met zijn knokkels, totdat haar ogen zich sloten en haar staart langzaam en zwaar tegen zijn borst sloeg. Maar nu streelde zijn hand haar haar, weefden zijn vingers zich in haar krullen, en gleed zijn duim zacht over de zijkant van haar gezicht.

Hij ging op de grond naast haar zitten. 'Er is ruimschoots bewijs van het tegendeel.'

Ze vond het hilarisch klinken. Hij was de enige persoon die ze kende die echt dingen zei zoals 'ruimschoots bewijs van het tegendeel.'

'Kun je niet als een normaal mens praten?'

'Ik bedoelde alleen te zeggen dat als je echt overal bang voor bent, je dat goed weet te verbergen. Je hebt niet toegestaan dat deze ziekte...'

'RA. Je moet het hardop zeggen. Reumatoïde artritis.'

'En je blijft me maar onderbreken, hoor ik. Je hebt je niet laten weerhouden door RA. Je hebt je niet laten weerhouden door wat er met je ouders is gebeurd. Je maakt je opleiding af, je...'

'Kapt ermee. Ik ben gekapt met mijn studie. Daarom ben ik hierheen gegaan. Het wordt allemaal te moeilijk. Ik kan het niet meer.'

'Kan je het niet meer? Of kan je het niet perfect doen?'

'Dat is hetzelfde.'

'Niet voor de meeste mensen.'

Ze liet haar hoofd tegen zijn schouder vallen en nam zijn geur in zich op: vochtige wol en stof, rook en de sterke lucht van druiven die in most waren veranderd. Zijn hand bewoog zich naar haar voet, zijn duim volgde de welving van haar wreef, een plek waar haar huid nog aanvoelde als zijde. Ze vroeg zich af of er ooit iemand was geweest die haar daar had aangeraakt, behalve dan een klinische hand, die haar enkel heen en weer draaide en vroeg of ze haar pijn wilde beschrijven.

Ze sloot haar ogen en toen ze die weer opende, keek ze op naar het plafond. Ze had dit beeld al eerder gehad, waarbij ze zich die middag herinnerde waarop ze de schets van Natalie had gezien. Ze trok haar voet weg.

'Alice.'

'Nee.'

'Het was niet wat je denkt.'

'Beledig me niet. Ik heb je nooit voorspelbaar gevonden, Thomas, dus zeg nu niet wat iedereen zou zeggen – dat er niets is gebeurd.'

'Jij denkt dat ik met haar naar bed ben geweest? Met een tiener?' Ze slikte hard. 'Ja. Ik denk dat jouw ego je toe zou staan om alles te doen waar je zin in hebt en je dan wel een manier zult weten te vinden om het te rechtvaardigen.'

Hij wendde zich van haar af, maar zijn hand bleef rusten op haar schouder, terwijl zijn vingertoppen daar een zachte druk uitoefenden.

'Natalie was wat? Zeventien? Dat zou dan strafbaar zijn geweest, Alice. Om nog niet te spreken van amoreel.'

'Ik heb de schets gezien. Niemands verbeelding is zo goed.' Ze stak haar kin uitdagend naar voren en schudde zijn hand van haar schouder. 'Of zo nauwkeurig.'

'Ze heeft inderdaad voor me geposeerd.'

'Naakt.'

'Zo naakt als een pasgeboren vogel.'

'Vind je dat grappig?'

'Helemaal niet. Ik hoopte alleen dat je de vogelverwijzing wel grappig zou vinden. Kennelijk niet. Maar ik moet toegeven dat ik me toch afvraag hoe goed jij je zus kent.'

'Wat bedoel je daarmee?'

'Niemand zou Natalie ervan kunnen beschuldigen dat ze geremd is. Ik heb haar nooit gevraagd of ze haar kleren wilde uittrekken. Ze kwam op een middag en vroeg me of ik een tekening van haar wilde maken Ze vertelde me dat ze die aan haar vriendje wilde geven. Ik wilde dat wel doen en ging mijn schetsboek en potloden uit de achterkamer halen. Toen ik terugkwam, stond jouw lieve zus met haar jurk om haar enkels. *Sans vêtements*. Ze vond het niet leuk toen ik haar vertelde dat ik niet met haar naar bed wilde.'

'Probeer je me nu te vertellen dat ze je dat vroeg?'

Hij keek gekwetst. 'Ja, Alice. Dat vroeg ze. Natalie was boos, over heel veel dingen. Ze was erg in de war. Ik denk dat ze met me naar bed wilde om een punt te maken.'

'Dat begrijp ik niet.'

'O nee?' Hij keek haar aandachtig aan alsof hij iets probeerde te besluiten, maar schudde toen zijn hoofd en sloot zijn ogen. 'Dan is het niet aan mij om je dat te vertellen. Maar wie weet? Misschien verwachtte Natalie wel dat ik nee zou zeggen en was ze aan het testen hoeveel macht ze had. Of misschien wilde ze gewoon iets wat ze niet kon krijgen.'

'Natalie? Dat is moeilijk te geloven.'

'Heb jij ooit iets gewenst wat je niet kon krijgen?'

'Wat denk je?' Ze stak haar handen uit, bang om zich te moeten voorstellen hoe ze er in zijn ogen uit moest zien. De afschuwwekkende hoeken van haar vingers, haar knoestige, gezwollen gewrichten. Alsof ze was samengesteld uit een doos met losse onderdelen. In haar hoofd was een wenslijst van dingen die ze nooit hardop zou zeggen, nooit zou erkennen aan iemand anders, uit angst dat ze zouden denken dat ze medelijden met zichzelf had. *Ik zou graag weer een ontleedmes willen vasthouden. Ik zou graag weer alleen in de bossen willen wandelen. Ik zou willen dat mensen ophielden me te vragen hoe ik me voel, hoe ik het red, hoe het met me gaat. Ik zou de namen willen vergeten van al die artsen en verpleegsters die ik ooit heb gehad, en de namen van hun partners en hun kinderen. Ik zou graag kleren willen kopen die je vastmaakt met knopen, en schoenen met puntige tenen. Ik zou willen dat iedereen ophoudt mij te vertellen dat ik mijn verwachtingspatroon moet bijstellen.*

'Dat had ik niet moeten vragen.'

'Nee, dat had je inderdaad niet moeten doen. Je weet niets van mij, of van mijn leven. Je weet niet hoe het is als je je zorgen begint te maken omdat je een hekel begint te krijgen aan de mensen die jou willen helpen en van wie je zou moeten houden, alleen omdat zij gezond zijn en jij niet, omdat zij vriendelijk zijn en jij zo boos en gefrustreerd bent. Als je weet dat je niet beter zult worden' – ze pauzeerde, de onuitgesproken woorden 'alleen maar slechter' hingen in de lucht tussen hen in – 'en je half onzichtbaar wordt. Mensen lijken je niet langer op te merken. Niemand wil graag te veel met ziekte worden geconfronteerd.

Ik heb ontdekt dat ik nog een bepaald doel dien. Ik herinner mensen eraan dat ze moeten bidden, hun kansen moeten berekenen, het lot, de goden, hun goede karma moeten danken, wat het

ook is dat mij en niet hun is overkomen. Ik ben het ergste soort
club. Die waartoe niemand wil behoren.'
Hij keek haar geschokt aan. 'Alice.'
'Laat me met rust. Alsjeblieft.'
'Dat kan ik niet.' Hij stond op en stak zijn hand uit. Toen ze zich
niet bewoog, bukte hij zich om haar naar zich toe te trekken. Hij
pakte haar op en droeg haar naar het tweezitsbankje, ging toen
naast haar zitten en trok met een vingertop kleine cirkels over haar
bovenarm, waarbij hij nauwelijks haar huid aanraakte. Alles binnenin haar voelde plomp en zwaar, alsof iemand haar hoofd had
opengemaakt en dat tot de rand toe had gevuld met stenen.
'Wat is het ergste?'
'Vraag me dat niet.'
'Je zei dat ik je niet ken. Ik wil je leren kennen. Ik wil dat je me
datgene vertelt wat erger is dan de rest, iets wat je nooit tegen iemand hebt verteld.'
'Waarom?'
'Omdat ik je dat vraag, Alice. Ik doe mijn best, en meestal doe ik
dat niet. Ik wil het weten.'
Slaap overviel haar. Haar lippen bewogen tegen de huid van zijn
hals.
'Ik maak me zorgen dat er niets overblijft van de persoon die ik
had moeten worden, naast de pijn. Soms kan ik mezelf er niet van
losmaken. Ik denk erover hoe, als ik er niet meer ben, ook de pijn
weg zal zijn. Dan zullen we elkaar eindelijk hebben opgeheven.
Misschien zal het dan zijn alsof ik hier nooit ben geweest.'
Toen, omdat ze daar niet langer kon blijven zonder dat ze zou
willen dat hij haar zou aanraken, maakte ze zich los van hem, stond
langzaam op en wenste hem welterusten.

Ze kwam die ochtend uit de logeerkamer in een groot denim overhemd dat ze in de kast had gevonden en over haar hoofd had weten
te krijgen, en dezelfde wijde broek. Hij zat in een van de stoelen bij
de open haard waarin nog een berg poederachtige as lag van de vorige avond. Een ezel met een middelgroot blanco doek was opgezet
voor de stoel.

'Je bent een luilak', zei hij. 'Dat had ik nooit achter je gezocht. Ik wacht al uren totdat je eindelijk eens in beweging komt. Maar je slaapt maar door, je niet bewust van de geur van koffie en de geluiden van koken.'

'Was dat koken? Ik dacht dat we werden gebombardeerd.' Ze bleef dralen in de deuropening, aangetrokken door het vertrouwde gemak van zijn geplaag. Nu ze hem weer zo zag, bracht dat iets van lang geleden bij haar terug: het plezier in een gesprek, het leuke van elkaar dollen. Maar het voelde vreemd aan om op zo'n vroeg tijdstip in zijn huis te zijn. De kamer, gisteravond nog een warm toevluchtsoord, was nu beladen door de nuchterheid van de ochtend, en ze aarzelde, onzeker of ze nu moest gaan of blijven.

'Kom eens hier.'

Ze liep naar hem toe en hij trok haar zacht op zijn schoot. Er hing een sjaal onder zijn rechterpols, gedrapeerd over de leuning van de stoel.

'Ik mag dan niet in staat zijn om sommige dingen te doen, maar ik kan echt nog wel staan, hoor.'

'Pillen', zei hij, terwijl hij haar negeerde en wees op een verzameling flesjes aan de andere kant van de tafel. 'Ik heb ze allemaal voor je meegenomen. En er is Franse toast als je ze moet innemen tijdens een maaltijd.'

Ze wist niet zeker of ze nu meer van haar stuk was door de gedachte dat hij in haar spullen had gerommeld of door het feit dat ze kennelijk dwars door zijn activiteiten heen had geslapen. 'Was je niet bang dat Evan bezwaar zou maken?'

'Evan en ik zijn oude vrienden. Hij zorgt buiten het seizoen voor de meeste huizen langs de weg. Bovendien wilde ik je geen excuus geven om weg te gaan. Goed, welke van die pillen moet je 's morgens innemen?' Ze rommelde door de flesjes, en hij overhandigde haar een glas water, schudde zijn hoofd bij het mozaïek van pillen dat in haar handpalm rustte. Ze sloeg ze gegeneerd achterover.

'Leg je arm boven op die van mij.'

Toen ze dat deed, drukte hij zijn knie licht tegen hun armen, om ze zo op hun plaats te houden, en met zijn linkerhand bond hij losjes de uiteinden van de sjaal om haar pols, om die zo aan die van hem te koppelen.

'Wat ben je aan het doen?'

'Aan het experimenteren. Let op.'

Met zijn linkerhand plaatste hij een penseel tussen haar vingers. Toen bewoog hij zijn rechterkant naar het palet, koos met een strakke heen-en-weerbeweging Pruisisch blauw. Hij bracht hun handen naar het doek en stopte even.

'Nu ga jij sturen.'

'Dat kan ik niet.'

'Natuurlijk wel. Denk er niet te lang over na, doe gewoon je ogen dicht. Wat zou je willen schilderen, als je iets zou kunnen schilderen?' Hij stopte en lachte. 'Een domme vraag. Vogels, natuurlijk. *Oiseau. Uccello. Vogel.* Goed, stel je een vlucht vogels voor. Denk niet na over wat je ziet. Denk alleen aan hoe het voelt als ze jou verrassen, als ze je de adem benemen. Denk aan wat je dan voelt, hier.' Hij legde even zijn linkerhand op de onderkant van haar hals, en sloeg toen zijn arm om haar middel. 'Dat is wat je wil schilderen.'

Zijn mond, zo dicht bij haar oor. Ze stelde zich een veld met spreeuwen voor die opvlogen als een donker scherm tegen de hemel, hun roep opzwellend tot een koor dat zelfs het geluid van haar eigen hartslag verduisterde. Haar hand bewoog heen en weer in een gelijkmatig ritme, zwevend op dat van hem, gewichtloos.

'Goed. Doe je ogen open.'

Ze tuurde eerst door één oog voordat ze allebei haar ogen opende, verbaasd over wat ze op het doek zag: een waterige hemel onderbroken door penseelstreken die vogels in hun vlucht suggereerden. 'Hebben wij dat gemaakt?'

'Dat heb jij gemaakt.'

Ze was verrukt dat ze iets had gecreëerd, hoe rudimentair ook, tegenover iets wat ze had onderzocht of gedocumenteerd. 'Laten we nog wat doen. Ik wil je huis schilderen. Zoals ik dat gisteren vanaf het meer zag, in de regen.'

'Ik ben blij te merken dat je je ambities wat hebt aangepast. Natuurlijk kunnen we alles schilderen wat je maar wil. Alleen zou ik niet graag willen dat je al je energie besteedt aan een enkele inspanning.'

Hij maakte de sjaal los van hun polsen, en die zweefde naar de grond. Hij fluisterde haar naam telkens opnieuw totdat het exotisch klonk, alsof het de naam van een vreemdeling was. Zij was die vreemdeling, realiseerde ze zich, die zich gedroeg op een manier die haar totaal onbekend was, die haar gebruikelijke pogingen opgaf om zich te verstoppen, om zich op de achtergrond te houden. Ze drukte zich tegen hem aan, en voelde zijn ribben tegen haar rug. Zijn ademhaling ging snel; zijn vingers bewogen over de dikke rand van de manchet van haar shirt. Ze wendde zich naar hem toe en liet haar hoofd tegen zijn hals rusten. Hij had zich al gedoucht; zijn gezicht was fris en rook naar scheercrème, zijn adem met nog vaag de lucht van koffie en rum. Ze kuste de lijn van zijn kaak, omdat zij hem als eerste wilde aanraken. De kleur van zijn huid veranderde precies daar, als een kuil in een duin. Ze liet haar hand onder zijn overhemd glijden, verborg die daar, en hield haar hoofd naar achteren. Haar hals was een deel van haar dat nog soepel was, nog in zijn oorspronkelijke conditie. Zijn duim vond de hartslag in haar hals en drukte ertegen, en ze voelde hoe ze zich ontspande.

'Vertel me eens waar je nu aan werkt.'

'Niets met vogels. Ik denk niet dat je het mooi zult vinden.' Zijn handen gleden met de lichtst mogelijke beweging over haar lichaam, en ontcijferden de geschiedenis die op haar huid geschreven stond: de spookverhalen van littekens uit haar jeugd, huid die nooit de zon zag, lijnen die erin waren gegrift door gewoontebewegingen. Hij had het bed gevuld met zo veel kussens dat het wel een fort leek; ze werd omringd door dons en schuimrubber, en haar gewrichten rustten op verkleurde zijden rechthoeken gevuld met lavendel en boekweit.

'Hoe beslis je?'

'Wat ik wil gaan schilderen?' Hij verschoof, duwde het laken weg en omcirkelde haar middel met zijn armen, trok haar dichter tegen zich aan, begroef zijn neus in de wolk van haar haar. Ze kon zijn zweet op haar lichaam ruiken, en op zijn bovenarm nog vaag de shampoo die hij had gebruikt om haar haar in de douche te wassen, sandelhout en citroen.

'Daar praat ik meestal niet over. Het is niet zo dat ik bijgelovig ben; kunst is geen religie voor mij. Maar het is moeilijk om het onder woorden te brengen.'

Ze bleef stil liggen en probeerde zich onzichtbaar te maken, alsof hij misschien iets zou bekennen als hij vergat dat zij daar nog was.

Hij ging op één elleboog liggen. 'Ik denk dat ik zoek naar iets wat niet te zien is en probeer dat dan op het doek te brengen. Niet de negatieve ruimte, meer de essentie van een ding, van een plaats.'

'Wat als je mij zou schilderen?'

Thomas liet zijn duim langs haar onderlip gaan. 'Als ik niet beter zou weten, zou ik denken dat je naar een compliment zit te vissen.' Hij strekte zich uit, een naadloze beweging die zijn lichaam een klein stukje van het hare verwijderde. 'Er zijn sommige dingen die zo mooi zijn dat ik niet eens zou proberen om die te schilderen.' Hij stapte uit bed en verdween naar de gang. 'Blijf daar,' riep hij terug naar haar, 'ik heb iets voor je.'

Ze wilde helemaal nergens heen. Met elk vertrek wachtte ze tot het geluid van zijn voetstappen terug zou keren, terug bij haar. 'Ik heb dit voor je bewaard', zei hij, terwijl hij weer in bed stapte en met zijn vingers langs haar zij, over haar borsten ging. Haar huid verhief zich en tintelde. Ze was koud en warm tegelijk, delen van haar bevroren, delen als magma. Het boek dat hij op de deken wierp was Mary Oliver's *No Voyage and Other Poems*. 'Je zult de bibliotheek inmiddels wel flink wat boete verschuldigd zijn.'

Twee dagen. Drie. Hij had haar verlangen naar zowel eten als slaap gestopt. Het enige wat ze nog wilde was wakker worden, in dit bed, om te praten, of niet te praten. Dat deed er niet toe.

'Doe het licht eens uit.'

Dat deed hij, maar met het donker worden van de kamer leek hij lichter te worden. Zijn huid glansde, bleek en koud, als lichtgevend marmer.

'Ik zie je toch liever', zei hij.

'Doe dan alsof je me aan het schilderen bent en sluit je ogen.'

Gekleed in zijn badjas trok ze de dekens van hem af. De zon scheen voor het eerst sinds dagen en vulde de kamer met licht. Ze drukte de punt van haar tong tegen de rand van zijn heup en proefde het zout van zijn huid. Het was gemakkelijker om haar pijn te negeren als ze zich concentreerde op iets dicht bij haar, iets wat ze wilde. Hij kreunde en bromde, nog maar half wakker. Ze liet haar vinger omlaaggaan over het midden van zijn rug, en duwde zachtjes tegen elke wervel – cervicaal, thoracaal, lumbaal, sacraal – en bewonderde de volmaaktheid van zijn ruggengraat. Daarna liet ze haar vinger glijden over een parelachtige cirkel van littekenweefsel dat in zijn linkerbil was getatoeëerd.

'Wat is er met je gebeurd?'

'Hmm.'

Ze duwde tegen zijn schouder. 'Wat is er gebeurd?'

'Waar?'

'Hier.' Ze duwde opnieuw en omcirkelde het litteken.

Zijn stem was onverstaanbaar, dik van de slaap. Hij antwoordde in het kussen. 'Neela. Het valse kreng heeft me daar gebeten.'

Een herinnering kwam terug, langzaam maar scherp, en ging dwars door elke hindernis die ze op haar weg legde. Natalies woorden, maar nu kwamen ze uit zijn mond. *Het valse kreng.* Ze probeerde zich niet de rest te herinneren, maar de woorden van haar zus overspoelden haar, trokken haar omlaag. *Dat heeft haar er niet van weerhouden om een hap uit Thomas te nemen. Ik heb het litteken zelf gezien.*

Ze deed de deur van de logeerkamer op slot. Ze trok de gordijnen dicht en deed zijn badjas uit, verafschuwde het gevoel ervan tegen haar huid, en verwelkomde de scherpe steek van pijn die door een snelle beweging werd veroorzaakt. Haar eigen kleren waren stijf van de modder en roken nog naar het meer, maar ze worstelde zich erin, ging toen op het bed zitten met haar handen over haar oren, om het geluid te blokkeren van zijn gebonk op de deur terwijl hij haar naam riep en later, toen hij tegen haar vloekte. Ze hoorde hoe hij wegging en terugkwam en wegging en weer terugkwam. Ze hoorde hoe zijn volmaakte rug langs de muur in de gang gleed. Ze hoorde het geluid van de fles en het glas, het geluid van zijn stem die traag was geworden door de drank. Ze hoorde zijn ademhaling en zijn spijt, hoorde zijn verontschuldigingen. Hoorde hoe hij sliep. Voordat ze vertrok, keek ze om zich heen in de kamer, waarbij ze de details in zich opnam. De donkere gordijnen, het vloerkleed voor de grote klerenkast bevlekt met modder, de kussens hoog opgestapeld op het bed, stijf en keurig, alsof ze daar nooit had geslapen in die eerste nacht van het noodweer. De vogelkooi op het nachtkastje. Ze tilde de kooi op en ging weer met een vinger over de rug van de blauwe bisschop, het diepe, eindeloze blauw ervan. Wat had hij ook alweer gezegd? *Ik wilde dat ze het gevoel van verlies zou ervaren.* Alice zette de kooi terug op het kastje en liet het vogeltje in haar zak glijden.

Zeven

November 2007

Had hij nu echt verwacht dat als hij door de deur van het zomerhuis naar binnen zou wandelen, hij daar de twee panelen aan de muur zou zien hangen, met een grote lege ruimte ertussenin? Waarom niet meteen een rode X die de plek zou markeren? De man die hen binnenliet, Evan, hield hen voortdurend in de gaten. Finch zag hem zelfs niet met zijn ogen knipperen. Hij verzocht hen om allebei in dezelfde kamer te blijven en hield de wacht bij de deur, alsof hij vermoedde dat ze ervandoor zouden gaan met – wat? De armoedige bank, gedeeltelijk bedekt met een laken? De gebarsten vergeelde lampenkappen met voldoende spinnenwebben om er een klein knaagdier in te laten nestelen? Hij keek of er spinnen over de grond liepen. Op het oosterse tapijt zat een grotere kale plek dan op zijn eigen hoofd. Het huis was zo erg verwaarloosd dat hij er beroerd van werd. Het was onmogelijk om Thomas te begrijpen. Hij had dit huis kunnen verkopen en had dan voldoende geld gehad om er een tijdje van te kunnen leven of, veel onwaarschijnlijker maar oneindig veel praktischer, een deel van zijn schulden af te betalen. In plaats daarvan stond het leeg, verborgen door de bomen.

Het meer was omzoomd door ijs, het oppervlak een gladde spiegel die zich uitstrekte tot aan de horizon. Overal waar hij keek zag Finch alleen maar wit. De boomstammen hadden een laagje sneeuw, hun takken omhuld door wolken sneeuwvlokjes. De aanlegsteigers, de trappen, de daken van de naburige zomerhuizen, allemaal onder een deken van sneeuw. De perfecte winteromgeving, veronderstelde hij, maar voor Finch was het claustrofobisch.

'De eigenaar is een vriend van mij', had hij tegen Evan gezegd, de waakhond met een borstelkop die daar kaarsrecht stond, zijn rug tegen de deur gedrukt, zijn armen over elkaar geslagen en rustend op wat een stevige buik leek te zijn.

'Goede vriend?' vroeg Evan.

'Heel goed', antwoordde Finch.

'Dan weet u ook dat hij dood is.'

Finch' adem bleef even in zijn keel steken, totdat hij zich realiseerde dat de man het had over Bayber senior. 'Ik begrijp het misverstand. Niet de ouders. Ik ben een vriend van Thomas Bayber. Hun zoon.'

'Die is niet de eigenaar. Is dat ook nooit geweest.'

'Maar als meneer en mevrouw Bayber zijn overleden, dan is het bezit toch gewoon overgegaan op hun zoon?'

'Dat zijn mijn zaken niet. Ik neem aan dat er genoeg advocaten zijn om dat uit te zoeken. Of niet. Ik let alleen op het huis. Ik zorg ervoor dat er geen kinderen de boel gaan vernielen, dat er niets verdwijnt.'

Dat laatste werd met langzame nadruk gezegd, waardoor Finch ging denken dat hij een nepbriefje van Bayber senior had moeten schrijven waarin hij toestemming kreeg om hier te mogen rondneuzen in diens afwezigheid.

'Finch. Dit moet je zien!' Stephens stem klonk vanaf de andere kant van een lange gang waar hij alleen naartoe was gelopen, ondanks Evans aanmaning dat ze bij elkaar moesten blijven.

Finch keek even naar Evan en vroeg zich af of hij hem in een gevecht aan zou kunnen. De man kon niet veel jonger zijn dan hijzelf. Evan liet zijn vingers knakken voordat hij zijn schouders ophaalde. 'Aan het einde van de gang', zei hij. 'Waarschijnlijk de kamer aan uw rechterhand. Maar ik zal wel uw zakken moeten controleren voordat u weggaat.'

'Aardige man', mompelde Finch zacht. De somberheid van het huis begon op hem te drukken, en hij sjokte door de gang terwijl hij dacht dat het een vergissing was geweest, toen hij instemde om samen te werken met Stephen bij wat hoogst waarschijnlijk een vruchteloze zoektocht zou blijken te zijn. Hij had geen moeite met de begrenzingen van zijn beroep, en dit ging toch echt te ver. Wat wist hij in vredesnaam van het opsporen van vermiste kunst? En wat als dit alles een rare grap van Thomas bleek te zijn? Nee. Hij had gelegenheid gehad om nog even bij Thomas langs te gaan voordat ze waren vertrokken. Hoewel hij door zijn beroerte niet in staat bleek te zijn om nog wat meer details te verschaffen of een verklaring te geven, was er hoop en verwachting in zijn ogen geweest. Het was geen grap.

Finch stond in de deuropening van een grote slaapkamer en tuurde naar binnen. 'Waar word ik geacht naar te kijken?'

Stephen keek even over zijn schouder. 'Wat is er met je aan de hand?'

'Jij vindt het totaal niet beledigend dat onze vriend in de andere kamer veronderstelt dat we hier zijn om een soort roofoverval te plegen?'

'Je zoekt toch geen ruzie met hem, hè? Goeie god, heb je gezien hoe hij is gebouwd? Zijn armen zijn twee keer de omvang van jouw nek, Finch. Ik bedoel, hij mag dan wel oud zijn en zo, maar toch.' Stephen was aan het goochelen met het gereedschap van zijn vak, zijn digitale camera en vergrootglas, terwijl hij een aquarel op de muur onderzocht. 'Valt je niets op?'

'Hoe kan ik iets zien als je recht voor datgene staat wat ik geacht word te bekijken?'

Stephen ging aan de kant, en het eerste wat Finch zag was een vogelkooi van goudfiligraan op een nachtkastje. 'Was dit het waard om me daar zo enthousiast voor te roepen? Dankzij jou krijgen we straks een grondige fouillering.'

'Het is de kooi van het schilderij.'

'Ja. Dat zie ik ook wel, hoewel ik niet zeker weet welke betekenis jij daaraan toekent. De staande klok in de zitkamer staat ook op het schilderij. Net als het tweezitsbankje. En ik neem aan dat ook de beschimmelde atlassen op het salontafeltje dezelfde zijn als op het schilderij.'

Stephen zei niets, hief alleen zijn wijsvinger en tikte op de muur. Finch kwam dichterbij om naar het waterverfschilderij te kijken waar Stephen op gewezen had, en hoewel het nauwelijks zorgde voor een versnelling van zijn polsslag, was hij toch blij dat hij nog opgewonden kon raken van iets onverwachts. 'Dorothy Doughty?

Wat is het? Een studie voor een van haar modellen?' Hij nam het vergrootglas van Stephen over en werkte nauwkeurig het schilderij af van de bovenkant naar de onderkant, van rechts naar links, alsof hij een oud Chinees manuscript aan het ontcijferen was.

'Kijk eens naar de tekst boven de handtekening.'

'Letitia. Dat was de moeder van Thomas. Maar ik kan me dit vogeltje niet herinneren – weet jij wat het is? Is het ooit uitgegeven door Royal Worcester? Er werden zesendertig paar Amerikaanse vogels en drie individuele modellen vervaardigd. Dan nog eens negentien Britse vogels...'

'Eigenlijk eenentwintig.'

Finch haalde diep adem en fantaseerde hoe hij zijn handen om de slanke nek van Stephen zou leggen. Oud, zei hij? *Oud genoeg om beter te weten*, berispte Claire hem. Hij slikte hard voordat hij beleefd kuchte. 'Ja. Eenentwintig Britse, maar die werden pas in productie genomen na de dood van Doughty in 1962.' Hij staarde naar Stephen over de bovenkant van zijn bril heen, en voelde hoe de spieren tussen zijn schouderbladen samentrokken. 'Ik neem aan dat je ze allemaal in je hoofd hebt?'

'Roodstaart op brem in '35. Goudsijs en distel in '36. Roodkeelsialia en appelbloesem ook in '36, daarna rode kardinaal en oranje...'

'Mijn punt is dat dit niet een van haar latere stukken is. De moeder van Thomas is opgegroeid in Engeland, in Cornwall. De zusters Doughty woonden na de Tweede Wereldoorlog in Cornwall. Het is waarschijnlijk dat ze elkaar toen hebben gekend, toen Dorothy de serie Amerikaanse vogels maakte.'

'Misschien heb je daar gelijk in. Dus de kooi is te zien op beide schilderijen, op deze aquarel en op het middenpaneel van ons drieluik. Maar interessanter is, wat er niet is.'

'Ik kan je niet volgen.'

'De opdracht, Finch. Er staat: "Het ene model naar het andere." Ja toch? En de vogel die je ziet op de aquarel zit in een kooi. Deze kooi.'

'Jij vraagt je af waar de vogel is? Hoe weet je of het geschenk niet alleen die aquarel was?'

'Kijk eens naar het nachtkastje, Finch. Hier. Je zult mijn vergrootglas weer nodig hebben.' Hij overhandigde het aan Finch terwijl hij heen en weer wipte op de ballen van zijn voeten. Finch hield het vergrootglas dicht bij het tafeltje en merkte diverse fijne krassen op. Stephen had al een plastic zakje en een wattenstaafje uit zijn koffer tevoorschijn gehaald en toen Finch zich oprichtte, schoot de jongere man naar het tafeltje, waar hij het staafje snel over het oppervlak bewoog.

'Als de vogel op de aquarel een prototype was en nooit in productie werd genomen, dan mogen we aannemen dat het niet op een voetstuk heeft gezeten, waarschijnlijk alleen op zijn romp rustte. Ik kan dit residu testen om zijn chemische blauwdruk te bepalen en dat vergelijken met een soortgelijke productie van de fabriek rond die tijd. Als dat overeenkomt, dan kunnen we er tamelijk zeker van zijn dat Dorothy aan mevrouw Bayber naast het schilderij ook een vogel heeft gegeven.'

'Stephen, ik wil geen spelbreker zijn, maar laten we aannemen dat je gelijk hebt, en dat er hier ooit een Doughty-vogeltje is geweest. Wat heeft dat te maken met het vinden van de andere panelen? Er kan van alles mee gebeurd zijn. Letitia zou het meegenomen kunnen hebben naar Frankrijk, Thomas zou het kunnen hebben; misschien is het verkocht of gedoneerd aan een museum. Het enige wat we te weten kunnen komen is dat het ooit hier is geweest. Bovendien moet hier in deze kamer zeker twee decennia aan stof liggen. Zou je residu testen? Of stof?' Hij zag hoe het optimisme van Stephen een beetje minder werd.

'Je weet het maar nooit, Finch. Zelfs als het niets te maken heeft met de schilderijen, dan nog zou het een interessante vondst kunnen zijn. Het zou belangrijk kunnen zijn.'

'Nou, je hebt de trefwoorden net gezegd. Het zou alleen interessant en belangrijk kunnen zijn als je het zou kunnen vinden.'

Stephen drukte de teen van zijn schoen tegen het kleed en Finch kon hem zich gemakkelijk voorstellen als kind, buiten elke groep vallend, terwijl hij zijn best deed om iets te vinden wat hij bezat waardoor hij in een kring opgenomen zou kunnen worden. Er flitste een vonkje schuldgevoel door Finch' inwendige bedrading. 'Ik neem aan dat het beste idee zou zijn om het te laten onderzoeken en dan maar te kijken wat eruit naar voren komt.'

Stephen klaarde op. 'Nou, als jij denkt dat ik dat moet doen.'

'Ik denk dat Cranston wil dat we alle wegen verkennen. Is hier verder nog iets waar we naar zouden moeten kijken? Ik had gehoopt dat er misschien kranten zouden zijn, misschien iets met een adres, maar het bureau is leeggehaald. Degene die het huis heeft afgesloten, heeft zijn werk grondig gedaan.'

'Ik neem alleen nog even snel een paar foto's van de zitkamer', zei Stephen, waarbij een derde van zijn gezicht verdween achter zijn camera. 'Behalve als je wil dat ik nog vingerafdrukken ga verzamelen?'

'Kun je dat dan?'

'Nou, technisch gezien niet. Ik neem aan dat dit inhoudt dat we nu weer in de auto moeten stappen.'

De gedachte om het sombere huis de rug toe te keren en het spookachtige, door sneeuw gedempte landschap achter zich te laten, bracht Finch in een beter humeur. 'Mits we in staat zijn om langs de beveiliging te komen met onze waardigheid nog intact, dan weet ik een aardig restaurant in Syracuse waar we kunnen gaan eten. Ze hadden daar altijd heerlijk geroosterd varkensvlees met kruidige appels. Warm eten – daar vrolijk je vast van op. Daarna gaan we lekker slapen en morgenochtend vertrekken we vroeg naar de Kesslers.'

Voor zover Stephen kon zien hadden de weersomstandigheden geen invloed op het rijgedrag van Finch: te snel, met te weinig blikken in de achteruitkijkspiegel en te veel aandacht voor passerende auto's die de maximumsnelheid overschreden. Hij greep de armleuning vast als er zwart ijs aan de banden bleef plakken en de achterkant van de auto ging slippen.

'Je moet goed onthouden, Stephen, dat als je in een slip raakt, je je voet van het gaspedaal moet nemen, de rem moet vermijden en in de richting moet sturen waar je heen wil.'

'Ik wil naar huis. Welke kant is dat op?'

'Goed zo! Gevoel voor humor helpt de chauffeur om kalm te blijven in moeilijke rijomstandigheden.'

'Ik zou hebben gedacht dat niet rijden in moeilijke rijomstan-digheden de chauffeur zou helpen om kalm te blijven.'

Finch leek het waanidee te hebben dat Stephen op een zeker mo-ment in de toekomst van plan was om te gaan autorijden, terwijl in werkelijkheid elke minuut die hij doorbracht in de auto, zijn voor-keur voor het openbaar vervoer versterkte. Toen Finch eindelijk het parkeerterrein van het hotel opreed, stapte Stephen moeizaam uit de auto. Zijn knieën knikten. Angst, vorst, een blessure aan zijn kuitbeen; niets daarvan deed iets af aan het gelukzalige gegeven dat hij weer op vaste bodem stond.

Tijdens het eten hadden ze binnen vijf minuten besproken wat ze hadden gevonden. Waarom had Bayber gewild dat ze in het zo-merhuis zouden beginnen terwijl daar helemaal niets was? Stephen had niet verwacht dat het gemakkelijk zou zijn – of toch? – maar hij had wel gehoopt dat ze onderweg een stuk of wat aanwijzingen zouden tegenkomen. Voordat ze op weg waren gegaan naar het zo-merhuis, had hij urenlang op het internet gezocht naar een aanwij-zing waar de zussen zouden kunnen zijn, maar hij had verbazing-wekkend weinig informatie gevonden. Natalie en Alice Kessler. Ouders overleden in 1969, geen nog in leven zijnde familie. Twee jonge vrouwen van zesentwintig en drieëntwintig jaar, die in 1972 ineens verdwenen uit Stonehope Way in Woodridge, Connecticut. Twee *aantrekkelijke* jonge vrouwen, wat het des te waarschijnlijker maakte dat ze toch door iemand zouden zijn opgemerkt.

'We kunnen niet met lege handen terugkomen', zei hij tegen Finch. De ober had geprobeerd het broodmandje van de tafel te halen terwijl er nog een kapje in lag, wat Stephen ertoe bracht om het mandje van hem los te peuteren, waarbij hij opmerkte dat voortijdig eten weghalen van invloed kon zijn op de fooi. Hij kauwde op de korst terwijl hij figuurtjes zat te tekenen op zijn ser-vet.

'Je realiseert je toch wel dat je servet niet van papier is?' vroeg Finch. Stephen stopte het servet in zijn zak, en Finch schudde zijn hoofd. 'Stephen, mag ik je iets vragen? Wat denk je te zullen vin-den?'

'De andere twee panelen, natuurlijk. Jij niet dan?'

'Niet echt, nee.' Finch leunde achterover in zijn stoel en wenkte de ober voor de rekening. Hij nam een slok van de koffie terwijl hij met een vinger naar Stephen wees. Daarna depte hij zijn bovenlip met zijn servet. 'Ik ken Thomas. Hij wil iets.'

'Hij wil dat wij de andere delen van het schilderij vinden.'

'Waarom?'

Finch' vraag bracht Stephen van slag. Hij concentreerde zich veel liever op de komende taak, het vinden van de twee panelen van het drieluik, in plaats van te proberen de motivatie van Bayber te doorgronden. 'Ik neem aan omdat ze deel uitmaken van zijn erfenis. Stel je het allerergste voor, Finch. We vinden de zussen Kessler en ze willen de schilderijen niet verkopen.' Dat was absoluut het ergste wat Stephen kon bedenken, omdat hij dan linea recta terug naar zijn kantoor zou moeten, om poppenverzamelingen en overblijfselen uit de Burgeroorlog te taxeren. 'Op zijn minst worden het geauthenticeerde werken in zijn oeuvre. Misschien is dat voor hem nu het belangrijkst. Dat alles wat hij in zijn leven heeft gemaakt, bekend is.'

'Jij schat dat hij de werken zo'n dertig jaar geleden heeft geschilderd?'

'Het originele paneel, ja. De overschildering, een paar jaar later.'

'Waarom zou hij tot nu toe hebben gewacht om die andere panelen te vinden?'

'Echt hoor, Finch,' zei Stephen, terwijl hij de zout- en peperstrooiers anders neerzette, 'ik weet niet of ons dat iets aangaat.'

'Ik wil gewoon niet dat je te veel hoop gaat koesteren, Stephen.' Finch' toon van berusting veroorzaakte paniek bij hem. 'Ik geloof niet dat je helemaal de ernst van mijn situatie begrijpt. Je hebt gehoord wat Bayber zei. Hij wil het werk alleen in zijn geheel verkopen. Als wij de panelen niet kunnen vinden, wat voor reden zal Cranston dan nog hebben om mij in dienst te houden?'

'Je vakkundigheid? Je kennis?'

Stephen schudde zijn hoofd.

'Jij rekent erop dat dit ene alles voor jou zal veranderen.'

Stephen realiseerde zich dat Finch heel veel gemeen had met zijn vader: nooit gebrek aan waardering of prestaties; veel vrienden en familie; grappen die gelach uitlokten; verhalen die zijn studenten telkens opnieuw graag wilden horen, en ze elke keer dat ze opnieuw werden verteld, nog leuker vonden. Had Finch weleens meegemaakt dat mensen zich in zijn aanwezigheid duidelijk niet op hun gemak voelden, of had hij weleens het gevoel gehad dat de toon van zijn stem onverwacht omhoogschoot, zodat alle hoofden in een kamer zich omdraaiden in zijn richting? Had hij ooit een logische inschatting van een situatie gemaakt, om dan later te horen dat mensen hem omschreven als harteloos? Hoe kon hij in vredesnaam aan Finch uitleggen dat dit de kans van zijn leven was? Door het vinden van de ontbrekende panelen zou hij misschien weer gezegend worden met de aantrekkingskracht van succes; mensen zouden op hem afkomen, of ze hem nu mochten of niet.

'Om even aan te geven waar ik op dit moment zit met mijn loopbaan, Finch: in het souterrain. Als ik nog verder afzak, word ik voer voor Jules Verne.'

Woodridge was een stadje in de noordelijke punt van Fairfield County in Connecticut. Het huis van de Kesslers stond aan het einde van een lange, bochtige laan, omgeven door platanen en zwepenbomen. De vlekkerige schors van de platanen leek het gevolg van een besmettelijke ziekte waaraan de zwepenbomen maar net ontsnapt waren. Pas toen hij en Finch halverwege de laan waren, zag Stephen het huis, een gele woning met twee verdiepingen in koloniale stijl dat ooit als een vrolijke gele zon tegen de achtergrond van naaldbomen moest hebben gestaan. Nu was de kleur van het huis vervaagd tot de kleur van dijonmosterd, en de veranda was in het midden verzakt. Het erf lag bezaaid met voertuigen van allerlei leeftijden: een Volvo stationcar, een oude Mercedes op blokken, twee motors, fietsen en een driewieler met smerige linten die aan de handgrepen bengelden. Honden blaften achter op het erf toen ze uit de auto stapten.

Finch leek niet blij maar wel vastberaden, en beklom de treden met de gedrevenheid van een politiek leider. Een kaartje dat met een punaise onder de bel was bevestigd vermeldde: 'Kapot. Hard kloppen graag'. Finch liet zijn hoofd op zijn borst vallen en gebaarde naar Stephen. Die deed zijn handschoenen uit en bonkte op de voordeur met zijn vuist, terwijl hij toekeek hoe schilfers verf op de bemodderde borstelige voordeurmat neerdwarrelden.

De man die uiteindelijk opendeed had sluik bruin haar tot op zijn schouders, een geruit wollen overhemd en een bril met het dikste zwarte montuur dat Stephen ooit had gezien. Finch begon aan een korte uiteenzetting, maar de man leek zich geen zorgen te maken over vreemden in zijn huis en veegde zijn haar van zijn voorhoofd, voordat hij Finch de hand schudde en hem binnenliet.

'Winslow Edell', zei hij. Hij draaide zich om naar de donkere trap en schreeuwde: 'Esme!' Zijn stem echode tegen de trapruimte op, met een welluidende zangerigheid aan het eind. Ondanks de verzameling vervoermiddelen op het erf was het in huis stil, op de herrie van de honden buiten na die samen weer waren gaan blaffen.

'Ze komt zo. Waarom wachten we niet in de zitkamer?' Ze volgden hem door een hal naar een grote kamer en wachtten terwijl Winslow kranten van bijna elk meubelstuk op de grond veegde. Stephen kwam er maar niet achter waarom het zo licht was in de kamer, totdat hij zich realiseerde dat er geen gordijnen, geen luiken of jaloezieën waren. Het licht dat de kamer binnenstroomde werd gereflecteerd vanaf de sneeuw buiten.

'Zijn jullie vrienden van de Kesslers?'

Finch schraapte zijn keel. Even had Stephen geen behoefte om zich ermee te bemoeien, nog steeds in de ban van de wanorde om hem heen. 'We proberen Natalie en Alice te vinden voor een goede vriend van de familie.'

Winslow fronste. 'Ik betwijfel of wij u kunnen helpen. We hebben Natalie Kessler maar één keer ontmoet, en dat was vijfendertig jaar geleden, toen we voor het eerst naar dit huis keken in '72.'

'En u hebt het huis toen meteen gekocht?'

'O nee. We huren het alleen maar. De Kesslers zijn nog steeds de eigenaren van het huis.' Een vrouw in een gerafelde spijkerbroek met een lange kastanjebruine vlecht kwam de kamer in en ging op de armleuning van Winslows stoel zitten. 'We werden verliefd op het huis zodra we het zagen. Ik was toen zwanger van onze eerste en Natalie – juffrouw Kessler – had haast om weg te gaan. Ik hoorde dat er ook nog een jongere zus was, maar die was ziek geloof ik, of misschien weg, toen wij in het huis trokken. Haar hebben we nooit gezien. Ik ben Esme, tussen haakjes.' Ze stond op en liep naar Finch, gaf hem een kus op zijn wang en deed toen hetzelfde bij Stephen. 'Kun je het geloven, Winslow? Dat we hier al zo lang wonen?'

'We hebben intussen zes kinderen en elf kleinkinderen. Er ligt hier veel geschiedenis.'

Het huis leek een vreemde combinatie van smaak en wanorde. De vulling stak uit de armleuningen van de stoelen met mooi bewerkte houten poten; de salontafel was beschadigd maar solide. Een piano stond in de hoek, bedolven onder tijdschriften.

'Speelt u piano, mevrouw Edell?' vroeg Stephen.

'Mevrouw Edell?' schetterde Esme. 'Ik dacht even dat mijn schoonmoeder de kamer was binnengeglipt. Noem me alsjeblieft Esme. Wij houden niet van dat formele gedoe. Zo hebben we onze kinderen ook grootgebracht, die hebben altijd onze voornaam gebruikt. We wilden dat ze zouden weten dat wij hen als onze gelijken beschouwen.'

Winslow knikte. 'Vanaf het eerste begin. Op zichzelf staande mensen. Alleen kleiner.'

Dus hier was er een einde gekomen aan de tegencultuur. Stephen vermeed het om naar Finch te kijken, zeker van diens uitdrukking. 'Zou ik even de piano mogen bekijken?'

'Natuurlijk.' Ze schoof de stapel tijdschriften van de bovenkant van de piano en Stephen was perplex toen hij zag dat het instrument een zeldzame Mason & Hamlin van coromandel hout was.

'We spelen er nooit op', zei ze. 'We zijn geen muzikale familie. Maar hij was hier nu eenmaal, dus we dachten, waarom zouden we het niet proberen?' Ze drukte de dis herhaaldelijk in, alsof ze de toets aanmoedigde om ingedrukt te blijven. Finch' schouders schoten omhoog naar zijn oren. 'De kinderen hadden er niet veel mee op.'

'Stond die piano hier al?'

'O, hij is niet van ons. Hij is van de Kesslers. Alles in het huis trouwens. We hebben het huis gemeubileerd gehuurd.'

Finch leek net zo verward als Stephen. 'Neem me niet kwalijk, meneer en mevrouw Edell,' begon Finch, nadrukkelijk hun achternaam gebruikend, 'maar u huurt het huis nu al vijfendertig jaar? En in al die tijd hebt u nooit contact gehad met Alice of Natalie Kessler?'

'Nou.' Haar stem daalde tot een samenzweerderig gefluister. 'We kunnen dat zelf ook nauwelijks geloven. We hebben het huis nooit gehuurd met de bedoeling er zo lang te blijven. De huur was de eerste paar jaar erg hoog voor ons, maar Winslows ouders hadden hem wat geld nagelaten zodat we het konden bolwerken. Sinds we hier zijn komen wonen is de huurverhoging altijd heel redelijk geweest. Winslow is een soort klusjesman, dus hij onderhoudt dit huis zelf.'

'Ja, dat kan ik zien', zei Finch, terwijl hij nadrukkelijk keek naar de niet afgewerkte rand van een vensterbank.

'We betalen gewoon elke maand de huur aan het makelaarskantoor.' Esme stond achter de stoel waar haar man in zat en sloeg haar armen om zijn nek. 'Ik neem aan dat er vroeg of laat een eind aan zal komen. Maar daar zijn we op voorbereid, nietwaar, schat? We hebben het erover gehad om een caravan te kopen en een paar jaar te gaan trekken.'

'Ik neem niet aan dat jullie post krijgen voor de Kesslers?' vroeg Finch.

'Niet meer. Het eerste jaar waren er de gebruikelijke dingen. Catalogussen, wat tijdschriften, veel brieven van mensen die kennelijk niet wisten dat ze waren verhuisd. Pakjes. We moesten gewoon alles doorsturen naar het makelaarskantoor, dus dat hebben we ook gedaan. We hebben helemaal geen post meer gehad voor de Kesslers in zeker, eh, vijfentwintig jaar, denk ik.'

'De naam en het adres van het makelaarskantoor, zouden we die kunnen krijgen?' Winslow sprong uit zijn stoel en liep naar een bureau, en trok de onderste la open die vol met mappen zat. 'Het is in Hartford. Steele & Greene makelaarskantoor. Hier is het adres.'

'Is er een speciaal iemand met wie u daar contact heeft?' vroeg Stephen, die notities krabbelde in de kleine blocnote die hij uit zijn zak had gehaald.

'Contact? Niet echt. Wij vallen hen niet lastig en zij vallen ons niet lastig. Zoals Esme al zei, wij onderhouden het huis en betalen onze huur op de laatste dag van de maand. We zijn zo betrouwbaar als de post. Het is een mooie regeling zo.' Voor het eerst sinds hij hen in het huis had gelaten, keek Winslow geschrokken. 'Jullie willen ze toch niet overhalen om het huis te gaan verkopen?'

Finch gaf niets prijs, maar bleef keurig rechtop in zijn stoel zitten. 'Ik kan u verzekeren dat we hier alleen zijn om Alice en Natalie Kessler te vinden, om hun een boodschap door te geven. Het heeft helemaal niets te maken met het huis. Mevrouw Edell, u zei dat u Natalie maar één keer heeft ontmoet. Heeft ze toen toevallig iets gezegd over waar ze heen gingen, of waarom ze zo overhaast vertrokken?'

Esme dacht erover na, maar schudde haar hoofd. 'Niet dat ik me kan herinneren. Het was na orkaan Agnes. Ze had het over de overstroming van de kelder, maar Winslow heeft nooit echte schade ontdekt in de fundering. Hun ouders zijn ongeveer drie jaar daarvoor overleden. We dachten dat ze misschien gewoon een nieuw begin wilden.'

'Vonden jullie het niet vreemd dat ze al hun meubilair achterlieten?'

'Het was de Voorzienigheid', zei Winslow, die breed lachte naar Stephen. 'Waarom zou je vragen stellen bij je geluk, zou ik zeggen. Een man van Steele & Greene kwam langs nadat we de papieren hadden getekend. Liep door het huis en maakte een inventaris op van alles – al het meubilair, de keukenuitrusting, de kunst. We hebben er toen voor getekend. Het is er allemaal nog, stuk voor stuk.'

Na het woord 'kunst' werd al het andere gedempt door het gedreun van Stephens hart in zijn keel. De vermiste panelen waren hier. Ook Finch leek perplex dat het probleem zo gemakkelijk zou worden opgelost. 'De kunst waar u het over heeft, zouden we die kunnen zien?'

Esme gebaarde naar hen om haar te volgen. 'Het is niet echt onze smaak, ziet u. Dus we hebben alles naar de gang aan de achterkant verplaatst. Alleen wij gaan er daar in en uit.'

De gang was schemerig, maar zelfs voordat hij erin liep kon

Stephen de ondiepe profielen van lijsten zien die aan de twee muren hingen. Hij liep langs diverse werken die hij alleen oppervlakkig beoordeelde – voornamelijk litho's, een paar gesigneerde posters en een paar foto's. Maar toen hij twee derde van de gang had gezien, bleef hij ineens staan en deed een stap terug.

Hij was zo geconcentreerd geweest op datgene waar ze naar op zoek waren, dat hij er gewoon langs was gelopen. De Edells hadden geen van de vermiste panelen van het drieluik; niets van wat er in de hal hing had de juiste afmetingen. Maar wat Natalie en Alice wél hadden achtergelaten was een kleurpotloodtekening, gesigneerd door Bayber en gedateerd augustus 1963.

Stephen stond voor de tekening, zich niet bewust van het gebabbel van de Edells. Dit was een van de vroege werken van Bayber; hij zou toen pas achtentwintig zijn geweest. Het talent en de vaardigheid van de kunstenaar waren toen al duidelijk, hoewel zijn stijl nog niet helemaal vastlag. Toch had Bayber de wereld van dit gezin in een simpele tekening weergegeven, waarbij hij hun emoties door zijn kleurkeuze, de stevigheid en de lengte van zijn lijnen, evenals de toegepaste druk had overgebracht.

De familie Kessler zat bij elkaar op een tweezitsbankje, hetzelfde bankje dat was afgebeeld in het middelste paneel van het drieluik. Toen hij hen vieren zo bij elkaar zag, kon Stephen de trekken van de ouders eruit halen die waren overgegaan op de kinderen. Alice zat op de linkerarmleuning, en zag er jonger uit dan op het olieverfschilderij, hoewel haar persoonlijkheid al heel duidelijk was. Door alleen het gebruik van de houding van haar hoofd en de manier waarop ze keek, had Bayber haar geportretteerd als een intelligent en onderzoekend meisje. De ouders zaten dicht bij elkaar, dichter dan nodig was, gezien de royale afmetingen van de bank. Bayber had hen getekend met de suggestie dat ze iets tegen elkaar aanleunden, maar ze leken dat onbewust te doen, alsof ze allebei zo gewend waren aan de aanwezigheid van de ander dat het vreemd voor hen zou zijn geweest om verder uit elkaar te zitten.

Natalie zat op de rechterarmleuning van de bank, naast haar moeder. Vergeleken met de anderen waren de kleuren die Bayber had gebruikt om haar te tekenen koel, de lijnen kort en scherp, de randen hoekiger. Er werd de indruk gewekt van een onoverbrugbare afstand tussen de oudste dochter en de rest van het gezin. Hij had een kloof onthuld, een vervreemding die zo duidelijk was dat het moeilijk was om naar de tekening te kijken zonder een zekere mate van ongemakkelijkheid te voelen ten opzichte van dit viertal. Stephen kon begrijpen waarom het werk was achtergebleven.

'Maar toch,' fluisterde Finch tegen hem, 'kun je zijn talent al zien.'

De achtergrond had wat meer details kunnen gebruiken, al herkende Stephen diverse dingen uit het zomerhuis: boeken die waren opgestapeld op een laag tafeltje voor de bank, een grote klok op de achtergrond, de brede stenen schoorsteenmantel van de open haard. Hij haalde zijn camera tevoorschijn en nam diverse foto's van de tekening.

'Wat doen we ermee?'

Finch leek verrast. Hij zei rustig: 'Jij hebt je aantekeningen. Je hebt je foto's. Dat is het enige wat we kunnen doen. De tekening is niet van ons, Stephen, alleen omdat we die hebben gevonden. En ook niet meer van Bayber, omdat hij de tekening aan hen heeft gegeven. Het lijkt, net als al het andere, toe te behoren aan de zussen Kessler. Waar die ook mogen zijn.'

De houding van Esme veranderde toen Stephen foto's ging nemen. Ze stak haar neus omhoog, alsof ze lucht kreeg van iets wat nauw verwant was aan slecht nieuws. Stephen wees naar de Bayber en gaf haar een brede glimlach. 'Mijn moeder zal het niet geloven. Ze heeft er precies zo een.'

Dat, zo merkte hij met plezier, maakte zelfs op Finch indruk.

Ze namen afscheid van de Edells, die hen enthousiast uitzwaaiden vanaf de veranda, terwijl ze zich een weg baanden door het doolhof van troep op het erf. Esme bleef nog zwaaien terwijl ze wegreden, en Stephen werd gedwongen om hetzelfde te doen, waarbij hij de seconden telde totdat ze de bocht om waren en veilig uit het zicht waren. Pas toen liet hij zich achterover vallen op zijn stoel, helemaal in shock.

'Hoe is het mogelijk dat ze niet door hebben wat ze daar hebben? Wat als er iets mee gebeurt? Wat als ze besluiten het te verkopen?'

'Stephen, het hangt daar als vijfendertig jaar. Ik denk niet dat we ons zorgen hoeven te maken dat er in de nabije toekomst iets mee zal gebeuren. En geeft het je niet enige voldoening, om te weten van het bestaan ervan? Je moet je realiseren dat naar alle waarschijnlijkheid maar een handvol mensen weet van het bestaan van die tekening: Natalie en Alice, Thomas, de persoon die de inventaris heeft opgemaakt van alles in het huis, de Edells. En jij en ik.'

'Jij had er geen idee van?'

'Kennelijk is er tamelijk veel waar ik niets van weet met betrekking tot Thomas.'

'Toch blijf ik het gevoel houden dat het onverantwoord was om het daar achter te laten.'

'Tegenover iets verantwoords doen zoals die tekening stelen, bijvoorbeeld? Stephen, je moet er gewoon vertrouwen in hebben dat het daar zal blijven. Voeg de tekening toe aan jouw lijst van redenen', zei Finch.

'Lijst van redenen?'

'Om Natalie en Alice zo snel mogelijk te vinden.'

Acht

Augustus 1972

Hoe Natalie het huis had gevonden was een raadsel. Misschien had ze haar ogen gesloten en de top van haar wijsvinger op de kaart gelegd, op Orion, een kleine stad in het uiterste westen van Tennessee, op de Golfkustvlakte. Het was na middernacht toen ze er aankwamen, lang voordat het landschap het bleke grijs van de bijna aangebroken dag aannam en de duisternis nog dik en zwaar was. Het huis was het middelste van een rij soortgelijke woningen, oude victoriaanse huizen met gammele veranda's en pilaren, en strakke silhouetten van buxushagen. Ze strompelden in de richting van de brede trappen die naar de veranda leidden, over een pad dat hier en daar scheuren vertoonde en omhoogkwam, alsof tektonische platen daar samenkwamen. De treden kraakten onder hun voeten, doorzakkend onder het gewicht van hun koffers, en terwijl Natalie naar de sleutels zocht, stond Alice er stokstijf bij. Ze had het gevoel alsof ze een geveltoerist was; in slaap gevallen in een vorig leven en weer wakker geworden in een volgend leven terwijl ze aan het inbreken was.

We kunnen het ons veroorloven, was de uitleg die Natalie gaf, samen met *het weer zal daar beter voor je zijn*. Ze negeerde Alice' hysterische gedrag, haar smeekbeden om in het huis waarin ze waren opgegroeid te blijven, waarin haar ouders nog steeds nacht na nacht rondliepen, hun adem een koude luchtstroom. Het huis waar, zo hoopte Alice vurig, haar dochter haar oogjes misschien heel kort had geopend om alles in zich op te nemen, voordat ze die weer sloot. Natalie had Alice' handen losgewrikt van het deurkozijn. *We kunnen hier echt niet blijven.* Ze had de autoportieren gesloten terwijl ze de oprit afreden met een snelheid die maakte dat het grind in een boog van de achterbanden vloog. Twintig uur lang had Natalie gereden alsof de duivel op haar achterbumper zat, haar gezicht strak en vastberaden, geholpen door koffie en wijd open ramen. Alice had er het grootste deel van de rit als een zombie bij gezeten, af en toe wegdommelend en half wensend dat ze een dodelijk auto-ongeluk zouden krijgen, want alleen dan zou ze weer bij haar dochter kunnen zijn.

Bij het aanbreken van de dag was de aanblik van het huis er niet beter op geworden. Groene ranken hadden zich in het groezelige latwerk onder de veranda geslingerd, waardoor het huis zich stevig vastklemde aan zijn vochtige bed van modder. De luiken hingen schuin aan hun scharnieren, en stukken verf lieten los van het hout om er als wimpels bij te hangen. Het huis was gemeubileerd verkocht, met meubilair dat niet bij elkaar paste en armoedig was: stukjes hout die ontbraken aan de stoelpoten, permanente deuken in de kussens van de bank, onduidelijke vlekken. Overal hing een doordringende vochtige lucht, wat het moeilijk maakte voor Alice om adem te halen. 'Dat komt door de medicijnen', had Natalie gezegd. 'Die maken je suf.' Maar Alice wist wel beter. Het waren niet de goudzouten of de penicillamine die weer nodig bleken bijna meteen toen ze niet meer zwanger was. De baby had haar lichaam betoverd en haar vertrouwde symptomen verjaagd met een beschermende formule. Wat er in de periode daarna gebeurde overtrof het ergste wat ze ooit met haar artritis had meegemaakt: de fysieke steken en salvo's die op haar werden afgevuurd, de altijd aanwezige uitputting, de omleiding die haar ziekte zocht als nieuwe medicijnen wegversperringen hadden opgericht. Deze pijn was anders, zelfs anders dan het verdriet dat haar nog in zijn armen wiegde na de dood van haar ouders. Deze pijn was nieuw en verschroeiend en nestelde zich diep in haar.

Ze had noch de kracht noch de conditie om de lange trap te beklimmen die leidde naar de eerste verdieping, zodat de begane grond van het huis van haar werd. Ze nam twee kamers in beslag, al was dat in beslag nemen niet veel meer dan van de ene naar de andere kamer gaan – de zitkamer met het hoge plafond, met zijn vele ramen voor en achter, en de kleine slaapkamer aan de andere kant die ooit een werkkamer geweest moest zijn, maar nu zo spartaans als een kloostercel was, met alleen het smeedijzeren frame van een tweepersoonsbed dat tegen de muur was geplaatst. 's Nachts rolde Alice zich op een heup en schoof dan zo dicht mogelijk tegen de muur, waar ze dan haar vlakke hand tegenaan legde, wachtend om het huis te horen ademen en praten met zijn krakerige stem.

Na een aantal weken bespeurde ze een patroon in het kleed in de hal, het pad dat haar voetstappen uitsleten als ze zich van haar slaapkamer naar de stoel in de hoek van de zitkamer sleepte en weer terug. Saisee, de huishoudster die Natalie had gevonden kort nadat ze waren gearriveerd, had een ottomane voor de oorfauteuil gezet en een plaid over de rug gelegd. Alice bracht haar dagen door met uit het achterraam kijken, gewikkeld in een deken. De uitgezette, beschimmelde kozijnen waren nauwelijks in staat om het glas op zijn plaats te houden. Het oude glas vertekende de trompetbloemen en prachtkaarsen, en maakte van de tuin iets waterigs en tropisch. De weinige vogels die ze herkende, spotlijsters, maskerzangers en gorzen, bewogen zich traag, alsof ze verdoofd waren door de warmte.

Ze verloor haar eetlust, haar gevoel voor tijd, het vermogen om te slapen. Saisee probeerde haar zover te krijgen om te eten door een ontbijt klaar te maken dat geschikt was voor een zieke: zachte rijstpudding, wentelteefjes en zachtgekookte eieren, maismeelpap. Maar het eten had geen geur en smaakte nergens naar. De uren sloten de gelederen tegen elke verandering in routine, en de dagen volgden elkaar op, de een na de ander. De hitte werd erger en nam toen af, om in de lange maanden augustus en september weer erger te worden. Daglicht hechtte zich aan de hemel en weigerde te verdwijnen. Die vreselijke lichte kamers, de witte verf die glinsterde als ijs en pijn deed aan haar ogen. Zelfs als ze die samenkneep, kroop het licht onder haar oogleden.

's Nachts riepen de insecten naar elkaar. Ze lag wakker en luisterde dan naar hun getjirp en gezaag, hun gezang onmogelijk te negeren. Na lange uren hield het bed op een bed te zijn, maar veranderde in een diepe put, de zijkanten glad van het mos, onmogelijk om eruit te klimmen. Ze werd wakker nadat ze even was weggedommeld, rillend, vochtig van het zweet, de lakens in knopen onder haar gedraaid. De dromen lieten een echo van water achter die ze de hele dag hoorde. Het rustige, constante gekabbel verjoeg de drukkende hitte, kalmeerde haar brandende gewrichten, riep haar als het langs haar enkels en knieën opsteeg, het zweet onder haar borsten wegwaste, zacht tegen haar schouders stroomde, haar lippen verkoelde, en daarna haar oren vulde. Ze werd meegevoerd van de ene kamer naar de andere, raakte in een onderstroom. Er leken geen kaboutermannekes te zijn om haar te begeleiden. Was het dag of nacht? Vrijdag of dinsdag? Had ze haar pijnstillers genomen? Beter om er nog meer te nemen, voor het geval ze dat niet had gedaan. Natalie schudde haar bij haar schouders, waarbij de flits van pijn haar met een dreun terugbracht in de wereld.

'In godsnaam, Alice. Kleed je aan. Loop rond in de tuin. Ga iets nuttigs doen.'

Ze stond op, wensend dat ze Natalie op haar beurt door elkaar kon schudden, haar zo hard door elkaar kon schudden dat haar tanden los gingen zitten. 'Je bent een monster.'

Natalies gezicht bleef onbeweeglijk. Ze klopte de kussens van de bank op waar niemand ooit op zat en wendde zich af van Alice. 'Als je niet meer pit hebt dan dit, dan vind ik dat best. Je zou niet eens de energie hebben gehad om de moeder van iemand te zijn.'

Die wreedheid maakte dat er iets bitters in Alice loskwam en omhoogschoot door haar keel, en niet ingeslikt kon worden. 'En jij zou daar nooit onzelfzuchtig genoeg voor zijn geweest.'

Dat was het ergste wat ze kon bedenken. Het gezicht van haar zus vertoonde een flits van boosheid, maar net zo snel was die weer verdwenen. Natalie staarde naar haar, met een strakke, bevroren glimlach. Alice kon er niets aan doen dat ze moest rillen.

'Haat je mij, Alice?' vroeg Natalie, bijna gretig. 'Waarschijnlijk wel. Maar ik moet zeggen dat ik verbaasd ben. Ik dacht niet dat je dat in je had.'

Alice zonk achterover in de stoel, waarbij haar ruggengraat zich voegde naar de vertrouwde welving daar. Kon ze haar eigen zus haten? Zou ze dan niet precies zo'n monster zijn als waar ze Natalie van beschuldigde? Ze herinnerde zich Thomas' poging tot een waarschuwing en de manier waarop ze hem had afgekapt, omdat ze weigerde iets negatiefs te horen over haar familie. Het was één ding om hun fouten in haar eigen hoofd op te sommen, maar iets heel anders als een buitenstaander die opsomde.

Ze schudde haar hoofd. 'Ik haat je niet.'

Natalie haalde haar schouders op voordat ze naar de verweerde spiegel achter in de zitkamer ging, waar ze losse slierten van haar haar weer in haar chignon stopte en haar rok rechttrok.

'Ik heb een sollicitatiegesprek. Ik weet niet wanneer ik terug ben.'

'Een sollicitatiegesprek?'

'Voor een baan. Iemand zal er hier toch moeten werken om jouw flesjes met pillen waar je zo snel doorheen raakt gevuld te houden.'

'Maar we hebben toch nog het geld van het huis.'

Natalie omlijnde haar lippen met een roze lippenstift en drukte die op elkaar, waarbij ze zichzelf in de spiegel bekeek. 'Dat is op.'

'Dat is op?' De mond van Alice werd droog. 'Hoe kan dat nou? We hebben helemaal niets gekocht.' Ze had bedacht wat de snelle verkoop van hun huis moest hebben opgebracht, gekoppeld aan het bescheiden kapitaaltje dat haar ouders voor haar hadden nagelaten, als haar enige garantie dat ze niet op straat zou eindigen. 'Wil je soms zeggen dat we helemaal geen geld meer hebben?'

Natalies geduld was op. 'We hebben genoeg geld voor de boodschappen en de kosten voor het huis. Voorlopig. De notaris en ik hebben alles uitgewerkt.' Ze stopte een krul achter haar oor en maakte die glad.

Alice herinnerde zich de notaris die ze hadden ontmoet na de dood van hun ouders. En ze herinnerde zich zijn reactie op Natalie, hoe de lucht van haar parfum het bloed naar zijn hals en vermoeide gezicht omhoog liet kruipen; het aantal keren dat hij met zijn ogen had geknipperd – vier keer – toen Natalie haar hand met de palm omhoog op zijn bureau had gelegd.

'Maar waar...'

Natalie onderbrak haar. 'Je mag dan wel een beurs hebben gehad, Alice, maar dat betekent nog niet dat jouw leuke tijd op een privéschool verder niets heeft gekost. Niet dat je verder nog iets doet met die studie. En al die doktersbezoeken? Ik bedoel niet de reumatoloog en de fysiotherapeut en het laboratoriumonderzoek en de medicijnen. Ik heb het over de gynaecoloog. Daar had je misschien ook even aan kunnen denken.' Ze haalde een doosje uit haar tas en matteerde haar neus met poeder. 'Ik heb de vader niet naar voren zien komen om te betalen.' Ze pauzeerde en bekeek Alice in de spiegel, waarbij haar gezicht de bestudeerde nonchalance van een kat aannam.

Alice bleef doodstil zitten en hield haar adem in, waarbij ze spieren tegen botten voelde trillen, niet in staat om zich te herinneren of ze om hem had geroepen in haar delirium, of dat ze per ongeluk iets had gezegd of gedaan om hen te verraden. Ze vroeg zich af of Natalie misschien toch iets zou weten over Thomas.

Haar zus haalde de spelden uit haar haar en schudde haar hoofd. 'Ik denk dat los haar toch beter is. Ik weet niet wanneer ik terug ben. Niet dat dat iets uitmaakt. Jij slaapt dan toch al. Weet je, Alice, je moet echt meer naar buiten.'

De gedachte dat ze zo weinig geld hadden, bracht haar met een schok tot actie. Zij en Natalie waren nu allebei volwassen en allebei hadden ze geen werk. Er was geen ziektekostenverzekering. Alice begon te smokkelen met haar medicijnen, en nam maar de helft van wat er was voorgeschreven, waarbij ze ervan uitging dat de fysieke pijn haar focus zou verleggen van de dode plek in haar ziel naar de taak om te overleven. Ze dwong zichzelf om haar vingers en tenen diverse keren per dag te strekken en oefende met lopen in haar slaapkamer in plaats van een dutje te gaan doen, waarbij ze er al die tijd aan dacht wat Thomas haar had verteld over Edith Piaf. En daarna ging ze nog wat meer lopen in de slaapkamer, waarbij ze probeerde om aan van alles te denken behalve aan Thomas.

Werk was het grootste probleem. Er zou hier weinig vraag zijn naar iemand die een graad in biologie had, en aan een ornitholoog zou al helemaal geen behoefte zijn. Natalie daarentegen zou geen problemen hebben om een baan te vinden, als ze inderdaad een baan wilde. Zoals verwacht werkte Natalie binnen een week op een bank. Binnen twee weken had ze een relatie met de getrouwde bankdirecteur. En hoewel elk bedrag dat binnenkwam een stimulans voor hun krimpende financiële middelen betekende, was Alice zich er nu van bewust hoe onzeker haar situatie was.

Orion was een plaats met weinig behoefte aan veranderingen, weinig tolerantie voor verstoring. Zij en Natalie werden gezien als verstoringen. Saisee informeerde haar daarover, niet onvriendelijk, toen ze op een middag in de keuken zaten, waar Saisee sperziebonen schoonmaakte voor het avondeten en Alice onhandig servetten vouwde. Phinneaus had het anders verwoord, die eerste keer dat ze elkaar ontmoetten, toen hij op hun deur klopte vanaf de andere kant van de straat. Hij had een bord in zijn handen waarop iets ongelijks lag dat in het midden was ingezakt, bedekt met een dikke laag glazuur. 'Deze stad is als een langzame, diepe rivier die stevig begrensd wordt door zijn oevers. Er is iets van bijbelse proporties voor nodig voordat die zijn loop gaat verleggen.'

'Dat is meneer Lapine', zei Saisee, terwijl ze zijn naam uitrekte. Lay-pee-en – totdat het meer klonk als een ziekte dan als een achternaam. De vrouw tuurde door de gesteven kanten gordijnen die Natalie had uitgekozen, en liep toen naar de plek waar Alice in haar stoel in de hoek van de zitkamer zat. Ze boog zich naar haar toe om iets vanachter haar hand te fluisteren; zo dichtbij dat Alice het stijfsel van de gordijnen in Saisees schort kon ruiken. 'Hij is je buurman van de overkant. Woont helemaal alleen in dat huis. Aardige jonge man, maar de mensen weten niet waar zijn familie vandaan komt, en hij lijkt geen haast te hebben om ze dat te vertellen.'

'Het lijkt erop dat ik het officiële welkomscomité ben', zei hij, waarbij hij een militaire camouflagehoed afnam en wild blond haar onthulde, dat op sommige plekken wat donkerder was door zweet. Zijn hemd plakte tegen zijn huid, vochtig langs de sluiting aan de voorkant. 'Ik heb begrepen dat jullie uit het noorden komen. Hoe vinden jullie Orion tot nu toe? Ik hoop dat de temperatuur hier een beetje meevalt.'

'Klein, meneer Lapine. Mijn zus en ik vinden het hier klein. Maar natuurlijk wel charmant', antwoordde Natalie.

'Noem me alsjeblieft Phinneaus.'

Natalie schonk hem een halfslachtige glimlach, maar haar snelle oordeel maakte duidelijk dat ze hem een sukkel vond die beter bij haar zus paste. Ze excuseerde zich met een halve knik, terwijl ze zei dat ze helaas al een afspraak had.

'Goed, Phinneaus. Ik ben bang dat ik nu weg moet. Maar Alice zal graag met je praten. Ze geniet van aandacht. Kreeg altijd al het leeuwendeel daarvan van onze ouders. Ik geloof dat ze daardoor een beetje verwend is. Ze heeft het moeilijk om zich aan te passen aan al deze' – ze zwaaide met haar hand in de lucht, alsof ze een suikerspin aan het maken was – 'rust.'

Alice hapte naar lucht, maar Phinneaus' enige reactie op Natalie was een doordringende blik, voordat hij zijn schouders ophaalde en zijn aandacht op Alice richtte. Hij keek naar haar gezicht, en negeerde de delen van haar die verborgen zaten onder de grijze plaid, de gevoelige omtrek van haar lichaam die Saisee zo voorkomend had bedekt. Hij was óf zo vriendelijk óf zo verstandig om haar geen hand te geven, waardoor Alice vermoedde dat hij van tevoren was gewaarschuwd, dat het hele stadje al wist van haar situatie, na nog geen paar weken. Natalie had haar waarschijnlijk gebruikt als een instrument om het harde pantser van de buren open te breken, evenals van diegenen die nuttig zouden kunnen zijn voor haar. Een mooie vreemdelinge in de stad, niet zo gereserveerd als ze zou moeten zijn. Een noorderling met een air van superioriteit, ongepast voor iemand van haar leeftijd met zo te zien geen andere reden om zichzelf superieur te achten boven hen dan alleen haar uiterlijk. Maar dan had je nog die zus – daar was iets mee, een vreselijke aandoening. Rekening houdend met wat Natalie allemaal te verduren had, op haar leeftijd opgezadeld met zo veel verantwoordelijkheid, haar schoonheid vast en zeker verspild, moesten ze dan niet wat milder zijn? Alice begreep dat ze in dit opzicht nuttig was voor Natalie, en haar een mate van bescheidenheid verleende die ze helemaal niet bezat.

'Het spijt me. Ik weet niet waarom ze dat net zei.'

'Ik ook niet', antwoordde Phinneaus. 'Maar ik ben dan ook enig kind. Wij, enige kinderen, hebben om de een of andere reden nooit de vaardigheid van rivaliteit tussen broers of zussen onder de knie gekregen.'

Alice geneerde zich te erg om zelfs maar te grijnzen. De conversatie leek gedoemd hier te eindigen, omdat Natalie daar immers voor gezorgd had. 'Het is een interessante naam', zei hij, terwijl hij zich dichter naar haar toe bewoog. De knieën van zijn broek hadden een vaalrode kleur door de kleibodem waarvan Natalie zei dat die alle erven in de buurt bedekten. Ook zijn gezicht had een dun laagje van diezelfde rode stof die overal was, op twee uilachtige kringen rond zijn ogen na. Een bril. Ze kon zich voorstellen dat hij die droeg. Hoe serieus moest hij er dan uitzien met zijn zachte, neergeslagen ogen.

'Alice? Wat is daar zo interessant aan?'

Zijn lach verraste haar – warm en vol, alsof de lucht in hem dezelfde temperatuur had als de lucht buiten. 'Nee,' zei hij, '*Phinneaus.* Dat is meestal het eerste wat mensen tegen me zeggen. Interessante naam. Ik wilde je even vóór zijn.'

Hoe lang was het geleden sinds ze voor het laatst met iemand een gesprek had gevoerd? Ze zocht naar iets om te zeggen, en vroeg zich af of ze de kunst van het converseren was verleerd, samen met het gemak van normaal kunnen bewegen. Er viel een stilte over de ruimte tussen hen in, en hij verschoof van de ene voet naar de andere, terwijl hij het armzalige gebak iets voor zich uit hield.

'Saisee, zou je die misschien van meneer, eh, van Phinneaus kunnen overnemen en hem thee brengen?'

'Lazy Daisy-cake', zei hij, terwijl hij het bord aan Saisee overhandigde. 'Mijn moeder zei altijd dat het de perfecte welkomstcake is, omdat als je de persoon niet zo goed kende, je ook niet veel fout kon doen. Behalve natuurlijk als je niet van pecannoten hield, maar ze zei ook dat als iemand niet van pecannoten hield, het niet de moeite waard was om die persoon te leren kennen.' Hij hield lang genoeg op met praten om het glas thee aan te nemen dat Saisee hem aanbood en nam een grote slok, waarbij hij zijn mond afveegde met de rug van zijn hand.

'Drink je geen thee met me mee?' vroeg hij Alice.

Het andere glas dat Saisee had gebracht bleef onaangeroerd op het tafeltje naast de stoel staan. 'Ik heb geen dorst op dit moment, dank je wel.'

'Juist.' Zijn blik schoot over haar verborgen lichaam, en ze zag een aarzeling, een flits van herkenning. 'Ik ben op een verkeerd moment gekomen. Ik zal niet langer misbruik maken van je gastvrijheid. Ik wilde alleen niet dat er weer een dag voorbij zou gaan zonder dat ik me had voorgesteld aan jou en je zus.'

'Bedankt voor de cake.' Ze probeerde haar toon neutraal te houden, omdat ze niet zo laatdunkend wilde klinken als Natalie, maar ze wilde wel dat hij weg zou gaan. Ze verschoof haar ledematen onder de deken, zich er duidelijk van bewust hoe dicht hij bij haar stond. Voor het eerst sinds ze in het huis waren getrokken had ze een vluchtige ijdele gedachte, en vroeg ze zich af hoe ze overkwam op een vreemde.

'Graag gedaan. Ik neem aan dat ik jou en je zus vast weleens in de stad zal tegenkomen.'

Ik neem aan. Niet: *Ik hoop.* 'We zullen je bord snel terugbrengen', zei ze, haar stem onvriendelijker dan haar bedoeling was.

Hij staarde haar aan totdat ze haar ogen neersloeg. 'Niet nodig. Ik heb er meer dan genoeg. Saisee, bedankt voor de thee. Ik kom er zelf wel uit.' Hij knikte naar de huishoudster en Alice hield haar blik op de grond gericht totdat ze de voordeur hoorde dichtvallen.

Saisee liep naar de keuken en mompelde zacht iets voor zich uit, maar Alice kon haar woorden goed verstaan: 'Verwaand, onbeleefd, onvriendelijk. Heb mijn handen vol aan die twee.'

* * *

Ze zag hem altijd laat in de morgen, als ze het gordijn opzijschoof. Daar wachtte ze mee totdat Natalie was vertrokken naar haar werk en Saisee ergens anders bezig was. Het begon als iets om de tijd te doden, een afleiding om verdriet op een afstand te houden als het probeerde haar helemaal op te slokken, maar het werd uiteindelijk een soort ritueel. Het zat helemaal in haar om te observeren. Het was een talent dat ze koesterde en verfijnde en nog steeds bezat, aangezien het geduld en stilte vereiste tegenover beweging. Er lag troost in om zelfs maar een stukje van hem te zien, als een kompasnaald die haar hielp om haar koers te bepalen. Op de dagen dat ze hem niet zag, voelde ze zich losgeslagen en bracht ze de uren knik-kebollend door in een dichte mist van herinneringen en nachtmer-rieachtige dromen. In de late herfst waren zijn bewegingen methodisch, wanneer hij wrattige bollen in diepe gaten liet vallen. Er kwamen nette bergjes grond omheen, en wit beendermeel werd over het gras uitgestrooid. In de winter kon ze hem gebogen zien staan over een auto met een stompe neus die op zijn oprit stond geparkeerd, de damp van zijn adem het enige levensteken dat onder de motorkap vandaan kwam. De lente kwam. De bladeren van de bollen die hij had geplant werkten zich omhoog door de deklaag als grasgroene spiesen, en hij knipte zijn haar en hield het kort, zo dicht bij zijn schedel dat ze de vorm van zijn hoofd kon zien. Een paraplu had een vaste plek ge-kregen op de veranda en was kennelijk nooit droog genoeg om te kunnen inklappen. Daarna kwam de zomer, waarin de hitte als een stormram tegen het huis beukte. Zijn beeld trilde voor haar als een luchtspiegeling, maar toch kon ze nog wel de contouren van zijn blote bovenlijf zien, zijn armen bruin en gespierd, met iets getatoe-eerd op zijn rechterarm, net onder zijn schouder. Een hart? De naam van zijn moeder die hem had geleerd hoe hij een Lazy Daisy-cake moest maken? De afstand was te groot om dat goed te kunnen zien.

In de herfst kwam de afrekening. Ze was laks geworden met haar observaties, en fantaseerde een leven voor hem dat ze had opge-bouwd uit de gestolen momenten van gluren, en van het geluid van zijn auto die op sommige avonden wegreed, meestal op vrijdag en zaterdag, waardoor ze dacht dat hij kennelijk een sociaal leven had. Natuurlijk had hij een vriendin – Alice stelde haar garderobe sa-men aan de hand van de modetijdschriften die Natalie liet rond-slingeren; een tenger meisje met sproeten die graag haltertopjes en schoenen met plateauzolen droeg, en lipgloss had met de geur van rijp fruit. Of misschien was ze ouder, met harde trekken, haar dat stijf stond van de haarlak, en een vaste kruk aan de bar aan de rand van de stad.

Eind oktober rook de lucht die door de luiken naar binnen kwam naar gedroogd gras en grond die was geschoffeld. Phinneaus harkte bladeren bij elkaar tot een rommelige berg in zijn voortuin, toen hij plotseling ophield met bewegen en recht de kant op keek waar zij hem gadesloeg vanachter een zijraam in de zitkamer. Ze stond doodstil, maar dat hielp niets. Ze was ontdekt. Zelfs nadat ze de rand van het gordijn terug liet vallen op zijn plaats en weer veilig verborgen was, werd ze rood van schaamte. Haar belangstelling zou terecht worden gezien als eenzaamheid, getuige haar meelijwekkende gedrag.

Ze hoefde zich niet af te vragen hoe lang hij het zou laten voor wat het was. De volgende middag al werd er aangebeld, en voordat ze Saisee kon smeken om niet open te doen, stond hij al voor haar in de zitkamer en zat ze daar, net als die eerste keer dat ze hem had gezien, in haar stoel in de hoek van de kamer, met een plaid haastig over haar schoot geworpen.

'Verdenk je me ergens van, Miss Alice?'

'Ik... nee. Natuurlijk niet.'

'Omdat ik je eerlijk gezegd niet had gehouden voor een speurder.'

Er klonk vriendelijkheid door in het woord dat hij koos. 'Dat is een edelmoedige manier om het zo te stellen, meneer Lapine. Ik weet niet of ik uw edelmoedigheid wel verdien.'

'Phinneaus.'

'Phinneaus. Ik ben je een verontschuldiging verschuldigd. Ik schaam me voor mezelf.'

'Dat is maar goed ook. Er moeten betere manieren zijn om je dagen door te brengen.' Hij keek haar recht aan, zijn ogen scherp en taxerend, alsof hij al iets had besloten over haar. 'Misschien moeten we maar gewoon toegeven dat we wederzijds nieuwsgierig zijn naar elkaar.'

'Jij bent nieuwsgierig naar mij?'

Hij knikte. 'Dat zijn de meeste mensen hier. Had je dat niet verwacht?'

Ze had besloten om te accepteren wat eraan zat te komen, maar nu gingen haar haren overeind staan bij zijn toon. 'Ik neem aan dat je wilde zien of de geruchten waar waren.'

'Inderdaad.'

Haar kin ging omhoog terwijl ze zei: 'Ik weet zeker dat dat zo is. Stuk voor stuk.'

'Nou, niet elk gerucht. Zo zie ik dat je niet loenst. Je lijkt niet het resultaat van een gemengd huwelijk. En je hebt tot nog toe nog niet veel gezegd, maar ik geloof niet dat je last hebt van het gilles-de-la-tourettesyndroom. Hoewel je me op dat gebied nog zou kunnen verrassen.'

Ze kon er niets aan doen. De absurditeit ervan barstte los in een lach die nog net niet gekakel was. 'Zeggen ze dat over mij?' Ze duwde de plaid van zich af en liet die in een hoopje op de grond rond haar enkels vallen. Daarna legde ze haar handen in haar schoot, zodat ze zichtbaar zouden zijn voor hem.

'Ik begrijp het', zei hij, zachter nu, met iets anders dan medelijden in zijn stem. 'Artritis?'

'Ja. Ik kan niets exotischers aanbieden. Ik ben bang dat dat alles is.'

Hij gebaarde naar de stoel aan de andere kant van de tafel. 'Mag ik?'

Ze knikte. Hij ging zitten en rolde zorgvuldig de rechterpijp van zijn broek omhoog. Zijn kuit was spierwit, maar wel stevig. Hij kromp ineen toen hij dichter bij zijn knie kwam, en Alice klemde haar tanden op elkaar toen de laatste omslag van de stof een kartelig litteken onthulde dat niet leek aan te sluiten. Het bestond uit twee stukken huid met een dikke rand die elkaar net niet raakten, met ertussenin een krater van mat paarsrood littekensweefsel dat een flauwe glans had. Het litteken liep nog door, en verdween kronkelend boven zijn knie uit het zicht.

'Vietnam.' Ze constateerde het als een feit.

'Granaatscherven. Ik had nog geluk vergeleken met de meesten. Vier uur lag ik op de grond voordat de dokters kwamen, en de infectie was toen al behoorlijk erg, maar ze zijn er toch nog in geslaagd mijn been te redden.' Hij keek onpersoonlijk naar zijn been, en bonkte op een plek net onder zijn knie alsof hij op een deur klopte. 'Niet veel gevoel meer erin doordat de zenuwen zijn beschadigd en zo. Maar de dokter vertelde dat hij zijn deel van de afspraak had gehouden. "Ik heb ervoor gezorgd dat hij eraan is blijven zitten, Lapine. Hoe goed het nog zal werken, is aan een hogere macht." Ik vertelde hem dat ik nu niet direct religieus was. Hij zei dat het misschien een goed moment was om daar nog eens over na te denken.'

'En deed je dat?'

Phinneaus rolde zijn broek weer omlaag. 'In zekere zin. Ik besloot dat God niet bereid zou zijn mij te redden als ik niet zelf eerst bereid zou zijn om mezelf te redden.'

Ze bleef doodstil zitten en bestudeerde haar handen in haar schoot. 'En hoe doe je zoiets?'

'Dag voor dag.' Hij knikte toen Saisee de kamer binnenkwam en vroeg of hij thee wilde. Daarna ging hij achterover zitten in de stoel en wachtte totdat ze weg was voordat hij verder ging. 'Misschien zou je mij een plezier kunnen doen.'

Haar belangstelling was gewekt. Wat voor plezier zou ze hem in vredesnaam kunnen doen? Het was meer dan een jaar geleden sinds hij Natalie in deze kamer had leren kennen, dus het gebruikelijke verzoek van mannen – *stel me eens voor aan je zus* – kon worden uitgesloten. 'We hebben nog steeds het bord van je cake niet teruggegeven. Ik denk dat ik je iets verschuldigd ben. Maar alleen als je me Alice noemt.'

'Goed dan. Alice. Orion is hetzelfde als elke andere kleine stad. Geroddel is gebruikelijk. Aangezien we buren zijn, en we blijk hebben gegeven van een wederzijdse nieuwsgierigheid, denk ik dat je mij misschien wat meer over jezelf zou kunnen vertellen.' Hij trok een wenkbrauw op en keek haar aandachtig aan.

Als hij soms dacht dat ze de uitdaging niet zou durven aannemen, dan zou hem dat tegenvallen. 'Dus dit is de vergelding?' vroeg ze. 'Of zeg je alleen dat je alles liever uit de eerste hand hoort? Goed dan. Wat weet je niet, los van het feit dat ik niet scheel ben?'

'Ik kan wel een paar dingen bedenken. Wat is bijvoorbeeld je tweede voornaam?'

Dat maakte haar aan het glimlachen. Een belachelijke vraag, maar in elk geval onverwacht.

'Katherine.'

'Alice Katherine Kessler. Ben je vernoemd naar je moeder?'

'Naar mijn oma. Katherine was ook de tweede voornaam van mijn moeder.'

'Hmm. Nou, dat kan me een biertje opleveren bij Smitty's, maar niet veel meer dan dat. Heb je een favoriete boom? Een geheime liefde? Een bloem waar je dol op bent?'

Een flits van achterdocht maakte dat ze rechter ging zitten in haar stoel. Wat hij had gevraagd was volkomen onschuldig. Maar het had iets van het kinderspel memory, waarbij je kaarten omdraaide om de juiste combinatie te vinden. Het antwoord op een bepaalde vraag onthulde helemaal niets. Maar koppel het aan het antwoord van een andere vraag, en ze zou hem een aanwijzing kunnen geven. Dat was iets wat ze absoluut niet van plan was om te doen. Laat de mensen maar denken wat ze wilden. Ze had geen zin om haar verleden aan te bieden als gespreksstof voor na het eten.

'De bloemen in de tuin zijn mooi genoeg. Ik heb geen favoriete bloem.'

'Misschien zou je dat wel hebben, als je meer buiten zou komen.'

'Wie bespioneert er nu wie?'

'Ik zou ons wangedrag niet zo willen noemen. We zijn uiteindelijk buren. Ik woon aan de overkant van de straat. Jij woont hier nu meer dan een jaar en ik heb je nog nooit in de stad gezien. Je zus wel, ja. Maar jou niet.'

Natuurlijk had hij Natalie wel gezien. Natalie had alle stappen genomen die nodig waren om hier te integreren, behalve dan dat ze nooit iemand thuis uitnodigde. Alice had zelfs gemerkt dat haar zus af en toe ook Phinneaus gadesloeg, hoewel er niets heimelijks was aan haar observaties en niets werd verborgen in haar glimlach als ze naar hem keek. Het maakte dat Alice hem wilde waarschuwen.

'Behalve als je niets beter te doen hebt dan de hele dag naar dit huis te staren, weet ik niet hoe je zo zeker kunt zijn van mijn komen en gaan. Of het ontbreken daarvan. Heb je eraan gedacht dat ik misschien weleens naar buiten ga terwijl jij aan het werk bent?'

'Nee, mevrouw, dat heb ik niet. Ik werk vanuit huis, wat je toch zou moeten weten', zei hij ad rem. 'Misschien heb je het zelfs wel ergens in een notitieboekje opgeschreven – míjn komen en gaan. Maar ik moet erkennen dat het een mogelijkheid zou kunnen zijn.'

'En wat doe jij dan precies, Phinneaus, als je je geen zorgen maakt over mijn veronderstelde gebrek aan beweging?'

'Je "gebrek aan beweging"?' Hij grijnsde, en ze wist dat hij haar zwakke poging om van onderwerp te veranderen, had doorzien. 'Ik meen dat we het over jou hadden, Alice, maar ik wil je graag alles vertellen wat je wil weten. Hoewel ik je vooraf moet waarschuwen dat mijn verhaal je niet eens een biertje zal opleveren. Ik regel dingen voor mensen. Help ze met hun belastingpapieren, als het bijna april is. Ik ben goed in een aantal dingen, en meester in één ding.'

'Wat mag dat wel niet zijn?'

'Het klinkt misschien als opschepperij, maar het is gewoon de waarheid. Ik denk dat God me een gave heeft gegeven om te begrijpen hoe dingen werken, hoe ze in elkaar steken. Geef me iets wat kapot is en ik kom erachter hoe het weer kan werken. Het maakt niet uit wat de onderdelen zijn: versnellingen of draden, circuits of hefbomen of een motor. Ik ben het gelukkigst als ik iets voor me heb liggen wat ik kan uitknobbelen.'

Zijn eerlijkheid ontwapende haar. Ze kon zien dat het waar was door de manier waarop zijn ogen flitsten en zijn handen enthousiast bewogen terwijl hij erover vertelde. Zijn lichaam verstrakte daarbij met een soort intensiteit die ze herkende. Hij wist hoe hij stil moest zitten en zich moest concentreren op één ding.

'Jij en ik hebben een paar dingen gemeen. Je zou het niet geloven door mijn onvergefelijk brutale gedrag, maar ik ben ook nogal op mezelf. Ik ben hier komen wonen na mijn tijd bij het leger. De meeste mensen in de stad wonen hier al hun hele leven, en hun ouders en grootouders voor hen. Dit is niet het soort plaats waar mensen gaan wonen; het is het soort plaats dat te klein wordt voor mensen. Dat maakt jou en mij buitenissig. De mensen willen weten waarom wij hier zijn komen wonen.'

Ze moest toegeven dat er dingen waren aan hem die ze wilde weten: waarom was hij hierheen gekomen, waar had hij hiervoor gewoond, had hij nog familie? Hij was niet veel ouder dan zij, en het litteken op zijn been kon ervoor zorgen dat mensen hem onderzoekend zouden aankijken, het soort voorzichtig bekijken waar zij aan gewend was. Die dingen hadden zij gemeen. Plus dat ze allebei hier waren, in deze plaats. Ondanks haar gereserveerdheid vroeg ze zich toch af hoe het zou zijn om iemand te hebben aan wie je dingen kon toevertrouwen. Hoewel zij en Natalie nauwelijks gesprekken met elkaar hadden, maakte haar zusters afwezigheid overdag dat het huis nog leger leek. En hoewel ze Saisee steeds aardiger begon te vinden, was de vrouw verstandig genoeg om te weten wie de rekeningen betaalde, en zorgde ze ervoor dat ze haar werk goed deed, waardoor ze weinig tijd had om te praten. Alice was zich gaan afvragen of eenzaamheid haar ondergang zou worden, ondanks de massa andere mogelijkheden.

'Dat is een interessante theorie', zei ze. 'Maar je hebt gelijk, ik betwijfel of dat veel waard is op de markt. Hoe staat het met een diep, duister geheim?'

'Ik heb je mijn litteken laten zien.'

'We klinken als kinderen.' Ze lachte, het geluid van vrolijkheid klonk vreemd in haar eigen oren. Hij lachte met haar mee. 'Maar ja, alleen een litteken', zei ze. 'Ik heb er zelf meer dan genoeg. Dat is niet voldoende.'

'Wat wil je weten?'

'Je hebt een tatoeage.'

Ze keek toe hoe zijn mond verstrakte alsof hij plotseling een citroen proefde.

'Dat gaat je niet aan.'

De onverwachte reprimande overrompelde haar. Ze wenste dat ze het terug kon nemen, hem in plaats daarvan iets anders kon vragen. Zijn lach had iets in haar geopend, en ze realiseerde zich hoe graag ze met iemand wilde praten, zelfs al zouden ze het alleen maar over het weer hebben. 'Misschien heb ik toch nog iets dat ik je wil laten zien. Wil je hier even wachten?'

Zijn uitdrukking veranderde niet, maar hij knikte. 'Als je dat wil.'

Ze stond op van de stoel en begon de moeizame tocht naar haar slaapkamer, de daad van iemand vertrouwen net zo vreemd voor haar als hardlopen. Toen ze terugkwam in de zitkamer, ging ze voor hem staan. 'Steek je handen uit. Palmen naar boven.'

'Met mijn ogen dicht? Ik ken het protocol.'

Ze keek toe hoe het blauw verdween in de kom van zijn handen en deed een stap naar achteren. Het was te laat om nu nog van gedachten te veranderen. Hij kon niet weten wat het voor haar betekende, maar hij gedroeg zich alsof hij dat wel wist. Hij koesterde het als iets met een kloppend hart, een stukje van de hemel gevangen in zijn handen die het stevig vasthielden.

'Dat is een blauwe bisschop.'

'Ja.' Ze was verrukt. 'Ken je die?'

'Jazeker, mevrouw.'

Jazeker, mevrouw.

'Ik heb er hier nog niet één gezien', zei ze.

'Nee, en dat zal ook niet gebeuren. Ze blijven dichter bij de bossen aan de buitenkant van de stad. Daar zitten ook veel koevogels en zangers.' Hij bekeek de vogel zorgvuldig. 'Ik ben nooit voldoende dicht bij een geweest om te kunnen zien hoe de vleugelveren eruitzien. En deze kleine grijze stipjes op de borst. Heb jij ze vaak gezien?'

'Nee.' Ze draaide haar hoofd naar het raam. 'Alleen deze.' Een onaangename herinnering kwam bij haar naar boven: een slaapkamerdeur die ze op slot had gedaan, het geluid van kloppen.

'Maar jij kent je vogels?'

'Ja. Ik ken ze allemaal.'

Hij wreef met een hand over zijn kin. 'Misschien is dat iets waarmee je me zou kunnen helpen. Er is een scoutinggroep in de stad, een tamelijk ongeregelde bende, maar ik probeer de jongens te helpen om wat vaardigheidsinsignes te krijgen. Kamperen, vissen, schieten. Er is ook een insigne voor vogelstudie.'

'O nee. Ik ga liever niet...'

'Laat me uitpraten, Alice. Ik neem aan dat het onnozel lijkt, maar het betekent veel voor hen om een insigne te verdienen. Het zal niet gemakkelijk zijn voor sommigen. Ze moeten vijftien verschillende kenmerken van een vogel kunnen benoemen. Ze moeten twintig soorten identificeren, en een veldnotitieboek bijhouden. En van die twintig moeten ze er vijf weten te identificeren aan de hand van hun zang of roep alleen. Je zei net dat jij je vogels kent.'

Ze had zo veel geleerd, alleen om het daarna allemaal in haar geheugen op te slaan. Wat had ze aan al die kennis, weggeborgen in een donkere hoek van haar hoofd? Feiten schoten als zwaluwen pijlsnel door haar geest; er was een plotseling gevoel van trots vanwege de dingen die ze zich nog herinnerde. Zang was beperkt tot de zangvogels, de orde van de Passeriformes. Bijna de helft van de vogels in de wereld zong niet, maar ze gebruikten wel geluid om te communiceren – roep versus zang. De meeste vogels hadden tussen de vijf en vijftien verschillende roepen in hun repertoire: de alarmroep en territoriumroep, de noodroep van jonge vogels om een volwassen vogel te hulp te laten schieten, de vluchtroep om de groep bij elkaar te houden, zelfs een aparte roep voor het beginnen en eindigen van een vlucht. De nestroep. De bedelroep. De opwindingsroep. Sommige kuikens gebruikten zelfs een roep om met hun moeder te communiceren terwijl ze nog in het ei zaten. De gedachte daaraan maakte dat haar hart pijn deed.

'Ik zal geen druk op je uitoefenen. Denk er alleen rustig over na. Het zou veel betekenen voor de families van de jongens.'

Dus hij reikte haar een eigen middel aan. Help de kinderen, en de ouders kunnen niet anders dan jou accepteren. Hij gaf het beeldje terug aan haar, nog warm omdat het in zijn handen had gelegen.

'Degene die dit heeft gemaakt, heeft er veel aandacht aan besteed, dat kun je wel zien. Iets wat je hebt geërfd?'

'Nee.' Ze verwachtte een zekere mate van plezier te beleven door hem te schokken, en zei toen: 'Ik heb het gestolen. En te bedenken dat jij wil dat ik scouts les ga geven.'

'Nou, er is ook een insigne voor misdaadpreventie.' Hij keek haar aandachtig aan, maar ze hield haar gezicht in de plooi. Ondanks zijn potentieel als vriend, had ze hem voorlopig wel genoeg van zichzelf laten zien.

'Alice Katherine Kessler,' zei hij, terwijl hij zijn hoofd schudde, 'het is heel jammer dat ik dit tegen niemand kan vertellen. Zulke informatie zou beslist iets waard zijn.'

Negen

November 2007

'Is dit een uitnodiging uit medelijden?' De gedachte dat Lydia hem zou kunnen beschouwen als iemand die medeleven nodig had, was ontmoedigend. Haar antwoord op zijn vraag was een vrolijke lach, een uitbarsting van plezier die door Stephens telefoon weergalmde en als een vuur oplaaide in zijn schemerige zitkamer. Hij kon haar in elk geval aan het lachen maken. Dat was geen geringe prestatie. En ook nog eens op dit uur van de morgen. Negen uur en haar stem klonk soepel alsof ze al uren op was. Ze was waarschijnlijk iemand die graag floot. Altijd vrolijk.

'Nee, Stephen. Dit is geen uitnodiging uit medelijden. Jij en mijn vader hebben intussen zoveel lange uren besteed aan jullie project, of wat het ook is, dat ik dacht dat het leuk zou zijn voor jullie tweeën om nu eens iets sociaals te doen, vooral met de feestdagen in zicht. Komt deze zaterdag uit? Om zeven uur?'

'Is je man er dan ook?' Hoe heette haar man ook alweer? Hij herinnerde zich een uitbundige handdruk en te warme palmen. Warm, dat was het. Iets met temperatuur of de protestantse reformatie. Welke van de twee was het? Hmm, beslist iets met temperatuur. Fahrenheit. Celsius. Rankine. Kelvin. Dat was het – Kelvin, waarbij nul graden K gelijk was aan het absolute nulpunt. Een toepasselijke omschrijving. Een nul. Waarom voelden vrouwen zich toch aangetrokken tot mannen met zulke witte tanden?

'Aangezien ik je uitnodig om in ons huis te komen eten, inderdaad. Kevin zal er ook zijn.'

'O.'

Hij telde de seconden van de pauze die volgde, en kwam tot ruim vier voordat ze vroeg of 'o' betekende dat hij zou komen.

'Ja. Het betekent "ja, ik kom". Ik lust alleen geen spinazie. Voor het geval je dat zou overwegen.'

'Dat zal ik in gedachten houden. Weet je, ik begrijp waarom jij en mijn vader goed met elkaar overweg kunnen, Stephen. Jullie hebben veel gemeen.'

O ja? Hij overwoog die mogelijkheid nadat hij de verbinding had verbroken. Hij mocht Finch graag, en hij veronderstelde dat Finch had bijgedragen aan de lof die Lydia verdiende. Hij was dol op haar geworden na hun eerste ontmoeting in het appartement van Finch, dus dat hadden ze in elk geval gemeen. Ze was met een maaltijd gekomen, een warme en kruidige curry, waarbij ze Finch vertelde dat ze had gelezen dat koenjit hielp bij het verminderen van ontstekingen en goed was voor spijsverteringsproblemen. Finch had met zijn ogen gerold, maar Stephen was meteen smoorverliefd, ondanks het obstakel van een echtgenoot. Hij stelde zich tevreden met haar vanaf een afstand te aanbidden, in elk geval tot ze zo verstandig zou zijn geworden om haar waardeloze wederhelft te lozen.

Voor wat betreft hun 'project', zoals zij het noemde, vroeg hij zich af waarom Finch haar niet had verteld waar ze aan werkten. Natuurlijk was hij zelf ook van onderwerp veranderd toen zijn moeder hem diezelfde vraag de week ervoor had gesteld tijdens het diner op Thanksgiving. 'En waar ben je momenteel mee bezig, Stephen?' Hij was begonnen het haar te vertellen, maar was daar toen mee gestopt, omdat hij inzag dat, wat het ook was waar hij en Finch mee bezig waren, er ook een geheim element in zat waar hij van genoot. Als hij haar had verteld dat hij Thomas Bayber had ontmoet, zou ze óf uitzinnig worden en alle details willen weten, in welk geval hij doodmoe zou worden van haar veelvuldige onderbrekingen, óf ze zou er zich totaal niet voor interesseren, in welk geval hij beledigd zou zijn geweest. Daarnaast zou elk gesprek over de schilderkunst hen allebei aan zijn vader doen denken, en de maaltijden op feestdagen die ze deelden waren al moeizaam genoeg zonder dat hij aan het andere eind van de tafel zat toe te kijken hoe zijn moeder verwoede pogingen deed om niet te huilen.

Zaterdag, de eerste in december, was nog vijf dagen weg, wat betekende dat hij nog aardig wat tijd had, die hij ook wel nodig had, voordat hij naar Lydia zou gaan. Een cadeautje voor de gastvrouw zou belangrijk zijn. Zeepjes, misschien. Vrouwen hielden van zeepjes; ze leken te dienen als een soort maatstaf voor het talent van een vrouw om een goede gastvrouw zijn. Er lag een verzameling kunstig ingepakte en met lintjes omwikkelde zeepjes in een klokvormige kom in de gastenbadkamer bij zijn moeder thuis. Hij vroeg zich af wat er met die zeepjes gebeurde nadat ze een keer gebruikt waren – werden ze dan weggegooid? Opnieuw ingepakt? Het leek hem nogal een verspilling, maar van meer belang was de gedachte dat zo'n cadeautje Lydia de indruk zou kunnen geven dat hij haar óf niet zo hygiënisch vond óf onbekwaam als gastvrouw. Een flesje parfum dan? Maar daar had je nog die Kelvin als concurrent, en Stephen veronderstelde dat een geurgeschenk niet zo goed zou vallen.

Stephen had toegestemd, hoewel met tegenzin, in Finch' suggestie dat ze een week uit elkaar zouden gaan, in de hoop iets te vinden, of in elk geval in de hoop iets aan het licht te brengen dat van nut zou kunnen zijn. Finch nam de taak op zich om de map met persoonlijke correspondentie door te nemen die mevrouw Blankenship voor hem had verzameld. Hij gaf daarbij toe dat zijn eerdere evaluatie daarvan waarschijnlijk tamelijk oppervlakkig was geweest. Stephen zou zijn aandacht richten op het hoofdpaneel van het drieluik. Ze spraken af om elkaar op zondag te ontmoeten om hun respectievelijke bevindingen te delen.

In een poging om het schilderij te dateren, bracht Stephen de eerste helft van de week door met het bestuderen van de details van Baybers vroegere werk. Hij prentte die in zijn hoofd, zocht naar afwijkingen, noteerde alles wat ongewoon of totaal anders leek; een verschil in de manier waarop Bayber negatieve ruimte gebruikte, plaatsen waar zijn penseelvoering gecompliceerd en weloverwogen leek, het gebruik van een nieuwe kleur in zijn gebruikelijke palet. Op donderdagmorgen verlangde hij er hevig naar om de beslotenheid van de bibliotheek te verlaten en terug te gaan naar het lab.

Omdat Cranston zich de potentiële buitenkans voor Murchison & Dunne realiseerde, om nog maar te zwijgen over het prestige dat gepaard zou gaan met het op de markt brengen van een Bayber, had hij een vorstelijk bedrag opgehoest om Stephen toegang te verschaffen tot een particulier ultramodern forensisch lab met het soort apparatuur dat zijn polsslag deed versnellen, telkens als hij zijn veiligheidspasje voor de sensor hield: hyperspectrale imagers om historische documenten te analyseren; multispectrale digitale imaging camera's om kunstwerken te onderzoeken; een gaschromatografieapparaat om olieverf, harsen en was te identificeren; zelfs een nieuw röntgenapparaat met prachtige, lange Grenz-stralen.

Stephen liet opnieuw zijn identificatie zien bij het tweede veiligheidscontrolepunt en pauzeerde voor een irisscan, nodig om toegang te krijgen tot de ruimte waar het schilderij werd bewaard. Het was lichtelijk verontrustend dat een beeld van zijn eigen persoonlijke iris ergens tot in de eeuwigheid werd opgeslagen, maar de schoonheid die inherent was aan de wetenschap van biometrische identificatie vond hij opwindend.

Hij legde zijn notitieboek op de labtafel in een lege werkkamer en liep de lijst van tests door die moesten worden gedaan. Cranston was duidelijk geweest over het belang van het samenstellen van documentatie voor het schilderij dat extreem kritisch zou worden bekeken, dus Stephen begon bij het begin, bij de handtekening.

Het lab had een uitgebreide verzameling van signaturen en monogrammen. Stephen had Baybers handtekening op het middelste deel van het drieluik eerder in de week al gefotografeerd en haalde de foto nu uit een manilla envelop. Hij bestudeerde die met een vergrootglas en vergeleek hem met eerdere opnamen van de signatuur van de kunstenaar. Hij projecteerde scans van de signaturen van het schilderij en van het naslagwerk van het lab uitvergroot op de muur en onderzocht ze naast elkaar. Op dat formaat werden de lijnen en bogen van letters wegen die door een stil landschap sneden. Door het bestuderen van de signatuur van een kunstenaar in de loop der tijd kon hij veranderingen in het centrale zenuwstelsel ontdekken en ziekten zoals de ziekte van Parkinson, een obsessief-compulsieve stoornis en schizofrenie constateren. Hij kon zelfs een redelijke beoordeling geven met betrekking tot langdurig alcohol- of drugsmisbruik. Maar het laatste gedocumenteerde werk van Bayber was geschilderd toen hij nog betrekkelijk jong was, tweeënvijftig jaar, en zijn signatuur gaf geen indicatie van een ernstige achteruitgang van zijn fysieke of geestelijke gesteldheid.

Stephen maakte gedetailleerde aantekeningen, dankbaar dat niemand er belangstelling voor had om zíjn handschrift te analyseren. Hij ging naar een andere ruimte om voor de röntgenonderzoeken afspraken te maken met een van de technici, die de benodigde kennis had om de apparatuur te bedienen, maar geen belangstelling leek te hebben voor wat hij nu precies aan het scannen was. Stephen en Cranston waren bezorgd dat een lek met betrekking tot het bestaan van het schilderij rampzalig zou zijn. Hoewel Bayber papieren had getekend die Murchison & Dunne het recht gaven om het werk te verkopen, hing de overeenkomst wel af van het vinden van de andere twee panelen door Stephen en Finch. De ervaring van Stephen was dat een overeenkomst iets betrekkelijks was, of die nu tussen zakenpartners of geliefden was; een paar dure advocaten konden elk water snel genoeg troebel maken, en als het uitlekte dat er nog twee Baybers rondzwierven, dan had Stephen er niet zo veel vertrouwen meer in dat hij en Finch degenen zouden zijn die ze zouden vinden, behalve als er sprake was van goddelijke interventie.

Die leek een paar uur later te komen. Nadat hij op de andere testresultaten had zitten studeren en nog eens diverse pagina's met notities had volgeschreven, werd Stephen door de technicus geroepen om de resultaten van het röntgenonderzoek te bekijken. 'Ik denk dat je dit wel graag wil zien', zei hij.

Stephen keek naar de beelden op de monitor. Zijn hart ging tekeer in zijn borst. 'Dit kan niet kloppen.'

'Het klopt wel', zei de man.

'Misschien zit er iets op de lens.'

'Aan beide zijden van het schilderij? Dat denk ik niet. Luister, jij bent goed in wat jij doet. Ik ben goed in wat ik doe. Het is daar, ik zeg het je.'

'Doe het nog eens, maar nu met meer kilovoltage. Ik wil allebei die gebieden naar boven halen.' Stephen wees naar de rechter- en linkerkant van het scherm. 'En met een kortere belichtingstijd. We moeten hier dieper gaan, en we moeten meer details zien te krijgen aan de linkerkant.' ·

'Wij.' De technicus snoof verontwaardigd.

Finch had de rol van Baybers deurwachter op zich genomen, en Stephen wist zeker dat hij een onaangekondigd bezoek niet zou goedkeuren, wat een uitstekende reden was om het hem niet te vertellen. Het was trouwens donderdagmiddag, en hij had niet van tevoren gebeld, dus was er geen garantie dat mevrouw Blankenship hem binnen zou laten. Baybers onverwachte vervoer naar het ziekenhuis op de ochtend nadat hij hen het schilderij had laten zien, had geresulteerd in een week vol onderzoeken en second opinions van een verscheidenheid aan specialisten, maar aangezien Cranstons verwachtingen nu hooggespannen waren, werden Baybers gebrek aan financiële middelen evenals de afwezigheid van een zorgverzekering niet meer belangrijk gevonden. Toen de artsen het met elkaar eens waren dat herstel net zo goed thuis kon plaatsvinden, had Cranston kosten noch moeite gespaard. Hij had een ziekenhuisbed, een rolstoel en een particuliere verpleegster geregeld om mevrouw Blankenship te helpen, en een stuk of wat werklieden gestuurd om de lekkage en de tocht in Baybers flat te verhelpen. Stephen begreep maar een deel van al die edelmoedigheid, aangezien Bayber zijn eerste woord nog moest zeggen, laat staan dat hij uit zijn bed zou kunnen komen, en mevrouw Blankenship geïrriteerd leek door de aanwezigheid van nog een vrouw.

Nadat hij op de zoemer had gedrukt, deed ze de benedendeur meteen open zonder te vragen wie daar was, en deed de voordeur na de eerste klop al open.

'Die twee daar maken me gek', zei ze en wees met een vinger in de richting van de slaapkamer. 'Hij kijkt me aan alsof ik helderziend ben en zij…' Ze pauzeerde en beet op haar onderlip. 'Ze mag dan verpleegster zijn, maar dat geeft haar nog niet het recht om te proberen de linnenkast anders in te richten.'

'Dat lijkt me inderdaad nogal aanmatigend.'

'Ja, dat is het juiste woord.' Mevrouw Blankenship zuchtte, duidelijk teleurgesteld dat haar inspanningen om de linnenkast te ordenen, kennelijk niet aan de maatstaven voldeden. 'U kunt net zo goed naar binnen gaan. Ik weet zeker dat hij blij zal zijn om eens een ander gezicht dan dat van mij te zien, hoewel je met geen van beiden een fatsoenlijk gesprek zult kunnen voeren.'

Stephen knikte en liep een donkere gang door die leidde naar de slaapkamers, stomverbaasd over het gebrek aan daglicht in het appartement van een schilder. De zware gordijnen in de zitkamer waren nog steeds gesloten, en de meeste verlichting was uit. Niet dat Bayber nog enig schilderwerk deed hier, maar hoe kon die man zo nog iets zien?

Het was een verrassing toen hij de lichte slaapkamer binnenging en daar met half dichtgeknepen ogen tegen de middagzon rondkeek. Een van de grote ramen stond op een kier, en de gordijnen in deze kamer waren helemaal opengetrokken. Er zat een vrouw op een kleine stoel in de hoek, waar ze een roddelblad aan het lezen was. Haar kleding onthulde dat zij de verpleegster was, zelfs als mevrouw Blankenship dat niet al duidelijk had gemaakt: een saaie kastanjebruine jas met een patroon dat eruitzag alsof het was gekozen om de ongelukjes van de patiënt te camoufleren – de uitgebraakte restanten van gedeeltelijk ingeslikte pillen, kwijl van kersenkleurige medicijnen, gemorste pudding – samen met de witte polyester broek en de alomtegenwoordige witte schoenen. De stand van haar vingers duidde erop dat ze snakte naar een sigaret.

Bayber, bleker nu dan toen Stephen hem in het ziekenhuis had gezien, zat rechtop in bed, ondersteund door een enorme berg kussens. Hij zag eruit als een skeletachtig wezen dat half uit een cocon was gekropen. De verpleegster keek toe hoe Stephen een klapstoel naast het bed zette, maar zei niets tegen hem. Hij pakte Baybers hand, maar de ogen van de man bleven gesloten.

'Meneer Bayber, ik ben het, Stephen Jameson. Ik wil u graag iets vragen.'

Bayber opende plotseling zijn ogen, en hij bewoog bijna onmerkbaar in de richting van Stephen, terwijl zijn lippen uiteengingen om een gelijkmatige rij tanden te laten zien, met een blauw zweem door de lichte doorschijnendheid ervan. Stephen keek hoe Bayber slikte en hoorde het zachte gesis van lucht die naar binnen werd gezogen. Maar de enige geluiden die uit de man ontsnapten waren vormloze klikken van opgesloten lucht, die diep vanuit zijn keel kwamen. Hij knipperde niet met zijn ogen. Stephen schoof ongemakkelijk heen en weer op zijn stoel, en een bekend gevoel steeg op in zijn maag. Schuldgevoel. Dit was wat hij gemist had bij zijn vader, al die laatste nare stukjes: de achteruitgang, de zwakte, het langzame sterven. Dat had hij allemaal aan zijn moeder overgelaten. En hoewel hij betwijfelde of hij hen veel steun had kunnen geven, was hij toch nog steeds verbaasd dat ze hem zijn afwezigheid niet kwalijk nam.

Deze gereduceerde versie van Bayber had niet de kracht om een vinger naar zijn mond te brengen of de verpleegster op te dragen hem weg te sturen. Het leek bijna onmogelijk dat Stephen nog zo kort geleden naast deze man had gestaan en hem recht in zijn ogen had gekeken. Hij had toen geprobeerd zijn gestotter en zijn trillende handen onder controle te krijgen, terwijl hij vrijpostige vragen stelde. Maar nu wist hij dingen, vermoedde ze in elke geval, en wilde hij zijn vermoedens hardop uitspreken. En er was niets wat Bayber kon doen om hem tegen te houden.

'Meneer Cranston heeft me veel ruimte gegeven om het schilderij te onderzoeken, om het te kunnen authenticeren. Er dienden een aantal forensische onderzoeken en wetenschappelijke tests te worden gedaan om de eventuele koper de noodzakelijke documentatie te verstrekken en een onweerlegbare zaak te hebben.'

Hij pauzeerde, omdat hij niet helemaal wist hoe hij het best verder kon gaan, hopend op een soort reactie. Zijn handpalmen werden vochtig, en hij vroeg zich af of Bayber misschien intussen ongeduldig of van afkeer vervuld was geworden, maar aangezien de kunstenaar niet in staat was om een van die gevoelens over te brengen, viel dat onmogelijk te zeggen. Stephen leunde achterover op zijn stoel en keek over zijn schouder naar de verpleegster, die verdiept leek te zijn in haar blad.

'Ik ben begonnen met de signatuur. Zoals u zult begrijpen, was dat een match. Maar forensische analyse gaat verder dan simpelweg patronen opsporen, meneer Bayber. Het is meer dan alleen het vergelijken van de soepelheid van penseelstreken die letters met elkaar verbinden, of zien waar de kunstenaar zijn penseel oppakte of wanneer hij die weer neerlegde.'

Stephen voelde hetzelfde soort opwinding als in het lab, waar hij heel klein leek door de hoge witte muren om hem heen, en waar hij reusachtige penseelstreken op een verlicht steriel oppervlak bestudeerde. Terwijl hij sprak, had hij het gevoel alsof hij uit de kamer verdween, weg van het licht dat door het raam naar binnen stroomde, weg van de koude, papierachtige huid van Baybers hand, weg van het geluid van tijdschriftbladzijden die werden omgeslagen met de vochtige druk van een duim.

Hij hoorde de stilte van het lab om hem heen trillen en stond voor Baybers enorme signatuur, waar hij de golvende kaart van letters bestudeerde die kriskras op de muur stonden als elkaar snijdende paden van een doolhof.

'Ik kan bepaalde karakteristieken ontdekken in een signatuur, ziet u. Trots, verveling, bescheidenheid. Arrogantie. Ik kan een onderscheid maken tussen signaturen die snel zijn geschilderd, en die welke met grote zorgvuldigheid op het doek zijn gezet, alsof de kunstenaar aarzelde om het werk los te laten.' Verbeeldde hij het zich, of versmalden Baybers ogen zich? De hand van de man in die van hem bleef doodstil liggen, maar Stephen dacht dat hij toch een pols voelde.

'Er is geen twijfel aan dat de signatuur op het drieluikpaneel van u is. De mate van druk die is toegepast, het punt waar het penseel werd opgetild van het doek, de staart van de y – allemaal vrijwel identiek aan de signaturen die bekend zijn. Maar één ding was niet hetzelfde. Er zat aanzienlijk meer verf op het penseel, wat mij ertoe bracht om te geloven dat u dit werk langzaam signeerde, er misschien lang over deed. U had er moeite mee dat het doek af was.'

Hij liet Baybers hand zakken, stond op om zich uit te rekken en liep naar het einde van het bed. Baybers ogen volgden hem, en de rasperige ademhaling werd sneller.

'De eerste keer dat ik het doek zag, merkte ik al een aanzienlijke overschildering in twee gebieden. Het is mogelijk dat u een oud doek opnieuw gebruikte. Dat zou niet ongebruikelijk zijn. Maar het wekte wel mijn nieuwsgierigheid, dus ik heb wat tests laten uitvoeren: ultraviolette, zichtbare en infrarode beelden van het schilderij. Nuttig, maar niet voldoende om ons een compleet beeld te geven, als u mij de woordspeling wilt vergeven. Maar röntgenstraling, dat is een ander verhaal. Het lab heeft een gecomputeriseerd röntgensysteem waardoor scans kunnen worden getoond op een monitor met hoge resolutie. Je schiet op fosforplaten die hergebruikt kunnen worden. Film, informatief maar als proces nogal saai, is niet meer nodig.'

Bij het woord 'saai' sloten Baybers ogen zich en Stephen hield op met praten. Hoe kwam het toch dat niemand de schoonheid en genialiteit leek te beseffen die inherent waren aan dergelijke apparatuur? Alleen al het noemen van het woord 'thermoluminescentie' had op bijna iedereen hetzelfde effect als een slaappil, maar voor Stephen was wetenschap magie en grootsheid. Dankzij de wetenschap kon er nu onder het oppervlak van een schilderij worden gekeken om het skeletachtige begin van een tekening waar te nemen. Dankzij de wetenschap kon de ouderdom van schilderijen op eikenhouten panelen worden bepaald door de groeiringen van bomen terug te tellen tot aan 5000 voor Christus, evenals of de blauwe mantel van de Maagd Maria in een geïllumineerd manuscript was geschilderd met ultramarijn van kostbaar lapis lazuli of gekleurd met het goedkopere azuriet.

'Ik zie dat u moe bent, meneer Bayber. Ter zake dan nu. Dit is wat een röntgenfoto me vertelt. Hij vertelt me of er kleine scheurtjes in het doek zitten die zijn gerepareerd. Hij vertelt me of er gaten zitten in het steunpaneel of beschadigingen in de grondlagen. Hij laat me afgesneden randen en veranderingen zien. Maar misschien nog wel het belangrijkst, hij vertelt me wat er daarvóór was. Hij vertelt me wat u hebt overgeschilderd. Alice' hand rustte in uw oorspronkelijke schilderij niet op de vogelkooi, wel?'

Nu had hij Baybers aandacht. De ademhaling van de kunstenaar versnelde en zijn mond bewoog, terwijl de droge lippen hun best deden om een woord te vormen. Zijn gezicht was van spierwit naar asgrauw gegaan, en zijn hand bewoog nerveus naast zijn zij.

'Haar arm was uitgestrekt in de richting van de rand van het doek, in elk geval naar wat nu de rand van het doek is, en ze hield iets anders in haar hand. De vingers van de andere persoon zijn duidelijk zichtbaar in de laag eronder. Dat was interessant. Met wie was ze verbonden? Toen merkte ik nog iets anders op. Op het schilderij draagt Alice een ring aan haar linkerwijsvinger – een dunne band met een hartje in het midden. Veel van haar hand is bedekt door die van u, maar dat detail is duidelijk zichtbaar. Ik heb nog een paar scans laten doen, waarbij de belichtingstijd werd verminderd om een zo scherp mogelijk beeld te krijgen. De musculatuur en de grootte van de vingers geven aan dat de hand van de persoon in de onderliggende compositie die van een vrouw is. Vreemd genoeg draagt deze vrouw net zo'n ring – een dunne band met een hartje in het midden. Maar zij draagt die aan haar pink, niet aan haar wijsvinger. Haar gewrichten lijken iets gezwollen; de hoeken van haar vingers wijken een paar graden af, alsof haar hand op de een of andere manier misvormd is. Ik heb die twee delen vergroot, de hand van de vrouw in het verborgen schilderij en de hand van Alice op het zichtbare schilderij, en die naast elkaar vergeleken. De vorm van de nagels, de lengte van de vingers in verhouding tot elkaar, de afstand van de botten ten opzichte van de huid. Rekening houdend met wat kleine veranderingen die toe te schrijven zijn aan leeftijd of misschien ziekte, zijn de handen praktisch hetzelfde.'

Stephen ging terug naar de stoel naast het bed en ging weer zitten, pakte een glas water met een rietje op dat naast het bed stond en bracht dat naar de mond van Bayber. Hij keek hoe Bayber zich inspande om te drinken. Toen viel het hoofd van de man, kennelijk uitgeput, achterover in het diepe nest van kussens.

'U bent geprezen om uw aandacht voor de kleinste details.' Stephen pauzeerde, en dacht aan de eerste keer dat hij een van Baybers schilderijen had gezien. 'Het is alsof je naar een puzzel kijkt, nietwaar? Hoe langer en beter je kijkt, hoe meer je ziet. En als je eenmaal iets hebt gezien, kan het niet meer ongezien blijven. De kijker kan nooit meer naar het werk kijken zoals hij dat de eerste keer deed; de eerste indruk is weg en kan niet meer worden opgeroepen.'

Het was stil in de kamer. Toen Stephen luisterde naar het geluid dat hij niet hoorde, realiseerde hij zich dat dat het ontbreken van het omslaan van bladzijden was. De verpleegster luisterde mee. Hij boog zich dichter naar Bayber toe en fluisterde de rest in zijn oor.

'De details hebben me alles verteld. U gaf Alice een minuscuul litteken op haar wijsvinger, nauwelijks zichtbaar. Het is als een spinnenwebdraad die van de onderkant van haar nagel naar de bovenkant van de eerste knokkel van het gewricht gaat. Het duurde even voordat ik het zag, maar nu ik weet dat het daar is, is dit het enige wat ik kan zien, het eerste waar mijn blik naartoe gaat als ik naar het schilderij kijk, alsof het dan verdwenen zou kunnen zijn, of dat ik bang ben dat ik het me maar verbeeld heb.' Stephen was aan het zweten. Sinds wanneer was het zo warm in de kamer? Er liep een zweetdruppel omlaag via de rimpel tussen zijn wenkbrauwen, en hij voelde dat zijn overhemd tegen zijn rug plakte. Hij hield zijn adem in, Bayber dwingend om zijn stem te gebruiken, om hem te vertellen wat het was dat hij nu echt van hen wilde.

'Datzelfde litteken zit op de hand die Alice vasthoudt op het verborgen schilderij. Wat inhoudt dat het Alice is, of een oudere versie van Alice, op het ontbrekende linkerpaneel, nietwaar? Ik heb nog niet voldoende tijd gehad om ook de andere helft van het schilderij zo te analyseren, maar aangezien die kant eveneens is overgeschilderd, lijkt het logisch dat er een oudere versie van Natalie op het vermiste rechterpaneel staat.'

Door het woord 'vermiste' hardop te zeggen ontstond er een kettingreactie in zijn hersenen. Het antwoord op alles, de gedachte die hij moest zien te vangen, ontsnapte en rende voor hem uit met zo'n haast dat hij met zijn tanden knarste om zich te kunnen concentreren en haar bij te houden, wat zorgde voor een dof gedreun in zijn kaak. Een paar verkeerd genomen bochten, een omleiding rond flikkerende synapsen, maar daar was de gedachte weer, vastzittend in een doodlopend straatje. Toen hij haar pakte, werd alles verlicht, duidelijk – precies wat het was waar Bayber naar op zoek was. Het licht in de kamer prikte in zijn ogen en Stephen voelde de volle kracht van een migraine die op hem afkwam als een rollende bal van hete lucht en bliksem. Hij kneep zijn ogen ervoor dicht, maar het was al te laat.

'U geeft niet eens zo veel om de andere panelen van het schilderij', fluisterde hij tegen Bayber, terwijl hij de zijkanten van zijn eigen hoofd vastgreep om te voorkomen dat zijn hersenen eruit vlogen. 'Het zijn de zussen, nietwaar? U wilt dat wij Alice en Natalie vinden. Dat hebt u al die tijd al gewild.'

Stephen herinnerde zich nauwelijks de rit terug naar zijn appartement. Hij wist niet eens meer hoe hij erin was geslaagd om een taxi aan te houden. Hij trok de jaloezieën dicht en viel op zijn bed, rillend en misselijk. Zijn bovenarm deed pijn, en hij raakte die voorzichtig aan net onder de schouder. Hij voorzag al de blauwe plek die zou ontstaan – eerst inktzwart, dan geelgroen en vervolgens alarmerend zwavelgeel – waar de verpleegster van Bayber hem had beetgepakt en uit de slaapkamer had gegooid. De vrouw was veranderd in een monster op het moment dat haar patiënt werd getart. Ze bleek het enthousiasme en de kracht van een beroepsworstelaar te bezitten.

Stephen wreef over zijn pols, en probeerde het gevoel van Baybers greep weg te krijgen. Bayber was ontploft bij het noemen van de namen van de meisjes. Alles wat er nog over was van zijn kracht had zich verzameld in zijn vingers, die zich als een koppige inktvis om Stephens pols had gewikkeld en zich daar stevig hechtte. Spuug vloog over de rand van zijn mond, terwijl hij hetzelfde geluid telkens opnieuw siste – *sssjuh, sssjuh* – en met zijn andere hand in de open lucht tussen hen in maaide. Stephen, doodsbang dat hij te ver was gegaan, dacht even dat Bayber misschien een tweede beroerte ging krijgen. Maar in plaats daarvan werd Bayber juist sterker en niet zwakker. Zijn blik richtte zich op Stephen met slechts één doel, terwijl hij zijn best deed om iets te zeggen. Of dat nu was om te bevestigen of te ontkennen wat hij net had gesuggereerd, dat wist Stephen niet.

Hij rolde op zijn buik en trok het kussen over zijn hoofd. In het donker zweefden vrouwen voorbij: Chloe, Alice, Natalie en Lydia, allemaal bezorgd om zijn pijnlijke hoofd, waarbij hun zachte handen over zijn gezicht bewogen, zijn wangen streelden, zijn haar gladstreken. Ze kwamen samen in de persoon van mevrouw Blankenship, niet half zo bezorgd om zijn welzijn, die een grimas trok en teleurgesteld haar hoofd schudde. Mevrouw Blankenship op haar beurt werd de verpleegster, die hem zo'n harde duw gaf dat hij zijn hoofd stootte en overal sterretjes zag, totdat hij zich realiseerde dat hij op de grond van zijn slaapkamer was gevallen. Het pulserende flikkerende licht bleek niets anders dan het geknipper van het neonuithangbord van de bar aan de overkant van de straat. Hij trok de deken van het bed en gooide die over de helft van zijn lichaam waar hij gemakkelijk bij kon, en bleef daar de hele nacht zo liggen, met één oor tegen de koude houten vloer gedrukt.

Halverwege de ochtend van de volgende dag, toen hij eindelijk zijn ogen kon openen zonder die samen te knijpen, trok hij zichzelf weer op zijn bed. Zijn hoofd was een soepachtige massa van pijnrestanten, verergerd door af en toe een scherpe steek achter zijn linkeroog. Hij ging rechtop zitten, ondersteund door een stapel kussens, en zag de ironie er wel van in; hij leek zo wel Baybers dubbelganger. Hij bleef stokstijf zitten, zo oppervlakkig mogelijk ademhalend, uit angst voor de nog altijd op de loer liggende migraine. Na een tijdje van volkomen bewegingloosheid maakte de storing in zijn hersenen plaats voor een meer draaglijke witte ruis. Zijn gedachten keerden langzaam terug en vielen niet helemaal in de juiste volgorde weer terug op hun plek.

Zonder zijn hoofd om te draaien strekte hij zich uit en haalde een potlood en schetsblok uit de bovenste la van zijn nachtkastje. Er zat iets kalmerends in het ritmisch neerzetten van grafietlijnen, en voordat hij het wist had hij een cartoonachtige versie gemaakt van het schilderij dat hem obsedeerde; de zussen Kessler die op de bank zaten met een wolfachtige Bayber die ongemerkt tussen hen in was gekropen. Hij sloeg om naar een volgende bladzijde en deze keer tekende hij alleen de handen en onderarmen die hij had gezien in de verborgen laag van het schilderij en die toebehoorden aan Alice en aan de vrouw van wie hij dacht dat het de andere Alice was, de oudere Alice, hun vingers ontspannen ineengevlochten. Toen deed hij hetzelfde voor Natalie.

Door de hoek van hun onderarmen was het niet moeilijk om zich voor te stellen hoe de oudere Alice en Natalie weergegeven zouden kunnen zijn op hun respectievelijke panelen. Hij was voldoende zeker van hun aanwezigheid, ervan overtuigd dat hij dit in elk geval goed had, maar het was het enige deel dat hij zich kon voorstellen: een verticaal deel van een Alice en een ander deel van een Natalie, waarbij de zichtbare musculatuur in hun armen suggereerde dat ze hun jongere ik naar de toekomst trokken. Maar hij had geen idee of Bayber ook delen van de vermiste panelen had overgeschilderd, en als hij dat had gedaan, waarom dan? Had het drieluik, toen het af was, hem teleurgesteld? Stephen dacht aan de man zoals hij in bed had gelegen, de verbazingwekkende felheid van zijn greep. Teleurstelling over het werk leek een onwaarschijnlijke reden.

Stephen ging rechtop zitten en keek naar de muren van zijn slaapkamer, die waren bedekt met reproducties van de gecatalogiseerde werken van Bayber en naar de foto's die hij had genomen van het schilderij, close-ups en opnamen vanaf een afstand. Terwijl hij van zo nabij naar dit alles keek, was het niet moeilijk om te zien dat niets van wat Bayber ooit had geschilderd, zo fascinerend was als *Gezusters Kessler*. Toen hij weer op het bed ging liggen, zweefden er talloze figuren om hem heen, maar hij had alleen oog voor de meisjes op de bank en voor Bayber, het trio dat hem vanuit alle hoeken omgaf totdat hij samen met hen in het schilderij was. De bries die de gordijnen deed rimpelen, streek over zijn huid, en het opgewarmde groen van de zomer die op zijn hoogtepunt was, drong door in zijn neus. Wat daarvan was echt?

Hij stapte uit bed en pakte de rugzak die hij in een hoek had gegooid, op zoek naar zijn camera. Hij bekeek nog eens de opnamen die hij had gemaakt van de tekening bij de Edells, blij om te zien dat hij zich de meeste details goed had herinnerd. De kleurpotloodtekening was gemakkelijk te plaatsen aan het begin van Baybers carrière en kwam overeen met het jaar, 1963, voordat zijn stijl zich volledig had ontwikkeld. Daar had je ze, de Kesslers die niet ontspannen op dezelfde bank zaten, de man en vrouw in het midden, Alice met haar wilde blonde haar naast haar vader aan de linkerkant; Natalie aan de rechterkant, haar ogen neergeslagen. De achtergrond was ruw, maar Stephen herkende dingen die hij en Finch hadden gezien in het zomerhuis: de staande klok, de stapel atlassen, de tapijten.

En dan was er nog die vogelkooi. Drie keer afgebeeld: op de aquarel van Doughty, op het olieverfschilderij, en in al zijn vervallen fysieke glorie, op het nachtkastje in het zomerhuis. Stephen keek naar de foto's tegenover hem aan de muur, op het plafond boven hem. Alleen in het paneel van het drieluik stond de deur van de kooi een stukje open, alsof er iets kostbaars was weggevlogen.

Hij strompelde naar de keuken en maakte een kom instant havermoutpap klaar, en overgoot de grauwe haverdeeltjes met melk die nog net niet zuur was, waarna hij de waterige pap in zijn mond stopte met een houten lepel – het enige nog schone bestek dat hij kon vinden. Wat zag hij over het hoofd? Hij ging verder op een blanco bladzijde in het schetsblok en krabbelde aantekeningen in zijn gebruikelijke steno. Waar waren de zussen Kessler heengegaan, en waarom waren ze zo overhaast vertrokken? Waarom was het huis zelfs na vijfendertig jaar nog niet verkocht? En de vogel. Ook al had Finch hem proberen te overtuigen dat die van weinig invloed was voor het vinden van de schilderijen, toch had Stephens intuïtie heftig gereageerd op het moment dat hij de lege kooi zag. *Alles betekent iets voor iemand*, had zijn vader hem vaak verteld, in de hoop Stephen te verlokken om te ontdekken wat een kunstenaar probeerde over te brengen. De vogel dus. Hij omlijnde de letters dik met inkt.

Nadat hij zijn onsmakelijke ontbijt had weggewerkt, zette hij de kom en lepel in de gootsteen, bij de afwas die zich daar in de loop van de week al had verzameld, en liep terug naar de slaapkamer om zijn laptop te halen. Hij ging aan de keukentafel zitten en veegde met zijn arm over het oppervlak, waardoor alle stukken papier en kruimels op de grond vielen.

Hij concentreerde zich op een vlek op de muur tegenover hem, vastbesloten om het probleem te benaderen vanuit een andere hoek. Het draaide allemaal om de meisjes. Alles voerde terug naar hen. Hij haalde de zoekopdrachten op die hij had bewaard, kort nadat Cranston hem de opdracht had gegeven om de schilderijen te vinden. Hij had een paar weken geleden al het overlijdensregister gecontroleerd, maar was nergens hun namen tegengekomen, wat inhield dat hij niet achter een paar spoken aanjoeg. En de levenden lieten sporen achter, lieten onbedoeld gegevens vallen, als broodkruimeltjes. Hij hoefde alleen maar het begin van het spoor te vinden.

Zijn zoektocht naar Natalie Kessler had weinig meer opgeleverd dan wat simpele informatie. Ze had in 1965 haar diploma gehaald van de Walker Academie, een middelbare meisjesschool, en vier jaar later was ze afgestudeerd aan een plaatselijke kleine liberale kunstacademie. Het was niet nodig om de namen af te speuren die in kleine letters aan de onderkant van haar klassenfoto stonden. In de achter elkaar staande rijen van jonge vrouwen die met rechte schouders ernstig in de camera keken, viel haar gezicht op: een doordringende blik, een bevroren schoonheid.

Hij voegde de zwart-witfoto toe aan de andere beelden die hij van haar in zijn hoofd had en realiseerde zich dat hij gewend begon te raken aan haar schoonheid. Haar ongenaakbaarheid hield hem overal op veilige afstand, behalve in zijn dromen. Daar werden Natalie en Chloe onderling verwisselbaar. Hij droomde dat hij met Chloe in bed lag; Chloes lange, blanke lijf dat zich naast het zijne uitstrekte, haar welvingen vloeiend als een rivier die zich een weg zoekt door zachte aarde. Maar op een zeker moment werd haar huid van goud; haar haar lichtte op tot een tarwekleur en werd langer, opkrullend aan de uiteinden. Haar vingers groeven diep in zijn schouder, waarbij ze met hem samensmolt. Maar plotseling realiseerde hij zich dat zij de verkeerde was, hij schaamde zich over wat hij met haar had gedaan, deze vrouw die hij nooit had ontmoet; de manier waarop hij haar had neergedrukt, haar haar door zijn hand had geweven. Hij werd bezweet wakker en verdreef de vrouwen uit zijn hoofd, uit zijn ledematen, uit zijn neus waar hun vage lucht nog hing, uit zijn mond waar hij hen nog proefde.

Hij had toegang tot het Intelius-account van Murchison & Dunne, waardoor hij nog dieper kon graven op het internet. Niets over hen na 1972. Zoeken naar meer foto's bleek nuttiger, al was het dan stuk voor stuk. Wat tevoorschijn kwam op zijn scherm was een foto uit een krant van 5 juli 1969, met daarop een groep jonge mensen die dicht bij elkaar stonden en hun glazen in de lucht hieven. De kop luidde: 'Studenten New Fairfield County College vieren Onafhankelijkheidsdag'. Daar was Natalie, vooraan en in het midden, handen gevouwen in haar schoot terwijl iedereen om haar heen een gepixeleerde wazige zwart-witte vlek was. En achter haar, haar schouders verdwijnend in zijn handen, een stevige jonge man.

Stephen zoomde in op het kopje om de namen te controleren. George Reston jr.

George Reston jr. vond het niet erg om een spoor achter te laten. Door zijn zoekopdracht nauwkeurig te formuleren – een ander soort vraag hier, een goede redenering daar – opende zich voor Stephen een schat aan informatie, een digitaal portret van George junior dat bijna gênant was in zijn veelomvattendheid: zijn vaders korte gevangenisstraf voor fraude met obligaties, stukken op de societypagina's over de donaties van zijn ouders aan diverse kunstorganisaties, gegevens over het onroerend goed dat ze bezaten, waaronder een zomerhuis aan het Senecameer. Stephen controleerde het adres en was perplex, leunde naar voren in zijn stoel, zijn armen steunend op het ruwe tafelblad. Zo simpel kon het toch niet zijn. De belangrijkste basisrelatie die er was, en hij was er blind voor geweest. Vriendschap. Waarom had hij het huis naast dat van de Baybers niet in aanmerking genomen? Het huis werd in de maand augustus altijd gehuurd door de Kesslers. Het huis was van de Restons. Dat Finch ook het verband over het hoofd had gezien, ontmoedigde Stephen nog meer. Misschien was dit hetgeen Lydia zo snel had ontdekt, hun gemeenschappelijke kenmerk: ze hadden geen oog voor vriendschap.

Toen hij eenmaal de kaart had gevonden, ontvouwde de weg zich voor hem. De Edells betaalden hun huur elke maand aan Steele & Greene. Toen hij Steel & Greene koppelde aan George Reston, vond Stephen diverse ingangen. Een kort krantenartikel uit 1972 deed verslag van de oprichting van een nieuwe dochteronderneming van Constellation Investments: het makelaarskantoor Steel & Greene. George Reston jr., achtentwintig jaar oud, was de directeur ervan.

Er was een korrelige zwart-witte portretfoto van George junior die geërgerd en verveeld keek, zijn bolle karakterloze gezicht omlijst door kortgeknipte krullen. Hij had hetzelfde soort gezicht als de naamloze honderden mannen die Stephen dagelijks in de straten van het financiële district tegenkwam; dezelfde gesteven boorden, de gezonde glans van rijkdom die hun wangen kleurde, een doelbewuste tred, op weg om de zaken van de wereld te regelen.

Heb in elk geval het fatsoen om te glimlachen, verwaande kwast, dacht Stephen, waarbij er een steek van jaloezie door hem heen ging. Maar die verdween toen hij klikte op een pagina waar de voltallige directie van Constellation Investments werd genoemd. Hij ontdekte dat George Reston senior in 1972 in de raad van bestuur had gezeten, nadat hij daarvoor de positie van directeur van de investeringsmaatschappij had bekleed. Zou Stephens eigen vader niet hetzelfde voor hem hebben gedaan? Had hij dat ook niet geprobeerd?

Er was geen website voor Steele & Greene, geen telefoonnummer. Toen hij het adres opzocht dat Winslow Edell hem had gegeven, ontdekte Stephen dat dit van een postservicecentrum in Hartford was. Als Steele & Greene al een fysieke aanwezigheid had, dan was die goed verborgen. Een snelle controle van een paar makelaarswebsites bevestigde dat het huis van de Kesslers alleen woonbestemming had voor één gezin. Voor zover Stephen kon zien, was er niet veel grond bij het huis. Het leek daarom onwaarschijnlijk dat het land kon worden gesplitst en verkocht voor verdere ontwikkeling. Dus waarom zou een makelaarskantoor de moeite nemen om de huur van een woning te regelen in het een of andere gat in Connecticut? Hij ging terug naar de foto van de viering van Onafhankelijkheidsdag. Georges stevige greep op Natalies schouders zag eruit alsof hij haar probeerde vast te pinnen op die stoel, op dat bepaalde moment. Wat wordt er allemaal niet gedaan in de naam van vriendschap, dacht Stephen. Of in de naam van liefde?

Behalve dat hij het postcentrum in Hartford boven water had gekregen, kwam hij niet verder met zijn onderzoek. Als het huis nog steeds van de Kesslers was, en hij geen gegevens kon vinden die ergens anders op wezen, dan verdween de huur die de Edells betaalde óf rechtstreeks in de zakken van George junior, óf hij maakte het geld over aan Natalie. Door het spoor van het geld te volgen, zou Stephen in staat moeten zijn haar te vinden. En als hij haar kon vinden, dan was het heel goed mogelijk dat hij ook de andere twee panelen van het drieluik zou vinden.

Het was voldoende voor hem dat hij de puzzel had opgelost. Finch en andere mensen mochten verder bepalen wat de waarde was van het werk. Het enige wat Stephen wilde was dat zijn reputatie zou worden hersteld, dat er hierna nog een ander schilderij zou volgen en dan nog een en nog een, allemaal op hem wachtend om te worden geauthenticeerd. Was dat niet het enige wat hem interesseerde, de ontdekking en de erkenning? De voldoening dat hij gelijk had gehad? Hij was eraan gewend om in een toestand van agitatie te leven als hij de oorsprong van een werk aan het achterhalen was. Hij was er niet aan gewend om erdoor geobsedeerd te worden, belast te worden door de zwaarte van het verhaal ervan, zich een begin en einde voor te stellen voor mensen die in meer dan twee dimensies leefden.

Hij schudde zijn hoofd, en concentreerde zich weer op de taak die voor hem lag. Het was niet zijn specialiteit om een spoor van geld te volgen via een wirwar van doodlopende wegen en valse starts. Maar nadat hij nog eens een paar minuten naar het scherm van zijn laptop had gestaard, realiseerde hij zich ineens dat er misschien toch iemand was die hem kon helpen. Simon Hapsend, de persoon wiens kantoor hij had geërfd bij Murchison & Dunne, zou de antwoorden misschien zelfs in zijn slaap nog kunnen vinden.

Stephen had een e-mailboodschap ontvangen niet lang nadat Simon de firma had verlaten, typerend cryptisch, waarin alleen stond: 'In geval van nood. Leer uit je hoofd en gooi weg. SH', gevolgd door tien cijfers. In de tweeënhalf jaar die daarna waren gevolgd was er nooit een reden geweest om die te gebruiken, tot dit moment. Het netnummer was makkelijk te onthouden – 347 – en Stephen had de overige zeven cijfers gekoppeld aan de letters van Simons achternaam. Hij pakte de telefoon op en toetste het nummer in. Toen hij de piep aan het einde van het bericht hoorde, vroeg een computerstem hem om zijn naam achter te laten. Hij hakkelde wat en gooide er toen uit: 'Simon, je zei in geval van nood. Nou, dit is een noodgeval. Ik heb iemand nodig met jouw bepaalde vaardigheden, jouw talenten, om het zo maar te noemen, om me te helpen een vermiste persoon te vinden. Ik zou graag willen dat je een geldspoor volgt. Waarschijnlijk niets illegaals, hoewel jij dat beter zult weten dan ik. Zou je zo snel mogelijk contact met me willen opnemen. O, je spreekt met Stephen. Van Murchison & Dunne.' Hij liet zijn telefoonnummers en e-mailadres achter, en hing op. Hij zou Finch de volgende avond bij het etentje treffen, en het had geen zin om hem te bellen totdat hij wist of er al dan niet iets zou zijn wat de moeite waard was om met hem te delen. Dus pakte hij zijn potlood weer op, maakte een lijst van de kleren die hij bezat en die geschikt zouden kunnen zijn voor het etentje van de volgende avond, en wachtte tot Simon Hapsend hem terug zou bellen.

Tien

'Hoe zag ze eruit, Miss Alice?'

Al honderd keer, volgens haar telling, had ze Frankie al gevraagd om haar niet zo te noemen. Miss Kessler of Alice, allebei was te verkiezen boven de benaming die een snelle rilling over haar rug liet lopen, de onaantrekkelijke sis ervan gecombineerd met haar naam. Het maakte dat ze zich helemaal de achtenvijftig jaar voelde die ze ook was. Maar Phinneaus voedde zijn neefje op volgens zuidelijke manieren, en ook al deed ze nog zo haar best, ze kon het er niet uit krijgen.

'Jij wordt geacht huiswerk te maken. En dat is een bijzonder onbeleefde vraag om te stellen. Wat zou je moeder wel niet zeggen?'

Frankie was zo verstandig om berouwvol te kijken, althans even, hoewel Alice' berouw mogelijk dat van hem overtrof, toen ze zich realiseerde hoe gedachteloos het was om de moeder van de jongen ter sprake te brengen. Gelukkig leek Frankie bezorgder dat een verslag van zijn slechte manieren zijn oom ter ore zou komen. 'U vertelt het toch niet, hè, Miss Alice? Ik heb nooit eerder een dood mens gekend. Ik bedoelde er niet iets mee.'

Ze keek naar de jongen, zijn mond stijf dicht, die wachtte tot ze iets zou zeggen. Ze maakte haar ogen groot en zei: 'Miss Natalie zag er net zo uit als altijd.' Ze pauzeerde voor het effect. 'Alleen stijver.'

Ze voelde zich afschuwelijk zodra ze het had gezegd, angstaanjagend en verward. Wat mankeerde haar? Maar Frankie floot. Dat was nou net het soort details waar hij naar had verlangd, gruwelijk genoeg om zijn vriendjes tevreden te stellen en algemeen genoeg om te kunnen rekenen op een verfraaiing ervan.

'En je zegt: "niets" in plaats van "niet iets".'

Zijn gezicht vertrok door de inspanning om haar correcties te verwerken. Hij had de levendige nieuwsgierigheid van een achtjarige jongen; en een uitdrukking als 'met één voet in het graf' opende de deur naar een heel universum van sinistere fantasieën. Frankie had Saisee die uitdrukking een paar weken daarvoor horen gebruiken over een tante die op sterven lag. Het was duidelijk dat die gedachte hem van zijn stuk had gebracht door de manier waarop hij zich aan zijn oom vastklemde tot ze het lange stuk langs de begraafplaats waren gepasseerd, op weg van school.

'Daar is het hek toch voor, hè, Phinneaus?'

'Dit hek?' vroeg hij, terwijl hij een van de puntige ijzeren spijlen vastpakte.

'Om de voeten van de mensen daar te houden. Zodat die niet gepakt worden.'

Phinneaus vertelde dat later allemaal tegen Alice, waarbij ze allebei dubbel lagen van het lachen. Ze had een stroom van genegenheid gevoeld voor Phinneaus, dankbaar voor de ruimte die hij voor haar had gemaakt toen Frankie in zijn leven was gekomen, en ze deed erg haar best om hun vriendschap in stand te houden. Frankie was niet van haar, dat had ze ook nooit gedacht. Er was een moeder, de zus van Phinneaus, die op een dag zou kunnen besluiten dat ze hem terug wilde. Maar tot die tijd voelde een deel van de jongen zich verbonden met haar, en daarvoor was ze dankbaar.

'Je realiseert je toch wel dat hij denkt dat wij oud zijn', zei Phinneaus. 'Misschien niet met één voet in het graf, maar hij maakt zich toch wel zorgen dat een paar tenen daar toch al zijn. Geen wonder dat hij me naar de andere kant van de straat blijft trekken.'

'Zijn wij oud?' De tijd was van haar weggevlogen, minuten als vogels, weg in een flits van vleugels. Wat was het vreemd dat ze zich al die jaren oud had gevoeld terwijl ze nog jong was. En nu ze niet langer meer beschouwd kon worden als jong, volgens niemands maatstaven, voelde ze zich niet oud. In plaats daarvan had ze eindelijk het gevoel dat ze zichzelf had ingehaald en precies de leeftijd had die ze geacht werd te hebben.

Frankie boog zijn hoofd over zijn huiswerk met een hoorbare zucht van ontevredenheid. Alice glimlachte – iets in de gaten houden was een van haar betere vaardigheden – en keek om zich heen in de kamer. Wanneer was het huis veranderd van vreemd in vertrouwd? De dingen die haar vroeger irriteerden: het schuin aflopen van de hardhouten vloer van de voorkant naar de achterkant, het web van barstjes dat in een bovenraam was geëtst, de muffe lucht van knolraap die zich aan de muren had gehecht, omhoogkomend vanuit een opslagkelder die allang niet meer in gebruik was. Die dingen hadden zich zo stevig verweven in haar bewustzijn dat ze van haar waren geworden. Zelfs het huis was steviger dan ze in het begin had gedacht. Vijfendertig jaar woonde ze hier nu al, waarvan ze de meeste tijd tegen zichzelf had gezegd dat ze hier niet thuishoorde. Vijfendertig jaar waarin ze maar half had geleefd, als iets wat radioactief was, met beton was omhuld en begraven.

Als zij maar een deel van een leven had geleefd, dan had Natalie de rest genomen. Haar zus was ouder geworden, maar verzette zich tegen dat proces met een arsenaal aan crèmes en drankjes, met ondergoed waardoor haar zachte vlees er steviger uitzag, met haarverf en tandpasta waar je tanden wit van werden en door het dragen van contactlenzen. Ze bleef haar haar lang dragen, terwijl andere vrouwen het kort lieten knippen, en ze maakte het glad met mayonaise. Ze droeg haar rokken ruim boven de knie, waarmee ze een roomkleurig stuk dij toonde, terwijl de modetijdschriften de terugkeer van de maxirok verkondigden. Als anderen kozen voor punch, vroeg Natalie om een tweede glas gin-tonic, en genoot ze van meer dan één Ramos-gin-fizz met haar vriendinnen, of met diegenen die deden alsof ze met haar bevriend waren om zo de laatste roddels te kunnen horen. 'Ze drinkt in elk geval damesdrankjes', zei Saisee wel, alsof dat het tot op zekere hoogte goedmaakte.

Ze liep elke dag vijf kilometer met het doel dezelfde maat te behouden als toen ze nog op de middelbare school zat; langs Ruby's salon, langs de ijzerwarenwinkel, langs de bank en de markt. Langs het postkantoor, waar ze naar binnen ging om post op te halen die niet aan huis werd bezorgd – nooit aan huis, want ze had toch zeker recht op wat privacy met betrekking tot haar eigen zaken. (Een verklaring die Saisee uitlegde als een persoonlijke onheuse bejegening.) Langs het café, waar ze zwaaide naar de mannen die op barkrukken bij het raam zaten, dezelfde mannen die tegelijk opkeken van hun *New Herald* en bleven glimlachen, lang nadat ze langs was gelopen, voordat ze weer gingen turen naar de regels met hun kleine letters. Voorbij het kerkhof met zijn hek en verwaarloosde forsythia en buxus, en Amerikaanse vlaggen ter grootte van ansichtkaarten, in de grond gezet naast simpele grafstenen.

Al dat lopen. En toen, twee weken geleden, was ze simpelweg neergevallen terwijl ze door de zitkamer liep, alsof het kleed ineens grote zwaartekracht had gekregen, en haar naar de grond had getrokken. De vaas vol lampenpoetsers, klokjes en Virginische lobelia's, geplukt aan de wilde buitenrand van hun achtertuin, was uit haar handen geglipt alsof die met olie was ingesmeerd. Hij belandde met een doffe dreun op het oosterse tapijt, en schilderde een vlek water op de wol, waarvan Alice zwoer dat ze de contouren ervan nog steeds kon zien. Alice had ontdekt dat haar benen in staat waren tot snellere beweging dan ze voor mogelijk had gehouden. Op de grond naast Natalie, gealarmeerd door de uitdrukking van ongeloof op het gezicht van haar zus, had ze Natalies hand vastgehouden. Deze keer dacht ze er niet aan om de kracht erin te benijden toen Natalies vingers zich om de hare sloten en haar pols omgaven als de klauwen van een felle vogel.

'Sorry', had Natalie gezegd, waarbij haar adem in haar keel bleef steken.

Alice boog zich omlaag, haar oor dicht bij Natalies mond. 'Het is goed', zei ze.

'Nee. Het spijt me echt.'

* * *

'Bogen haar vingers zich?'

'Zoals die van mij, bedoel je?' Alice stak een hand uit en wierp er een korte blik op. 'Nah. U kunt toch nog altijd uw vingers bewegen, niet dan?'

'Als ik een goede dag heb wel, ja.'

'Mijn neef vertelde me dat als mensen doodgaan maar niet willen heengaan, hun vingers zich buigen alsof ze zich proberen vast te houden aan hun leven met al hun aardse kracht. Alsof ze klauwen om te blijven waar ze zijn.'

'De verbeelding van je neef is levendiger dan die van jou, Frankie, wat me bijna onmogelijk lijkt.'

Alice had Natalies hand weggetrokken van haar pols om te voelen of er nog een hartslag was. Toen ze die niet meer voelde, pakte ze weer de hand van haar zus. 'Nog niet', had ze gefluisterd. 'Ga nog niet.' Maar toen hadden de vingers van Natalie, diezelfde vingers die Alice haar hele leven had gekend – lang en slank, de nagels recht afgeknipt, niet te kort en niet te lang, de glans een beetje dof geworden – zich ontspannen. De assistent van de begrafenisondernemer had haar twee dagen lang lastiggevallen, totdat ze eindelijk toegaf en een flesje nagellak uitkoos, een vreselijke, zachtroze kleur die Pinkee Doodle Dandy heette.

'Miss Natalie zou hebben gewild dat haar nagels er op hun best uit zouden zien', had hij gemompeld.

'Kies dan maar iets, Albert. Mijn toestemming heb je.'

'Dat zou niet goed zijn. Zij was niet mijn familie. Familie doet het voor familie.'

'Albert, ik heb de jurk en de schoenen uitgekozen, de ketting en de oorbellen waarvan je zei dat ze die moest hebben. Kun je nu alsjeblieft ophouden me lastig te vallen met zoiets onbelangrijks?'

'Voor haar zou het niet onbelangrijk zijn geweest', had hij gezegd.

Daarin had hij gelijk. Het zou voor Natalie zeker van belang zijn geweest, en hij wist dat van haar. De hele stad zou het hebben geweten. Orion, Natalies mysterieuze keuze nadat ze Connecticut was ontvlucht, was precies het soort plaats waar het bepalen van de juiste kleding de grootste zorg was na het verlies van een geliefde. Natalie had hen terecht laten komen in een stadje dat een goede roddel net zo appreciëerde als gepast gedrag, een stadje dat de oudere zus die het al die jaren zo zwaar had gehad, had verwelkomd als een verloren schaap, ook al kwam ze dan uit het noorden. Alice daarentegen werd op een afstand gehouden, omdat de mensen niet wisten of ze nu hun achterdocht of zorg verdiende. Allemaal deden ze dat, behalve Frankie en Phinneaus.

Op aandringen van Albert dat ze iets moois voor Miss Natalie moest kiezen, had Saisee de hele nagellakcollectie in Alice' schoot geworpen; de kleine, halflege flesjes met hun glanzende zwarte doppen, producten die Alice nooit zou hebben gebruikt toen ze dat nog kon, en nu niet open kon krijgen als ze dat had gewild. Ze waren net zo vreemd voor haar als munten van een tropisch eiland: zonnige koraalkleuren en mintkleuren, zuurstokroze en ivoortinten, uitbundige fuchsiakleuren die haar deden denken aan exotische vogels die ze nooit had gezien maar zich wel kon voorstellen in al hun felgekleurde verenpracht. Het idee om iets te doen om de aandacht te vestigen op haar handen, haar vingers, stond ver van haar af. Die gedachte maakte een sombere lach in haar los die overging in een melancholische snik.

Kies iets uit wat mooi is. Mooi. Het woord bleef steken in haar keel, gevangen in de verkeerde mond. Dat was een woord dat ze lang geleden uit haar vocabulaire had geschrapt. De woorden die meer op haar van toepassing waren, klonken minder aangenaam: 'vlijmscherp', 'eigenwijs', 'afstandelijk', 'vastberaden'.

Hiervoor was er altijd Natalie geweest om tegen te strijden, altijd Natalie die haar scherpste kanten naar boven bracht, die haar dwong om te vechten voor de kleine dingen in haar leven waar ze nog steeds aanspraak op kon maken. Haar vastberadenheid om zich staande te houden tegenover haar zus was de krachtige motivatie die maakte dat ze elke dag doorkwam. Nu Natalie er niet meer was, had Alice het gevoel dat iets anders daarvoor in de plaats begon te komen: de beangstigende dreiging dat ze het op zou geven, die altijd wachtte op een kans.

'Phinneaus zegt dat we vanavond bij u moeten komen eten', zei Frankie tegen haar, en het krakerige gerasp van zijn stem bracht haar terug in de werkelijkheid.

'Ik geloof niet dat het beleefd is om jezelf uit te nodigen voor het eten.'

'Phinneaus zegt dat u wel wat gezelschap kunt gebruiken. Dat u nu niet alleen moet zijn, Miss Alice.' Zijn ogen werden groot. 'Bent u niet bang?'

'Bang? Waar zou ik bang voor moeten zijn?'

Frankie liet zijn stem dalen, en hoewel ze wist dat het niet de moeite van de pijn waard zou zijn, boog ze toch haar hoofd naar hem toe om zijn antwoord te horen.

'Geesten.'

'Geesten? Je bedoelt spoken? Frankie, waar heb je het in vredesnaam over?'

Zijn ogen waren op haar voeten gericht. 'Miss Natalie.'

Zou Natalie er genoegen in scheppen om hier nu rond te spoken? De enige reden voor rondspoken zou zijn als er iets nog niet was uitgesproken tussen hen. 'Rondspoken', 'kwellen'. De woorden buitelden door haar hoofd. Nee, besloot ze. Er waren genoeg spoken hier om de kamers van dit huis mee te vullen, allemaal. Er was geen plaats voor een nieuw spook.

'Zeg maar tegen Phinneaus dat als Saisee het ook goed vindt, het wel leuk is als jullie bij me komen eten.'

'Saisee hoeft helemaal niet te koken. We nemen zelf het eten mee.'

'Behalve als jouw oom ineens een chef-kok is geworden, weet ik niet zeker of dat wel iets is waar ik me op verheug. Maar wat het gezelschap betreft, nou, ik geloof niet dat ik dat aanbod kan afslaan, wat vind jij, Saisee?'

De huishoudster snoof en streek de plooien van haar rok glad. 'Ik weet niet of ik het wel zo'n goed idee vind als iemand anders in mijn keuken gaat staan koken. Er mankeert niets aan mijn handen, hoor.'

'Jij bent ook uitgenodigd, Saisee', zei Frankie. 'Dat vergat ik nog te zeggen.'

'Alleen omdat Miss Natalie er niet meer is, hoeft alles hier nog niet in het honderd te lopen. Ik heb nog steeds werk te doen.'

Maar hoe lang nog? vroeg Alice zich af. Gisteren was geen dag geweest om na te denken over geld, net zo min als vandaag. Maar wel binnenkort. Binnenkort zou ze Phinneaus, die het gemak van een rekenmachine vermeed, moeten vragen om te gaan zitten met zijn geslepen potlood en haar financiën met haar door te nemen. Ze keek weleens hoe hij op boekhoudpapier iets uitprintte, de cijfers zorgvuldig in de ene kolom vermeld, om dan door afgrijselijke alchemie te worden getransformeerd en veel groter in een andere kolom opnieuw te verschijnen. Het uiteindelijke resultaat zou een kristallen bol zijn die haar toekomst voorspelde – waar ze heen zou moeten, wat ze achter zou moeten laten, wanneer ze zou moeten beginnen om zonder iets verder te gaan. Ze zag al voor zich hoe het nog beschikbare geld zou inkrimpen zoals haar eigen fragiele bouw, totdat er niets meer over was na alle aftrekkingen: de kosten van haar medicijnen, de doktersbezoeken, Saisees salaris, de vermogensbelasting, de waterrekening en de elektriciteitsrekening en het eten. De dood leunde over haar schouder, ademde Natalies adem, maakte dat Alice een roekeloos gevoel kreeg. Ik zou het allemaal achter me kunnen laten, dacht ze. Ik kan ophouden om te proberen er nog iets van te maken, ophouden om te proberen mijn ziekte te slim af te zijn, ophouden om moe te zijn. Ik zou er gewoon mee kunnen stoppen.

Maar daar was Frankie weer, zittend aan haar voeten, verwachtingsvol naar haar opkijkend.

'Dat grote feestmaal van ons', zei ze, terwijl ze over zijn hoofd streek. 'Wat krijgen we te eten?'

'Ik mag niets zeggen, dat heb ik gezworen.'

'Nou, in dat geval zal ik je niet proberen te verleiden om je woord te breken.'

Hij krabbelde overeind, een gezonde sproeterige jongen, een en al onhandige ledematen en stuntelige bewegingen. 'Ik moet het nu aan Phinneaus gaan vertellen.' Hij keek nog even naar haar om voordat hij de hordeur openduwde. 'Ik zou kunnen zeggen dat we iets kouds eten. Dat is alleen maar een hint, niet het hele verhaal.' Hij knipoogde naar haar, duidelijk tevreden over zichzelf, en de deur sloeg achter hem dicht, zijn voeten bonkend over de verandatrap en echoënd over het pad, terwijl het lawaai dat hij maakte, zich verder naar buiten verspreidde.

'Saisee, je moet met ons mee-eten.'

'Ik ga wat van haar dingen inpakken, Miss Alice. Het heeft geen zin om die daar nog te laten liggen. Ik wil niet dat die haar teruglokken.'

Alice schudde haar hoofd. 'Jij toch ook niet? Ik weet zeker dat je dat niet gelooft. Natalie is er niet meer en ze komt ook niet meer terug, niet in levenden lijve en ook niet als geest. Hoor je me?'

'Er mankeert niets aan mijn gehoor.' Saisee balanceerde een mand met wasgoed op haar heup en liep schuin de kamer uit. Maar net als Frankie stopte ze bij de deuropening en gaf Alice nog een laatste antwoord. 'Ik weet dat ze je zus was. Ik weet dat het een zonde is om kwaad te spreken over de doden. Maar ik ben blij dat ze er niet meer is. Je mag me wegsturen omdat ik dat heb gezegd, maar ik meen het recht uit mijn hart. Ik ben blij dat ze er niet meer is. Altijd kritiek geven, altijd proberen je klein te houden, je bang te maken. Je zus wilde nooit iets anders dan je kwetsen.' Saisee draaide zich om en liep de keuken in.

'Zeg niets negatiefs over haar, Saisee.' Alice' berisping was niet veel meer dan een fluistering en de huishoudster was bovendien al buiten gehoorsafstand, maar Alice voelde zich gedwongen om haar zus te verdedigen, al was het maar in de stille lucht van de kamer.

Het zou minder pijnlijk zijn geweest als Saisee Natalies naam had gebruikt, waardoor Alice een klein beetje emotionele afstand had kunnen bewaren. *Zus* was de persoon uit haar jeugd. *Natalie* was die andere, degene die al die jaren geleden de plaats van haar zus had ingenomen. Alice wachtte, in de hoop dat er verontwaardiging of boosheid in haar zou opwellen namens Natalie, maar er was niets dan de droevige wetenschap dat Saisee gelijk had. Alice hoorde Natalies vertrouwde stem in de loop der jaren, waarbij ze haar venijn lardeerde met de lijzige manier van praten die ze had overgenomen: 'Ik zag Phinneaus bij het dansen gisteravond. Ik wist niet dat hij iets had met een roodharige. Je zou niet geloven hoe dat meisje zich bewoog. Ik zou zeggen onfatsoenlijk, maar de mensen konden niet ophouden met applaudisseren. Phinneaus zal een vrouw nodig hebben, nu hij die jongen heeft. Iemand die energiek genoeg is om achter een driejarige aan te rennen, denk je niet? Heb je echt een nieuwe jurk nodig, terwijl je nooit ergens heengaat? Ik weet trouwens niet of we ons dat wel kunnen veroorloven, gezien de kosten van al die medicijnen van je.'

Er waren kleine scheurtjes geweest in hun gespannen relatie, gelegenheden waarbij er net iets meer dan normale beleefdheid werd gevraagd; op verjaardagen en feestdagen, tijdens maaltijden waarbij ook andere mensen waren uitgenodigd. Maar er waren ook andere dingen, onverklaard. In een nacht, jaren geleden, toen ze niet had kunnen slapen. De gedachte aan wat ze had verloren bestormde haar verdedigingsmuur zonder dat er een reden voor was. Het was geen speciale datum geweest, of een bijzonder tijdstip of jaar; geen aanleiding die het teweeggebracht had kunnen hebben. Misschien was het de stilte die het binnenhaalde, waardoor het haar overviel. De schok van verlies rolde over haar heen alsof het net was gebeurd. Ze sloeg dubbel, huilend, waarbij de heftigheid van haar gesnik het bed tegen de muur deed schudden. Ze kon niet ophouden. De plotselinge aanraking van Natalies hand op haar schouder was zo vreemd, de angst in haar stem zo oprecht toen ze zei: 'Alice.' Alice sloeg haar armen om haar heen, luisterde hoe Natalie schor begon te praten, maar toen stopte. En toen opnieuw probeerde te beginnen. 'Alice, ik moet…'

'Niets zeggen. Blijf alleen bij me.'

'Ssjjt. Ik weet het.'

'Dat weet je niet. Je kunt het niet begrijpen. Blijf alleen. Alsjeblieft.' Ze was op die manier in slaap gevallen, half rechtop zittend, haar armen om Natalie heen geslagen.

De volgende morgen, toen Alice de keuken in strompelde voor koffie, leunde Natalie tegen de koelkast, met een glas sap in haar hand.

'Natalie, bedankt voor…'

Natalie onderbrak haar en stak haar hand omhoog als reactie. 'Ik weet het niet, weet je nog?'

De zus waar Alice naar verlangd had, was die nacht weer verdwenen; Natalie had haar weer zorgvuldig opgevouwen en ergens op een onbekende plaats verstopt. Maar die zeldzame momenten hadden Alice hoop gegeven; ze hadden haar doen geloven dat haar zus daar was, begraven onder iets waarvoor ze niet de kracht had om dat te verplaatsen.

Thanksgiving kwam en ging met zo weinig mogelijk drukte, en kort daarna kwam de dag van de afrekening. Phinneaus kwam 's avonds met zijn gereedschap: de geslepen potloden, gelinieerde gele blocnotes, de rekenmachine die ze voor hem had gekocht als een cadeautje voordat ze hem goed kende, en die hij altijd bij zich had maar nooit gebruikte. Na het eten bleven Saisee en Frankie in de keuken om alles op te ruimen en zijn woordjes te oefenen. Alice en Phinneaus trokken zich terug in de eetkamer. Ze liep om de eetkamertafel heen met haar strompelende gang en duwde het gordijn opzij, naar buiten turend in de duisternis.

'Ik mis de winter.'

'We hebben hier winter, Alice. De meeste jaren zelfs met wat sneeuw. Dat weet je toch. Je bent aan het uitstellen.'

Het was een geschenk om iemand te hebben die haar zo goed kende. 'Ik weet het. Maar het is wel waar. Soms mis ik de winters in het noordoosten. Nog steeds. Na al die tijd.' De belofte van een stille wereld, de deken van afgezonderdheid die zich ineens over alles en iedereen uitstrekte, verwacht, maar toch verrassend als het zover was, de hemel die zijn donzige jas leegschudde. Hoe de rest van de wereld vertraagde gedurende een maand of twee tot een eigen aarzelend tempo; iedereen die voorzichtig deed, voorzichtiger bewoog, voorwaarts duwend in een geselende wind die terugduwde. Wat voelde ze zich daarna weer veel dichter bij het normale.

'Zit je iets dwars?'

Ze was er niet goed in om iets voor hem verborgen te houden, maar zeker dit moest wel heel duidelijk zijn. Niet alleen voor hem, maar voor iedereen die naar haar keek.

'Jij houdt toch van je zus, niet, Phinneaus?'

Hij draaide het potlood tussen zijn vingers voordat hij boter-kaas-en-eieren ging uitzetten op een blanco stuk papier. 'Ik denk dat wat je eigenlijk wil vragen is, hou ik nog steeds van mijn zus, ook al heeft ze gestolen van mijn familie en heeft ze hun harten gebroken en haar kind overgelaten aan haar afgeleefde oudere broer zonder daar zelfs maar over na te denken. Ook al is ze roekeloos en onverantwoordelijk en een misdadiger en een junkie. Ook al denk ik niet dat ze nog zal veranderen. Ik geloof dat je me dat wil vragen.'

'Nou, is dat zo?'

'Verdorie, niemand is volmaakt.' Phinneaus grinnikte naar haar, en zette een kruisje in het middelste vakje, waarna hij het papier over de tafel in haar richting schoof. Ze antwoordde niet, en hij probeerde het opnieuw.

'Ja, Alice. Ik hou nog steeds van haar. Ik weet dat dit het er niet gemakkelijker op zal maken voor jou.'

'Maar hoe kun je?'

Hij was niet iemand die het nodig vond om zijn meningen of zijn daden te verklaren, en meestal was ze er tevreden mee om haar eigen interpretatie in te vullen. Maar niet nu. Ze had gehoopt op een ander antwoord, een die haar in staat zou stellen haar eigen gevoelens te rechtvaardigen. 'Hoe kun je?' vroeg ze opnieuw.

Hij leunde achterover op zijn stoel en liet het potlood over de tafel rollen. 'Ik heb veel tijd doorgebracht met het haten van mensen, Alice, tijdens de oorlog, en erna. Het was een nuttige emotie – het liet me dingen doen waarvan ik nooit had gedacht dat ik mezelf daartoe zou kunnen brengen. Ik haatte regeringen en de politiek. Ik haatte het voedsel en het weer en het lawaai. Ik haatte de mannen tegen wie ik vocht, en de helft van de tijd haatte ik de mannen naast wie ik vocht net zo erg. Telkens als ik het woord gebruikte, telkens als ik eraan dacht, werd ik weer een beetje ongevoeliger.'

Ze herinnerde het zich weer. Hij was twee jaar eerder dan zij in Orion komen wonen, maar was van binnen bijna net zo dood geweest als zij toen ze hier kwam. Het duurde vijf jaar voordat hij haar vertelde over de tatoeage op zijn bovenarm, een boog doorsneden door een vlammende pijl, en dat was pas gebeurd nadat hij laat op een avond over hun erf kwam aan gestruikeld, toen Natalie weg was op vakantie, wat ze twee keer per jaar deed. Hij was dronken en praatte in zichzelf, vloekend toen hij in de buxushaag langs het tuinpad viel. Ze had hem rustig naar de achterkant van het huis geleid, had koffie gezet en liet hem praten. Langzaam wist ze een verhaal samen te stellen uit de paar begrijpelijke zinnen die hij zei. Dat was de reden geweest waarom hij naar Orion was gekomen, zei hij. Zijn beste maat in zijn peloton kwam uit die plaats, en had het altijd over zijn idyllische jeugd. Hij was gestorven terwijl hij zich vastklemde aan Phinneaus, terwijl ze allebei lagen te wachten tot er een dokter zou komen, dezelfde die later het been van Phinneaus zou redden. Die vriend had een broertje, een van de ongedurige, groezelige jongens in de eerste scoutsgroep waar Phinneaus had geholpen. Maar niemand wist dat hij en de man samen in het leger hadden gezeten, en dat wilde hij ook zo houden. 'Ik had hem beloofd dat ik zou doen wat ik kon,' had Phinneaus haar die avond verteld, 'maar niemand zou me zover kunnen krijgen om zijn moeder te vertellen over zijn laatste uren op deze aarde. Pijl en boog. Orion. De Jager.' Dat waren Phinneaus' laatste woorden voordat hij zijn ogen sloot en in slaap viel op de keukenvloer. Hij was weg voordat Saisee de volgende ochtend kwam, en de twee weken erna ontliep hij Alice. De blik die hij haar de volgende keer dat ze hem zag toewierp was de enige waarschuwing die ze nodig had, en ze zei er nooit een woord over tegen iemand anders.

'Toen ik erachter kwam dat Sheila Frankie had gedumpt, werd ik razend, de manier waarop ze hem had achtergelaten. Ik wilde haar haten. Ik zag hem – hij was, wat zou hij toen geweest zijn, drie jaar – en er was geen enkele haat in hem, ook al was hij van het ene familielid naar het andere doorgeschoven sinds hij was geboren. Hij haatte zijn moeder niet. Ik weet niet waarom, maar dat heeft hij nooit gedaan. En als híj dat al niet doet, waarom zou ik dat dan doen?'

Phinneaus was veranderd toen Frankie vijf jaar daarvoor in zijn leven was gekomen. Tot dat moment waren hij en Alice allebei op zichzelf geweest, tevreden met hun marginale leven in de kleine gemeenschap van Orion. Zij was degene die de kinderen in het stadje les gaf, hen een veer gaf voor een goed antwoord. Zij was degene die door het raam keek met Halloween, en zag hoe Saisee snoep uitdeelde, af en toe knikkend naar de toekijkende ouders op de stoep. Zij was degene die een blokje om ging in de vroege ochtend of net na het invallen van de schemering, omdat ze zich liever niet op klaarlichte dag blootstelde aan de blikken van volwassenen, die haar beschouwden als een levende geest die ze wel accepteerden, maar met wie ze hooguit wat beleefdheden uitwisselden, uit respect voor haar zus. En Phinneaus was... Phinneaus. Onomwonden en op zichzelf, en als zodanig had hij weinig behoefte aan conversatie of contacten met volwassenen, maar de kinderen in de stad vonden hem geweldig. Er was weinig aan hem wat onaangenaam was, dus lieten de mensen hem met rust, zoals hij duidelijk wenste. Maar met de komst van Frankie veranderde hij in een echte vader. Hij maakte zich zorgen en schepte op, lachte en gaf standjes, onderwees en leerde in gelijke mate. Hij werd lid van de medezeggenschapsraad op school en trainer bij de voetbalvereniging, en gaf verjaardagspartijtjes voor Frankie met waterballonnen en kousenbandslangen en ijscoupes die ze zelf mochten maken, wat ervoor zorgde dat de jongen benijd werd door zijn vriendjes. Hij liet Alice in zekere zin in de steek, maar ze was blij voor hem. Nu hij Frankie had om voor te zorgen, hoefde zij er niet over in te zitten dat zijn nobele gevoelens zouden maken dat hij zich op de een of andere manier verantwoordelijk voelde voor haar.

'Is er een bepaalde reden waarom je naar mijn zus vroeg?'

'Ik vraag me af of ik Natalie haatte.'

Hij zette nog een kruisje, in het middelste hokje bovenaan, liet toen zijn potlood vallen en legde zijn hand over die van haar. 'Dat kan ik me goed voorstellen.'

'Ik dacht nadat ze dood was, dat ik het misschien kon veranderen in iets anders. Misschien alleen medelijden met haar hebben. Maar ik kan het niet.'

'Geef het de tijd. Uiteindelijk zal je misschien nog verbaasd staan over jezelf.'

Frankie was in slaap gevallen op de bank, de welving van zijn buik uitstekend waar zijn shirt was opgeschoven boven zijn middel, zijn gezicht ontspannen in zijn slaap. Phinneaus legde bergen papieren in nette stapels neer, omdat Alice het met hem eens was dat er niets viel te winnen door een vaststelling van haar 'verplichtingen', zoals hij het noemde, uit te stellen.

'Dat klinkt beter dan "schulden".'

'Dat is ook de bedoeling.'

Ze bladerde door de hoogste stapels. Degene die het dichtst tegen omrollen aan zat was de stapel met haar 'toelichting op goede doelen'; de andere waren rekeningen van artsen en verzekeringsmaatschappijen.

203

'Wat zit daarin?' vroeg ze, terwijl ze in een grote kartonnen doos tuurde met een laag stof erop.

'Dat weet ik niet. Saisee heeft die uit de kamer van je zus gehaald. Zei dat ze die in de kast had gevonden.' Hij pauzeerde en ze voelde dat hij naar de juiste woorden zocht. 'Het lijkt nu misschien nog te vroeg, na nog maar een paar weken, maar op een gegeven moment moet het toch worden gedaan. Het is nu nog een ongebruikte kamer, maar je zou hem nodig kunnen hebben.'

Ze glimlachte naar hem. 'Waarvoor zou ik die nodig kunnen hebben? Denk je soms dat het uitzicht op de eerste verdieping beter is?'

Phinneaus schraapte zijn keel. 'Misschien moet je wel een kostganger nemen.'

Hij keek op om te zien of ze zou gaan protesteren, en ook al gaf de gedachte dat ze een vreemde in huis zou krijgen, in haar huis, haar een ongemakkelijk gevoel, toch hield ze haar toon licht, omdat ze zich realiseerde dat haar mogelijkheden beperkt waren.

'Dus nu spannen jij en Saisee tegen mij samen?'

'Ik zou je mee naar boven kunnen nemen als je het zelf wil doen, maar Saisee dacht dat het gemakkelijker zou zijn als zij alles naar beneden zou halen. Je weet wel, stap voor stap alles doen. Ze is begonnen met het opruimen van Natalies kamer, zodat je kunt zien wat je zou willen houden. Wat je zou willen verkopen.'

'Wat ik zou willen verbranden?'

'Je neemt dit beter op dan ik had verwacht.'

'Ik heb niet veel andere keuzes dan praktisch te zijn, nietwaar?'

Als ze kon kiezen, zou ze dan gekozen hebben voor een leven zonder Natalie? Als ze tegen Phinneaus zou vertellen dat ze nooit close waren geweest, dan zou ze daarmee hun hele jeugd ontkennen, een tijd waarin ze om beurten de achterkant van de S&H Green Stamps likten en die in het zegelboekje plakten; waarin Natalie het hoofd van Alice naar zich toetrok en een gezamenlijke vlecht maakte van hun lange haar, terwijl ze zei: 'Nu gaan we overal samen heen.' De keren dat ze kinderen die Alice pestten, hard de stoep op duwde, haar gezicht een toonbeeld van gecontroleerde woede; een tijd waarin zij de schuld op zich nam voor Alice' kleine misdragingen: de gestolen kauwgom, de gebroken vaas, het ruzietje op het schoolplein, waarbij ze tegenover hun vader stond, en de straf die hij uitdeelde met haar eigenzinnige onverschilligheid onderging. Waarom was dat veranderd? Wat had ze misdaan? Op een bepaald moment in hun jeugd ontwikkelde zich een magnetische kracht tussen hen, die nauwelijks onder het oppervlak bleef. Polaire emoties van boosheid en liefde, van loyaliteit en jaloezie, schoten heen en weer. Natalie wist beter dan wie ook hoe ze haar pijn kon doen. Alice had aangenomen dat het kwam door haar artritis, met de dubbele ketenen van geld en aandacht – de aandacht die de ziekte vereiste van haar ouders toen die nog leefden, het geld dat Natalie aan haar bond nadat ze waren overleden. De manier waarop haar zus in de wereld stond, waarbij ze mensen naar zich toetrok, om ze daarna met een berekende hardvochtigheid van zich af te stoten, maakte dat de band die zij tweeën ooit hadden gehad, los werd. Ze hadden hun vroegere leven geleid als schipbreukelingen van verschillende wrakken, aangespoeld op hetzelfde eiland, zonder het voordeel van een gemeenschappelijke taal. Maar nu Natalie er niet meer was, was het niet alleen afwezigheid die Alice voelde maar ook incompleetheid; net als bij een geamputeerd lichaamsdeel werd ze gekweld door iets wat er niet meer was. Frankie had gedeeltelijk gelijk gehad toen hij het had over geesten. De oudere zus die haar beschermster en verdedigster was geweest, was degene die nog steeds in Alice' hoofd rondspookte, degene die weigerde om haar greep op het hart van Alice los te laten.

Phinneaus zat gebogen over zijn gelinieerde blocnote, en verschoof de verplichtingen van de ene kant van de tafel naar de andere, terwijl zij in de dozen uit Natalies kamer rommelde. Ze was onthutst toen ze het brede, bekende handschrift van haar zus op het eerste blad papier zag staan dat ze eruit trok; het een of andere juridische document van een makelaarskantoor, Steele & Greene.

'Wat denk je dat dit is?'

Hij hield het omhoog onder het licht, en zijn lippen bewogen alsof hij het document las. Toen fronste hij en ging het opnieuw lezen.

'Alice, zei jij niet dat jij en Natalie het huis in Connecticut hadden verkocht?'

Zonder waarschuwing werd ze vijfendertig jaar teruggeworpen in de tijd, met een snelheid die haar de adem benam. Ze kon hagelstenen horen exploderen op het dak en de zwavelachtige restanten van een blikseminslag ruiken. De wind bulderde om haar heen als een dier, krijsend, kreunend en klauwend om binnen te komen. Ze voelde een diepe, heftige pijn in haar onderrug die haar bijna dubbel deed slaan.

'Jazeker. Meteen na de orkaan. Natalie zei dat er door de overstroming structurele schade was aan de fundering en dat we geen geld hadden voor de herstelwerkzaamheden. We hebben het te koop aangeboden in de staat waarin het verkeerde. De makelaar vond meteen een koper. Een jong stel.' Met een baby, dacht ze, maar ze zei die woorden niet hardop.

'Dit lijkt op een overeenkomst tussen de Kessler Trust en Steele & Greene, een makelaarskantoor. Ze treden op als verhuurbedrijf van een huis dat van de trust is. Een woonhuis aan Stonehope Way 700 in Woodridge, Connecticut.'

'Dat kan niet kloppen. Dat is ons oude adres. Het huis dat wij hebben verkocht. Misschien werkte de makelaar voor Steele & Greene?'

'Je kunt je niet herinneren dat je iets hebt getekend?'

'Nee, natuurlijk niet. Ik zou nooit hebben getekend voor de verkoop van ons huis. Ik heb er nooit weg gewild.'

Phinneaus rommelde door de doos, en trok er nog meer papieren uit. 'Er is hier een ondertekend huurcontract. Alice, jouw oude huis is helemaal niet verkocht. Het wordt verhuurd. Natalie moet de huur van dat makelaarskantoor hebben ontvangen.'

'Maar ze zei dat we weg moesten. En er is nooit geld geweest...'

Herinneringen die ze had proberen weg te stoppen, kwamen terug in onsamenhangende flarden. Het blauwgroene behang in de hal dat aanvoelde als zijde als ze er met haar vingertoppen langsging, waarbij ze deed alsof dit het oppervlak van een meer was; het geluid van de deurgong waarin één noot op mysterieuze wijze ontbrak; het gekraak onder de derde tree die leidde naar de eerste verdieping; haar oma's piano, nagelaten aan haar moeder op voorwaarde dat ze er één keer per dag op zou spelen; de hitte als van een bakoven en de lage plafonds op zolder, de zware lucht met de geur van mottenballen en vergelend behang, en de roep van een vogeltje die het duister doorboorde, helder en fel, dicht bij haar oor, daarna verdwijnend.

'Alice, ik weet niet hoe het hiermee zit. Laat ik eerst eens die andere papieren doornemen.'

De periode meteen na de orkaan was een en al duisternis en verwarring voor haar, doorspekt met schaamte omdat ze zo zwak was geweest, dat ze zich zo gemakkelijk had laten wegleiden van de pijn, dat ze zo van ganser harte de medicijnen had omarmd en de benevelde toestand die daarop volgde, en niets anders wilde dan dat het allemaal langs haar heen zou gaan.

'Ik begrijp het niet. Ze wilde dat wij uit dat huis gingen. Waarom?'

'Ik zal er nog eens naar kijken... om zeker te weten dat ik het goed heb. Waarom haal je niet nog wat thee voor ons?'

Ze liep naar de keuken om theewater op te zetten, en sloeg naar herinneringen die rondom haar omhoogvlogen, onzeker over waar ze was. Welke hal? Welke keuken? Tegen de tijd dat ze terugkwam met de thee, had Phinneaus de doos leeggemaakt. Hij had al het andere papierwerk naar de grond verplaatst en de tafel was nu bedekt met papieren uit de doos die in Natalies kast had gestaan. Er waren kasregisters, stortingsbewijzen, grootboeken met data op de omslag, krantenknipsels, een bundel brieven, wat ansichtkaarten, een boek.

'Misschien moeten we dit alles vanavond verder laten voor wat het is. En er morgenochtend weer mee verder gaan. Wat zeg je daarvan?' Er was net voldoende bezorgdheid in zijn stem dat ze die kon horen, maar niet zo dat het opdringerig was.

Ze schudde haar hoofd. 'Ga jij maar, Phinneaus, en breng Frankie naar bed. Ik red het wel, echt hoor. Maar ik denk niet dat ik kan slapen.'

Hij strekte zich uit naar een kasregister van de stapel die het dichtst bij hem lag en scheurde een blanco vel papier uit zijn blocnote. 'Slaap wordt overschat. Bovendien, bed, bank, ik denk niet dat het veel verschil zal maken als je zijn leeftijd hebt.' Hij begon door de bladzijden van het kasregister te bladeren en schreef regelmatig bedragen op.

Ze hield van de klank van zijn stem, al zou ze die vaker willen horen. De melodieuze uitgerekte klinkers van zijn woorden dreven in haar richting als een rivier van honing. Als ze moediger was geweest, zou ze hem naar zich toe hebben getrokken, zijn woorden in haar mond hebben genomen, ze als balsem hebben ingeslikt voor alles wat er fout was in de wereld. In plaats daarvan pakte ze het boek op, een pocketversie van *Franny en Zooey*, en bladerde erdoorheen. Ze stopte om de aantekeningen in de marges te lezen, Natalies grote, krullerige schuine schrift paste nauwelijks in de smalle witte ruimte: 'Franny's boek – wil Salinger met groen de onschuld symboliseren?' en 'Waar is het spirituele conflict tussen F. en Z.?' Maar ze stopte toen het boek openviel bij een bladzijde met een ansichtkaart en twee transparante enveloppen die negatieven bevatten en die dicht tegen de rug aan waren weggestopt.

De ansichtkaart was die van een schildering: een rode sportauto die voor een Amerikaanse vlag uit reed, met het woord Corvette in grote zwarte letters over een witte ondergrond. De afbeelding zat vol witte barstjes waar de kaart was gebogen en gekreukt. Er zat geen postzegel op de achterkant; er was alleen een datum, 22 maart, en een paar zinnen die waren geschreven in een stoer, jongensachtig handschrift: 'We kunnen weggaan – misschien naar Californië? Ik heb altijd al willen surfen. (Grapje, schat.) Geef me een paar dagen. Zeg me waar we elkaar kunnen ontmoeten.' Er was geen ondertekening, en Alice draaide de ansichtkaart telkens om. Met wie had Natalie willen afspreken?

Ze pakte de doorzichtige enveloppen uit het boek, haalde een negatievenstrook uit de eerste envelop en hield die tegen het licht. Een vlakke historie in tonen van gebrand oranje. Er stonden maar vier afbeeldingen op de strook, en ook al stond er geen datum bij, nadat ze naar de eerste had gekeken kon Alice raden waar de foto's gemaakt moesten zijn: in 1963, vroeg in de zomer, voordat ze op hun jaarlijkse vakantie naar het meer waren gegaan.

Natalie droeg een hemdjurk met een diepe rechthoekige halslijn en gevlochten schouderbandjes, een jurk die ze voor haar zeventiende verjaardag in oktober had gekregen. Alice herinnerde zich hoe Natalie had staan pronken toen ze hem had aangetrokken. Het koningsblauw maakte dat haar huid glansde alsof die met paarle-moer was bestoven. Hun moeder had gewacht totdat de jurk in de uitverkoop ging voordat ze hem kocht, en Natalie had geklaagd dat ze op zijn minst acht maanden zou moeten wachten voordat het warm genoeg zou zijn om hem te kunnen dragen. Maar hier was ze dan, de zomer na die verjaardag, haar blonde haar naar voren ge-haald om over haar schouders te krullen, haar handen uitdagend rustend op haar heupen, de blik op haar gezicht niet te duiden.

De omgeving was onbekend: een vijver omgeven door grote pol-len siergras en rotspartijen die half uit het water staken, een zigzag-vormig hek erachter, een bladerrijke achtergrond van schaduwbo-men. Natalie was die zomer de eerste drie weken van juli weggeweest, weggestuurd naar vrienden van hun ouders die haar zouden rond-leiden op het Smith College, om haar te laten zien hoe leuk het daar wel niet was. Zou die plotselinge stimulering om ervoor te zorgen dat Natalie naar de universiteit zou gaan, soms zijn voortgekomen uit de ontdekking van die ansichtkaart door haar ouders? Alice her-innerde zich vaag hoe gespannen de sfeer was geweest net voordat Natalie was vertrokken – al die dichtgeslagen deuren, de verheven stemmen die elke maaltijd vergezelden. Ze herinnerde zich ook, met een steek van schuldbewustzijn, hoe opgelucht ze was toen Natalie eenmaal weg was en het huis weer in zijn gewone, rustige routine was vervallen.

De foto's moesten zijn genomen bij het huis van die vrienden van haar ouders, concludeerde Alice, en haar ogen bewogen van het ene negatief naar het andere. Maar het was het laatste negatief dat haar aandacht trok, en terwijl de negatievenstrook in haar schoot viel, bracht ze haar handen naar haar mond, en voelde ze zich misselijk worden.

Natalie, van opzij gefotografeerd in diezelfde jurk, omvatte haar buik met haar handen, een erboven, een eronder, en trok de stof van haar jurk strak over de kleine welving van haar buik. En zelfs in die tweedimensionale wereld van diverse levens geleden begreep Alice plotseling precies wanneer Natalie zo was veranderd, en waar-door.

'Alice?'

Phinneaus was uit zijn stoel gekomen en stond nu achter haar. Zijn handen rustten licht op haar schouders.

'Ik wist het niet', zei ze.

'Wat wist je niet?'

Ze overhandigde hem de negatievenstrook en de ansichtkaart. Hij zette zijn bril op en keek naar de beelden zonder iets te zeggen, las toen de kaart en ging weer aan de tafel zitten. Zijn handen gingen terug naar haar schouders, en ze kon de rustgevende stevigheid ervan voelen door de dunne stof van haar shirt heen.

'Heeft ze die baby gekregen?'

'Nee.' Alice schudde haar hoofd, haar eigen verdriet kwam weer naar boven, naar haar grijpend met behoeftige, vastklampende vingers. 'Ze was maar drie weken weg. Ik dacht dat ze bij vrienden logeerde. Dat vertelden ze mij tenminste.'

'Je ouders?'

'Ja.'

Ze had nooit begrepen waarom Natalie haar die zomer had toegevoegd aan de gelederen van de vijand. De verandering in haar zus was abrupt en definitief geweest. Het was alsof er iets was geweest dat een zwakke plek had ontdekt in hun gezin en het daar in tweeën had gespleten, waarbij Natalie van de rest van hen werd gescheiden. Maar nu realiseerde Alice zich dat haar zus niet door *iets* was verdwenen; het was het begin van *iemand* geweest. Ze keek weer naar de datum van de ansichtkaart. Eind maart. Natalie moest toen ongeveer viereneenhalve maand zwanger zijn geweest. Haar ontzetting werd erger toen ze zich het voorzichtige gefladder herinnerde dat ze in haar eigen buik had gevoeld; het toenemende gevoel van ademloosheid als ze de trap op liep.

De wetenschap dat haar ouders haar zus mogelijk hadden gedwongen om zoiets te doen, maakte haar gevoel van verbondenheid met hen los, een band waarvan ze altijd had gedacht dat die ijzersterk was. In minder dan een seconde hadden ze de maskers van monsters opgezet, hun uitdrukking van zorgzaamheid en bezorgdheid vervangen door iets strengs en stars. Ze had het gevoel dat ze zweefde door de duisternis van de ruimte, weg van hen en in de richting van de koude plek waar Natalie nu moest zijn. Het enige wat ze nog wilde was zich verontschuldigen, haar troosten en bemoedigen, woorden terugnemen die ze onwetend had gezegd, en die telkens opnieuw elke stap in de richting van een verzoening moesten hebben belemmerd. Er was niemand geweest op wie Natalie zich had kunnen verlaten, niemand die haar kant kon kiezen. En toen herinnerde Alice zich Thomas' waarschuwende woorden, zijn versluierde opmerkingen over haar ouders: 'Het waren bepaald geen heiligen, Alice. Ze hebben een paar zeer ernstige fouten gemaakt.' Van alle mensen had Natalie ervoor gekozen om juist hem in vertrouwen te nemen. Tot haar schaamte en spijt voelde ze diep in haar weer de bekende pijn van jaloezie. Thomas was ook haar vertrouwenspersoon geweest, en het was pijnlijk duidelijk hoe onbetekenend en kinderlijk haar geheimen waren geweest in vergelijking met die van Natalie.

'Alice.' Phinneaus had de negatieven uit de andere doorzichtige envelop gepakt en hield een strook tegen het licht. Er was een gedempt, samengeknepen geluid in zijn stem. 'Misschien moet ik hier helemaal niet naar kijken.'

'Is het Natalie?'

'Nee.' Hij overhandigde haar de negatieven. 'Dat ben jij.'

Wat wenste ze dat ze weer dat meisje in die negatieven was, dat ze haar hand kon pakken en die massa wilde blonde krullen opzij kon duwen, in haar oor kon fluisteren: 'Rennen. Het is nog niet te laat.' Maar mensen geloofden nooit dat wat hen dreigde te overkomen, ook echt zou gebeuren. Toen ze veertien was, zou ze nooit hebben geloofd dat haar lichaam een oorlog tegen zichzelf zou beginnen. En later zou ze ook nooit hebben geloofd dat ze hard kon vechten tegen de sluipende voortgang van haar ziekte, om die strijd telkens weer te verliezen. Iemand die je over de toekomst zou vertellen, kon je daar niet op voorbereiden. Niets bereidde je daarop voor.

De Alice die was bevroren in de tijd, levend binnen de beperkingen van die kleine vierkantjes film, voelde zich beter dan in jaren het geval was geweest. De baby had haar ziekte onderdrukt, de zwangerschapshormonen hadden haar overweldigd, en voor het eerst voelde ze zowel liefde als respect voor haar lichaam. Ze ver-

wonderde zich erover dat het tegelijkertijd kon afbreken en creëren, zonder dat ze werd vernietigd tijdens dat proces. In plaats van
haar onbetrouwbare medicijnen had ze veel onschadelijke vitami-
nes geslikt en kon ze geen genoeg krijgen van melk, ijskoude witte
druiven die ze uit het vriesvak haalde, crackers dik besmeerd met
boter, en soms alleen maar boter, die ze zo van haar vingers likte.

Ze bracht uren door met zwerven door de bossen in de buurt
van hun huis, om Natalie zo veel mogelijk te ontlopen. Pas als het
buiten te fris werd, kwam ze naar binnen, met restjes van het bos in
haar haar geweven, aan haar jas gekleefd, tegen haar laarzen ge-
klonterd. Natalie had nooit gevraagd naar de bijzonderheden van
haar zwangerschap, iets wat Alice een onbehaaglijk gevoel gaf, maar
waar ze ook blij om was. In plaats daarvan was er een vreemde
combinatie van kritische blikken en vage ongeïnteresseerdheid, alsof er een andere logische verklaring was voor kleren die niet meer
pasten en de schommelende manier van lopen die ze had ontwikkeld. Ze had zich gewenteld in een diepe slaap, en viel in het ravijn
ervan zodra ze tussen de lakens kroop, om bij het wakker worden te
ontdekken dat haar handen op haar harde dikke buik lagen.

Dat was de Alice die was begonnen aan diverse brieven aan hem,
maar ophield met schrijven na de eerste alinea, nog voordat ze op
het papier woorden had gezet die een verschil hadden kunnen maken. Ze had die brieven in kleine stukjes gescheurd en die in de zak
van haar jurk meegenomen naar de badkamer, waar ze ze door het
toilet spoelde. Ze bleef denken dat het beter zou zijn om nog een
dag te wachten om het hem te vertellen, toen weer een dag, en weer
een dag. En terwijl de dagen en vervolgens de weken voorbijgingen, begon ze de baby te beschouwen als iets wat alleen van haar
was, en telkens als ze aarzelde, herinnerde ze zichzelf aan de leugen
die hij had verteld, aan het soort leven dat hij waarschijnlijk leidde
en hoe ongeschikt voor het vaderschap iemand met zijn temperament waarschijnlijk zou zijn.

Op het negatief dat ze tussen haar vingers hield, stond ze in de
achtertuin van het huis waarin ze was opgegroeid, op een vroege
zomerdag met vogels die door de lucht cirkelden. Haar lichaam was
opzij gedraaid, haar haar krulde over een schouder, haar handen

omgaven de overduidelijke bolling van haar buik – een hand erboven en een hand eronder – in een positie die bijna identiek was aan
die van haar zus negen jaar daarvoor, zich er totaal niet van bewust
dat iemand een foto van haar nam.

'O, Natalie', fluisterde ze, terwijl ze zich afvroeg waar de foto was
die bij het negatief hoorde. 'Wat heb je gedaan?'

Elf

Wat was Finch blij met het excuus van de feestdagen. Terug in de gezellige warmte van zijn eigen vertrouwde kamers, de stad verlicht met een tijdelijke warme sfeer, vrede op aarde, vriendelijkheid tegenover je medemensen. Eten bij Lydia en haar man werd iets om naar uit te kijken, gedeeltelijk omdat het menu was veranderd om de overdaad van het seizoen te weerspiegelen, en gedurende die paar schitterende weken mocht hij genieten van eten dat hij heerlijk vond: hutspot met een knapperige korst met roomboter erin verwerkt, geroosterd vlees uit de oven met bijzondere chutneys – en kweeperen! Waarom at hij niet vaker kweeperen? Wat waren die toch heerlijk! Zoete aardappelen die werden gepureerd, bedekt met marshmallows en in de oven werden geroosterd. Het was zelfs mogelijk om van Kevin, zijn schoonzoon, af en toe een eierpunch los te krijgen als Lydia met haar rug naar hen toe stond.

Zijn dochters rijtjeswoning in federale stijl was met guirlandes van dennengroen versierd, met hulst aan de kroonluchter en dennentakken door de spijlen van de trapleuning gevlochten. Er hing mistletoe, met zijn spookachtige bleke bessen, aan een haak in de hal. Na een glas port hoefde hij maar zijn ogen te sluiten en Claire stond te wachten tot hij zijn arm om haar middel zou slaan, waarna ze langzaam door de kamer walsten, totdat ze recht onder de mistletoe stopten. De ivoren welving van haar hals wenkte, en haar opwinding klonk als muziek in zijn oren. 'Denny,' zei ze dan op licht ademloze toon, haar mond tegen de schouder van zijn jasje gedrukt, 'tijd om nu naar huis te gaan, vind je niet?' En als hij neerkeek op haar gezicht, glimlachte ze naar hem en knipoogde. Ah, die vrouw had niets subtiels als ze iets wilde, en zijn gelukkigste herinneringen waren aan die tijd waarin ze hem had gewild.

Thanksgiving, nog geen week geleden, was erger dan hij zich had voorgesteld. Hij en Lydia hadden zich door de sterfdag van Claire heen geworsteld, ook al was hun verdriet en rouw niet hetzelfde. Lydia was stil toen hij met herinneringen aan haar moeder kwam, en leek er tevreden mee om gewoon bij hem te zijn, terwijl het hem troostte om Claires naam hardop te zeggen, haar samen te persen in zinnen en alinea's en onsamenhangende verhalen waarin zij de hoofdrol speelde. Thanksgiving zelf was een overdreven sentimentele aangelegenheid, waarbij de feesttafel kreunde onder het gewicht van te veel gerechten. Hij en Lydia duwden eten rond op hun bord, niet geïnteresseerd in het voedsel, en lieten het aan Kevin over om te praten over koetjes en kalfjes, wat moest dienen als een brug tussen hun rouw. Na de maaltijd liep hij de keuken in, waar hij Lydia voor de geopende koelkast aantrof als een serveerster, de met plastic folie afgedekte borden eten op haar armen balancerend, maar er was geen plaats om alles erin te stouwen.

Die avond hadden zij tweeën elkaar beloofd dat ze Kerstmis of oudjaar niet op dezelfde manier zouden doorbrengen.

'Ze zou dit afschuwelijk vinden', had hij gezegd.

'Ja,' had Lydia geantwoord, 'ze zou echt boos op ons zijn.'

'Waarschijnlijk met dingen gaan gooien. Breekbare dingen. Ik ben niet van plan dat te riskeren. En jij?' Ze had haar hoofd geschud, gelachen en zich in zijn armen laten vallen. En zo gingen ze vanaf daar verder.

Finch voelde hoe hij vrolijker werd terwijl de stad steeds meer in kerstsfeer kwam. Hij wist dat dat ook kwam door Claire, niet eens zozeer omdat zij van de feestdagen hield, maar omdat ze het fijn vond om te zien wat het met hem deed: het maakte hem duizelig van geluk en overweldigende dankbaarheid. 'Tel je zegeningen', zei hij jaar na jaar tegen zichzelf, en dat had hij ook gedaan: Claire, Lydia, voldoening over zijn levenswerk, het vermogen om het te zien voor wat het was. Dat was meer dan voldoende. Hij was weliswaar een sentimentele dwaas, maar dit was de tijd van het jaar waarin hij het verwelkomde. Finch, zei hij bij zichzelf, jij kunt wel een beetje vrede op aarde gebruiken.

Hij begon intussen het hele gedoe met Thomas te beschouwen

als een vergissing; niet meer dan een droevig, onverkwikkelijk hoofdstuk uit zijn verleden dat hij per se wilde oprakelen. Ook al hadden Stephen en hij Thomas' schets van de familie Kessler in de hal van de Edells gevonden, toch waren ze nog geen stap dichter bij het vinden van de twee panelen van het drieluik dan toen ze waren begonnen. Hij had Stephen er eindelijk van overtuigd dat het misschien verstandig was om een tijdje los van elkaar te werken, waarbij ze zich concentreerden op hun respectievelijke sterke kanten, in een poging nieuwe informatie op te duiken. Eerlijk gezegd keek Finch ernaar uit om er een paar weken níét aan te hoeven denken. Hij neuriede een kerstliedje terwijl hij zijn mouwen oprolde en de buitenkant van een kip met zout en peper bestrooide.

'Claire,' zei hij hardop, tussen de coupletten in, 'ik ben van plan om vanavond een groene groente te koken, in de geest van het seizoen.' Zelfs het rinkelen van de telefoon kon hem niet uit zijn mijmerij halen, en hij was verrukt toen hij Lydia's nummer op het scherm zag.

'Lieve dochter van me. Mijn oogappel. Je zult wel blij zijn om te horen dat ik vandaag broccoli heb gekocht toen ik in de winkel was en misschien zelfs zover zal gaan dat ik wat van die lafhartige groene roosjes ga snijden om bij mijn avondeten te gebruiken.'

'Pap? Voel je je wel goed?'

'Prima. En, waar heb ik het genoegen van deze conversatie aan te danken?'

'Ik belde om je uit te nodigen om zaterdag bij ons te komen eten. Als je kunt.'

'Graag! Ik zou niet weten wat ik liever zou doen. Kan ik iets meenemen?'

'Dat was precies hetzelfde wat Stephen ook vroeg. Jullie tweeën hebben zo veel tijd samen doorgebracht dat ik begin te geloven dat jullie hetzelfde beginnen te denken.'

Finch voelde hoe zijn goede humeur omsloeg. 'Jameson? Wat heeft die hiermee te maken? Je hebt toch niet...'

'Ik heb hem ook uitgenodigd.'

Ze had het echt gedaan. Hij kon nauwelijks een kreun onderdrukken. 'Lydia, luister eens even. Ik ben oud genoeg om mijn eigen afspraken te maken. Als ik met Stephen zou willen eten, dan zou ik hem opbellen en zeggen: "Stephen, laten we samen gaan eten." En ik kan me niet herinneren dat ik dat heb gedaan.'

'Pap, het is bijna Kerstmis. Hij is alleen. Je hebt zelf gezegd dat je dacht dat het goed voor hem zou zijn om wat meer sociale interactie te hebben. Zie het als een menslievende daad.'

Er was al meer dan genoeg menslievendheid geweest, wat hem betrof. Al te veel uren was hij in de besloten ruimte van een slecht geventileerde auto gedwongen geweest om te luisteren naar Stephens verhandelingen over *wavelet-decompositie* en de geweldige methodes die tegenwoordig werden gebruikt om van een schilderij een digitaal beeld te maken, teneinde het wiskundig en statistisch te analyseren.

'En het doel van al dat analyseren...' had hij gevraagd.

Stephens ogen hadden gestraald van verrukking toen hem werd gevraagd om nog verder uit te weiden. 'Om ons in staat te stellen technieken in kaart te brengen die specifiek zijn voor een bepaalde kunstenaar, alsook het gebruik van bepaalde materialen door de schilder. Dat geeft ons een nieuw instrument dat kan worden gebruikt om vervalsingen te herkennen, of te ontdekken of werken wel helemaal zijn vervaardigd door de schilder aan wie het werk wordt toegeschreven. Stel je eens voor. Op een bepaald moment in de niet al te verre toekomst zal de wetenschap ons in staat stellen om met honderd procent zekerheid te bepalen of een schilderij authentiek is.'

'Wat heerlijk', had Finch gezegd. 'En is er te midden van al die decompositie nog weleens iemand die over het schilderij zélf nadenkt? Het onderwerp ervan? De emotie die de kunstenaar erin heeft proberen te leggen?'

'Alsjeblieft.' Stephen had afwijzend met zijn hand gezwaaid. 'Wanneer was de laatste keer dat jij naar een tentoonstelling bent geweest? Weet je nog wel wat er allemaal op dat gebied gebeurt?'

'Wanneer was de laatste keer dat jíj naar een tentoonstelling bent geweest?'

'Ik heb het als eerste gevraagd.'

'Belachelijk', had Finch gezegd. 'Deze discussie is lachwekkend.'

'Ik geloof niet dat "lachwekkend" het woord is dat je zoekt. Mijn redenering is verre van zinloos en zeker niet absurd of komisch.'

'Je bezorgt me hoofdpijn.'

'Als je simpelweg mijn vraag had beantwoord… Mensen gaan naar een museum om een tentoonstelling te zien waarvan ze gehoord hebben dat ze die móeten zien. Wat impliceert dat, behalve als ze deze bepaalde tentoonstelling hebben gezien en op de juiste wijze reageren op het werk, ze geen echte waardering hebben voor kunst. Dus schuifelen ze rond in een ruimte vol mensen, dragen ze een koptelefoon en turen ze naar verklarende bijschriften in kleine letters. Dat is niets anders dan een model, ontworpen om de kuddementaliteit te exploiteren. Er wordt aan de mensen verteld wat ze moeten vinden van een schilderij, wat ze erin horen te zien. Ze krijgen niet meer de kans om een stap naar achteren te doen en perspectief of techniek te overdenken zonder dat het grote hoofd van een andere bezoeker in de weg zit. Daarna laten ze zich vallen op muurbanken die te hard zijn en waar al veel te veel mensen op hebben gezeten, dus wie weet hoe onhygiënisch die wel niet zijn. Echt hoor, Finch. Ik denk dat emotie nauwelijks nog een rol in die ervaring speelt.'

Het maakte dat hij iets zou willen slaan of, nauwkeuriger, iemand. De gedachte aan dat soort nauwelijks verhulde agressiviteit dat moest dienen als gespreksstof tijdens een etentje in het heiligdom van zijn dochters woning, was meer dan Finch kon verdragen. En hij was totaal niet in de stemming om daar dan op te treden als Stephens hoeder.

'Lydia, misschien zou het beter zijn als we het adres voor de uitnodiging wat aanpassen. Misschien kunnen we beter met Stephen afspreken in een restaurant?' Hij betreurde het dat hij die twee ooit aan elkaar had voorgesteld, hoewel hij daar weinig keus in had gehad. Stephen was in zijn appartement geweest toen Lydia met Kevin even langskwam. De flits in Stephens ogen toen hij Lydia's hand vastpakte, had Finch ogenblikkelijk achterdochtig gemaakt. Smoorverliefd. Halsoverkop. Stephens gezicht had een schaapachtige uitdrukking gekregen terwijl zijn ogen elke beweging van Lydia volgden. Het was schandalig.

'Je hebt zelf gezegd dat hij zich niet zo goed weet te gedragen in openbare gelegenheden.'

'Heb ik dat gezegd? Dat kan ik me niet herinneren. Misschien heb ik wat overdreven.'

'Pap, het komt echt wel goed. Je zult het zien.'

Hoe kon het in vredesnaam goed komen? Hij had alle belangstelling voor zijn eigen avondeten verloren. Pas toen de lucht van verschroeid kippenvel het huis vulde, herinnerde hij zich weer zijn maaltijd. De restanten van de vogel, droog en met een korst bedekt, werden in de afvalbak gegooid, en de broccoli ging terug in zijn plastic zak in de koelkast. Finch trok zich terug in zijn studeerkamer en vond troost in een chocolade kerstman, die hij stiekem had weggenomen uit een schaal naast het loket van de medewerker van de bank. Hij werd naarmate de avond vorderde steeds bozer op Stephen. Waarom moet hij zich mijn familie toe-eigenen? Maar op het moment dat die gedachte in zijn hoofd opkwam, was Claire daar, die hem een standje gaf voor zijn hebberige gedrag.

Hij heeft een vriend nodig, Denny. Net als jij.

'Ik heb vrienden.'

Die heb je niet. Niet omdat ik mezelf op de borst wil slaan, liever, maar wíj hadden vrienden. Jij hebt kennissen. Dat is niet hetzelfde.

'Ik wil alleen maar jou. Jou en Lydia. Ik heb verder niemand nodig.'

Je hebt mij. En je zult Lydia altijd hebben. Maar je weet net zo goed als ik dat ook dat niet hetzelfde is. Haar beeld viel uiteen voor zijn neus en verdampte toen. Een flikkerende gloeilamp, gedoofd.

Hij pookte in de houtblokken in de open haard en schonk een glas bourgogne in. Daarna rommelde hij wat met de cd-speler die een cadeau was geweest van zijn dochter, en vond *Five Variants of Dives and Lazarus* wel geschikt gezelschap voor het werk van die avond. Zijn bureau was een rampgebied, een week post verborgen onder de stapels mappen die mevrouw Blankenship bij hem had afgegeven, jaren van Thomas' correspondentie en krantenknipsels, waarvan Stephen had voorgesteld dat Finch die door zou nemen in de hoop iets relevants te zullen vinden. Met een nieuwe waardering voor mevrouw Blankenship probeerde Finch de komende taak te beschouwen als iets anders dan het werk van een secretaris, maar zijn stemming verslechterde terwijl hij door de wonderlijke verzameling papieren ging. Veel ervan was vergeeld en verpulverd bij de hoeken.

Er waren aankondigingen van tentoonstellingen van jaren geleden, verschoten krantenfoto's met galerie-eigenaren en beschermheren die rond Thomas cirkelden, die vaak met een verstrooide uitdrukking op zijn gezicht iets leek te overpeinzen dat zich in de verte bevond. Er waren de gebruikelijke aanbiedingen voor een positie als docent, uitnodigingen voor een spreekbeurt en verzoeken van jonge schilders waarin ze aanboden om doeken te komen prepareren, potloden te slijpen, rommel op te ruimen, alles om maar in de gelegenheid te zijn dezelfde selecte lucht in te mogen ademen als degene die, zoals een smekeling het verwoordde, een 'excellente kennis bezat van datgene wat universeel is binnen ons allen'.

Allemaal waardeloos. Finch wreef over zijn voorhoofd, in de hoop de gespannenheid die zich verspreidde tussen zijn wenkbrauwen, te verlichten. Het was uitputtend om een dergelijke bewieroking te lezen. Maar hoe moest het zijn om dat zelf te ervaren, dag na dag? Geen wonder dat Thomas kluizenaar was geworden. Gewend als hij was aan constante aandacht en lof, aan het oproepen van superlatieven, was het begrijpelijk dat de bewondering op een gegeven moment niet langer meer iets voor hem betekende, dat hij het punt had bereikt waarop alleen zijn het enige was wat hij nog wilde. Als je de ontvanger was van een groot geschenk, moest je je leven dan in dienst stellen van die gave, niet in staat iets anders te doen?

Maar hoe meer Thomas zich terugtrok, hoe meer hij het onderwerp van fascinatie werd. Waar woonde hij? Hoe leefde hij? Wat inspireerde hem? Als hij zou worden ontdekt, bevroren in een blok ijs op de top van de Kangchenjunga, dan nog zouden er mensen zijn die zouden voorstellen om zijn hersenen open te snijden, om te bepalen wat de verklaring was van zijn talent. De klevers en de klaplopers, de schilders die net zoals hij wilden zijn, de kunstenaars die hadden afgedaan en diegenen-die-nooit-iets-zouden-worden; niemand die bij zijn verstand was zou zo'n leven willen, als ze de consequenties ervan zouden overzien.

Finch bleef door de stapel heen gaan en probeerde er enige orde in te scheppen. Rekeningen die nooit waren geopend. Bankafschriften, ongebruikte kasregisters, recensies die de diverse agenten van Thomas hem in de loop der jaren hadden toegestuurd. Brieven, de meeste gemarkeerd met 'persoonlijk' (onderstreept), allemaal geadresseerd in een duidelijk vrouwelijk handschrift, hoewel er maar weinig waren geopend. Finch bladerde erdoorheen, verstrooid, totdat zijn aandacht door een ervan werd getroffen. In de linkerbovenhoek van een vierkante envelop stond 'Stonehope Way 700, Woodridge, Connecticut.' Het huis dat hij en Stephen kort geleden hadden bezocht. Het huis van de Kesslers.

De envelop was niet dichtgeplakt, al was het voor Finch moeilijk om te weten of de lijm door ouderdom was verkruimeld of dat de envelop al was geopend. Het poststempel was moeilijk te lezen, maar het leek erop dat de brief was gepost op 11 of 17 juni 1972. Hij trok een klem zittende kaart uit de envelop en zette die op het bureau. Die kwam uit een museumwinkel, het soort kaart dat werd vervaardigd om reizende tentoonstellingen te vergezellen. De foto op de voorkant was die van een van Thomas' vroegere werken, een olieverfschilderij van drie vrouwen die in een donkere hal stonden en essentakken achter zich aansleepten. Hun haar rees in slangachtige kronkelingen omhoog vanaf hun hoofd en schoot in de richting van het plafond, verlicht door alleen een kale gloeilamp. Toen hij de kaart opende, viel er een foto uit. 'Thomas', fluisterde hij, en hij voelde hoe de lucht met een enkele klap uit hem geslagen werd.

De foto was van een jonge en zeer zwangere Alice Kessler, die op het erf van haar huis op Stonehope Way stond, terwijl ze haar buik koesterde. En geschreven in een vloeiend handschrift op de achterkant van de foto stonden de woorden: *Ik weet wat je hebt gedaan. N.*

Finch duwde zijn stoel naar achteren van het bureau en liep naar de open haard, met de foto in zijn hand. Hij ging op de leren poef zitten en hield de randen van de foto met beide handen vast. Er ontstond een misselijkmakend paniekgevoel in zijn maag, en hij wenste dat hij de laatste minuut terug kon draaien, de foto weer in de kaart kon stoppen, de kaart terug in de envelop, de envelop terug op de stapel, erlangs zou bladeren zonder ook maar een seconde te letten op het adres.

Wat had Thomas ook alweer tegen hem gezegd? 'Net zoals ik jou het gezelschap van een dochter heb benijd.' Finch voelde het gewicht van een overweldigende droefheid op hem drukken, denkend aan Lydia, niet in staat zich het ontbreken van haar in zijn leven voor te stellen, een gat dat nooit zou kunnen worden opgevuld. Hij keek nog eens naar het poststempel op de envelop – juni 1972 – en probeerde zich dat jaar te herinneren, of hem toen iets was opgevallen, iets ongewoons in het gedrag van Thomas. Zodra hij op die manier begon te denken, liet hij het los. Om te beginnen was het meer dan vijfendertig jaar geleden. Hij had de leeftijd bereikt waarop het lastig werd om zich dingen te herinneren, zoals in welke kamer hij zijn schoenen had gelaten, wat het wachtwoord voor zijn computer was, de namen van zijn afgestudeerde studenten, en zelfs die van het mooie meisje met het rode haar en de laag uitgesneden blouse, degene die zich, telkens als ze op zijn kantoor kwam, gevaarlijk dicht naar hem toe boog in een wolk van een houtachtig parfum.

Behalve het zich afvragen hoe accuraat zijn herinnering nog was, was er nog een andere implicatie in het zo ver teruggaan in zijn leven dat nauw verbonden was geweest met dat van Thomas: dat ze vertrouwelijkheden hadden gedeeld, elkaars mening hadden gevraagd, hun diepste hoop en angsten hadden onthuld, zelfs in de versluierde mannelijke taal van hun generatie. Dat was helemaal niet zo. Finch had dit iets meer dan een maand geleden geaccepteerd, toen hij de lange trappen naar Thomas' appartement had beklommen. Ze hadden geen vriendschap in de ware betekenis van het woord. Hun relatie was op zijn best symbiotisch, gebaseerd op wederzijdse behoeften.

En waar Thomas nu behoefte aan had, was dat Finch en Stephen zijn kind zouden vinden.

Hoe oud was hij toen hij erachter was gekomen – zevenendertig? Was hij er zelfs toen niet klaar voor geweest om een kind in zijn leven te hebben, na al die jaren van vrouwen en feesten, van uitspattingen naast zelf gekozen afzondering? Hij trok zich terug uit de wereld toen die te veel voor hem bleek te zijn, maar dook daarna weer op, om opnieuw op een voetstuk te worden geplaatst. En nu hij zwak en invalide was, koos hij er ineens voor om vader te worden? Finch voelde Claires hand op zijn schouder en leunde tegen haar aan, waarbij hij bijna zijn evenwicht verloor. *Waarom neem je aan dat hij het kind niet wilde, Denny? Weet je zo zeker wat er in zijn hart leefde?*

'Ik kan er niet tegen om te horen hoe jij hem verdedigt. Niet nu. Waarom verdedig je mij niet?'

Ik denk omdat jij niets hebt gedaan om dat nodig te maken, gekkie.

Dat laatste liefkozende woordje dat in zijn oor werd gefluisterd, was meer dan Finch kon verdragen. Zijn verlangen naar haar fysieke aanwezigheid overschaduwde al het andere; hij snakte ernaar om haar vast te houden, om haar naast hem te hebben en de zijkant van haar wang te kunnen aanraken, zijn hoofd tegen haar borst te leggen en de kruidige geur van anjerzeep te ruiken die op haar huid was blijven hangen. Het etherische substituut dat hij in haar plaats had gekregen, had niet meer gewicht dan een bries, een rookpluim. Hij deed een stap naar achteren.

Ze trok beledigd haar neus op. *Dan moet je het zelf maar weten.* Binnen een paar seconden werd de lucht naast hem koud en zwaar, en hij rilde, ook al zat hij naast het vuur. Het maakte niet uit. Haar woorden hadden voor elkaar gekregen wat ze had gewild, zoals altijd.

Waarom had hij aangenomen dat Thomas de baby niet had gewild? Toegegeven, Finch wist niets van de situatie achter de foto die hij in zijn handen hield. Hij was niet op de hoogte van hun gesprekken of beslissingen, wist niets van de uitkomst. Zijn conclusie was uitsluitend gebaseerd op de gebreken die hij in de loop der jaren aan Thomas had toegeschreven. Of was het in plaats daarvan het resultaat geweest van zijn eigen onzekerheid, zijn behoefte om beter te zijn dan hij in ten minste dit ene opzicht – als vader?

De geluiden in de kamer kwamen afzonderlijk bij hem binnen: de stijgende en dalende tonen van de strijkinstrumenten die samengingen met de harp in de muziek van Vaughan Williams, het gesis van vlammen van het nog wat vochtige hout dat hij op het rooster had gelegd, het verkeer op straat. Finch keek om zich heen en zag zijn leven in al zijn dingen: zijn boeken, de papieren die over zijn bureau verspreid lagen, de foto's aan de muur, de wereldbol in de hoek gefixeerd in zijn laatste standpunt, niet langer draaiend op zijn as nu Lydia volwassen was en haar eigen huis had. De kamer was klein en saai, alles erin onbeduidend. Hij had nog nooit zo veel eenzaamheid gevoeld.

Hij haalde een exemplaar van zijn catalogue raisonné over Bayber van de boekenplank en bladerde erdoorheen, totdat hij vond wat hij over Thomas' werk uit dat jaar had geschreven:

In 1972 onderging Baybers werk opnieuw een metamorfose, die echter niet kan worden gedefinieerd of gekoppeld aan een bepaalde stijl. Elementen van abstract expressionisme, modernisme, surrealisme en neo-expressionisme verenigen zich met figuratieve kunst, om werk te maken dat oorspronkelijk is en uiterst complex. Op een onderbewust niveau brengt het de kijker in verrukking maar jaagt het ook angst aan. Er is hier niets kwetsbaars, niets dromerigs. Er is geen bescherming, niet voor de kunstenaar zelf en ook niet voor diegenen die naar zijn werk kijken. Alles wordt zonder opsmuk naar voren gebracht, menselijke waarden worden verzacht of verscherpt weergegeven op het doek, van elkaar gescheiden en weer verenigd. Hoewel er bepaalde motieven zijn in deze werken – vaak een aanduiding van water, de afbeelding van een vogel – en diverse elementen worden herhaald, is de context waarin ze verschijnen nooit dezelfde in de diverse schilderijen, afgezien van een naar binnen gekeerde complexiteit. Wat deze werken met elkaar verbindt, is de suggestie van verlies, van verdwijning, en van verlangen (zie afb. 87-95).

De afbeelding van een vogel. Hij was vergeten wat hij zelf had geschreven. Finch nam het boek mee terug naar zijn bureau en haalde een vergrootglas uit de bovenste la om de kleurplaten te bestuderen. Thomas had in 1972 zes schilderijen voltooid, vier ervan na juli. Bij elk van die vier slaagde Finch erin om daarop te ontdekken wat hij lang geleden ook had gezien, de afbeelding van een vogel. Was het Alice die bij hem weg was gevlogen? Of moest het zijn kind symboliseren?

Hij keek naar alle schilderijen die daarvóór waren gemaakt, en kon niets vinden. Maar elk schilderij dat Thomas na juli 1972 had gemaakt, ongeacht de stijl of het onderwerp, bevatte de suggestie, zo niet de afbeelding van een vogel. Ze waren vaak verwerkt als verborgen objecten, zelden in een centrale rol, en nu en dan vroeg Finch zich af of hij soms iets zag wat er niet echt was, alleen omdat hij dat graag wilde. Het deed hem denken aan de tijd waarin hij *Waar is Waldo?* voorlas aan Lydia toen ze acht was, zijn dochter als een vogeltje neergestreken op de leuning van zijn stoel, waar ze de bladzijde afspeurde om Waldo te vinden voordat hij dat zou doen. Wanneer een van hen eenmaal Waldo had gevonden, werd die daarna meteen door hen opgemerkt als ze het boek herlazen, zijn plaats in de menigte onuitwisbaar in hun geheugen geprent. Finch merkte dat hij nu op dezelfde manier naar Thomas' schilderijen keek, uitsluitend op zoek naar de vogel en als hij die eenmaal had ontdekt, kon hij niet meer de betekenis van iets anders zien.

Zijn jaloezie verdween, zoals vaak gebeurde wanneer hij aan zijn gezin dacht, vooral omdat het steeds waarschijnlijker leek dat Thomas' smeekbede een laatste verzoek zou blijken. Als Finch zijn uiterste best zou doen om Natalie en Alice te vinden, kon hij deze periode van zijn leven met een zuiver geweten afsluiten. Hij bladerde snel door de rest van de persoonlijke correspondentie, op zoek naar iets wat hem een richtlijn zou kunnen geven. Hij vond niets. Toen, dicht bij de bodem van een stapel rekeningen, ontdekte hij nog een envelop van dezelfde afmetingen, geschreven in hetzelfde handschrift. Er was geen adres, maar de kaart was gepost in Manhattan, op 25 juni 1974. De envelop was al eerder geopend, en binnenin vond hij een kaart, deze keer een reproductie van een van Thomas' meer recente werken, ironisch genoeg een van de 'vogelschilderijen', zoals Finch ze al snel was gaan noemen. Het schilderij was van een man die aan het vissen was op een grashelling. Zijn eraf gehakte hoofd lag naast hem op de grond, met daarnaast een reuzenijsvogel met een stok tussen zijn vleugels. Binnen in de kaart zat een kleurenfoto van Natalie Kessler, die een donkerharige peuter in haar armen hield.

Het kind was een meisje. Er stond niets geschreven op de achterkant, en de foto was niet gedateerd. Natalie stond voor een groot raam, maar de achtergrond was onscherp en Finch kon niets van een landschap ontdekken om hem te vertellen waar de foto genomen zou kunnen zijn. Hij richtte zijn vergrootglas op Natalie, en merkte de lichte volheid van haar gezicht op, haar lange haar, glad en met een scheiding in het midden, en haar kleren – een rok met franje die van suède leek te zijn en een Mexicaanse boerenblouse. Alleen haar kledingstijl was veranderd; verder zag Natalie er op haar achtentwintigste niet veel anders uit dan op haar zeventiende. Ze had geposeerd op een manier die haar figuur goed deed uitkomen; de rondingen waren alleen iets zachter geworden met het ouder worden. Ze was nog steeds ongelofelijk aantrekkelijk, maar haar uitdrukking was koud en afstandelijk, zelfs met een kind in haar armen. Of keek ze soms zo omdat het kind dat ze vasthield van Thomas was?

Finch kon in het kleine meisje de gelijkenis met Thomas zien. Ze hadden niet veel fysieke kenmerken gemeen, op de lange neus en wimpers na, maar haar uitdrukking was duidelijk net als die van hem: zelfverzekerd, eigenwijs en intelligent. Losse, donkere krullen omlijstten een hoekig gezicht, met een hoog voorhoofd en hoge jukbeenderen, en wat sproeten op haar neus. Haar mond had dezelfde fraaie welving van de bovenlip als die van haar moeder, hoewel de lippen van het kleine meisje van frustratie op elkaar waren geklemd. De ogen waren bleekblauw, met die hartbrekende lange wimpers, en ze keek recht naar degene die de foto nam. Het kind wist wat ze wilde. Een hand tegen Natalies borst geduwd, terwijl de andere zich uitstrekte naar de camera, alsof ze de fotograaf smeekte haar weg te halen.

Waarom hield Natalie het kind vast in plaats van Alice? Misschien wist Alice niet dat de foto werd genomen; misschien was het al die tijd haar bedoeling geweest om het kind geheim te houden voor Thomas, en vond alleen Natalie dat hij van haar bestaan moest weten. Maar die veronderstelling kwam niet overeen met het beeld dat Finch van Natalie had: haar bezitterige greep op Thomas' schouder in het hoofdpaneel van het drieluik, haar harde blik. Hij betwijfelde of die details waren geschilderd vanuit zijn verbeelding. Ze leek meer het type waar Thomas van hield: vrouwen die opvallend mooi waren en afstandelijk, die het gewoon vonden om in het middelpunt van de belangstelling te staan, en al gewend waren aan samendrommende mensen en het flitsen van camera's die Thomas overal waar hij kwam volgden.

Alice daarentegen leek een totaal andere vrouw. De Alice op de foto was mooi op haar eigen manier, met haar slanke gestalte en lange ledematen en een massa wild blond haar, haar ogen bleekblauw als gletsjerijs. Maar hij vermoedde dat haar grootste aantrekkingskracht lag in het onderzoekend schuin houden van haar hoofd, de levendigheid in haar ogen, het verfrissende ontbreken van bewustzijn dat ze leek te hebben van haar eigen fysieke aanwezigheid.

Alice moest drieëntwintig zijn geweest toen ze de baby kreeg. De zussen Kessler waren op zichzelf aangewezen, met weinig geld. Hoe had ze het kind kunnen grootbrengen? Wat zou ze gedaan hebben voor de kost? In zijn eerste zoektocht op het internet had Stephen een schoolverslag ontdekt waaruit bleek dat Alice de universiteit had verlaten kort nadat ze in 1972 aan haar postdoctorale studie ecologie en evolutiebiologie was begonnen. Hij had geen reden kunnen vinden voor haar abrupte vertrek, maar Finch kon zich voorstellen dat zelfs in het begin van de jaren zeventig de rooms-katholieke universiteit waar ze op zat, geen beurs zou geven aan een ongehuwde moeder, hoe intelligent ze ook geweest mocht zijn.

Maar op haar drieëntwintigste zou Alice jong en sterk zijn geweest. Ze had een bachelorgraad; ze zou gemakkelijker dan vele anderen werk kunnen vinden. Geen gemakkelijk leven, maar de wereld was vol alleenstaande moeders die manieren hadden gevonden om het te redden. Dat was de ene kant. De keerzijde van de medaille was een spiegelbeeld van de manier waarop Thomas nu leefde – armoedige, smerige en vochtige kamers, de keuze om beschikbaar geld te besteden aan drank in plaats van aan boodschappen of verwarming. Maar ondanks het feit dat hij haar nooit had ontmoet, had Finch toch het idee dat Alice verantwoordelijk en vindingrijk zou zijn. Zolang het kind maar gezond was, en met wat geluk en steun van haar oudere zus, was alles ongetwijfeld goed gekomen voor iedereen die erbij betrokken was, met uitzondering van Thomas.

Finch maakte een paar aantekeningen – vragen vooral – op de kleine blocnote die hij in de zak van zijn jasje bewaarde en stopte beide foto's terug in hun enveloppen om ze daar veilig te bewaren. Hij stelde zich al Stephens reactie voor als hij de foto's zou zien. De gedachte aan de blik op Stephens gezicht gaf hem een enorm gevoel van voldoening. *Misschien dat een oude rot uiteindelijk toch nog iets kon bijdragen.* Het vooruitzicht van de maaltijd met Stephen erbij werd plotseling veel aantrekkelijker.

Toen het uiteindelijk zaterdag was, had Finch zichzelf nogal opgefokt. Hoewel hij Stephen duidelijk had gemaakt dat alles wat ze zouden ontdekken aangaande de schilderijen, geen onderwerp van gesprek mocht zijn aan de eettafel, toetste hij toch nog het nummer van de jongere man in voordat hij vertrok naar Lydia. Alleen Stephen even op de hoogte stellen van de foto's, zo redeneerde hij, was niet hetzelfde als hem de foto's tussen de gangen door laten zien, ze over en weer doorgeven onder Lydia's tafelkleed door. Maar er werd niet opgenomen, alleen dezelfde vreemde boodschap op zijn antwoordapparaat: 'Met mij, Stephen. Spreek iets in ná de piep' – de nadruk op na, zo had Stephen uitgelegd, omdat hij het irritant vond als mensen zeiden 'bíj de piep', wat inhield dat mensen zouden moeten gokken wanneer die piep zou klinken en op hetzelfde moment zouden moeten gaan praten. Finch hing op zonder een boodschap achter te laten.

Kerstmuziek zweefde tot aan de stoep vanachter Lydia's deur, maar toen ze die opende om hem binnen te laten, was haar gezicht bleek en strak.

'Wat is er aan de hand?' vroeg Finch, maar ze schudde alleen haar hoofd en scheepte hem af, terwijl ze nerveus in de richting van de eetkamer keek. Hij hoorde het hoge geluid van gelach, een frivool, tinkelend geluid, en zachte conversatie. 'Is Stephen er al? Ben ik soms te laat? Goeie genade, heeft hij soms iemand meegenomen?'

'Nee,' zei ze, zonder dat ze hem aankeek, 'het is niets. Zal ik je sjaal aannemen?'

'Lydia?'

'Ga maar naar binnen. Ik kom zo.'

Finch liep de zitkamer binnen en trof daar zijn schoonzoon aan die een glas wijn aan een vreemde overhandigde, een vrouw wier kleren allemaal een variatie van dezelfde kleur waren, beige, en wier platinablonde haar in stijve krullen rond haar gezicht zat.

'Pap!' riep Kevin uit. Finch vond dat zijn enthousiasme een beetje nerveus klonk. 'Mag ik je een collega van kantoor voorstellen. Dit is Meredith Ripley. Ze is hoofd van CSR bij Brompton Pharmaceuticals.'

'CSR?'

De vrouw stak haar hand uit. 'Zo veel afkortingen tegenwoordig. Ik kan nauwelijks bijhouden waar het allemaal voor staat. Corporate Social Responsibility. Ik werk voor de Brompton Stichting, en houd toezicht op een paar van hun goede doelen.'

'Wat leuk. Dat moet erg… voldoening gevend werk zijn.' Finch begreep er helemaal niets van. Wat deed die vrouw hier? En waar was Lydia?

'O, dat is het zeker.'

Er volgde een ongemakkelijke stilte, waarin hij zou durven te zweren dat hij iedere hartslag en ademhaling in die kamer kon horen.

'Ik had gedacht, pap, dat het goed zou zijn als jij en Meredith elkaar zouden leren kennen. Lydia en ik zijn zulk slecht gezelschap wanneer je het hebt over kunst, en Meredith is op zoek naar een uitbreiding van het werk dat Brompton doet voor hun Kunst voor de Scholen-programma. Ik dacht dat je haar misschien op wat ideeën zou kunnen brengen.'

Finch keek nog eens naar de vrouw, en deze keer schatte hij haar leeftijd – beslist ouder dan Kevin, maar beduidend jonger dan hijzelf. Hij constateerde de afwezigheid van een ring aan haar vinger, haar tamelijk ongemakkelijke blik. 'Lydia en ik zijn zulk slecht gezelschap.' Wat een stompzinnige actie. Geen wonder dat Lydia van streek was. Waarschijnlijk had ze zijn reactie al voorzien.

Hij trok een wenkbrauw op naar Kevin en schraapte zijn keel. 'Met alle plezier', zei hij. 'Ik ken een postdoctorale student die op zoek is naar een maatschappelijk project. Dit lijkt me perfect voor hem.'

Zo. Daar kwam hij keurig vanaf. Niet nodig om te vertellen hoeveel vrije tijd hij wel niet zou krijgen als hij straks gedwongen werd om een sabbatical te nemen. Meredith Ripley trok zich iets van hem terug. Haar glimlach verstrakte en hij voelde zich een beetje schuldig, totdat hij na een korte aarzeling zag dat ook zij enigszins opgelucht leek. Kevin begaf zich naar de keuken met een doorzichtig excuus, en liet Finch alleen met de vrouw.

'Kevin heeft zeker niet verteld dat hij mij had uitgenodigd?' Ze was niet van plan eromheen te draaien.

Hij bewonderde dat en het speet hem als hij haar een ongemakkelijk gevoel had bezorgd. 'Dat maakt niet uit. Ik vind het altijd leuk om iemand te ontmoeten die met mijn schoonzoon werkt.' Het was een beetje laat om nu nog galant te zijn, maar zo kon niemand zeggen dat hij geen goede manieren had.

'Ik heb een theorie over getrouwde mensen, professor Finch, sinds ik nu zelf al een hele tijd alleen ben. Van nature verafschuwen ze een leegte. Ik weet zeker dat je schoonzoon het goed bedoelde. Wees niet te hard tegen hem.' Haar glimlach was warmer nu, oprecht, en ze klonk weemoedig toen ze vertelde dat ze getrouwd was geweest.

'Ik denk dat ik er nog niet aan gewend ben om mezelf te zien als iemand die single is', zei hij.

'Het is ruim een jaar geleden sinds je je vrouw hebt verloren?'

Finch vroeg zich af wat Kevin nog meer nodig had gevonden om te vertellen over hem. 'Ik voel me nog steeds erg getrouwd. Ik neem aan dat dat niet zal veranderen.'

'Mijn man is drie jaar geleden overleden. Ik blijf verwachten dat het makkelijk zal worden. Er zijn dagen waarop ik maar een paar keer aan hem moet denken, meestal wanneer ik banale dingen doe zoals de vuilnis naar buiten brengen, en ruiken of de melk niet zuur is geworden. Waarom uitgerekend dan, zou je denken. En dan zijn er dagen waarop ik geen zin heb om op te staan. Het spijt me, ik bezorg je vast een ongemakkelijk gevoel. Het is alleen plezierig om met iemand te praten die niet met de gebruikelijke condoleances begint. *De tijd heelt alle wonden. Je hebt geluk gehad dat jullie al die jaren samen hebben gehad.* Maar hier zit ik dan terwijl ik aanneem dat jij het tenminste begrijpt, en we kennen elkaar niet eens.'

'Dat geeft niet. Ik heb een paar van die clichés ook te horen gekregen. Ben je lang getrouwd geweest?'

Haar ogen werden helder en Finch vervloekte zichzelf dat hij dat had gevraagd.

'Dertig jaar. Meteen vanaf de universiteit. Hij was pianist in een symfonieorkest. Vroeg me ten huwelijk in de orkestbak van een leeg muziektheater.'

Finch zei niets, knikte alleen. Haar man was een romanticus geweest. Hijzelf had Claire gevraagd met hem te trouwen terwijl ze voor haar favoriete schilderij in de Metropolitan Museum of Art stonden, *The Passing of Summer* van Harry Wilson Watrous. Het zei veel over haar, had hij altijd gedacht, dat ze zich aangetrokken voelde tot een werk dat aan de oppervlakte zo rustig was, maar toch doordrenkt van verlangen. 'Vertel me eens waarom je het zo mooi vindt', had hij gevraagd, en Claire had zonder aarzeling geantwoord, alsof ze het zichzelf ook had afgevraagd: 'Het heeft iets melancholisch – de kersen in het cocktailglas, de libellen die in de lucht zweven. Zo'n mooi meisje, en toch zo eenzaam. Het herinnert me eraan dat er momenten zijn om droevig te zijn, maar je moet er nooit naar op zoek gaan, of ze te vaak vinden.' Hij werd op dat moment verliefd op haar, waarbij hij zijn hart opende op een manier die hij nooit voor mogelijk had gehouden.

Meredith Ripley liet haar wijsvinger langs de rand van haar wijnglas gaan. Ze zag eruit alsof ze zich tamelijk ellendig voelde, en Finch vroeg zich af of dat ook zijn lot zou worden: vakanties die het tegenovergestelde werden van wat ze ooit waren geweest, dagen die zo zwaar van de eenzaamheid waren dat hij in bed zou blijven liggen, niet in staat zich te bewegen.

'Als zich een gelegenheid voordoet waarbij het zou helpen om te praten over je man, terwijl je koffiedrinkt met een vriend,' zei hij, 'dan zal ik mijn uiterste best doen om niet mijn toevlucht te nemen tot geleuter waar je niets aan hebt.'

'Je bent vriendelijk. Ik neem aan dat je dat ook zou zeggen als je het niet zou menen.'

'Ik kan je geruststellen, je hebt ongelijk. Nog nooit heeft iemand me ervan beschuldigd dat ik te vriendelijk ben.'

Hij ging naar Lydia toe in de keuken, waar ze zich had verstopt, maar voordat hij iets kon zeggen, stoof ze op hem af en omhelsde hem. 'Dit was niet mijn idee.'

'Ik ben blij dat te horen. Als ik soms te veel tijd hier door-breng...'

'Natuurlijk niet. Kevin vond alleen, na onze vreselijke Thanks-giving, dat we allebei zo verloren leken zonder haar. Ik had nooit ja moeten zeggen.'

'Lydia, je moeder was de liefde van mijn leven. Niet iedereen is zo gelukkig. Ik wel. Ik mis haar, maar ik ben liever alleen terwijl ik haar mis dan doen alsof ik haar niet mis terwijl ik met iemand an-ders ben. Lijkt deze idiote uiteenzetting ergens op te slaan?'

'Ja.'

'Mooi. Zou je dan Kevin willen overhalen om geen verdere kop-pelpogingen te doen ten behoeve van mij?'

Ze knikte, hoewel Finch vond dat ze er nog steeds bezorgd en overstuur uitzag. Stephen was laat, en hij hoopte maar dat ze zich geen zorgen maakte om hem. Ze prikten in hun hors-d'oeuvre en Finch dronk te veel glazen wijn, terwijl ze met zijn vieren aan het wachten waren. De inspanning van praten over allerlei onbedui-dende zaken en de geveinsde belangstelling maakten hem moe. Toen Meredith haar servetje kapot begon te scheuren, overtuigde Kevin Lydia ervan dat ze maar gewoon verder moesten gaan met het eten. Waar bleef Stephen in vredesnaam? Kaarslicht veranderde het oppervlak van de eettafel in een lang stuk donker water. En ook al waren ze in dezelfde kamer met hem, toch voelde Finch een bij-na onoverbrugbare afstand tussen hemzelf en degenen van wie hij hield.

Toen de bel om acht uur eindelijk klonk, bromde Finch binnensmonds iets, en zei toen tegen Lydia terwijl zij opstond van tafel: 'Als zijn vlees zo droog als gort is, dan is dat helemaal zijn eigen schuld.' Maar toen hoorde hij hoe zijn dochter naar adem snakte en bezorgd dingen uitriep. Ze rende achter hen langs de keuken in en kwam terug met een zak bevroren groenten, net toen Stephen de kamer inkwam.

'Wat in vredesnaam…' begon Finch, maar hij stopte toen hij zag hoe Stephens gezicht eruitzag, met een kapotte lip, een hangend ooglid, de huid rond zijn oogkas en jukbeen paarsrood als een pruim.

'Ik heb wat zeepjes meegenomen', zei Stephen terwijl hij zich op een stoel liet vallen.

'Goeie hemel, is alles wel goed met je? Ben je overvallen? Ik bel de politie.'

Lydia drukte de bevroren erwten tegen zijn wang, en terwijl Finch ineenkromp, glimlachte Stephen, alsof hij de plotselinge aandacht aangenaam vond, wat er ook gebeurd mocht zijn.

'Niet nodig', zei hij. 'Gewoon een misverstand tussen mij en een ex-werknemer van Murchison. We houden er andere standpunten op na over wat een noodgeval precies is. Wisten jullie dat sommige mensen niet zo aardig reageren als iemand over de telefoon wat al te gedetailleerd is met betrekking tot hun specifieke talenten, vooral niet als dat telefoontje kan worden opgenomen?'

'Ben je soms aan het ijlen? Je hebt zeker je hoofd gestoten?'

'Finch', zei Stephen. Hij leunde achterover in de stoel en zuchtte tevreden, terwijl Lydia zijn oog verzorgde en Kevin en Meredith op de achtergrond rondliepen. 'Ik weet dat ik niet geacht word nu iets te zeggen. Maar herinner me eraan dat ik je na het eten wat meer vertel – we zullen naar Tennessee moeten.'

Finch reed Stephen na het eten naar huis en stond erop om hem naar de deur van zijn appartement te begeleiden, bezorgd over de mogelijkheid van een hersenschudding. Het gebruik van bevroren erwten had maar gedeeltelijk de zwelling van Stephens gezicht vertraagd, en zijn enthousiaste reactie op de ontdekking van de foto's kwam eruit in gelispelde halve zinnen. Ondanks Stephens eigen ontdekkingen maakte Finch nu voor het eerst mee dat het merendeel van de lof voor hem was.

'Je bè sjenie, Finsh', sliste Stephen terwijl hij zich in een stoel liet vallen. Terwijl Lydia had gekozen voor het equivalent van een koud kompres, was Kevin met diverse glazen cognac gekomen, en het was maar al te duidelijk welke van de twee het grootste effect op hem had. Finch dekte Stephen toe met een deken die hij van de vloer in de slaapkamer had opgeraapt en schoof een kussen van de bank onder zijn hoofd. Stephen keek met half toegeknepen ogen naar de foto die hij in zijn hand hield, de foto van Natalie en het kind. Zijn oogleden trilden. 'Boozz', zei hij, terwijl hij op Natalie wees.

De nauwkeurigheid van het woord maakte hem aan het schrikken, en Finch herinnerde zich weer wat hem misselijk had gemaakt, die eerste keer dat hij het schilderij had gezien: zijn overtuiging dat Thomas met Natalie naar bed was geweest, ondanks zijn leeftijd, en dat dit iets totaal anders voor haar had betekend dan voor hem. Het kwam naar voren in haar ogen, in de stand van haar mond, in haar houding en de positie van haar vingers op Thomas' schouder. *Van mij.*

Toch was Alice de moeder van Thomas' kind. Finch pakte de foto behoedzaam uit Stephens hand. Hij keek er opnieuw naar, naar Natalies koude blik, haar beheerste uitdrukking, en vroeg zich af of ze op de een of andere manier iets had gevonden om hen allebei te straffen.

Twaalf

Alice werd wakker op de bank waar Frankie eerder had geslapen, krom en stijf als een roestig stuk prikkeldraad. Een zwakke winterzon verlichtte de kamer. De vorige avond had ze urenlang naar de papieren gestaard die over de tafel verspreid lagen, op zoek naar een verklaring die ervoor kon zorgen dat ze deze nieuwe informatie in het materiaal van haar verleden kon verwerken. Uiteindelijk had ze het opgegeven en maakte ze een nest van haar armen waar ze haar hoofd in legde, te moe om zich nog druk te maken over de paperclips die afdrukken achterlieten op haar wang. Ze gaf zich over aan de onderstroom van herinneringen, waarbij ze zich liet meetrekken naar een donkere en droomloze vergetelheid.

Phinneaus' olijfkleurige jack bedekte de bovenste helft van haar lichaam, en ze begroef zich erin. Het enige wat ze wilde, was zich daar nog wat langer in verbergen, met haar neus tegen de corduroy kraag, waar ze de geur van zijn scheercrème nog kon ruiken.

Hij zat haar vanaf een stoel aan de andere kant van de kamer gade te slaan.

'Hoe laat is het?'

'Ik ben bang dat de morgen al bijna voorbij is. Het loopt tegen enen.'

'Ben je hier de hele nacht geweest?' Zonder op een antwoord te wachten, zei ze: 'Je had niet hoeven blijven, hoor, Phinneaus. Het gaat wel met me.'

'Dat weet ik.'

'Is er nog koffie?'

'Niet echt het ontbijt of de lunch van kampioenen, maar koffie en pillen komen eraan. Misschien nog wat eieren?'

Eieren. Ze trok een grimas terwijl haar maag protesteerde. De bange voorgevoelens die ze gisteravond had gekregen, keerden terug zodra ze haar ogen opende, en haar lijf leek ervan vervuld. De gedachte aan eten was niet aanlokkelijk.

'Doe het om mij een plezier te doen', zei hij, als antwoord op het gezicht dat ze trok. Hij kwam uit de stoel en liep naar de bank, waarbij zijn aarzelende manier van lopen zo vertrouwd was dat ze het in haar eigen botten voelde. Hij duwde het haar uit haar gezicht met een snelle beweging van zijn duim, voordat hij in de richting van de keuken liep, waar hij Saisee riep.

Ze was verliefd geworden op de choreografie van zijn bovenlijf, van wat er nog over was van de houding van een soldaat: het gemak waarmee hij een maatje claimde, een arm om Frankies schouder sloeg, de moeiteloze beweging van zijn nek als hij iets achter zich hoorde; de vloeiende buiging van zijn elleboog. Ze genoot van de dans van zijn vingers als hij een spel kaarten schudde of de zijde-achtige draden van een maiskolf trok. De flits waarmee hij zijn fazantengeweer over zijn schouder gooide, in een snelle, ononderbroken beweging. *Toen kwam opeens een jager-jager-man, die heeft er een geschoten.*

Ze strekte zich uit naar de rug van de bank en trok zichzelf overeind tot in een zittende houding. Ze kreunde terwijl ze haar armen door de mouwen van zijn jack stak. Hoe lang duurde het voordat je een vriendelijk mens werd? Iemand die hulp kon accepteren en kon bedanken zonder daar wrokkig over te doen? Ze dacht aan Frankie, die zich door zijn schoolwerk worstelde, moeite had met het begin van een vroege puberteit, probeerde vrede te vinden met het feit dat zijn moeder in de gevangenis zat en nog nooit ook maar de geringste belangstelling had getoond om iets van hem te horen, of iets over hem te weten te komen.

'Dank u, Miss Alice, dat u het geprobeerd hebt. Phinneaus zegt dat ik een werk in uitvoering ben', zei hij pas nog, ernstig en geduldig, ook al was ze kortaf tegen hem geweest nadat ze hetzelfde probleem voor de vijfde keer had uitgelegd – treinen die elkaar naderen vanuit tegenovergestelde richtingen, de een met een lading sinaasappels, de andere met een lading ananassen, een naderende ambrozijnen ramp. Misschien ben ik dat ook wel, dacht ze. Een werk in uitvoering. Phinneaus kwam de kamer weer in met een dienblad en zette dat op de salontafel. Hij schonk koffie in haar mok, die deel uitmaakte van een set van zes bone china mokken met een chintzdessin die hij had gevonden op een vlooienmarkt. Hij had het oor van elke mok omwikkeld met een stukje binnenband dat moest dienen als een soort stootkussentje. Als ze de mok zag, vrolijkte haar dat altijd op, doordat de combinatie van de materialen zo absurd was, fijn porselein gekoppeld aan de realiteit van de beperking. Hij gaf haar de koffie zoals zij die lekker vond: een flinke schep suiker en zo veel melk dat hij vaak zijn hoofd schudde voordat hij haar de koffie overhandigde, snuivend om aan te geven: *waarom zet ik eigenlijk nog koffie?* In de loop der jaren hadden ze elkaars gewoontes langzaam en voorzichtig ontdekt, in hun gedrag behoedzaam als jagers, waarbij ze erop letten dat ze hun bezorgdheid camoufleerden. Zo wist ze dat hij graag met zijn rechterbeen bij de open haard zat. Als eeuwige koopjesjager nam hij altijd als eerste de rubriek 'Te koop' door in de plaatselijke krant, voordat hij iets anders ging lezen. Hij was respectvol ten opzichte van de prooi die hij had geschoten, zijn vingers bewonderend glijdend over de veren van een kalkoen of de vacht van een beverrat. En hij was een aandachtige en neutrale luisteraar; ze was er nooit helemaal zeker van wat hij dacht totdat hij begon te praten.

'Ik vind het allemaal maar vanzelfsprekend wat jij doet', zei ze.

'Doe dat.'

Het zette haar op scherp toen ze hoorde hoe gemakkelijk hij instemde. 'Maar dat is niet mijn bedoeling.'

'Alice, als het soms komt door Natalie...' Hij stopte, en ze sloeg hem gade terwijl hij bezig was de juiste woorden te kiezen. 'Ik ga nergens heen. Ik bedoel, Frankie en ik, wij zijn hier gewoon.'

Ze overwoog dat even. *Frankie en ik.* Hij gaf hen allebei het vangnet van een derde, zelfs al was die derde een jongen van acht.

'Jij bent de laatste die er nog is, Phinneaus. Jij kent mij nu langer dan wie ook, met uitzondering van Saisee, en jij kent mij beter dan zij mij kent.'

'Niet helemaal langer dan wie ook.'

Thomas. Op het moment dat ze het negatief had gezien, had ze hem naast zich gevoeld, een oude geest, een schaduw die aan haar huid zat vastgeplakt. Ze kon hem niet van zich afschudden. Ze hoorde zijn droge lach klinken in haar hoofd, voelde zijn adem op de onderkant van haar rug. Ze rilde, en daar was weer het spoor van zijn vingers terwijl die haar mond volgden, zijn woorden gefluisterd tegen haar huid aan de onderkant van haar hals, de smaak van cognac die naar boven kwam in haar keel, haar ogen die brandden door de sterkte ervan. Phinneaus had haar de negatievenstrook overhandigd en geen enkele vraag gesteld, en op haar beurt had ze geen enkel antwoord gegeven. Had ze zich de weer snel verborgen blik van teleurstelling verbeeld die over zijn gezicht was gegleden? Nee. Het was een blik die ze nooit eerder bij hem had gezien, en een die ze nu moest zien te vergeten.

Thomas was een heel leven geleden. Ze had haar herinneringen aan hem en aan het zomerhuis, los van alles wat daarna kwam, opgeslagen, en ze had zichzelf ervan overtuigd dat het maar goed was dat hij het nooit had geweten, dat ze zichzelf nooit zover had kunnen krijgen om hem op te zoeken en het hem te vertellen. Wat er van hem was geworden, wist ze niet. Het was Phinneaus geweest die haar een reddingsboei had toegeworpen en haar uit haar verdriet had getrokken; Phinneaus die haar zover had gekregen om een nieuw leven te beginnen, één voorzichtige stap per keer; Phinneaus die haar had laten voelen dat haar bijdragen nuttig waren, hoe klein ze die ook vond. En het was Phinneaus die hier nu tegenover haar zat, starend naar het vloerkleed, de beweging van zijn schouders zo licht dat ze wist dat hij min of meer zijn adem inhield, wachtend totdat zij het hem zou gaan vertellen.

'Ik ken hem niet, Phinneaus. Niet meer. Niet sinds we hier zijn komen wonen.'

'Het zijn mijn zaken niet.'

Hij zei het te snel, te nonchalant, en als het zijn bedoeling was geweest om haar te kwetsen, dan was hem dat gelukt. Ze rolde de mok heen en weer tussen haar handen, opdat de warmte haar vingers langzaam zou ontdooien en ze die weer een beetje zou kunnen buigen. *Ik kan het niet*, dacht ze. *Ik wil niet teruggaan in de tijd en me alles weer herinneren, zelfs niet voor jou.* Hij verschoof in zijn stoel, en alsof hij ineens was verdwenen, zag Alice plotseling hoe het zou zijn zonder hem, zijn afwezigheid erger dan die van Natalie en haar ouders samen. De paniek die haar aangreep was onverdraaglijk, en ze wilde hem vertellen dat het wél zijn zaken waren, meer dan van wie ook.

'Ik heb je nog niet bedankt.'

'Ik wil altijd graag een kop koffie voor je inschenken, Alice.' Hij was niet van plan het gemakkelijk te maken voor haar. Nou, prima. Zij kon net zo koppig zijn als hij. 'Ik bedoel, dat je gisteravond bent gebleven.'

Hij haalde zijn schouders op. 'Dat je het ontdekte van het huis en van Natalie, dat je door haar spullen moest gaan. Dat leek me nogal veel in één keer. Ik dacht dat het beter was als je niet alleen zou zijn.' Hij wreef zijn handen heen en weer over zijn knieën, iets wat hij deed, zo had ze ontdekt, als hij zijn opties overwoog. 'Ze is nog niet lang dood, Alice. Misschien is niets hiervan al goed tot je doorgedrongen, ik weet het niet. Maar ik maak me zorgen over wat er zal gebeuren als dat eenmaal het geval is.'

Haar liefdevolle gevoelens voor hem van nog geen seconde geleden werden vervangen door woede. 'Ik lijk niet bedroefd genoeg, bedoel je dat soms? Zou je je beter voelen als ik me in het zwart zou kleden? Is het raar dat ik niet op de grond lig te kronkelen of mijn kleren verscheur? Dat ik geen kalmeringsmiddelen of slaappillen nodig heb? Dat is wat de mensen hier denken, niet?'

De aderen in zijn hals zwollen op, en hij klemde zijn kaken op elkaar, duidelijk boos op haar. Hij stond op en ijsbeerde heen en weer door de kamer. 'Ik weet niet welke vraag er het meest voor zorgt dat ik je zou willen wurgen. Het feit dat als je geen raad weet met je eigen gevoelens, het gemakkelijker is om je af te reageren op iemand anders – of in dit geval, op een hele stad – of dat je na vijfendertig jaar nog steeds vastbesloten bent om een outsider te blijven, die op haar eigen eilandje woont. Zou je iets positiever over ons kunnen oordelen, Alice? Misschien dat de mensen hier, zoals jij dat noemt, niet beantwoorden aan jouw maatstaven van verfijning, maar ik denk dat wij echt wel weten dat iedereen op zijn eigen manier zijn verdriet verwerkt. Als je nu eindelijk eens zou ophouden om je zorgen te maken over wat iedereen denkt en jezelf zou toestaan om close te zijn met mensen, dan zou je er nog verbaasd over staan wat mensen allemaal wel niet begrijpen. Je bent niet de enige op de wereld die een leven toebedeeld heeft gekregen dat anders is dan ze hadden verwacht.'

'Is dat wat jij denkt? Dat ik medelijden heb met mezelf? Je weet dat dat niet waar is.' Ze waren nooit eerder echt boos op elkaar geweest, en nu was dat gevoel zo tastbaar dat ze het tussen hen in kon zien gloeien, als een oprijzende vuurrode muur. Ze stak haar kin naar voren. 'Ik ben wél close met mensen. Ik ben close met Saisee. Ik ben close met Frankie.' Ze keek naar buiten naar de desolate tuin, de wereld buiten die bevroren en stil was. Zelfs de vogels zaten bewegingloos ineengedoken op takken, alsof ze van ijs waren. *Wat zou ik zonder je moeten, Phinneaus?*

'En ik ben close met jou.'

'O ja?' Hij wendde zich van haar af en zei rustig: 'Verdorie, Alice. Wanneer hou je er eens mee op om te doen alsof we alle tijd van de wereld hebben?'

Het was een eerlijke vraag. Ze verlangde er hevig naar om terug te gaan in de tijd, de dag opnieuw te beginnen vanaf het moment dat ze haar ogen had geopend. Maar nu hadden ze dingen gezegd die dat onmogelijk maakten. Ze koesterde de mok tegen haar borst. Hij zei verder niets meer, maar liep naar de bank en kwam naast haar zitten. Ze kon de warmte voelen die van hem afstraalde en zich naar haar uitstrekte. Zonder dat ze dat van plan was geweest, liet ze haar hoofd op zijn schouder rusten. Ze voelde het welkome geschuur van zijn overhemd tegen haar wang, duidelijk en echt. Zou hij blijven als hij wist dat ze in staat was tot haat? Dat ze zich soms zo vol wrok voelde dat er geen plaats meer was voor iets anders? Zou hij ooit nog met haar willen praten, of zou hij Frankie meenemen en weggaan, haar met een groter gevoel van eenzaamheid achterlatend dan toen ze hier kwam wonen?

'Hou je hand eens omhoog.' Hij nam haar hand voorzichtig in de zijne en hield die voor zich. 'Op deze manier. Buig je pols en wijs met je vingers en je duim omhoog. Hou dat nu vijf seconden vast. Doet het pijn?'

Ze schudde haar hoofd, ineenkrimpend, maar hield haar hand omhoog.

'Wie liegt er nu? Zo is het goed. We doen het later nog een keer.' Toen ze naar hem keek, zei hij alleen: 'Je hebt je oefeningen niet gedaan. Je weet toch dat je die iedere dag moet doen als je dat kunt.'

'Ik heb graag af en toe een vrije dag zonder dat ik word herinnerd aan alles wat ik niet kan doen. Bovendien groeien fysiotherapeuten niet aan bomen.'

'Je hebt nu al een paar van die vrije dagen achter elkaar gehad, dacht ik zo.'

Ze praatten eromheen, zich vasthoudend aan het veilige gebied dat hen allebei zo vertrouwd was: haar ziekte, het gebrek aan financiën dat hen dwong om zich te behelpen. Maar hij had haar hand niet losgelaten en op haar beurt voelde Alice dat er een beetje meer van haar werd gevraagd: een erkenning of bekentenis waardoor ze er blijk van gaf dat ze hem vertrouwde, zelfs met haar slechtste kant.

'Ik ben bang voor wat je wel niet van me zult denken.'

Hij fluisterde in haar haar. 'Je weet al wat ik van je denk.' Zijn stem zo teder dat het haar pijn deed. 'Ik zag echt wel hoe ze jou behandelde, en ik had er een eind aan moeten maken. Ze zorgde ervoor dat jij bleef tobben over geld, dat je bang was door je ziekte. Ik zag hoe ze de woorden koos om je eronder te krijgen, net zoals ik een geweer oppakte om daarmee te schieten. Maar ik denk dat ze niet wist hoe ze zou zijn zonder jou.'

'Natalie en ik hebben het grootste deel van ons leven met elkaar overhoop gelegen, Phinneaus. Zo is dat uiteindelijk tussen ons gelopen. Maar zo was het vroeger niet.'

Hij knikte. 'Ga door.'

Hij vroeg haar om zich bloot te geven, om de donkerste kant van zichzelf te laten zien. Al die jaren van misvormd zijn hadden haar geconditioneerd ten opzichte van de botte reacties van mensen. Het gestaar interesseerde haar niet langer; ze staarde gewoon terug.

Laat ze maar kijken naar haar doorgezakte voeten en de vreemde stand van haar tenen. Laat ze maar gapen naar de misvormingen van haar handen, de 'zwanenhals' van haar vingers, de 'vork' van haar polsen – al die vreemde benamingen voor haar misvormingen. Dat alles was nog te verdragen als ze kon doen alsof ze een gave binnenkant had, zonder donkere plekken van een lelijke gedachte, een boosaardige wens.

Ze keek neer op haar handen, de toppen van zijn vingers losjes gevlochten door die van haar. 'Het is zo verleidelijk om te doen alsof het allemaal Natalies schuld is geweest. Maar ze heeft me niet gedwongen om te blijven. Na een poosje was het gewoon gemakkelijker om bang te zijn. Ik begon het wel gemakkelijk te vinden dat alles voor mij werd gedaan door andere mensen, en toen hield ik er na een poosje gewoon mee op om te kijken of ik misschien zelf dingen zou kunnen doen. Hoe kon jij – hoe kon wie dan ook – bij zo iemand willen zijn? Maar Natalie bleef. Natalie was altijd hier.'

'Elke verandering is geen verbetering?'

'Ik bleef hopen dat er iets was dat ons bij elkaar hield, dat we ondanks alles toch wisten dat we altijd op elkaar konden rekenen. Dat we van elkaar hielden. Ik geloof nu niet meer dat dat waar was. Misschien is alles na al die jaren gewoon veranderd in jaloezie en haat.'

'Er is geen wet die zegt dat je van je familie moet houden, Alice.'

'Het enige wat ik weet is dat wij het beste excuus voor elkaar werden om niet de dingen te hoeven doen waar we bang voor waren. Misschien heb je wel gelijk; misschien is het nog niet goed tot me doorgedrongen. Ik weet alleen dat alles uit balans lijkt te zijn zonder haar.'

Ze fluisterde de rest van haar woorden in zijn overhemd, in een poging hun betekenis zo minder erg te maken. 'Het heeft er nooit naar uitgezien dat ik het langst zou leven. Het is vreselijk om je te realiseren dat er niemand meer is die jou vanaf je geboorte heeft gekend; niemand die kan zien hoe je uiteindelijk bent geworden, goed of slecht.' Ze voelde hoe Natalies aanwezigheid zich uit de kamer terugtrok, alsof haar zus het weinige stof dat er van haar nog achter was gebleven, aan het verzamelen was. 'Het spijt me voor haar, Phinneaus. Het spijt me dat ze nooit heeft gekregen wat ze wilde. Misschien zou ze een andere mens zijn geworden als dat wel het geval zou zijn geweest. Misschien zou ik dan ook wel een ander mens zijn geworden.'

Ze voelde zo'n lelijkheid, nu eens niet fysiek, maar een zwart gat dat haar van binnenuit opzoog. 'Er is iets gebeurd bij dat meer die zomer, nadat Natalie terugkwam. Ik gaf haar daar de schuld van, althans gedeeltelijk. Zij was altijd degene aan wie de mensen aandacht besteedden, degene die iedereen wilde. Toen ik erachter kwam wat ze had gedaan, was het gemakkelijk genoeg om haar te haten. Maar dat heeft niet hetzelfde gewicht, toch, denken dat je iemand haat als je een kind bent? Pas als je ouder bent kun je begrijpen waartoe mensen echt in staat zijn.'

'Dus nu valt haar ineens niets meer te verwijten?'

Alice schudde haar hoofd. 'Nee. Maar op een bepaald moment realiseerde ik me dat ik niet met haar zou willen ruilen, zelfs niet als dat zou inhouden dat ik haar uiterlijk zou hebben, haar goede gezondheid. Niemand nam haar serieus. Natalie was zo mooi – verder hoefde ze niets te doen, toch? Al die aandacht conditioneerde haar tot een bepaald soort leven. Ze zou nooit haar lunch uit een papieren zak eten, of de bus pakken, of samen met vier andere meiden oplopen. En de voorwaarden van de trust die onze ouders hadden opgezet, waren heel specifiek. Er was niet veel geld, maar datgene wat er was, was bedoeld voor mijn medische zorg, met Natalie als beheerder. Het moet hun manier zijn geweest om ervoor te zorgen dat ze niet te zwaar belast zou worden, maar alleen omdat ze aannamen dat ze wel zou trouwen, en haar eigen financiële middelen zou hebben. Dus we zaten aan elkaar vast, wij tweeën. Ik had altijd het gevoel alsof de helft van mijn leven van haar was, maar misschien had zij wel het gevoel dat de helft van mijn ziekte van haar was, zo veel in haar leven moest om mij heen worden geconstrueerd, om wat ik kon en niet kon.'

Alice ging rechtop zitten en veegde met een hand over haar gezicht. 'Toen maakte ik het nog eens erger. Ik had iets wat Natalie nooit kon krijgen. Al was het maar voor een minuut. Dat kon ze me niet vergeven.'

'Wat bedoel je?' Zijn vingers trokken voorzichtige cirkels in haar nek, onder het gewicht van haar haar. Er ging een deur open en ze liep er achterwaarts doorheen, terwijl haar verleden door haar hoofd schoot.

'Ik was thuis voor de kerstvakantie in mijn tweede jaar op de universiteit. Natalie was verloofd met iemand – ik weet niet eens meer met wie; ik kan me zelfs niet herinneren of ik hem ooit heb ontmoet – en toen ineens was het uit. Niemand wilde me vertellen wat er was gebeurd. Ik herinner me dat ik in de keuken was met mijn moeder en haar bij de gootsteen zag staan, waar ze hetzelfde bord telkens opnieuw afwaste, starend in het water. Uiteindelijk zei ze dat ze ruzie hadden gekregen; twee mensen die niet wisten wat ze wilden. We konden het maar beter vergeten.

Ik hoorde Natalie en mijn moeder later met elkaar praten in Natalies slaapkamer. Ik had een van mijn medicijnen beneden laten liggen, en toen ik weer naar boven kwam, hoorde ik Natalie zeggen dat ze het hem nooit had moeten vertellen, dat ze wist dat niemand haar nog zou willen als ze er eenmaal achter zouden zijn gekomen. Ze zei dat het de schuld van mijn moeder was. Van haar en van mijn vader. Ze klonk zo wanhopig; het was pijnlijk, alleen al om haar stem te horen. Mijn moeder verliet huilend de slaapkamer. Ze zag me daar staan, maar wuifde me weg.

De volgende morgen was ik aan het inpakken om weg te gaan. Mijn moeder kwam mijn kamer in en ging op het bed zitten naast mijn koffer. Ze begon mijn kleren op te vouwen, op de manier zoals ze deed toen ik nog klein was. Ze zei een hele tijd niets. Toen pakte ze een van mijn blouses en hield die bevend tegen haar mond. Ze wilde niet dat ik haar aan zou raken. Toen ze eenmaal ophield met huilen, vertelde ze me dat Natalie jaren daarvoor een infectie had gehad en nooit kinderen zou kunnen krijgen. Ze praatte zo zacht dat ik haar nauwelijks kon verstaan. Toen vouwde ze de blouse opnieuw op en streek die glad met de rug van haar hand. "Ik ben hier goed in, hè?" zei ze. Ze legde de blouse in de koffer en liep de kamer uit. We hebben het er daarna nooit meer over gehad. Ze was dood voordat er nog een jaar was verstreken.'

Alice ging opnieuw rechtop zitten en nam een slok van haar

koffie, die koud en bitter was geworden, maar ze dwong zichzelf om die op te drinken. 'Natalie moet die infectie hebben gekregen nadat ze die abortus had ondergaan. Ik kan het nu begrijpen, waarom ze zich toen zo voelde. Het was niet alleen vanwege mijn artritis.'

'Je bedoelt, omdat jij zwanger werd?' Hij hield nog steeds haar hand vast. Ze sloot haar ogen en wendde zich van hem af, om hem de kans te geven haar los te laten.

'Ja.'

'En die andere foto? Die van jou?'

Het was alsof ze een gewonde vogel in een doos was: gevangen, alles donker. Ze kon niets zien. Het enige wat ze kon horen, was het geluid van haar eigen hart dat bonkte in haar borst. Ze wilde verschrikkelijk graag weg. Toch werd ze vastgehouden door handen die haar voorzichtig en teder omvatten, om niet nog meer schade aan te richten. Ze kon nauwelijks voelen dat hij haar vasthield, en begon zich af te vragen of het haar verbeelding was en ze toch alleen was, maar toen begon hij te mompelen, zo rustig, waardoor ze wist dat hij er nog steeds was. Alice haalde diep adem en sloot haar ogen.

'Er was een storm.'

Ze waren met zijn drieën op zolder, terwijl ze probeerden niet te luisteren naar de wind die aan het huis rukte. Die wilde naar binnen. De wind krijste en kermde boosaardig, gooide dingen naar hen: stenen, bomen, wat hij maar kon vinden. Ze kon het schrille geluid van spijkers horen die uit hout werden gerukt, evenals het gestage klotsen van water tegen de fundering van het huis, alsof ze al waren losgeslagen en op drift waren geraakt.

De hele morgen hadden de weermannen al nieuws gegeven over het verwoestende pad van Agnes; eerst was het een orkaan, daarna alleen een depressie en tot slot, onverwacht, toch weer een tropische storm toen die samenviel met een niet-tropisch lagedrukgebied, om uiteindelijk los te barsten boven Pennsylvania. Dit zorgde ervoor dat de Genesee, de Canisteo en de Chemung buiten hun oevers traden, de Chesapeake en de Susquehanna opzwollen en de

Conowingo Dam overstroomd dreigde te worden. Treinsporen en huizen werden weggevaagd en tientallen mensen kwamen om. Niemand had verwacht dat de orkaan zo ver naar het noorden zou trekken.

Natalie had dreigementen geuit tegen Therese, die op het punt had gestaan om de meisjes waar ze al zo lang voor zorgde, in de steek te laten om naar een hogere plek te vluchten. Met zijn tweeën waren ze erin geslaagd om Alice de trap op te krijgen, toen ze zich eenmaal realiseerden dat het water al de kelder begon in te lopen. Alice lag op een dunne donzen deken, tussen twee kussens als ondersteuning. Ze voelde de beweging van vochtige lucht terwijl Natalie in het donker ijsbeerde, met de elektriciteit allang uitgevallen. Ze probeerde zich te concentreren op het onregelmatige geluid van haar ademhaling, haar eigen gehijg te verkiezen boven het meedogenloze gebulder van de storm.

'Je moet de dokter bellen.'

Natalie had haar haar samengebonden in een zweterige knot, en zelfs in de melkachtige straal van de zaklantaarn kon Alice zien hoe haar gezicht rood aangelopen was. Ze veegde een hand over haar voorhoofd en hurkte toen naast Alice, waar ze een deken over haar buik trok. 'En hoe zou ik dat moeten doen, Alice? Er woedt een orkaan. Luister naar me.' Ze duwde Alice' grijpende handen weg. 'Nee, luister naar me. De telefoon doet het niet. Niemand kan komen. Wij moeten het samen doen.'

Haar rug zou straks in stukken breken, dat wist ze zeker. Alles in haar stond op het punt te exploderen, en het enige wat ze kon denken was: ja, laat dat maar gebeuren. Laat mij maar in duizend stukjes uiteenvallen, zo lang het met de baby maar goed komt.

'Natalie, beloof me iets.' Ze dwong alle kracht die ze had in haar hand en greep de arm van haar zus beet in een doodsgreep. Ze bleef vasthouden, hoewel ze werd overvallen door een volgende wee. 'Zorg dat mijn baby niets overkomt. Beloof het me.'

'Hou op met praten. Therese weet wat ze moet doen. Ze heeft dit al eerder gedaan, nietwaar, Therese?' Therese knikte, maar haar ogen stonden star van angst. Alice kon zien hoe Natalies witte vingers over de bovenarm van Therese uitgespreid waren, waardoor zij drieën met elkaar waren verbonden. We lijken zo wel op het spel Barrel of Monkeys, dacht ze, wegglijdend in een delirium.

'Beloof het me. Kaboutermannekes.'

'Alice.' Natalie greep haar bij haar schouders en schudde haar hard. 'Hou op met onzin uit te kramen, of anders ga ik echt met iets gooien. Zo kan ik niet nadenken.'

'Laat onze zielen niet verloren gaan. Beloof het me.'

'Je moet rechtop gaan zitten. Bijt hierop en laat mijn arm los.'

Natalie stond toen achter haar, hield haar overeind, en er was een vochtige doek die smaakte naar iets medicinaals, waarvan de alcohol brandend door haar keel naar binnen liep. Ze voelde Thereses handen onder de deken glijden en over haar buik.

'Pers pas als Therese dat zegt, Alice. Hoor je me?'

Ze knikte en beet hard op de handdoek.

'*Tijeras*', zei Therese. Schaar.

Alice vocht om bij hen weg te komen, klauwend naar alles binnen haar bereik.

Natalie trok haar arm weg en sloeg haar in haar gezicht terwijl ze schreeuwde: 'Verdorie, Alice! Die schaar is voor later, voor de navelstreng. Je moet rustig worden. Dit is niet goed voor de baby als je zo blijft doen. Begrepen?'

Toen volgde er een pijn die zo scherp was dat die zijn eigen tanden had, zijn eigen adem, met in zijn spoor een monsterachtig krakend geluid in haar hoofd dat als een kogel langs haar ruggengraat naar beneden schoot en onderweg alle zenuwen in brand zette. Haar lichaam gloeide als een hete kool, van oranje naar wit, begon toen te trillen en probeerde zich los te maken vanuit haar midden. Een andere kracht was haar nu de baas, een kracht die maakte dat ze boog en dubbelsloeg. Het welde op vanuit haar keel en duwde zich naar buiten met een gebrul dat de storm evenaarde. Het huis stort in, dacht ze. Het huis stort rondom ons in. En ook al was ze er zeker van dat haar ogen open waren, toch zag ze overal om zich heen, waar ze ook keek, alleen maar diepe duisternis.

'Ik kreeg een meisje.'

Ze was gevangen in een andere tijd. Phinneaus wiegde haar in het constante ritme van een metronoom, zijn armen een veilige haven waar ze zich kon bevrijden van de ban van de zolder die haar probeerde terug te trekken. De storm was voorbij, de wind gereduceerd tot gefluister. Ze kon niet begrijpen wat er werd gezegd; de woorden waren te vaag en onduidelijk, maar iemand daar had haar nodig. Ze hoorde de scherpe schreeuw van een vogel, en toen niets meer.

'Een meisje. Vertel me hoe je haar wilde noemen.'

'Ik wilde haar Sophia noemen.'

'Sophia Kessler. Dat klinkt mooi. Je zou een goede moeder zijn geweest, Alice. Dat weet ik zeker.' Hij streelde haar haar, en ze voelde hoe de rondwervelende flarden van herinneringen neerdaalden en weer op hun gebruikelijke plaats terugvielen, de contouren vervaagd door de opeenvolging van jaren.

'Toen ik wakker werd, lag ik in een ziekenhuis.' Ze herinnerde zich de kamer, zo wit dat die leek te weerkaatsen. 'Er was een oudere vrouw in het bed naast het mijne, met haar been in het gips. Ze schreeuwde in haar slaap. Ik begreep wat het betekende. Ik lag niet op de kraamafdeling.' Ze had naar de baby gevraagd, en de verpleegster, jong en onervaren, had even weggekeken om zichzelf onder controle te krijgen. Daarna draaide ze zich glimlachend om en stopte ze de dekens in. 'Zo meteen komt er iemand om met je praten.'

'Daarna wilde ik alleen nog maar slapen. Ik verlangde ernaar, bad erom. De dokters waren erg soepel met het verstrekken van medicijnen.'

Ze trok haar handen bij hem weg en stopte ze in de zakken van zijn jasje. Het was te veel – dit aanraken, dit vertellen. Een lage zon glinsterde op het raam. Op een gegeven moment was het ineens laat in de middag geworden.

'Natalie legde alles later uit, toen ik eenmaal thuis was. Ze zat in een stoel naast het bed. Ze hield haar handen op de leuningen van de stoel. Ze raakte me niet aan. Ze vertelde me dat, toen Therese de baby ter wereld had gebracht, ze doodgeboren was. Ik zei dat ik haar gezien had. Dat ik haar in mijn armen had gehouden. Dat ze bewoog. Natalie bleef maar met haar hoofd schudden.

Je herinnert je het alleen maar zoals je het je wil herinneren, Alice.

Maar ik heb haar zelf gehoord. Ik heb Sophia horen huilen op de zolder.

Alleen maar omdat je dat wil.

'Natalie had inmiddels alles geregeld. Ze reed me de volgende dag naar de begraafplaats, liet me het grafje onder een eik zien. Niet ver daarvandaan stond een bank. Ik wilde daar gaan zitten, maar het regende zo hard dat we niet uit de auto konden. Ze vertelde me dat ze iets had gekozen voor de grafsteen, een deel van een vers uit psalm 84 – "Zelfs vindt de mus een huis." Ik heb die grafsteen nooit gezien; hij moest nog gegraveerd worden.'

'"En de zwaluw een nest voor zich." Dat was een van mijn moeders favoriete psalmen', zei hij.

'Ik vond het lief van haar, om te proberen iets te vinden dat betekenisvol was voor mij. Ik was haar daar dankbaar voor. Toen we terugkwamen bij het huis, gaf ze me al mijn medicijnen en keek toe terwijl ik die innam. Terwijl ik in slaap viel, vertelde ze me dat ze het huis had verkocht. Dat we over twee dagen zouden vertrekken.'

Phinneaus stond op en liep naar het hoekraam, waar hij de tuin in keek. Alice sloeg hem gade terwijl hij zijn vlakke hand tegen het glas legde, waar een ademende aura van wasem ontstond. Zijn silhouet was een pilaar die de hele kamer overeind hield.

'Hoe zit het met de vader. Wist hij het?'

Ze had zitten wachten totdat hij dat zou vragen. Ze hield haar hoofd omlaag en zei niets. Toen stond ze op van de bank en liep naar het raam om naast hem te komen staan. Ze legde een hand op zijn schouder en trok er even aan totdat hij haar aankeek, schudde toen haar hoofd. 'Nee. Hij heeft er nooit iets van geweten.' Ze pauzeerde en liet hem toen los. 'Haat je me nu?'

Hij keek weg van haar, maar schudde zijn hoofd. 'Nee. Maar als ik het was geweest, had ik het wel willen weten.'

'Hij was jij niet.' Het was niet de vergeving waar ze op had gehoopt, maar het was wat ze verdiende. 'Ik weet niet wat hij zou hebben gedacht, maar ik had hem de kans moeten geven om me dat te zeggen.'

'Ik veroordeel je niet, Alice. Ik denk dat je zo je eigen redenen had.'

'Ik ben nu niet meer de persoon die ik toen was.'

'Niemand van ons is dat.' Hij nam haar in zijn armen, en ze leunde tegen hem aan, overweldigd door vermoeidheid, nauwelijks nog in staat om op haar eigen benen te staan. Ik zou hier kunnen blijven, dacht ze. Nooit meer bewegen en ik zou het prima vinden.

'Hoe zit het met die andere vrouw? Je zei dat ze Therese heette?' Ze leunde met haar hoofd tegen de buiging van zijn hals. 'Ik heb haar nooit meer gezien na die nacht van de storm. Natalie ontsloeg haar. Ze zei dat ze niet dacht dat ik haar ooit nog wilde zien. Niet na wat er was gebeurd.'

'Wat was de achternaam van Therese?'

'Iets met een G. Garza, geloof ik.'

'Was ze lang bij jullie?'

'Vanaf dat ik ziek werd toen ik jong was. Ze kwam twee keer per week om te helpen met de huishouding nadat ik gediagnosticeerd was. Het was te veel voor mijn moeder om alles alleen te doen, met al mijn doktersbezoeken en haar sociale verplichtingen. Waarom vraag je dat?'

'Geen reden eigenlijk.' Hij boog zijn hoofd en fluisterde in haar oor: 'Je bent moe. Het is een lange middag geweest en ik moet even kijken hoe het met Frankie is. Die jongen wordt slimmer dan goed voor hem is. Wie weet wat hij vandaag allemaal heeft uitgespookt.'

'Die jongen is een lief en heerlijk kind, wat jij heel goed weet.' Ze drukte haar lippen op de rug van zijn hand en lachte bij de onthutste blik die zich over zijn gezicht verspreidde, de zweem van vreugde. 'Phinneaus Lapine, ik geloof echt dat je nu bloost.'

'Je doet me vergeten dat er buiten deze kamer nog iets anders is.'

'Wat zei je eerder ook alweer tegen mij? Dat je er nog steeds was? Ik ga evenmin ergens heen.'

Hij keek naar haar, zijn gezicht gemarkeerd door behoedzaamheid. 'Ik hoop dat dat waar is.'

Het was vreemd om te gaan slapen zonder de wens om iemand anders te zijn. Net als de witte rijp van de winter die de dennenbomen met een ijzig laagje bedekte, omgaf haar huid haar botten nu op een andere manier, en dat voelde goed aan. Dat was het geschenk dat hij haar had gegeven.

Haar hoofdkussen geurde naar lavendel, de lakens voelden koel aan. In plaats van haar haar op te steken, viel ze achterover op het bed en liet het om haar heen omlaag vallen, een wilde massa van verwarde krullen. Het was een ongewoon opbeurend gevoel om gewoon zichzelf te kunnen zijn.

De volgende morgen kwam ze de lichte keuken binnen, uitgehongerd, en verbaasde ze Saisee door naar groene thee en een tweede cracker te vragen.

'Ken ik jou?' vroeg Saisee, turend over de rand van haar bril. Ze legde een bergje pillen klaar en zette de ketel op het vuur en een pot honing op de keukentafel. 'Meneer Phinneaus zei dat als jij het goed vindt, hij straks langskomt.'

'Wanneer heeft hij gebeld? Ik heb de telefoon niet gehoord.'

'Zei ik dat hij gebeld had? Nee hoor. Hij kwam hier vanmorgen vroeg al langs, niet lang nadat ik hier kwam, en ging regelrecht naar de eetkamer, om te werken aan al die papieren van jou. De hele eettafel is ermee bedekt. Ik weet niet waar we vanavond moeten eten.' Ze sloeg met een houten lepel tegen de zijkant van haar dij en trok haar wenkbrauwen op.

Alice ging de eetkamer binnen. Saisee had gelijk. De tafel was bedekt met keurige stapels papieren, van de ene naar de andere kant, met op elke stapel een wit kaartje met daarop een korte beschrijving van wat eronder lag. *Rekeningen. Bankafschriften. Huurovereenkomst. Ontvangstbewijzen. Steele & Greene.* Ze liep om de tafel heen en vroeg zich af hoe hij het voor elkaar had gekregen om dit in een paar uur te doen. Een wonder van ordelijkheid. Midden op de tafel lag als de naaf van zijn vele spaken, zijn gele gelinieerde blocnote. Er waren twee vragen geschreven aan de bovenkant van de bladzijde in Phinneaus' nette handschrift: 'T. Garza?' en 'ASK?' Er ging een rilling over haar rug. Ze keerde terug naar de keuken voor haar ontbijt, maar ze had ineens geen trek meer in haar tweede cracker en kon zichzelf er niet van weerhouden om telkens naar de tafel in de andere kamer te kijken. Het melodietje dat ze in haar hoofd had geneuried, werd zachter en verdween.

'Saisee, heb je alles van boven naar beneden gebracht?'

'Haar kleren zijn nog boven. En al die parfumflesjes. Daar is nergens anders plek voor. Ik heb alleen alle papieren die ik kon vinden naar beneden gehaald, zoals Phinneaus vroeg. Zoek je iets speciaals?'

Had ze soms verwacht dat er iets zou zijn wat aan haar gericht was? Een brief waarin ze haar verontschuldigingen aanbood, een erkenning dat hoe hun relatie zich ook had ontwikkeld, zij daar allebei schuld aan hadden? Dat zou niets voor Natalie zijn geweest, die onwrikbaar bleef in haar afstandelijkheid. 'Ik denk het niet', zei Alice.

Er werd op de deur geklopt en Phinneaus schoot de kamer in, zijn laarzen vegend op de mat onder Saisees waakzame oog.

'Goedemorgen.' Hij liep op Alice toe en kuste haar luchtig op haar wang. Zijn lippen waren licht als papier en voerden een zweem van de kou van buiten met zich mee. 'Heb je goed geslapen?'

De nieuwe dag belichtte scherp de duidelijke verandering in hun relatie. Saisee schraapte haar keel en ging naar boven, maar niet voordat ze Alice een veelbetekenende glimlach had gegeven die maakte dat ze een kleur kreeg. Los van goede manieren maakte het ontbreken van ruimte tussen hen in duidelijk dat er sinds de vorige dag iets tussen hen was veranderd. Ze leunde achterover in haar stoel, nog niet gewend aan een dergelijke intimiteit. 'Ik heb heel goed geslapen, dank je wel.'

Hij leek het niet op te merken, duidelijk afgeleid door zijn eigen gedachten. 'Mooi. Ben je klaar met eten?' Hij gebaarde naar het restant van haar cracker dat nog op haar bord lag en het lauwe restje thee. 'Ik wil graag dat je ergens naar kijkt.'

Hij werkte haar de keuken uit, haalde een stoel naar achteren bij de eettafel en schoof die naar haar toe. Ze ging zitten en vouwde haar armen voor haar borst, wensend dat ze langer in bed was gebleven.

Phinneaus begon aan zijn gebruikelijke geijsbeer. 'Alice, gisteren zei je dat je dacht dat de naam van de huishoudster die voor jullie gezin werkte, Therese Garza was, niet? En dat Natalie haar ontsloeg na de storm?'

Ze knikte. 'Phinneaus, wat is er?'

'Ik heb het gevoel dat ik zit te neuzen in iets wat mijn zaken niet zijn, maar je hebt nu eenmaal om mijn hulp gevraagd om je uitgaven te bekijken.'

'Dat weet ik. En ik waardeer het dat je dat wil doen. Ik neem niet aan dat je miljoenen dollars op een geheime bankrekening hebt ontdekt?'

Hij negeerde haar poging tot luchthartigheid. 'Gisteravond vertelde ik je dat het erop leek dat het huis in Connecticut nooit is verkocht, dat jullie huis wordt verhuurd via een makelaarskantoor, Steele & Greene. Toen ik door Natalies bankafschriften ging, ontdekte ik dat ze eens per maand bedragen ontving op haar bankrekening.'

'Misschien haar salaris?'

'Dat dacht ik niet. Er waren nog andere bedragen die elke twee weken werden overgemaakt. Natalie was niet in vaste dienst; haar salaris varieerde een beetje van de ene betaalperiode op de andere, afhankelijk van de maand en het aantal dagen dat ze had gewerkt. Deze stortingen werden gedaan door een bank in New York, en het was altijd hetzelfde bedrag. Maar dat is niet het interessante eraan.'

'Nee?' Ze voelde een steek van ergernis bij het woord 'interessant' en ging rechter op haar stoel zitten. Hij zat hier helemaal niet mee. Hij had een explosief ontdekt en was in zijn element, terwijl hij voorzichtig de aarde weggroef om het boven de grond te krijgen. Intussen vertelde hij haar over zijn plan van aanpak, niet verontrust door de mogelijkheid dat hij straks botresten zou kunnen tegenkomen. Maar die botresten waren wel van háár familie, niet van die van hem. En als Natalie een manier had gevonden om wat extra geld te verdienen, wat maakte dat dan nu nog uit?

Phinneaus haalde zijn leesbril uit de zak van zijn overhemd en fronste bij de stapel kasboeken die op de tafel lag. Terwijl hij er met zijn pen tegenaan tikte, zei hij: 'De afgelopen vijfendertig jaar, van september 1972 tot en met afgelopen september heeft Natalie elke maand geld overgemaakt naar Steele & Greene, altijd hetzelfde bedrag.'

Hij pauzeerde en wendde zich tot haar. Ze schrok toen ze zag dat zijn blik was veranderd van opwinding naar een blik die zowel medelijden als bezorgdheid uitstraalde, alsof hij probeerde te peilen hoe hetgeen hij wilde gaan zeggen, bij haar aan zou komen.

'Er staat een omschrijving in die boeken naast elke overmaking van september 1972 tot en met juni 1990 – achttien jaar lang. Altijd dezelfde omschrijving: 'ASK – T. Garza.' Therese Garza. Maar vanaf juli 1990 tot en met afgelopen september veranderde de omschrijving in 'ASK'. Waarom zou Natalie achttien jaar lang elke maand een bedrag overmaken naar Therese Garza? En waarom zou ze dat sturen via het kantoor dat jullie huis verhuurt?'

'Het moet een vergissing zijn.'

'Vijfendertig jaar lang?' Phinneaus ging naast haar zitten en schoof de stapel kasboeken in haar richting. 'Dat lijkt me niet.'

Zijn toon was veranderd; ze hoorde nu de rationele en afgemeten stem die hij gebruikte als hij zwaarwichtige levensvragen aan Frankie probeerde uit te leggen: waarom het kwade het af en toe leek te winnen van het goede; hoe de dingen uiteindelijk toch goed leken te komen; waarom je mensen niet kon veranderen, zelfs niet als het voor hun eigen bestwil was; ze moesten zichzelf willen veranderen. Ze realiseerde zich dat Phinneaus aan het proberen was, op de enige manier die hij kende, om haar iets heel ergs te vertellen, iets wat geen van hen nog zou kunnen herstellen. Haar ademhaling werd sneller, en ze voelde hoe die hoog in haar longen was. Ze wilde het zo houden, om te stoppen wat hierna zou komen.

'Alice, hoor je me wel?'

Wat ze hoorde was een dreunende oceaan in haar oren, een atmosferische storing die elke logische gedachte belemmerde. Haal adem, dacht ze, haal gewoon adem.

'Misschien voelde Natalie zich schuldig omdat ze haar ontslagen had.'

Phinneaus stak zijn hand uit, en toen ze zich niet bewoog, bedekte hij haar beide handen met die van hem. 'Ik denk dat het ergens anders voor geweest moet zijn.'

'Wat dan? En "ASK". Wat bedoelde ze daarmee?' Ze schudde hem af en stond op, opgelucht dat haar benen nog functioneerden, ook al lieten haar longen haar in de steek. Ze voelde de aandrang

254

om al zijn zorgvuldig opgestapelde papieren van tafel te vegen. 'Geen van ons mag haar dan erg hoog hebben aangeslagen, Phinneaus, maar het klinkt nu alsof je suggereert dat Natalie in iets crimineels was verwikkeld. Dat is onmogelijk. Hier moet een simpele verklaring voor zijn.'

'Die is er ook. Ik denk alleen dat je die niet wil horen.'

'Probeer het eens.' Ze kon hem niet aankijken. Ze had al besloten dat wat hij ook zou gaan zeggen, het niet waar zou zijn.

'Goed dan.' Hij haalde de blocnote van het midden van de tafel en sloeg de eerste bladzijde om. Vanuit een ooghoek zag ze dat hij een ingewikkeld diagram had getekend – paragrafen en pijlen, vraagtekens en hypotheses. Hij had alles al in zijn hoofd uitgewerkt.

'Ik denk dat Natalie je niet de waarheid heeft verteld. Niet waarom jullie weg moesten uit Connecticut, niet over wat er die nacht op die zolder is gebeurd. Ik denk dat er iets anders is gebeurd. En ik denk dat Therese en Natalie de enige twee mensen waren die er iets van wisten.'

Haar neus werd overstroomd met de lucht van iets wat misselijkmakend zoet was, en ze kreeg het er benauwd van, snakte naar adem. Ze was aan het verdrinken, aan het verdrinken op vaste grond, terwijl Phinneaus naast haar stond en toekeek hoe ze wegzonk. Het eenvoudigste op de wereld zou nu zijn om tegen hem te zeggen dat hij moest stoppen. Ze kon het woord wel denken, maar kon het niet over haar lippen krijgen.

Hij trok haar weer omlaag op de stoel. 'Ik weet dat dit je pijn doet. En het spijt me dat ik degene moet zijn die dat doet.'

'Doe het dan niet.'

'Alice, je moet de rest ook horen. Natalie hield alles nauwgezet bij. Ik denk dat ze documenten nodig had voor de verzekeringsmaatschappij met betrekking tot al je medicijnen, bloedonderzoek, röntgenfoto's, je bezoeken aan de reumatoloog. Wat logisch is, omdat de voorwaarden van de trust wel zullen hebben bepaald dat alle uitgaven moesten worden gedocumenteerd voordat die vergoed zouden worden. Maar er is helemaal niets over je zwangerschap. Je hebt toen toch wel een dokter bezocht?'

'Natuurlijk ben ik onder controle van een dokter geweest.'

'Maar er is geen enkel document over bezoeken aan een gynae-coloog. Er is geen documentatie over een verblijf in het ziekenhuis, geen recepten voor pijnbestrijding, antibiotica. Helemaal niets.' Zijn stem daalde, en hij keek een andere kant op. 'Er is geen akte van een levenloos geboren kind, en er is geen verslag van een beta-ling aan een begraafplaats.'

'Je bedoelt dat het lijkt alsof ik nooit zwanger ben geweest.'

'Ja. Tenminste, zo heeft Natalie het eruit willen laten zien.' Hij rommelde door een andere stapel papieren en haalde er een enve-lop uit. Hij aarzelde voordat hij die aan haar overhandigde. 'Ik denk dat haar bitterheid ervoor heeft gezorgd dat ze iets heeft ge-daan wat zelfs zij zich niet had kunnen voorstellen, Alice. En toen ze dat eenmaal had gedaan, wist ze niet hoe ze het ongedaan kon maken. Ik vond dit tussen haar papieren.'

Het was een ivoorkleurige akte-envelop voor zakelijk gebruik. Op de achterflap stond in donkere inkt 'Steele & Green makelaars-kantoor' gedrukt met direct daaronder een retouradres in Hartford. De envelop voelde zwaar aan toen ze die van hem overnam; bank-postpapier, met een watermerk. Het gewicht van goed papier. Haar moeder had ook altijd goed briefpapier gehad; correspondentie-kaarten, enveloppen in twee maten, crèmekleurige standaardvellen briefpapier met haar initialen erop, in reliëf en bovenaan met elkaar verbonden. Ze opende haar post altijd met een zilveren brieveno-pener, alsof elk brief recht had op zijn eigen kleine ceremonie. Alice draaide de envelop om en zag aan wie die was geadresseerd: *Agnete S. Kessler.* ASK. Agnete. Natalie had haar naar de storm vernoemd.

De envelop viel uit haar hand en lag met het adres naar boven op het kleed bij haar voeten. Een adres in Santa Fe, New Mexico. De woorden 'Retour afzender' gevolgd door drie uitroeptekens, na-drukkelijk geschreven in zwarte inkt en drie keer onderstreept. Iemand moet die envelop oprapen, dacht ze. Maar ze kon zich niet bewegen.

Het was te veel om te bevatten. Niet dat ze het over tien minuten beter zou begrijpen, of over tien dagen, of zelfs over een jaar. Het was onvoorstelbaar dat haar zus – met wie ze hetzelfde bloed, DNA en verleden deelde – de aanstichtster van haar lijden, van haar langzame instorting was geweest. En toch kon Alice het zich nu voorstellen, tegenover een kamer vol bewijsmateriaal. Haar mond ging open en ze wendde zich tot Phinneaus, maar haar stem was al van haar weggezweefd, uit deze kamer en naar het westen, roepend naar een volwassen vrouw die haar dochter zou kunnen zijn.

Dus ze was de moeder van iemand, en tegelijkertijd ook weer niet. En was dat vijfendertig jaar lang ook niet geweest. Moeder. Maar kennelijk ook niet het soort moeder dat instinctief zou hebben geweten dat haar eigen dochter nog in leven was. Ze voelde een angstaanjagende verwantschap met Frankies moeder in de gevangenis, die hem wel kende, maar geen enkele belangstelling had voor de omstandigheden van haar zoons leven, zijn kleine overwinningen, zijn continue strijd. Waren ze dan zo verschillend? Hoe was het mogelijk dat ze alles had geaccepteerd wat Natalie haar had verteld, elk detail, elke leugen? Ze had toegestaan dat het verdriet haar traag en dom had gemaakt.

Phinneaus pakte de envelop van de grond. 'Alice, we weten nog niets zeker.'

'Je zou me niets van dit alles hebben verteld als je er niet zeker van was geweest. Jij gelooft dat ze nog leeft, nietwaar? En dat Natalie haar al die tijd voor mij verborgen heeft gehouden.'

'Zo lang ik je ken, is Natalie twee keer per jaar weg geweest, telkens twee weken. Van wat ik me kan herinneren, vertrok ze vlak voor Thanksgiving in het eerste jaar dat jullie hier woonden, en ging toen opnieuw weg in de lente. Elk jaar daarna was het precies hetzelfde.'

'Maar dat waren vakanties. Ze ging naar New York om vrienden te bezoeken. Naar New Orleans voor Mardi Gras. Naar Californië voor…' Haar stem stierf weg.

'Vier weken vakantie per jaar? Met het salaris dat ze bij de bank verdiende?' Phinneaus schudde zijn hoofd. 'En welke vrienden bezocht ze dan, Alice? Ze was in New York, maar ik denk dat ze naar iemand bij Steele & Greene is geweest toen ze daar was. Ik kon niet veel in haar papieren vinden over dat bedrijf, maar er was een handtekening van de firma op een huurdocument.' Hij keek naar zijn aantekeningen. 'Heb je ooit gehoord van een zekere George Reston junior?'

Het was alsof er, met deze dreun, een gebouw instortte. De laatste hoop die ze nog koesterde was dat Phinneaus ernaast zat, dat er een andere verklaring kon zijn. Die sloeg nu stuk en veranderde in stof. Ze stelde zich Natalies gezicht voor terwijl ze op het kleed lag, terwijl ze haar hand vastgreep, haar blik van verbazing en spijt. Alice had zichzelf altijd als de slimste van hen tweeën beschouwd, maar uiteindelijk bleek zij degene geweest te zijn die zich van alles had laten wijsmaken. Ze had Georges vermogen tot wreedheid onderschat en hoe wanhopig graag hij de genegenheid van Natalie wilde winnen.

Wat had het Natalie gekost, vroeg ze zich af, gunsten van een dergelijke omvang? Ze kon er alleen maar naar raden. Het enige wat ze nu nog dolgraag wilde, was dat Phinneaus haar zou helpen om George Reston te vinden. Hem op te sporen en haar dan met hem alleen te laten in een afgesloten kamer. Ze had niets meer te verliezen.

Phinneaus was nog steeds aan het praten, maar het was weinig meer dan gezoem in haar oor.

'Ik heb de afschrijvingen van Natalies creditcard bekeken. Er zijn afschrijvingen van luchtvaartmaatschappijen voor tickets naar New York, en dan een dag of twee later, een vlucht naar Albuquerque. Ik vond ook afschrijvingen voor een autoverhuurbedrijf, maar geen hotelrekeningen. Ze moet bij hen hebben gelogeerd.'

'Hen?'

Hij schraapte zijn keel. 'Bij Therese en Agnete.'

Ze deed haar best om haar aandacht erbij te houden. 'Waarom zou Natalie een spoor achterlaten dat iemand zou kunnen volgen? Zou ze niet overal contant betalen, als ze niet wilde dat iemand zou weten waar ze heenging?'

'Ben jij in dit huis boven geweest sinds jullie twee hier zijn komen wonen? Wie zou er moeten zijn om door haar spullen te neuzen? Saisee? Misschien was ze ervan overtuigd dat je nooit iets van dit alles zou zien. Of misschien wilde Natalie wel ontdekt worden. Ik weet het niet.'

Alice gebaarde naar de envelop, nog steeds in Phinneaus' hand.

'Deze brief, is er daarna nog iets gekomen?'

'Niet iets wat ik heb kunnen vinden. Maar Natalie had wel tickets. Die waren voor 20 oktober.'

'De laatste brief werd teruggestuurd.'

'Ja.' Hij overhandigde haar de envelop.

'Het poststempel is van twee maanden geleden. Ze zou nu overal kunnen zijn.'

Phinneaus liep weer om de tafel heen, terwijl hij dingen oppakte. 'Dat zou kunnen. Maar het lijkt me toch de beste plek om te beginnen.'

'Om te beginnen?'

'Om haar te zoeken. Zodat je haar kunt vinden en haar de waarheid kunt vertellen. Je weet niet wat Natalie haar allemaal verteld heeft. Ze moet begrijpen dat jij niet...' Hij stopte toen hij zag dat Alice haar hoofd schudde.

Ze was bang geweest dat ze hem op een bepaald moment zou teleurstellen; hij sloeg haar te hoog aan. Ze had alleen nooit kunnen denken dat dit de omstandigheden van die teleurstelling zouden zijn. Ze had gedacht dat het zou komen als ze hem haar lichaam zou aanbieden, als het zover zou komen, hoewel ze nu allebei een leeftijd hadden bereikt waarop perfectie eerder intimiderend dan verleidelijk zou zijn. Dit was wie hij was, een organisator, een oplosser van problemen. Niets was bevredigender voor hem dan het aanbieden van een oplossing. Maar dit was niet iets wat hij voor haar kon regelen. Hij nam aan dat zij dezelfde dingen wilden, dat ze dezelfde dromen hadden. En nu zou hij zich realiseren dat hij haar helemaal niet kende.

'Ik heb tijd nodig om na te denken, Phinneaus. Ik waardeer alles wat je voor me doet, maar ik wil even alleen zijn.'

'Je bent bang.'

Natuurlijk ben ik bang. Hou op met me dingen te vragen die ik niet kan doen. Ze trok haar trui dichter om zich heen. 'Ik heb tijd nodig.'

'Alice, Natalie is er niet meer. De enige met wie je nu overhoop ligt, ben jijzelf. Laat mij je helpen.'

Ze schudde haar hoofd en strompelde bij hem vandaan, om zich terug te trekken in haar slaapkamer. Ze deed de deur achter zich op slot, een daad die volkomen overbodig was en meer betekende dat zij binnen bleef dan dat ze hem buiten hield. Maar het huis, oud en slecht geïsoleerd, gaf zichzelf continu bloot. Ze wist dat hij het omdraaien van de sleutel zou horen en beledigd zou zijn, en ze stond te wachten met haar voorhoofd tegen de deurpost gedrukt, volkomen stil. Het duurde maar een minuut voordat ze de keukendeur hoorde dichtslaan.

Saisee had haar kamer al klaargemaakt. Het bed, zo comfortabel de afgelopen nacht, zag er netjes en steriel uit, de kussens tegen elkaar gestapeld, de lakens strak getrokken en in nette hoeken omgeslagen onder de deken. Ze ging op de rand ervan zitten en trok haar haar naar achteren, waar ze het losjes in haar nek bij elkaar bond. Ze kon het hem onmogelijk laten begrijpen.

Hoe vaak had ze niet op dit bed gezeten en het haar van haar denkbeeldige dochter geborsteld, of een duim over de frons tussen haar wenkbrauwen gehaald? Hoeveel jaren had ze niet een stilzwijgend 'Lang zal ze leven' gezongen, gefantaseerd welke schoolkleren ze zou klaarleggen voor de eerste dag, het kerstverlanglijstje van een kind opgeschreven? Als haar leerlingen zich voor hun lessen verzamelen in de eetkamer, in een groepje bij elkaar met hun gekwetter, hun drukte, hun bezorgde blikken op elkaars aantekeningen, had ze dan niet het hoofd van haar dochter tussen hen in gezien? Ze had alleen maar gedaan alsof. Ze was een zogenaamde ouder, zelfs in haar aandacht voor de kinderen aan wie ze lesgaf. Ze had ze een paar uur, liet ze dan gaan en als duiven vlogen ze terug naar hun eigen nest, elke gedachte aan haar vergetend tot de volgende keer dat ze weer haar huis in liepen.

Phinneaus had natuurlijk gelijk. Ze was een lafaard. Als haar dochter haar vanaf het begin had gekend, zou alles misschien anders zijn geweest. Het zou niet vreemd hebben geleken om een moeder te hebben die op een goede dag bewoog met een slakkengang, en helemaal niet liep op een slechte dag. Ze zou niet anders naar de opgezwollen gewrichten van haar moeder hebben gekeken dan naar de bolle plastic insteekkralen die ze als peuter in elkaar zou hebben gedrukt en weer los zou hebben gemaakt. Al die tijd die ze in bed had doorgebracht, zou tegelijkertijd ook sprookjes en gedichten, kruiswoordpuzzels en sterhalma hebben betekend. De armen van het kind zouden sterk zijn, haar vingers lenig. Maar dat was niet gebeurd. Ze zag geen positieve kanten aan het ineens opduiken in het leven van een vreemde, of liever gezegd, het leven van een vrouw. Met haar vijfendertig jaar was haar dochter volwassen. Alice' verbeelding bracht haar niet verder dan de puberteit van Agnete. Ze wilde zich geen beeld vormen van de vrouw die haar dochter was geworden, bang om de erfenis van haar eigen genen doorgegeven te zien. Natalie was dood, maar ze had wel gewonnen.

Ze had nog de hele dag voor zich. Ze kon niet slapen. Opnieuw om het geknoopte vloerkleed rondjes lopen leek net zo nutteloos. Ze verliet het toevluchtsoord van haar slaapkamer en pakte haar jas uit de gang, deed wanten aan en sloeg een sjaal om de onderkant van haar gezicht. De lucht buiten was fris met al een vleugje winter erin. Ze keek omlaag terwijl ze liep, oplettend voor scheuren in het trottoir, voor de verraderlijke stekelige vruchten van de amberboom, voor stukjes ijs. Terwijl de meeste mensen hun buurt leerden kennen door de huizen die ze passeerden, de mensen naar wie ze zwaaiden, had Alice haar buurt leren kennen door omhoog en omlaag te kijken. Ze kon zeggen waar ze was door een verlaten nest in een boom, door ongewone oneffenheden in het beton van het trottoir, door de armzalige stenen border waar de rozen van mevrouw Deacon groeiden, en het plantenschopje dat half in de grond was gestoken, dicht bij de rand van het pad naar de kerk, om iets onbekends te markeren.

Op een gegeven moment in de loop der jaren was de stad niet langer meer een tussenstation, maar veranderd in haar thuishaven. Ze werd erdoor geclaimd, ondanks haar pogingen zich afzijdig te houden, haar pogingen om uit de buurt te blijven van een oordeel, speculatie en medelijden, en vooral de gedachte aan dat laatste vond ze afschuwelijk. Maar Saisee, Frankie en Phinneaus hadden haar verdedigingsmuur afgebroken. Ze strooiden af en toe wat broodkruimels die ze kon volgen, lokten haar uit haar schuilplaats de wereld in. Ze kwamen met verleidelijke roddels en brachten bewijzen van haar normaalheid, de zaadjes die ze plantten om aan te tonen dat ze geen geest was maar gewoon iemand van vlees en bloed – *Alice is aangestoken door Frankies verkoudheid; Alice zei dat het recept van mevrouw Whittakers maisbrood geweldig was; Alice vond dat de medezeggenschapsraad een fondsenwerver nodig had om nieuwe boeken voor de schoolbibliotheek te kunnen kopen.* Ze had niets gedaan om hen te verdienen. En Phinneaus? Nu al miste haar hand het dunne, versleten flanel van zijn overhemd, haar gezicht het krassen van zijn baard van een dag.

Ze liep twee keer een blokje om, en liet alles in haar tot rust komen, tot haar voeten te zwaar waren om nog op te tillen en de lucht te zwaar om in te ademen. Toen ze terugkwam in het huis, had Saisee de lunch klaar: hete thee, een stoofpot van rundvlees en groenten en een bord met crackers met een schaaltje pimentokaasspread. De huishoudster stond met haar rug naar de gootsteen, haar armen voor zich gevouwen, haar wenkbrauwen opgetrokken, alsof ze op een excuus wachtte.

Alice keek naar haar vriendin. 'Je weet het, hè?'

'Ik weet niet waar je het over hebt.'

'De pimentokaas heeft je verraden. De enige keer dat ik die krijg is als je me probeert over te halen om iets te doen wat ik niet wil.'

Saisee snoof. 'Ik kan er ook niets aan doen dat de muren hier zo dun zijn.'

Alice duwde het eten aan de kant en legde haar hoofd op tafel.

'Je gaat toch wel die lekkere lunch eten die ik heb klaargemaakt?'

'Geen honger.'

Saisee sloeg haar hand tegen haar zij en Alice schrok op. 'Maak me niet kwader dan ik al ben. Luister nu eens goed naar mij. Het is niet aan jou om te besluiten hoe iemand anders zich over jou moet voelen. Of ze jou straks willen of niet. Dat meisje verdient het...'

'Ze is geen meisje meer, Saisee.'

'Je weet wat ik bedoel. Deze persoon verdient het om te weten wat er is gebeurd.'

'Waarom? Omdat het mij vrijspreekt? Maar hoe staat het met haar? Natalie ging haar twee keer per jaar opzoeken, Saisee, sinds ze een baby was. Agnete moet van haar hebben gehouden. Ik betwijfel of ze zelfs maar weet dat Natalie is overleden. Hoe kan ik hun relatie omlaaghalen, als het alleen maar is om mijzelf een plaats in haar leven te geven? Zou ik dan niet net zo wreed zijn als Natalie?'

'Je hebt Miss Natalie nooit omlaaggehaald toen ze nog leefde. Ik denk ook niet dat je dat nu hoeft te doen. De waarheid komt aan het licht. Dat gebeurt altijd.' Saisee ging naast haar zitten. 'Wil je me soms vertellen dat je je eigen dochter niet wil zien?'

Zien. Dat was het woord waardoor de schakelaar werd omgezet en een plan zich ontwikkelde. Ze hoefde helemaal niets te zeggen tegen Agnete. Als er een manier zou zijn om haar te vinden, zou het dan al niet voldoende zijn om haar gezicht te kunnen zien, om zo dicht bij haar te staan dat ze de echo van haar loop zou voelen, ze in haar hoofd kon prenten hoe ze haar hoofd schuin hield, haar vingers boog? Het was zowel een voorwendsel als een misleiding – het soort dingen dat Natalie zou hebben gedaan. Maar het idee was al een eigen leven gaan leiden. Het schoot ongeremd door haar hoofd en liet een klein, stabiel vlammetje in haar hart branden. *Ik zou mijn dochter kunnen zien.*

Dertien

De hemel was purper toen ze uit het raam van de trein keek, ergens in het midden van Kansas, een staat die uitgestrekter was dan ze had gedacht. Phinneaus had haar naar Newbern gereden om daar de City of New Orleans-nachttrein te nemen. Samen met haar wachtte hij ongemakkelijk op een harde bank in de hal, totdat ze kort na middernacht op de trein stapte. Ze waren uitgepraat, nadat ze de week ervoor eindeloos hadden gediscussieerd, eerst over haar volharding om alleen te willen gaan en daarna over het vervoermiddel dat ze had gekozen. Al dat gekibbel en gesoebat had hen allebei uitgeput, en ze maakte zich zorgen omdat hij zo laat nog terug moest rijden, zo moe als hij al was. Hij was alleen nog te boos op haar om nog verstandig te kunnen zijn, terwijl zij niet de kracht had om er nog eens tegenin te gaan. Toen ze eenmaal haar zitplaats in het rijtuig had gevonden en een treinbegeleider haar bagage omhoog had getild, sliep ze bijna de hele acht en een half uur naar Chicago. Daarna was er een wachttijd van zes uur op het Union Station voordat ze aan boord van de Southwest Chief naar Lamy kon, dat twintig kilometer ten zuiden van Santa Fe lag. Ook daar sliep ze, zonder zich druk te maken over hoe ze eruit zou zien, of dat iemand zou proberen haar koffer te pakken of haar op haar hoofd te slaan. Het was zo lang geleden sinds ze roekeloos was geweest dat ze dat gevoel nog maar nauwelijks herkende. Het voelde vreemd bevrijdend aan om haar fysieke beperkingen na zo'n lange tijd te testen.

'Dit is belachelijk', had Phinneaus gezegd. 'Je moet gaan vliegen. Ik weet niet waarom je niet wil dat ik een ticket voor je boek. Je zou daar in vier uur kunnen zijn in plaats van in veertig.'

'Misschien wil ik er wel helemaal niet zijn in vier uur.'

'Nee, je sjouwt liever een paar dagen rond met je pijnlijke gewrichten. Volkomen logisch. Alice, dit kun je niet doen.'

Ze had graag gewild dat ze iets hard had kunnen slaan, zonder
dat haar lichaam de gevolgen daarvan zou moeten ondervinden,
waarbij ze wel inzag dat ze met dat 'iets' eigenlijk hem bedoelde.
'Niet doen. Dat zou Natalie hebben gezegd, als ze daar de kans
voor zou hebben gehad. Je kunt niet alles voor me doen, Phinneaus.'

Hij had onthutst gekeken, en het speet haar bijna dat ze dat had
gezegd. Hem vergelijken met haar zus was schandelijk, maar in dit
geval was het wel waar.

'Behalve dan dat uur rijden naar de praktijk van de fysiotherapeut, ben ik sinds de universiteit eigenlijk nergens meer naar toe
gereisd. Ik kan het gewoon niet aan om in de ene staat op het vliegtuig te stappen, en er een paar uur later vijf staten verder weer uit te
stappen. Ik heb meer tijd nodig om het te verwerken voordat ik
daar ben.' Ze had zich schuldig gevoeld omdat ze dat had gezegd,
omdat ze wist dat de implicatie was dat ze van plan was Agnete te
ontmoeten en met haar te praten. In werkelijkheid was het vinden
van haar dochter de enige uitdaging die ze daadwerkelijk had overwogen.

Op het station van Newbern greep hij haar arm en deed een laatste vertwijfelde poging om haar van gedachten te laten veranderen.
Zijn huid was bleek en de holtes onder zijn ogen een vage tint
paars. 'Alice, ik heb je hiertoe gebracht. Zelfs de dokter zei dat het
waarschijnlijk geen goed idee is dat je alleen gaat. Van alle dingen
waar je koppig over kunt zijn, kies daar alsjeblieft niet dit voor.'

'Waarschijnlijk.' Ze gaf veel gewicht aan dat ene woord.
'Phinneaus, je moet het me op mijn manier laten doen. Ik zal je
bellen als ik in het hotel in Santa Fe ben aangekomen. Geloof me,
het komt allemaal goed met me.' *En als dat niet zo is, dan hoef jij
dat tenminste niet te zien.*

Een vreemd moment om ineens een optimist te worden, realiseerde ze zich, terwijl ze heen en weer zwaaide in de Sightseer
Lounge. Ze was van plan geweest om de hele rit over de vlakten te
slapen, maar haar biologische klok had andere ideeën, dus staarde
ze uit het lange raam, en zag niets in het donker behalve haar eigen

weerspiegeling. Ze was nooit goed geweest in slapen terwijl ze dat geacht werd te doen, al niet sinds ze een klein meisje was. Altijd al op nog voor de zon, liggend in bed en luisterend naar het huis dat langzaam weer tot leven kwam, zijn gekraak en gekreun voor het aanbreken van de dag zo anders dan wanneer het zich klaarmaakte voor de nacht. Zou Agnete dezelfde gewoonte hebben? Dat was niet iets wat ze waarschijnlijk wel zou ontdekken, als ze haar alleen maar vanaf een afstand zou kunnen gadeslaan.

Oppervlakkig gezien was het plan simpel genoeg. Als de reis zonder oponthoud zou verlopen, zou ze aan het begin van de middag in Lamy zijn en na een korte rit met een shuttlebusje aankomen in haar hotel in Santa Fe. Ze zou daar een paar uur gaan rusten, vroeg gaan eten, goed slapen en dan in de ochtend een taxi nemen naar het adres op de geretourneerde envelop, in de hoop uit te vinden waar Agnete heen was gegaan. Dat was het in grote lijnen. Ze was er zich vanaf het begin bewust van geweest dat er diverse zwakke plekken zaten in het plan, en Phinneaus was zich daar waarschijnlijk ook bewust van; een van de redenen waarom hij er zo faliekant tegen was geweest dat ze alleen ging reizen. Informeren naar de verblijfplaats van haar dochter was op zichzelf al lastig. Aan wie moest ze dat vragen? Buren? Ze zag al voor zich hoe ze van deur tot deur zou gaan om te vragen of iemand Agnete Kessler kende, en zouden ze haar, een vreemde, dan wel willen vertellen waar Agnete heen was gegaan? Er was geen garantie dat Agnete het tegen iemand zou hebben verteld, en zelfs als iemand het zou weten, wat zou die persoon er dan toe kunnen brengen om die informatie aan haar te geven? Het enige wat in haar voordeel werkte was haar duidelijke broosheid. *Zeker is wel dat niemand me voor een stalker zal houden.*

Maar ze kreeg een goed idee toen ze zich realiseerde dat het mogelijk was dat een van Agnetes buren ook Natalie kende. Al die jaren van haar bezoeken zouden iets opgeleverd kunnen hebben. Ondanks alles wat Natalie van haar had gestolen, had ze Alice een onbedoeld geschenk gegeven door te overlijden: niet alleen de wetenschap van Agnetes bestaan, maar ook een reden om contact met haar op te nemen. De envelop diende als bewijs van de relatie en gaf haar de gelegenheid om de anonimiteit die ze wenste, in stand te houden. Ze zou iedereen kunnen zijn – een vriendin van de familie, een familielid dat het nieuws persoonlijk kwam vertellen, omdat ze wist hoe close Natalie was geweest met haar nicht. Ze was geschokt toen ze merkte hoe snel ze haar principes had opgeofferd en bereid was de waarheid te verhullen, en die misschien zelfs helemaal te verwerpen, eerst voor Phinneaus en Saisee, daarna voor vreemden; mogelijk voor een dochter die ze nog nooit had ontmoet. *Dat heb ik aan jou te danken, Natalie. Ik had beter moeten opletten. Denk eens wat ik verder nog had kunnen leren.*

Haar gedachten flikkerden en verschoven in het raam voor haar. *Te bedenken wat ik allemaal niet had moeten weten.* Met een schok kwam haar eigen schuld scherp in beeld. Natalie en Thomas. Natalies onvermogen om zelf een kind te krijgen, Alice' onvermogen om te zorgen voor haar eigen kind. Had ze nu echt verwacht dat haar zus haar zou helpen om haar kind op te voeden zonder te weten wie de vader was, en dat er geen repercussies zouden volgen?

Alice' enige poging tot manipulatie – aan George Reston junior vertellen dat Natalie het over hem had gehad – was het begin geweest van haar ondergang. George zou gretig leemtes hebben aangevuld als Natalie eenmaal vragen zou gaan stellen: wat voor reden kon George hebben gehad om met Alice te praten? Waarom had ze hem gebeld? En wanneer was ze in het zomerhuis geweest? Met een rilling realiseerde Alice zich dat haar zus vanaf het begin moest hebben geweten dat Thomas de vader van haar kind was; ze had op Alice' uitdijende figuur en haar naar binnen gerichte, zelfzuchtige blijdschap gereageerd met een kwellend zwijgen. Die hel had Alice zorgeloos over zichzelf afgeroepen, voor één keer ervoor kiezend om zich nergens bewust van te zijn; niet van haar omgeving, en ook niet van alles wat er op Natalies gezicht stond te lezen.

De weinige reizigers die hoopten enige tijd te kunnen doorbrengen in het uitzichtcompartiment, wierpen een blik op haar en bleven dan doorlopen, hun ogen gericht op de deur aan de andere kant van de coupé. Haar onvermogen om te boeten voor haar handelingen in het verleden werd weergegeven in holle snikken, in aanvallen van sidderingen. Niemand stopte om te vragen of het wel goed ging met haar en of ze hulp nodig had. Het moest zelfs voor vreemden duidelijk zijn geweest dat simpele troost niet zou kunnen zorgen voor verlichting.

Alice was een hoopje ellende geworden, rauw en leeg, tegen de tijd dat de nacht plaatsmaakte voor de dageraad. De Southwest Chief was Colorado binnengereden op het moment dat de zon opkwam. De hooggelegen prairie stond in vuur en vlam in het naderende licht; stoffige ranchlanderijen kwamen in de plaats van stoffige akkers, groepjes koeien stonden bij elkaar terwijl de trein langsreed. De onsamenhangende bebouwing die af en toe langs de spoorlijn te zien was, had van elk willekeurig stadje kunnen zijn: een kleine winkelstraat en een benzinestation, een rommelig geheel aan gepleisterde pakhuizen, een autokerkhof, het dichtgespijkerde skelet van een pannenkoekenrestaurant, allemaal aangepast aan het monochromatische landschap dat parallel aan beide kanten van het spoor lag. Maar tussen La Junta en Trinidad veranderde het. Ze zag in de verte de kartelige contouren van bergen, de plateaus met steile rotswanden. Na de klim op lage snelheid door de Ratonpas kwam ze in een andere wereld. De trein reed in de richting van Glorieta, schoot toen omlaag door de Apache Canyon, waar de nabijheid van de wanden van het ravijn haar overvielen. Ze leunde achterover in haar stoel. De trein reed te snel om veel te kunnen zien achter de dennen die tegen de rotswanden groeiden, maar ze herinnerde zich nog de vogelsoorten die hier inheems waren. Ze kon zich nog de kleurenfoto's uit haar leerboeken herinneren – de Californische grondkoekoek met zijn rafelige kuif; de gele ogen van holenuilen; de glanzende veren van de zwarte zijdenvliegenvanger, die honderden mistletoebessen per dag naar binnen schrokte.

Ze had het Festival van de Kraanvogels op een paar weken na gemist. Wat verleidelijk, om slechts op een paar uur afstand van Bosque del Apache en de Rio Grande te zijn. Ze stelde zich voor hoe ze op haar buik zou liggen, verrekijker gericht op de Canadese kraanvogels en sneeuwganzen in hun winterkwartier, om in bewonderende verbazing de massale opstijgingen in de ochtend en het binnenvliegen in de avond gade te slaan. Het was een oud verlangen, maar zelfs nu, hoewel ze de onmogelijkheid ervan besefte, had ze dat nog steeds. De wereld als één enorm vogelverblijf dat ze dolgraag wilde zien, al zijn gevederde bewoners in hun natuurlijke omgeving, honderd keer beter om hun geluiden te horen die werden gedempt door weelderige jungle of echoënd over de diepten van ravijnen dan te luisteren naar verkorte stukjes opgenomen gezang dat uit een apparaat klonk. Het was oneindig gemakkelijker om hier haar gedachten aan te wijden dan om aan haar dochter te denken, terwijl de locomotief haar met elke S-bocht dichter bij Agnete bracht.

In Lamy haalde een treinbegeleider haar bagage naar beneden. Hij hielp haar de trein uit en wees haar waar de shuttlebus stond. Toen de trein weer was vertrokken, zag Lamy eruit als een spookstad, en ook al was de lucht fris en de hemel bleekblauw, toch was ze opgelucht toen de bus kort erna wegreed. Ze was de enige passagier, en de jonge vrouw die de bus bestuurde was vriendelijk en wilde graag weten wat de plannen van Alice waren, zodat ze restaurants kon aanbevelen en suggesties geven voor kunstgaleries die ze zou kunnen bezoeken.

'Bent u geïnteresseerd in Amerikaanse etnische kunst? Hedendaags Latijns-Amerikaans? Fotografie? Amerikaanse moderne kunst?' Ze ratelde nog een paar opties af, maar Alice raakte de draad van het gesprek kwijt, terwijl ze keek hoe het landschap voorbijgleed langs de verduisterde ramen van het busje; de droge kreken, de spookachtige skeletten van espen tussen de dennen, de Sangre de Cristos-bergen. Het meisje droeg een shirt in westernstijl met een bloemetjesprint, en haar dikke blauwzwarte vlecht sprong op als het busje schokte. Springen. Schokken. Alice' gewrichten kwamen in opstand, maar de stem van het meisje klonk onwrikbaar vrolijk, hypnotisch door de opgewektheid ervan. Voor het eerst sinds ze was vertrokken dacht Alice aan Thomas en hoe vreemd het was dat Agnete uitgerekend hier terecht was gekomen, in een stad met net zoveel galeries als restaurants. Haar handen trilden. Hoe had ze gedacht dat ze dit kon doen?

'Ik ben hier maar voor een kort verblijf. Ik ga waarschijnlijk proberen om van alles wat te zien.'

'Dat is een goed plan als u hier voor het eerst bent. U zult het waarschijnlijk de rest van de dag ook wel rustig aan willen doen, zodat uw lichaam zich kan aanpassen aan de hoogte. Je kunt er vreselijke hoofdpijn van krijgen, als je er niet aan gewend bent. Tussen haakjes' – het meisje haalde een visitekaartje uit de asbak en overhandigde dat over haar schouder – 'ik doe massages, mocht u daarin geïnteresseerd zijn. Shiatsu, Thai, hete stenen. Craniosacrale therapie. Alles.'

'Ik zal dat in gedachten houden', zei Alice, terwijl ze het kaartje discreet in een spleet van het zitkussen wegstopte.

Haar hotelkamer rook naar pijnbomen. De adobe muren waren grijsbruin, de inrichting in donkere tinten: een steenrode bank met havanna kussens, een kleed met een Navajo-patroon en twee chocoladekleurige leren stoelen, allemaal een welkome verlichting van het scherpe licht buiten. Er hingen diverse indiaanse kunstwerken aan de muren en er stond een houten fetisjbeeldje in de vorm van een beer in de ronde nis bij de deur. De hotelmedewerker had haar verteld waar de ijsmachine was en hoe ze het gas aan moest doen voor de bijenkorfvormige haard in de hoek. Nadat hij was vertrokken, kroop ze in het grote bed zonder de moeite te nemen zich uit te kleden, en trok een ruwe wollen deken tot over haar schouders. Er hing een vreemde sfeer, iets waar ze de vinger niet op kon leggen, totdat ze weer haar blik door de kamer liet gaan en zich realiseerde wat ze miste: de aanwezigheid van een andere persoon. Ze was alleen.

Ze was niet meer alleen geweest sinds de dag dat ze naar Tennessee waren gegaan. Om te beginnen was er altijd Natalie of Saisee geweest, en later Phinneaus en vaak ook Frankie. Het grootste deel van haar leven had ze doorgebracht in het gezelschap van verzorgers. Hoe graag ze ook alles zelf zou willen doen, toch was ze in hoge mate afhankelijk van de vriendelijkheid van anderen. *Kunt u me helpen om dit op te tillen? Zou u dit kunnen openmaken? Zou u misschien even de deur voor me willen openmaken, mijn jas aannemen, mijn boeken dragen?* Om nu helemaal alleen te zijn voelde net zo vreemd aan als een bezoek aan de Noordpool. De glinsterende stilte was koud en zuiverend, ontdaan van de hulpdialoog waar ze zo aan gewend was.

Wat is het ergste dat er kan gebeuren? Ze ging haar lichaamsdelen langs, erkende de pijnlijkheid van dit, het brandende gevoel van dat. Het was bij uitzondering een kalme beoordeling. *Ik zou dood kunnen gaan.* Dat leek nogal melodramatisch; een heel kleine mogelijkheid, aangezien ze veilig in een comfortabele hotelkamer was met een telefoon op armlengte. Maar het was een opluchting om die gedachte te kunnen hebben zonder het gebruikelijke schuldgevoel dat daarmee gepaard ging. Thuis zou het schandelijk hebben geleken om iets dergelijks te overwegen, hoe ontrouw haar lichaam ook was, terwijl er mensen om haar heen liepen, hun tijd opofferden; hun hulp een onderdeel van een dagelijks ritueel ter wille van haar. Maar in deze sfeer van mystiek en betovering was het niet zo vreemd om te overwegen de boei die haar verankerde aan de aarde, los te laten.

De muziek die uit de cd-speler naast het bed klonk was een etherische combinatie van fluit, didgeridoo, ééntonig gezang en percussie-instrumenten die klonken als shakers en ratelaars. Dat alles maakte dat ze ging dromen over vliegen. Terwijl ze in slaap viel, dacht ze dat ze buiten het herhaalde hoge gehuil van een wolf of coyote hoorde, en ze wist niet of ze nu in Tennessee was, dromend over New Mexico, of in New Mexico, dromend over Tennessee. Het bed was de enige plek die niet vreemd leek, en ze greep een hoek van het laken in haar hand, om zich daaraan vast te houden.

Ze werd gedesoriënteerd wakker, in een donkere kamer. Ze kon zich eerst niet herinneren waar ze was, tastend naar haar glas water, haar vertrouwde wekker. Haar voeten had ze al over de rand van het bed gezwaaid, op zoek naar haar slippers. Pas toen ze haar scheenbeen tegen het tafeltje had gestoten, herinnerde ze het zich weer en stak ze haar hand uit, op zoek naar de lichtschakelaar. Negen uur. En ze had Phinneaus niet eens gebeld. Ze toetste zijn nummer in op de telefoon, dankbaar dat er maar één uur tijdsverschil was tussen hen. Toen hij opnam klonk zijn stem vormelijk, de afstand tussen hen groter wordend terwijl ze sprak.

'Ik was in slaap gevallen.'

'Ik had je gebeld. Had je je telefoon uitgezet?'

'Dat zal wel.'

'En had je het bordje "Niet storen" op je deur hangen? Niemand kon me doorverbinden met jouw kamer.'

Ze kon zich niet herinneren dat ze iets aan de deur had gehangen, kon zich eigenlijk weinig herinneren over haar aankomst, behalve dan dat ze hier nu was. In het schemerlicht van de slaapkamerlamp leek de kamer vreemd en enorm groot, met wonderlijke schaduwen die over de muren heen en weer bewogen, muziek die omhoog zweefde vanaf de binnenplaats onder haar.

'Hoe is je kamer?'

'Wat je zou verwachten, denk ik.' Toen herinnerde ze zich de moeite die hij zich had getroost bij het boeken van de kamer – niet naast de lift maar ook niet te lang lopen; op een lage verdieping maar niet op de benedenverdieping; indien mogelijk een hoekkamer, met een haard; uitzicht op de binnenplaats of op het plein, maar niet op het parkeerterrein. Ze paste haar woorden snel aan. 'Het is prachtig. Ik heb alleen nog niet de gelegenheid gehad om aan alles te wennen. Het is vreemd voor me, om alleen te zijn. Geen Natalie. Geen Saisee. Geen jij.' Ze pauzeerde, wachtend tot hij iets zou zeggen en toen hij dat niet deed, voegde ze eraan toe: 'Het voelt anders aan dan ik had verwacht, Phinneaus. Ikzelf voel me anders.'

'Ik weet niet zeker of je daarmee iets goeds of iets slechts bedoelt.'

'Ik bedoel dat ik zou willen dat je hier was. Niet omdat ik iets nodig heb. Alleen omdat ik graag zou willen dat je hier was.' Het was belachelijk om het zelfs maar te proberen. Ze was nooit goed geweest in het uitleggen van haar gevoelens, te zeer gewend aan het voor zichzelf houden van dingen. Dit was pijnlijker dan de puberale verliefdheden die tijdens schoolvakanties werden onthuld.

'Waar ben je nu?' vroeg hij.

'Ik zit op de rand van een heel groot bed.'

'Probeer nu maar niet met me te flirten nu ik te ver weg van je ben om daar iets mee te kunnen doen. Is er een deur die uitkomt op een veranda?'

'Ja, ik denk het wel.'

'Sla een deken om je heen en ga naar buiten. Vertel me wat je ziet.'

Ze stapte uit bed en liep de kamer door naar de openslaande deuren. De middag was zo warm geweest dat de koude lucht haar nu overviel, maar het maakte haar hoofd ook helder en ze was meteen klaarwakker, en in vervoering gebracht. 'Phinneaus, het is werkelijk schitterend hier.'

'Vertel.'

De veranda liep rondom het gebouw. De bomen op de lege binnenplaats waren gedecoreerd met witte lichtjes, en er waren vuurkuilen met blauwe vlammetjes die omhoog kringelden van onder hun koperen kappen, omringd door Adirondack-tuinstoelen. Een gitarist stond naast het vuur aan de andere kant van de binnenplaats, waar hij zacht op zijn instrument tokkelde en iets in het Spaans zong. Af en toe wreef hij in zijn handen, zijn stem als een klok in het donker. Er hing een zware harslucht, en toen ze de hoek omsloeg en naar de andere kant van de veranda liep, was het donker, terwijl sterren de hemel boven haar hoofd bespikkelden.

'Ik zie de Kleine Beer', zei ze, haar adem een wolkje nevel.

Ze hoorde een deur slaan aan de andere kant van de lijn, gevolgd door een dreunende klap. 'Uhh. Ik zie ook de Kleine Beer. Zo ver kunnen we dus niet van elkaar verwijderd zijn.'

'Phinneaus Lapine,' – ze lachte – 'het regent bij jullie. Ik ben niet gek, ik kan het onweer horen. Vertel me de waarheid. Je kunt helemaal niets zien, klopt dat?'

'Als ik helemaal eerlijk ben niet, nee', zei hij. 'Maar ik stel me zo voor dat de sterren nog steeds staan waar ze waren toen ik de laatste keer keek.'

Zijn stem was alles wat voor haar gelijk was aan thuis. Ze wist dat hij zou proberen om het te begrijpen, zelfs als ze een beslissing nam die anders was dan die welke hij zou hebben genomen. 'Ik weet niet wat er zal gaan gebeuren. Misschien zal niemand weten waar ze heen is en zal ik haar niet kunnen vinden.'

'Maar dan heb je het in elk geval geprobeerd.'

'Denk je soms dat dat verschil zal maken?'

Hij aarzelde voordat hij antwoord gaf, maar zei toen: 'Ja. Maar het belangrijkste is dat jij dat ook zult denken.'

Als ze aan de rand van een klif zou hebben gestaan, zou haar besluit om een stap naar achteren te doen volkomen logisch hebben geleken. Maar hij wilde dat ze zich omlaag zou storten in een vrije val, en op weg naar beneden van het uitzicht zou genieten.

'Alice? Ben je daar nog?'

'Hmm. Ja.'

'Blijf niet te lang weg.'

'Ik mis je', zei ze snel, en hing op voordat hij antwoord kon geven. Ze kroop in elkaar in een van de stoelen op de veranda en keek voor zich uit in het donker.

Ze sliep als een blok en werd pas wakker door het geluid van een stofzuiger op de gang. Ze wist al dat ze zich had verslapen nog voordat ze op de klok keek. Al laat in de morgen. Ze was van plan geweest om vroeg in de ochtend rond het plein te gaan lopen, kaart in de hand, om zich te oriënteren voordat de straten zich zouden vullen met massa's toeristen, objecten waar ze omheen zou moeten of die ze zou moeten vermijden. Ze stapte uit bed en hobbelde naar het raam, waarbij ze er spijt van had dat ze geen sokken had aangetrokken vóór haar gesprek buiten met Phinneaus. Ze beet op haar lip terwijl ze het gordijn opzijschoof.

De binnenplaats was vol activiteit; tuinmannen die struiken snoeiden en bijgeknipte dennenbomen in grote terracotta bakken zetten, voordat ze er lichtsnoeren en strengen rode chilipepertjes in hingen. Kerstmis. Ze was de feestdagen bijna vergeten en realiseerde zich dat ze iets voor Phinneaus, Frankie en Saisee moest kopen terwijl ze hier was. Ze bestelde roomservice en liet een bad vollopen. Ze deed de inhoud van een zakje badzout in de diepe kuip en snoof de geur van ceder en salie op terwijl ze met haar handen heen en weer wapperde in het warme water. De reis had zijn tol geëist, en ze had nauwelijks nog de energie om zich straks aan te kleden. Rondlopen in de stad zou onmogelijk zijn.

Plan B dan maar. Ze kon nu weliswaar niet lopen, maar ze kon op zijn minst plannen maken. Ze wikkelde zich in de ruime badjas van het hotel en ging voor de gashaard zitten met een kaart die ze uit de bovenste la van het bureau had gehaald en met een van Phinneaus' gelinieerde blocnotes. Ze wist dat ze het onvermijdelijke aan het uitstellen was – proberen uit te vinden waar Agnete was – maar besloot om een lijst van dingen te maken die ze eerst moest kopen, op zoek te gaan naar winkels dicht bij het hotel en doelbewust haar onzekere financiële situatie te negeren. Ze doopte een *sopaipilla* in haar koffie en veegde de poedersuiker van haar lippen. Het bord met gebakken polenta met stukjes chilipeper, chorizo en eieren had ze al opgegeten. Het mocht dan geen vakantie zijn, maar zo voelde het wel. Ze was hier alleen, at vreemd voedsel, was van plan geld uit te geven waarvan ze niet eens zeker wist of ze dat wel had, en niemand besteedde ook maar de geringste aandacht aan haar. Ze was door het konijnenhol naar beneden gevallen.

Het was het gemakkelijkst om iets te bedenken voor Saisee, wier trots op haar kookkunst merkbaar was bij alles wat ze klaarmaakte, waarbij ze een snuifje van dit en een vleugje van dat erin gooide. Alice had haar gadegeslagen terwijl ze fijngemaakte kruiden in de palm van haar hand hield en die zachtjes over de pan blies. *Mijn moeder heeft me dat zo geleerd. De beste manier om elk deel van het gerecht op smaak te brengen.* Voor haar zou ze witte *posole*, blauw maismeel kopen, en verder een verzameling chilipoeder, en *piloncillo*, de kleine kegels van ongeraffineerde Mexicaanse suiker waarvan Alice dacht dat ze die wel kon gebruiken voor haar gekarameliseerde custard. Ook Frankie was niet moeilijk. Ze was in de lobby een vitrine gepasseerd en had daar op de tweede plank een mooie fetisj van een gehoornde padhagedis gezien. Phinneaus zou zijn hoofd schudden, maar ze wilde dat Frankie iets ongewoons zou krijgen, iets wat exotisch en onverwacht was en kon doordringen met krachtige kindermagie. Dan zou ze voor hem wel klaar zijn, samen met wat treinspulletjes die ze al had gekocht op het Union Station, aangezien zijn enige ervaring met reizen met de trein te maken had met het verraderlijke mysterie van het probleem uit zijn leerboek.

Dan restte er nog Phinneaus, en wat ze hem wilde geven, viel niet gemakkelijk in te pakken. Als ze iets kon betoveren, zou ze hem deze nieuwe, wat zorgelozere versie van zichzelf geven, maar die persoon zou gemakkelijk kunnen verdwijnen, nog voordat ze weer in de trein zou stappen. Ze had al één ding voor hem uitgekozen.

Dat was ingepakt en lag verstopt onder haar bed thuis: haar oude studieboek met de prachtige kleurenplaten, *Birds of the Northeast*. Hij zou weten dat dit iets voor haar betekende, dat ze hem een stukje van haar eigen verleden zou geven, een stukje van de persoon die ze was voordat hij haar leerde kennen. En ze was ervan overtuigd dat hij het boek net zo fascinerend zou vinden als zij – de verschillende vogelsoorten die in hun natuurlijke omgeving waren afgebeeld, klauwen gebogen om een dunne tak, poten die onzichtbaar waren in een wirwar van kreupelhout, koppen schuin terwijl ze een dikke tros bessen overwogen of verlekkerd keken naar larven die zich van niets bewust langzaam voortbewogen tussen het fijne gras onder aan de pagina. De minutieuze tekeningen van afzonderlijke veren: de baarden van de vlag, de bijveren, de complexe patronen van stippels, punten en strepen die haar net zo veel informatie gaven als een vingerafdruk. De illustraties van nesten met hun volmaakte eitjes, sommige gevlekt, sommige gestippeld, sommige zonder tekening en klein als haar vingernagel.

Maar aangezien hij degene was geweest die haar had aangemoedigd om te gaan, leek het passend om ook iets voor hem mee te nemen. In een van de tijdschriften bij de receptie stond een artikel over plaatselijke ambachtslieden, met daarbij een foto van een snijplank van jeneverbeshout. Het hout had een stevige, mooie nerf met een kleur die verliep van bleekroze naar rozerood. Het was dan misschien geen romantisch cadeau, maar naast zijn eerlijkheid was zijn gevoeligheid een van de dingen die ze het meest in hem bewonderde; ze wist dat hij goed vakmanschap zou waarderen.

Nadat ze de lijst klaar had, legde ze die aan de kant en pakte ze weer de kaart. Ze kreeg pijn in haar maag bij de plotselinge gedachte aan Agnete, aan hoe ze voor het huis zou staan waar haar dochter had gewoond, terwijl Alice al die tijd in Tennessee was geweest. Het adres op de geretourneerde envelop was aan de oostkant van de stad, een straat die Calle Santa Isabel heette. Ze vond die op de kaart, een korte straat, net zo breed en lang als diverse andere. Maar Alice wilde meer dan alleen die bleke zwarte lijn op de kaart. Ze wilde een levensgeschiedenis.

De enormiteit van alles wat ze had gemist overspoelde haar. Was haar dochter gelukkig geweest toen ze aan de Calle Santa Isabel woonde? De naam klonk vrolijk genoeg, maar namen konden misleidend zijn. Waren er daar bomen geweest waar ze in kon klimmen, kinderen in de buurt met wie ze kon spelen? Had ze op haar voordeur de kerstversiering van rode chilipepers gehangen die Alice overal zag? Liep ze naar school of nam ze de bus? En was ze thuisgekomen met gekreukte vellen gekleurd papier in haar hand geklemd, bedekt met dikke kleurpotloodstrepen die kalkoenen, pompoenen en paraplu's moesten voorstellen? Uitgeknipte papieren sneeuwvlokken? Als Alice in die straat zou staan, voor dat huis, zou ze dan in het stof staan dat om de voeten van haar dochter had gedanst?

In de kamer blijven zitten om na te denken maakte haar nerveus. Misschien kon ze een blokje om wel aan, om haar directe omgeving even te verkennen. Ze nam een handvol pillen in en trok haar kleren aan, dankbaar dat Saisee dingen had ingepakt die ze gemakkelijk aan en uit kon trekken. Het licht buiten was fel, de hemel hetzelfde kristalblauw als de dag ervoor. Het was warm, en ook al waren er buiten mensen, het was niet druk op de trottoirs. Ze liep langs een klein café, en bleef even hangen bij de open deur om de geur van kaneel en koffie in zich op te nemen. Daarna wandelde ze verder, onderweg af en toe stoppend om naar een etalage van een galerie te kijken.

Toen ze een hoek omsloeg zag ze een galerie aan haar linkerkant met een bankje ervoor. Ze ging erop zitten om even uit te rusten, waarbij ze een zodanige houding aannam dat ze zijdelings door het raam naar binnen kon kijken. Binnen stond een lange man – hij moest zich waarschijnlijk bukken om de voordeur in en uit te kunnen lopen – nadrukkelijk te gebaren naar een jong stel dat een landschap bestudeerde aan de muur achter in de galerie. Het donkere haar van de lange man was samengebonden in een paardenstaart, en hij droeg een zwart jasje en een grote turkooizen ring, die op het punt leek te staan van zijn vinger te glijden. Alice kon zien aan de manier waarop de jonge vrouw glimlachte en knikte dat ze haar enthousiasme begon te verliezen; ze knikte minder vaak en de zijdelingse blikken op haar partner werden veelvuldiger. Misschien waren ze alleen maar even naar binnen gelopen en bleven ze nu hangen uit beleefdheid. Dat was iets wat Alice nooit had begrepen, het kopen van kunst terwijl je op vakantie was. Zou een bepaald werk je ineens aantrekken? Zou je plotseling vallen voor een bepaald beeld of een schilderwijze? Zo'n situatie leek rijp voor de kans op spijt van de koper. Het stel verliet de winkel en liep resoluut weg, arm in arm, alsof ze elkaar uit de greep van de galerie-eigenaar wilden redden. De man in de galerie keek intussen naar buiten naar Alice en glimlachte, waarbij hij zijn schouders ophaalde. Een ogenblik later stond hij in de deuropening, met twee bekers koffie in zijn handen. Hij hoefde zich maar een klein beetje te bukken, merkte ze op.

'Alweer een mooie dag in het paradijs', zei hij, terwijl hij haar een van de bekers overhandigde. Die was van piepschuim en niet zo moeilijk om vast te houden, en de warmte verspreidde zich door haar dunne wanten heen. Ze rook dezelfde vleug kaneel en nog iets wat kruidiger was, iets wat ze ook al in de deuropening van het café had opgevangen.

'Het spijt me dat de verkoop niet is doorgegaan', zei ze.

'Er komt wel weer een volgende. Dat is altijd zo.' Hij keek naar haar en trok en wenkbrauw op. 'Ik neem niet aan dat…'

'O nee. Je zou je energie verspillen aan mij.'

'Wil je me soms vertellen dat je niet van kunst houdt? Dat geloof ik niet. Iedereen houdt van kunst. Het is gewoon een kwestie van het werk vinden dat jou aanspreekt.'

Van dichtbij kon ze zien dat zijn gezicht was geëtst met fijne lijntjes. Ze fantaseerde dat hij het grootste deel van zijn leven hier had doorgebracht, levend in de ijle lucht en de warme zon, waarbij de woestijn zich een weg kerfde in zijn huid, totdat zijn gezicht leek op een gedroogd-appelpoppetje van een kunstmarkt. 'Misschien heb je wel gelijk. Ik zou een bewonderaar van Audubon kunnen zijn, denk ik.'

'Aha, vogels. Ik kan veel vertellen over iemand door het soort kunst waartoe die zich aangetrokken voelt. Je zei Audubon, en ik denk aan iemand met een scherp oog voor details. Maar dat is een gemakkelijke veronderstelling, niet? Bepaald niet iets waar iemand zoals jij erg van onder de indruk zal raken.'

'Iemand zoals ik?'

'Uh. Sceptisch.' Hij bestudeerde haar aandachtig, en ze was verrast toen ze merkte dat het haar niets deed, verscholen voor zijn onderzoekende blik door haar jas en haar handschoenen, haar lelijke schoenen en haar sokken met schokdempende zolen, haar warme kop koffie en haar anonimiteit.

Hij wreef over zijn kin met zijn knokkel. 'Ik zou zeggen dat iemand die Audubon aan haar muren hangt ook in God gelooft, maar niet noodzakelijkerwijs in religie. Een persoon die gelooft in vrije wil, maar ook in het bestaan van een natuurlijke pikorde, vergeef me de woordspeling, in alle lagen van de maatschappij. Ze is zich daarvan bewust, en accepteert het. Ik zou zeggen dat zo'n persoon het vermogen heeft om ontzag te hebben voor de natuur maar er in gelijke mate door geschokt wordt. De hersenen van een wetenschapper maar de ziel van een kunstenaar. Hoe doe ik het tot nu toe?'

Alice glimlachte. 'Opmerkelijk.'

'Je bent niet echt onder de indruk. Ik zie dat ik er een schepje bovenop moet gooien.'

Hij keek naar haar gezicht, haar ogen, en ze keek neutraal terug naar hem, waarbij ze haar scherpe hoeken verborgen hield. Ze had weinig ervaring met gesprekken met vreemden, maar omarmde de gedachte dat ze de rol kon spelen van iedereen die ze maar wilde. Ze probeerde gefantaseerde identiteiten om te zien wat het beste bij haar zou passen: zakenvrouw die hier was voor een bespreking, opera-impresario, rijke verzamelaar, minnares op weg naar een geheime ontmoeting.

'Hmm,' zei hij, terwijl hij zijn ogen versmalde bij het kijken naar haar, 'het is niet zozeer bewondering voor de kunstenaar als wel voor het onderwerp, klopt dat? Wat is dat met vogels? Mensen benijden hen het vermogen om te vliegen natuurlijk, maar het moet meer zijn. Misschien niet alleen hun vermogen om te vliegen, maar om weg te vliegen van iets; is dat het? Om problemen achter ons te laten, om vrij te zijn van begrenzingen, van verwachtingen.' Hij glimlachte. 'Ik moet toegeven dat ik hen dat ook benijd.'

Zou het daar soms vandaan komen? Maar ze had al van vogels

gehouden lang voordat haar fysieke beperkingen haar aan huis hadden gekluisterd. Ze had een vogeldagboek van haar oma gevonden in een kist op zolder toen ze Frankies leeftijd had, en toen ze haar vader ernaar vroeg, groef hij door dozen op een plank hoog boven haar hoofd, waarna hij haar een kleine verrekijker en wat veldgidsen overhandigde.

Ze had haar eerste citroenzanger gezien toen ze negen was, toen ze alleen op de stronk van een tupeloboom zat in het bos, meppend naar muggen die de bleke huid achter haar oren probeerden aan te vallen. Ze keek op van het boek dat ze aan het lezen was, om te worden opgeschrikt door een onverwachte flits van geel. Ze hield haar adem in, zocht naar het vogeldagboek dat ze in haar zak bewaarde en concentreerde zich op de plek in de wilg waar hij zou kunnen zitten. Een bries bewoog de takken, en ze zag de felgele kop en onderzijde die schitterden als de blaadjes van een zonnebloem tegen de achtergrond van de bladeren; de onderstaartdekveren zuiver wit. Zijn bek was lang, puntig en zwart; zijn rug olijfkleurig, een mengeling van het citroengeel van zijn kop en de vlakke leikleur van zijn veren. Zijn oog leek een zwarte punt, een gitten kraal die schitterde in een veld van zon. Nooit was er iets geweest wat zo perfect was. Toen ze met haar ogen knipperde, was hij verdwenen, het enige bewijs van zijn aanwezigheid een zacht zwaaien van de tak. Het was een soort magie die aan haar onthuld werd. Hij was van haar geweest, ook al had dat maar een paar seconden geduurd.

Met een stompje potlood – *altijd met een potlood*, had haar grootmoeder geschreven, *je kunt zelfs in de regen met een potlood schrijven* – noteerde ze de datum en tijd, de plaats en het weer. Ze maakte een ruwe schets, gebruikte afkortingen voor haar aantekeningen over de kenmerken van de vogel, en rende toen terug naar het huis, waarbij de takken van frambozen- en braamstruiken zorgden voor een bloederig spoor over haar benen. In de veldgids in de bovenste la van haar bureautje vond ze hem weer: citroenzanger, vanwege zijn citroengele kleur.

Daarna bracht ze talloze dagen door met zwerven door de bossen, de vaalbruine rugzak met zich meeslepend die was gevuld met pakjes gedeeltelijk verkruimelde zoute crackers, flesjes sap, gekneusde appels en half gesmolten chocoladerepen, haar miniatuurverrekijker over een schouder gegooid. Ze leerde zichzelf hoe ze geduldig moest zijn, hoe ze de verveling die vaak gepaard ging met behoedzame observatie, de baas kon worden. Ze leerde zichzelf hoe ze moest zoeken naar iets wat niet gezien wilde worden.

Ze zette haar lege koffiebeker op de armleuning van de bank. 'Misschien heb je wel gelijk.'

Hij glimlachte en leek tevreden over zichzelf en knikte. 'Dat zei ik je toch. Er is een kunstwerk voor iedereen.'

Wat bezielde haar om het te vragen? Misschien kwam het doordat ze aan Agnete moest denken, en ze kon nu niet meer aan haar dochter denken zonder ook aan hem te denken. 'Wat weet je van Thomas Bayber?'

'Bayber? Ik weet dat als ik iets van hem zou bezitten, ik niet meer zou hoeven te werken. Niet hier of waar dan ook. Zo veel geld heb ik niet, maar bovendien is er niets meer in omloop. Zijn schilderijen hangen allemaal in musea, op een paar werken in privécollecties in New York of Miami na, geloof ik. Misschien Japan.' Hij leek verbaasd dat ze hem dat had gevraagd. 'Ik zag je niet aan voor een serieuze verzamelaar. En je liet me nog wel geloven dat je niet zo in kunst was geïnteresseerd.'

'Eerder nieuwsgierig dan serieus. Ik ken zijn naam. Van de kunstenaar zelf weet ik niet veel. Hij is dus getalenteerd?'

'Dat was hij.'

Een verdovende golf kwam over haar heen, en ze sloot haar ogen, waarbij ze haar vingers tot vuisten balde in haar wanten, wachtend op de bekende steek van een scherpere pijn die daarvoor in de plaats zou komen. Ze had nooit die mogelijkheid overwogen. De Thomas die zij kende was bevroren rond zijn vijfendertigste, zelfverzekerd en onvermoeibaar. Hij zou nu begin zeventig zijn geweest.

'Wanneer?'

'Wanneer wat? O nee, ik geloof niet dat hij dood is. Maar twintig jaar geleden is hij gestopt met schilderen. Verdween volkomen uit beeld. Tamelijk mysterieus, omdat hij tot dat moment behoorlijk productief was. Maar nu begrijp ik het! Dat is de reden waarom je naar hem hebt gevraagd, vanwege de vogels! Je was me alleen aan het testen, zeker? Niet dat ik dat erg vind. Je zou niet met een kunsthandelaar willen werken die niet ervaren is en geen verstand van zaken heeft. Jij kent je kunst.'

Nu was het haar beurt om verbaasd te zijn. 'Ik weet niet zeker of ik je goed begrijp.'

'Wacht even. Ik ben zo terug.' Hij schoot de galerie in en toen ze door het raam naar binnen keek, kon ze zien dat hij door een stapel grote boeken rommelde, papieren opzijschoof, op zoek was naar iets onder een bureau. Toen hij weer naar buiten kwam had hij een groot boek onder zijn arm, *De kunst van Thomas Bayber* door Dennis Finch. Hij ging weer naast haar zitten en liet het boek op de bank rusten, bladerend door de bladzijden, totdat hij in het midden was gekomen, een gedeelte met kleurenfoto's. Hij las een alinea aan haar voor:

In 1972 onderging Baybers werk opnieuw een metamorfose, die echter niet kan worden gedefinieerd of gekoppeld aan een bepaalde stijl. Elementen van abstract expressionisme, modernisme, surrealisme en neo-expressionisme verenigen zich met figuratieve kunst, om werk te maken dat oorspronkelijk is en uiterst complex. Op een onderbewust niveau brengt het de kijker in verrukking maar jaagt het ook angst aan. Er is hier niets kwetsbaars, niets dromerigs. Er is geen bescherming, niet voor de kunstenaar zelf en ook niet voor diegenen die naar zijn werk kijken. Alles wordt zonder opsmuk naar voren gebracht, menselijke waarden worden verzacht of verscherpt weergegeven op het doek, van elkaar gescheiden en weer verenigd. Hoewel er bepaalde motieven zijn in deze werken – vaak een aanduiding van water, de afbeelding van een vogel – en diverse elementen worden herhaald, is de context waarin ze verschijnen nooit dezelfde in de diverse schilderijen, afgezien van een naar binnen gekeerde complexiteit. Wat deze werken met elkaar verbindt is de suggestie van verlies, van verdwijning, en van verlangen (zie afb. 87-95).

'1972. Hij is vijftien jaar daarna gestopt met schilderen. Maar kijk eens naar deze foto. Kun je de vogel zien, daar in die hoek? Ze zijn niet altijd gemakkelijk te vinden. Het is dat vlekje blauw.'

Ze hoefde het jaar niet opnieuw te horen om de reden van Thomas' metamorfose te kunnen raden. En ze hoefde ook niet naar de afbeelding van het schilderij te kijken om de vogel te kunnen identificeren. *Wat heb ik gedaan, Thomas? Wat heb ik gedaan?*

'Blauwe bisschop', zei ze.

'Ik ken mijn vogels niet zo goed als jij, dus ik geloof je op je woord. Hij was ongelofelijk getalenteerd. Het is heel spijtig dat hij is gestopt met schilderen.'

Er was meer dan genoeg spijt om te verwerken. Alice kwam moeizaam overeind, en zwaaide onstabiel. 'Bedankt voor de koffie. Sorry dat ik zo veel van je tijd in beslag heb genomen.'

'Integendeel, ik zou jou moeten bedanken. Ik had al een hele tijd niet meer aan Bayber gedacht. Het is een groot genoegen om weer naar zijn werk te kijken, ook al is dat dan alleen op de pagina's van een boek.' Hij stond op en knikte haar toe. 'Ik hoop dat je zult genieten van de rest van de dag. Misschien zien we elkaar nog eens als je weer in de stad bent.'

'Misschien.'

Haar enige gedachte was om terug te gaan naar haar hotelkamer. Ze manoeuvreerde zich langs de toeristen die stopten bij winkels en de stelletjes die hand in hand rondslenterden; liep om terrasstoelen heen die op het trottoir waren neergezet en om de grote beelden die voor de souvenirwinkels stonden. De lift van het hotel ging langzamer omhoog dan naar beneden, en het duurde langer voordat de deur van haar kamer openging; het rode lichtje boven de deurklink weigerde koppig om groen te worden. Eenmaal binnen, met de deur op slot, liep ze naar het houten rek waar haar koffer op stond en ging met haar hand onder de kleren door die ze nog niet had uitgepakt. Al tastend ging ze over de bodem totdat ze de zware, dikke sok had gevonden. Ze trok hem tevoorschijn en stak haar hand erin, in de richting van de teen, totdat ze het koele porselein kon voelen onder haar vingers. Ze haalde het beeldje van de blauwe bisschop tevoorschijn en liet zich op de grond zakken.

Hij was niet ouder geworden. Hij ging op de rand van een van de leren stoelen zitten in haar kamer en fluisterde haar naam. 'Alice.' Toen: 'Ben je nog wakker?'

Ze was er zeker van dat ze wakker was en kneep haar ogen dicht, omdat ze hem niet wilde zien, om daarna te ontdekken dat ze al dicht waren.

'Alice.' Zijn stem klonk nu dringender, nadrukkelijker.

'Ik wist het niet.'

'Je hebt haar voor mij verborgen gehouden.'

'Nee, dat zou ik nooit hebben gedaan. Ik wist niet dat ze nog leefde, Thomas. Ik heb net zo veel van haar leven gemist als jij.'

Hij stond bij het bed en keek op haar neer. Hij stak een hand uit en ze kromp ineen, maar hij raakte alleen haar wang aan. Ze voelde hoe de warmte van zijn vingers als een golf over haar gezicht bewoog. Zijn handen waren net zo lang en slank als ze zich herinnerde, hun witheid een baken in de donkere kamer.

'Je vertrouwde me niet voldoende om het me te vertellen?'

'Je zou nooit vader hebben willen zijn.'

Hij ging op het bed naast haar zitten, en ze schoof op zodat hij kon liggen. Hij nam haar gezicht tussen zijn handen. 'Kende je me dan zo goed?'

Ze schudde haar hoofd. Het was iets wat ze nooit meer kon herstellen, en dat was wat haar aan het huilen maakte, een diepe snik die haar de adem benam. Met één beslissing had ze het leven van drie mensen veranderd, en had ze hen verscheurd tot gekartelde, losse delen. Had ze hem zo veel pijn willen doen? 'Ik had het je moeten vertellen.'

Hij sloeg een arm om haar middel en trok haar dicht tegen hem aan. Ze liet haar handen rusten tegen de stevige muur van zijn borst, en voelde zijn ademhaling in- en uitgaan, de stabiele slag van zijn hart. Iedere inademing van haar zorgde voor een herinnering en bracht een nieuwe geur naar boven: het frisse linnen van zijn overhemd, lijnolie en terpentijnolie, de droge mufheid van tabak, een poederachtige zweem van grafiet.

'Denk je dat we een gezin hadden kunnen zijn?'

'We hadden het kunnen proberen.' Hij streelde haar haar, en ze stopte haar hoofd onder zijn kin, haar lichaam automatisch tegen hem aan krullend, een gewoonte die in de herinnering van haar huid, haar spieren, haar botten zat.

'Natalie heeft het je verteld.'

Zijn ogen waren gesloten, en hij lag zo stil dat ze zich afvroeg of hij echt dood was, bij haar terug was gekomen als een visioen. 'Ze heeft er wel voor gezorgd dat ik erachter kwam.'

'Ben je naar me op zoek gegaan?'

'Ik ben naar jullie allebei op zoek gegaan. Maar jullie waren al gevlogen.'

Ze werd wakker op de grond, terwijl de vroege gloed van de ochtend door de ramen naar binnen drong. De vingers van haar linkerhand zaten bevroren om het vogeltje, en ze bedacht dat het een passende straf zou zijn als ze zo zouden blijven zitten, grijpend naar de vrijheid die ze zo graag had willen vangen, niet in staat het los te laten, toekijkend hoe het stierf in haar greep. Ze wrikte haar vingers los met haar rechterhand, zette de vogel op de toilettafel en liet zich toen op het bed vallen. Ze had geen idee hoe laat het was en het interesseerde haar ook onvoldoende om haar hoofd in de richting van de flikkerende cijfers van de klok te draaien. Het enige wat ze kon denken was dat ze nog nooit zo'n vermoeidheid had gevoeld; dat het mogelijk was dat ze te moe was om nog in leven te zijn. Maar slapen kon ze ook niet, waar ze het ook in probeerde te zoeken: de zachte klanken van Phinneaus' stem, de lucht van klaver die ze op Frankies hoofd kon ruiken, de hete thee die Saisee voor haar inschonk, en die door haar keel naar beneden gleed als een licht gedoofd gloeiend kooltje. Ook niet onder de donzen deken of het gesteven laken, en zelfs niet in het veren kussen dat ineenzakte onder het gewicht van haar hoofd. Er was alleen het schuldgevoel en de herhalende stem, telkens opnieuw. *Agnete.*

Ze werd gedwongen om te gaan liggen in het belang van haar lichaam. Ze had er te veel van gevergd en nu liet het haar overduidelijk in de steek. Het was een kwelling om te proberen haar gedachten stop te zetten. Ze keek hoe de zon langzaam de muren kleurde en concentreerde zich op het langzaam voortkruipende licht in de kamer. Het loden gewicht van haar ledematen drukte haar tegen het matras; ze had niet eens de energie om zich om te draaien. En toen ze zich realiseerde dat ze er niet langer voor weg kon lopen, rende ze erop af, haar armen wijd geopend. Ze rende naar Agnete toe en nam haar in haar armen, een tornado van opgekropte liefde en wroeging. Ze ging zitten met het kind in haar schoot en nam het vogeldagboek uit haar zak. Ze begon bij het begin en liet haar dochter iedere schets zien, beschreef iedere vogel, de opvallende buiging van zijn kop, de zachtheid van zijn dons, de geheime dingen die verweven waren in zijn nestmateriaal. Ze nam iedere bladzijde door, liet geen detail onbenoemd, keek hoe de vingers van haar dochter de contouren van de tekeningen volgde, keek hoe haar dochter knikte als ze klaar was voor de volgende bladzijde.

Toen de kamer zo licht was dat haar ogen er pijn van deden, ging ze haar lichaam testen. Ze strekte eerst de ene voet en toen de andere, bewoog ze langzaam beurtelings omhoog totdat haar knieën waren gebogen, en liet ze toen weer terugglijden. Ze trok cirkels op de achterkant van haar polsen en bewoog haar vingers alsof ze half-slachtig aan het pianospelen was, op onzichtbare toetsen drukte, alleen om haar flexibiliteit te testen. Voorzichtig rolde ze zich op haar zij, waarbij ze een waarschuwende flits van protest verwachtte, maar de pijn was draaglijk. Ze pakte de hoorn van de haak en belde voor haar ontbijt: droge toast, groene thee en roerei. Toen ging ze overeind zitten en strekte zich uit naar de badjas aan het voeteneind, dezelfde plek waar Thomas had gezeten, en hield die tegen haar gezicht, verlangend naar een zweem van hem. Maar ze rook alleen de ceder en salie van het badzout van de dag ervoor.

Het ontbijt smaakte nergens naar; de kleren die ze aantrok wogen niets. Toen ze de deur uitliep was de lucht scherp, de trapleuning geëtst in een mozaïek van vorst, alsof iemand die daar iets over te zeggen had, had besloten dat als donderdag de herfst was, dan vrijdag de winter was. De receptionist belde een taxi en ze gaf de chauffeur het adres op.

'Mooie dag vandaag', zei hij.

'Ja', antwoordde ze, en keek naar de winkels en de lage huizen met platte daken die voorbijschoten, een waas van adobe. Ze draaide haar lichaam naar het raam om hem te weerhouden van verdere conversatie. In de korte straten stonden rijen auto's langs het trottoir, en de bochten die de chauffeur nam waren snel, eerst in de ene richting, toen in de andere, totdat ze zich verloren voelde in een doolhof van bruine muren en hoog gras. Uiteindelijk reed hij half een oprit met grind op en stopte daar.

'Dit is het. Calle Santa Isabel nummer elf.'

Ze waren er sneller dan ze had verwacht. Het huis was een kleine adobe woning, keurig aan de buitenkant, met een lage muur aan de voorkant, omzoomd door groepen koperkleurige pollen van *Andropogon gerardii* en ravennagras. Op de bovenkant van de muur stond een rij papieren zakken en aan de voordeur hing een krans van cedergroen.

'Weet u waar die zakken voor dienen?'

De taxichauffeur draaide zich om en keek haar aan alsof ze de domste toerist was die hij ooit had ontmoet. '*Farolitos*. Er zit zand op de bodem van elke papieren zak met daarin een kaars. In de tijd van mijn overgrootvader maakten ze nog vreugdevuren op de hoeken om de weg naar de kerstmis te verlichten. Misschien zijn er toen te veel branden ontstaan? Tegenwoordig gebruiken we papieren zakken.'

'Kunt u alstublieft op me blijven wachten?' Ze overhandigde hem twintig dollar en stapte uit de taxi. 'Ik ben zo weer terug.'

Ze stond naast de auto met een hand rustend op de zijkant ervan, denkend dat als ze hier gewoon zou blijven staan, ze veilig zou zijn. Het verhaal dat ze op de weg erheen had gerepeteerd – 'Ik ben op zoek naar de vrouw die hier vroeger woonde. Ik ben een vriendin van haar tante. Er is iemand overleden in de familie en we proberen haar op te sporen' – klonk plotseling fout. Ze was op onbekend terrein, verloren, miste de woorden om te communiceren.

De chauffeur toeterde, rolde het raam aan de passagierskant omlaag en schreeuwde: 'Mevrouw! Gaat het wel goed met u?'

Ze knikte en hield haar ogen op de voordeur gericht, op de krans, terwijl ze bedacht dat alleen de eerste keer moeilijk zou zijn; als ze het eenmaal had gedaan kon ze het aan honderd vreemden bij honderd verschillende huizen vragen als dat moest. Haar voeten brachten haar over het leistenen pad en door de brede opening in de muur, naar een patiotuin die beplant was met woestijnhulst en pruikenbomen, berenbes en witte salie. Ze stopte. De tuin stond vol beelden, moderne roestvrijstalen werken in diverse formaten, maar wat ze gemeen hadden was het kenmerk van vloeiende beweging. Het konden abstracte figuren of louter vormen zijn, dat wist ze niet zeker. Het zonlicht kaatste heen en weer ertussen. Ze ging met haar vingers over de ronding van het beeld dat het dichtst bij het pad was. Het metaal, koel en glanzend, was glad onder haar hand, het stevige gewicht ervan duidelijk, zelfs bij de geringste aanraking.

De voordeur had een diep oranjerode kleur. Voordat ze het wist lag haar hand op de deur, en de kleine echo van haar klop schoot recht terug naar haar hart. Ze luisterde naar het geluid van voetstappen en hoopte half op de zware zolen van mannenschoenen, met de gedachte dat een man minder achterdochtig zou zijn. Maar ze hoorde geen voetstappen. Ze hoorde helemaal niets, behalve dan het zachte draaien van de motor van de taxi. Ze klopte opnieuw en wachtte, maar er gebeurde niets.

Ze begon al terug te lopen, maar vanuit een ooghoek zag ze ineens een beweging. Toen ze zich omdraaide, zag ze een jonge vrouw die om het huis kwam aanlopen, gekleed in een kaki broek en denim blouse, met felrode tuinklompen aan haar voeten. Ze had een slinger cedergroen over een schouder hangen. Alice kon de kruidige lucht ervan ruiken waar ze stond, een paar passen verderop.

'Ik hoorde iemand aan de deur, maar ik was aan het werk in de tuin en wilde niet door het huis naar binnen lopen, omdat het achter zo modderig is. Kan ik iets voor u doen?' Haar glimlach veranderde in een verschrikte blik toen Alice op haar voeten begon te wankelen en plotseling in elkaar zakte op het pad.

Hij stond voor haar. Dat was de boog van zijn wenkbrauwen, zijn lange neus, zijn hoge voorhoofd. Terwijl de vrouw naar voren schoot, zag Alice dat ze net als Thomas bewoog: snel, doelbewust, zeker van haar stap. Goddank, dat waren zijn mooie, rechte vingers die haar arm beetgrepen. Maar ze zag zichzelf wel weerspiegeld in de lichtblauwe ogen en sproeterige huid, in de intensiteit van de blik, de wilde krullen die om haar schouders dansten, hoewel de inktzwarte kleur van hem was.

'Ik haal even een stoel.'

Maar ze wilde helemaal niet zitten. Ze wilde niet weg van deze plek; wilde niet dat de hand die haar arm zo stevig vasthield ook maar een centimeter omhoog of omlaag zou gaan. Of zou verdwijnen.

'Agnete Sophia Kessler.' Haar eigen rite om de naam uit te spreken, niet als vraag, maar als een doopritueel.

'Ja. Kennen wij elkaar?' Daar – haar vaders achterdochtige toon.

Ja, wilde Alice zeggen. *Ik ken je zoals ik mijn eigen hart ken, zoals ik mijn eigen hartslag ken. Ik weet hoe je lach zal zijn, hoe je bij het afscheid zwaait, het halvemaantje van je duimnagel die je tussen je tanden houdt als je ergens over piekert. Ik heb je gekend vanaf het moment dat je op deze wereld bent gekomen, en al zou ik je nu achter moeten laten, dan nog zou ik je kennen als ik dood zou gaan.*

'Ik ben hier gekomen om je te vertellen...'

Agnete wachtte, haar gezicht beheerst en geduldig. Wat een verkeerd begin, dacht Alice. Zo'n gecompliceerd verhaal. Er zou zo veel moeten worden uitgelegd. Ze kon niets anders bedenken om mee te beginnen.

'Ik ben je moeder.'

Veertien

December 2007

Finch was lijkbleek. Hij geloofde niet echt in zijn eigen excuses om niet te hoeven vliegen, maar door ze vaak genoeg te herhalen had hij kennelijk zijn geest beïnvloed. Tot zijn grote vernedering had hij zich buiten de terminal laten gaan in een hevige paniekaanval, waarbij hij wanhopig probeerde om weer in een taxi te kruipen die al aan het wegrijden was. Hij en Stephen werden uit de rij gehaald voor een extra veiligheidscontrole, ongetwijfeld dankzij Stephens blauwe oog, dat een dreigende aubergine tint had gekregen. En Stephens volharding om zijn boardingpass voor zijn mond te houden terwijl hij instructies fluisterde die duidelijk hoorbaar waren voor iedereen binnen een straal van drie meter, was ook niet erg bevorderlijk om hen geliefd te maken bij de luchthavenpolitie.

'Doe je best om er niet verdacht uit te zien.'

'Ik zie er helemaal niet verdacht uit.'

'Je staat bijna te hijgen. Daardoor lijkt het alsof je iets op je geweten hebt.'

Finch siste naar hem door zijn opeengeklemde tanden. 'Dat komt omdat ik geen adem kan halen.'

'Kunnen we hier wat zuurstof krijgen?' vroeg Stephen hard, wuivend in de richting van de bewaking, ondanks de stompen die Finch hem in zijn ribbenkast gaf.

'Je zorgt er zo nog voor dat we gearresteerd worden!' Andere passagiers waren zo verstandig om bij hen uit de buurt te gaan, waardoor ze met zijn tweeën als een eilandje in de rij stonden, gemakkelijk herkenbaar, gemakkelijk te arresteren.

Stephen keek gekwetst. 'Ik probeer je alleen maar te helpen om iets te overwinnen wat duidelijk een fobie is geworden.'

'Help me alsjeblieft niet.'

De twee uur durende vlucht naar Memphis had een vertraging van een uur en tweeënveertig minuten. Hij werd helemaal gek van het wachten. Hij ging zitten in een van de gammele plastic stoelen met zijn ogen gesloten, zijn handen zwetend. Claire had hem misschien kunnen helpen, maar hij weigerde haar op te roepen. Hij had zijn eigen regels voor boetedoening bepaald, en de belangrijkste daarvan was op welke plek hij met haar mocht praten. Luchthavens, vliegtuigen, wachtend in de rij voor een Chinese afhaalmaaltijd of bij de apotheek, die stonden niet op de lijst. Hij zou een gesprek met haar niet gebruiken als een tegengif voor verveling of om gevoelens van zwakte onder controle te krijgen. Hij probeerde hun gedachtewisselingen te beperken tot de plaatsen waar zij van gehouden had: hun oude keukentafel met die ene wiebelige poot, de Shakespeare Garden in Central Park, de Holiday Train Show in de Botanical Garden, en hun slaapkamer. Vooral hun slaapkamer. Het zou niet eerlijk zijn om de regels te overtreden en haar uitgerekend hierheen te halen, alleen omdat hij even een inzinking had, vooral omdat het zijn schuld was dat ze alleen op het vliegveld was geweest.

'Dit was het toch niet?'

Stephens stem in zijn oor had het gierende geluid van een tandartsboor, het geluid van aluminiumfolie dat werd verkreukeld waardoor de rillingen je over je rug liepen.

'Dit was wat niet?' Finch opende één oog en zag een Indiase vrouw in een rode sari die tegenover hen zat en geagiteerd tegen de schouder van haar man tikte, terwijl ze hem een blik toewierp die Sint-Franciscus regelrecht naar de hel zou hebben gestuurd.

'Dit vliegveld. Ik dacht dat ik het je al had gevraagd, maar je zei van niet. Dat klopt toch?'

'Hou alsjeblieft op met praten', zei Finch.

Tegen de tijd dat ze aan boord mochten, moest Stephen hem bijna het vliegtuig in dragen. Om alles nog eens erger te maken wilde Stephen per se bij het gangpad zitten, terwijl hij Finch vertelde dat dit deel uitmaakte van zijn vliegritueel. Toen ze eenmaal in de lucht waren, sloeg Stephen diverse glazen bloody-marymix achterover en stopte alle drie de spuugzakken in het net voor de middelste stoel.

'Ze zouden die dingen niet moeten geven. Het is de kracht van de suggestie – als je die zak ziet, voel je je al ziek. Als je zelfs maar kijkt of er wel een zak is, dan verwacht je al het ergste.' Hij schoof dichter naar Finch toe en liet zijn stem dalen. 'Het is belangrijk dat je vroeg aan boord gaat, zodat je ze kunt verplaatsen voordat je buren arriveren. Om de een of andere reden vinden ze het niet prettig. Ik begrijp niet waarom. Het is niet zo dat ik hun zak afpak.' Als reactie op zijn opgetrokken wenkbrauwen voegde Stephen eraan toe: 'Verplaatsen is niet wegnemen. Technisch gezien.'

Finch was er zeker van dat zijn hart al uit zijn borst was gevlogen. Zijn handen waren glad van het zweet en de lucht van kerosine die er hing maakte dat zijn maag van streek raakte. Hij had alle drie de spuugzakken nu tenminste vóór zich; hij nam aan dat hij daar blij om mocht zijn. De vrouw in de stoel bij het raam had zichzelf zo ver mogelijk bij hem vandaan gewerkt, benen opgetrokken, armen om haar zijden geslagen, haar lichaam een samengedrukte spons die op magische wijze zou uitzetten zodra ze waren geland.

'Hier.' Stephen schoof een plastic doosje in de richting van Finch voordat hij een zwart slaapmasker uit zijn tas haalde en dat over zijn voorhoofd schoof.

'Wat is dit?'

'Het verbaast me dat je het niet herkent.' Stephen drukte op een knop en zwaaide even later met zijn lege glas naar de stewardess, die met haar ogen rolde. Er moest in de trainingshandboeken voor de reis- en hotelbranche een beschrijving zijn voor types zoals Stephen waarin hij werd omschreven als – hoe kon je dat zo vriendelijk mogelijk verwoorden? – 'een uitdaging'.

'En ik neem wel zijn pinda's', zei hij tegen de stewardess, toen ze terugkwam met zijn vierde bloody-marymix. 'De kans is groot dat hij straks gaat overgeven.'

De vrouw bij het raam trok een deken over haar hoofd. Finch legde zijn hoofd in zijn handen.

'Maak open', zei Stephen, terwijl hij naar het doosje in Finch' hand wees. 'Acupressuurbanden. Jij hielp me toen we naar het zomerhuis reden. Ik bewijs je nu een wederdienst. En denk nu niet dat ik je een tweedehands paar heb gegeven. Ik moest het doosje openmaken om zeker te weten dat er een gebruiksaanwijzing bij zat, en toen moest ik het van de verkoper nemen. Ik had liever de grijze dan de zwarte gehad. Zwart lijkt zo militant voor een acupressuurband.'

Finch vond het maar niets dat hij het moest toegeven, maar hij was ontroerd. Waarom had hij hier zelf niet aan gedacht? Hij trok de banden over zijn handen tot net onder zijn polsen. 'Dat was attent van je, Stephen. Dank je wel.'

'Ik weet het. Denk daar alsjeblieft aan als je achter het stuur gaat zitten voor de twee uur durende rit naar die plaats, hoe heet die ook alweer.'

Finch wilde het hem gaan vertellen, maar Stephen hield zijn wijsvinger omhoog. 'Ik weet het. Een ogenblik.' Hij kneep zijn ogen dicht en begon te mompelen. 'Thanksgiving. Kalkoen. Wild Turkey – bourbon whiskey? Nee. Jagen op wilde kalkoen. Jager...' Hij glimlachte en trok zijn slaapmasker omlaag. 'Orion', zei hij.

Finch schudde zijn hoofd. 'Verbazingwekkend.'

Terwijl Stephen dutte, werkte Finch een actieplan uit. Dankzij Simon Hapsend was hun zoektocht nu teruggebracht van vijftig staten tot slechts één. Schuldgevoel over Stephens pak slaag had Simon ertoe gebracht om hem de informatie te geven die ze het hardst nodig hadden: Natalie Kessler woonde in Tennessee. Of Alice daar ook was, viel niet te zeggen. Maar Natalie had er veel moeite voor gedaan om niet te worden gevonden, waardoor Finch zijn bedenkingen had over de ontvangst die ze zouden krijgen.

Hij was ervan overtuigd dat de beste weg naar de ontbrekende panelen zou zijn om meteen met Natalie te beginnen over het financiele deel. Voor wat Thomas' dochter aanging, dat was een andere kwestie. Ze zou nu een jonge vrouw zijn, maar een paar jaar ouder dan Stephen, en hij had geen idee wat de zussen haar verteld zouden hebben over haar vader. Misschien hadden ze hem afgeschilderd als een monster of een ongeïnteresseerde vader; misschien hadden ze hem in het niets laten verdwijnen. Hoe dan ook, dat gesprek zou de nodige behoedzaamheid vergen. Hij vreesde de gedachte om zich in familiezaken te mengen, vooral omdat de details die de veronderstelde misstappen van alle partijen omgaven, nogal duister waren. Maar de dochter stond hier los van. Ze was een levende, ademende link met Thomas, en aangezien Thomas niet voor zichzelf kon spreken, wat voor ander alternatief had Finch dan nog?

Hij strekte zich uit naar de tas die hij onder zijn zitplaats had geschoven en haalde er een kaart van Tennessee uit, waarop hij hun route had aangegeven. Hij had liever een gewone kaart in zijn handen dan dat hij moest luisteren naar een onechte stem met een Brits accent die tot vervelens toe het woord 'opnieuw berekenen' herhaalde. Orion was een speldenprik; hij moest zijn bril opzetten om het plaatsje te onderscheiden van een teken dat hij er met zijn potlood op had gezet. Waarom ze in zo'n plaats waren gaan wonen, die zelfs maar hadden kunnen vinden, was hem een raadsel.

De piloot kondigde aan dat hij de daling naar Memphis ging inzetten, en Stephen strekte zich uit in zijn stoel, waardoor lege pindazakjes en de lege plastic glazen die hij op de vier hoeken van zijn blad had verzameld, het gangpad in vlogen. Hij negeerde het brandende teken om zijn veiligheidsgordel vast te maken en verzamelde alvast zijn spullen uit de bagageruimte boven zijn hoofd. Daarna schoof hij die onder de stoel vóór hem. De stewardess keek boos, en Finch was er zeker van dat ze ook van hem nu dezelfde lage dunk had als van Stephen, alleen doordat hij naast hem zat.

'Je lijkt wel een tornado', zei hij.

'Je gezicht heeft nu een veel betere kleur dan eerst. De banden hebben zeker hun werk gedaan.' Stephen leek tevreden over zichzelf. 'Ben je er al achter wat we straks gaan doen?'

'Geen idee.'

* * *

Ze landden in een lichte motregen, waarbij de luchthaven van Memphis weinig verschilde van alle andere luchthavens waar Finch ooit was geweest. Hij wilde zo snel mogelijk de terminal uit en haastte zich naar het autoverhuurbedrijf. Daar voegde hij zich in de rij bij de andere passagiers, die ook genoeg hadden van het reizen en hun regenjassen hadden aangetrokken, hun computeruitdraai in de hand. Stephen leek het meest verreisd van het hele stel, wat wel iets zei, met zijn vlekkerige regenponcho, zijn rugzak over een schouder gegooid, en zijn versleten aktetas in zijn hand geklemd. Uit dankbaarheid voor Stephens eerdere attentheid en omdat hij zich herinnerde dat Cranston toch de rekening betaalde, koos Finch voor een grotere auto dan hij had besteld. Ze stonden in de regen te wachten tot het shuttlebusje zou komen, maar toen hij eenmaal in de bus zat, waar hij zich op de zoveelste plastic stoel liet vallen, voelde Finch een enorme opluchting, alsof hij verwikkeld was geweest in een hevig gevecht en het er goed vanaf had gebracht, met al zijn lichaamsdelen nog intact en op de plaats waar ze hoorden te zijn.

Bij de plek waar de auto's van het verhuurbedrijf geparkeerd stonden, pakte Stephen zijn rugzak en aktetas en gooide die op de achterbank van de hun toegewezen auto. Hij ging op de passagiersstoel zitten, en deze keer had hij nauwelijks klachten. Hij ging meteen de ventilator en temperatuur regelen voordat hij ging rommelen met de radio.

'Veel stations met countrymuziek.'

'We zijn hier in Tennessee', zei Finch.

'Het is niet mijn favoriete soort muziek.'

'Dan kun je misschien overwegen om de radio uit te zetten.' Ze gingen later rijden dan de bedoeling was geweest. Ze zouden toch moeten stoppen bij het motel in Dyersburg, en Finch wilde ruim voor het donker in Orion aankomen, voordat de Kesslers gingen eten, voordat het laatste beetje energie dat hij nog over had, verbruikt was.

In plaats van de radio uit te zetten, ging Stephen neuriën en stopte zijn drumsolo op het dashboard alleen om te vragen: 'Vraag jij je ook af hoe ze er nu uit zal zien?'

Finch wist over wie hij het had. Hun gesprekken draaiden altijd om Natalie, in plaats van om Alice. Natalie was een beeldschoon meisje geweest, maar wel manipulatief en berekenend. Finch dacht dat het heel goed mogelijk was dat haar persoonlijkheid van haar gezicht viel af te lezen naarmate ze ouder werd, door een dunne groef tussen haar wenkbrauwen en lijntjes van teleurstelling rond haar mond.

Toen hij de foto's tussen Thomas' papieren vond, had hij gedacht dat de boosheid in Natalies boodschap 'Ik weet wat je hebt gedaan' ter wille van Alice was geweest, om haar te verdedigen. Maar nadat hij zowel het hoofdpaneel van het drieluik als de tekening bij de Edells had bestudeerd, dacht hij niet langer dat dat het geval was. Op het doek leken de zussen in elk geval geen band met elkaar te hebben; ze cirkelden ieder in hun eigen baan, om hun ouders of om Thomas.

De rol van Alice was minder duidelijk. Om de een of andere reden was Finch bereid haar het voordeel van de twijfel te geven. Misschien kwam het door de foto waarop ze zwanger was, de blijdschap die van haar afstraalde zo voelbaar dat hij had kunnen zweren dat er een verandering van temperatuur was als zijn vingers haar afbeelding aanraakten. Of misschien kwam het doordat ze, zeker toen ze jonger was, immuun leek te zijn voor Thomas' betovering. Misschien kwam het door de intelligentie die hij in die bleekblauwe ogen had opgemerkt. De scherpzinnigheid die ze in zich had, had betrekking op haar intelligentie, niet op haar persoonlijkheid. Hoe dan ook, zijn stemming werd beter als hij aan haar dacht.

'Ze zal het type zijn dat flink zal hebben geïnvesteerd om er goed uit te blijven zien, denk je niet?' zei Stephen.

'We zijn hier om meer te weten te komen over de schilderijen, en als de goden ons gunstig gezind zijn, misschien iets over Thomas' dochter. Niet om jou te laten zwelgen in fantasieën over Mrs. Robinson.'

'Alsof jij je niet hebt afgevraagd hoe ze er nu uit zullen zien.' Stephen liet zijn arm door de luchtstroom naar achteren duwen tegen de rand van het open raam. 'Waarom zouden ze eigenlijk hierheen zijn verhuisd? Er is zo veel ruimte. Zo veel... niets.'

'Er zijn mensen die dat aantrekkelijk vinden.'

'Zou jij dat vinden? Als jij jong was, en eruit zou zien zoals zij toen?'

'Nee. Dat denk ik niet.' Toen hij erover nadacht, kreeg hij een onaangenaam gevoel. Ze werkten zonder een doordacht plan, met een groot aantal onbekende elementen, en hij vond dat de situatie er slecht uitzag. Hij wilde dat alles achter de rug was. Hij wilde voor Kerstmis thuis zijn bij zijn familie. Hoe bevredigend het ook mocht zijn om Thomas zijn eigen familie te bezorgen, keurig omwikkeld met een lint, de kans dat dit zou gebeuren was minimaal. 'Dyersburg is nog ongeveer vijfentwintig kilometer. Als we daar eenmaal hebben ingecheckt, dan stel ik voor dat we ons even gaan opknappen, om daarna zo snel mogelijk door te gaan naar Orion.'

'Je wil er zeker van zijn dat we een goede eerste indruk maken, is dat het?'

'Je krijgt nooit een tweede kans', zei Finch. Hij onderdrukte de neiging om te wijzen op de diverse vlekken op Stephens poncho. 'Ik denk dat we alle hulp nodig hebben die we kunnen krijgen.'

Ze reden het parkeerterrein van het motel op en kregen de sleutels van hun kamer van de receptioniste, een oudere vrouw wier haar de kleur van een Spaanse ui had. Nadat ze bevestigend hadden geknikt dat ze niet mochten roken op hun kamers, sleepten ze hun bagage een buitentrap op en sloten tegelijkertijd de deur van hun aangrenzende kamers.

Een warme douche verdreef het koutje dat Finch had gevat toen hij in de regen stond. Nadat hij zich had omgekleed, werd zijn stemming beter, alleen niet zijn algemene gezondheidstoestand. Maar hun korte tijd uit de auto had niet hetzelfde herstellende effect op Stephen. Als hij niet constant iets te eten had, zo realiseerde Finch zich, vertoonde Stephen de neiging om chagrijnig en ruzieachtig te worden, en geen van beide was bevorderlijk voor hun zaak. Hij sloeg af bij een benzinestation en trommelde met zijn vingers tegen het stuur terwijl Stephen naar binnen schoot. Hij kwam naar buiten met zijn handen vol zakken chips en chocoladerepen.

'Heb je enig idee hoeveel suiker en zout je de afgelopen uren naar binnen hebt gewerkt? Ik bedoel, vier blikjes bloody-marymix? We zouden je je eigen zoutsteen moeten geven.'

Stephen zwaaide bij dit verwijt alleen maar met zijn hand en begon wikkels open te scheuren.

Tegen de tijd dat ze bij Orion waren gekomen, was de temperatuur fors gedaald. Finch' neus begon te lopen en zijn ogen brandden. Iemand had een grote kerstkrans op het billboard aan de rand van de stad gehangen, om alle reizigers welkom te heten. 'Orion – oude stad! Nieuwe kijk!' Stephen keek naar hem en meesmuilde.

De hoofdstraat kon het best worden beschreven als merkwaardig, bestaande uit slechts drie blokken, zonder een enkele winkelketen. De late middaglucht was bedekt met zware wolken, en er waren maar weinig mensen op straat. Een vrouw hief haar hoofd op toen de auto langsreed, en drukte haar kin toen weer snel op haar borst, omdat enige nieuwsgierigheid met betrekking tot een onbekende auto het niet waard was om de koude lucht langs haar hals omlaag te laten gaan.

'Pepermuntje?' vroeg Stephen terwijl hij een blikje onder zijn neus duwde.

'Nee, dank je.' Finch reed langs een begraafplaats en ging toen langzamer rijden, terwijl hij lette op straatnamen. Hij ging aan de kant van de weg staan voor een volgend huizenblok, voor een oud victoriaans huis met twee verdiepingen. Een smal stenen pad, met aan weerskanten buxushagen, leidde naar de voordeur.

'Stephen, ik denk dat ik maar het beste het woord kan doen.'

'Je bent bang dat ik misschien iets verkeerds ga zeggen, niet?'

'Ik ben bang dat jouw combinatie van enthousiasme en directheid weleens verkeerd kan worden uitgelegd.'

Stephen haalde zijn schouders op. 'Ga je gang.'

Finch deed de autoportieren uit gewoonte op slot en sjokte het pad op, met Stephen achter hem aan. Hij kon bijna niet geloven dat ze hier nu waren. Ondanks wat hij eerder tegen Stephen had gezegd, was het de laatste paar uur moeilijk geweest om zich geen voorstelling te maken van Natalie en Alice, hoe ze er nu uit zouden zien, hun uitdrukking als ze de naam Bayber zouden horen. Hij had zich weliswaar op bijna alles voorbereid, maar niet op de jongen die de deur opendeed nadat hij had aangeklopt.

Finch richtte zijn blik naar beneden en stak zijn hand uit op zijn vriendelijkste manier. 'Dag, jongeman. Ik ben professor Finch en dit is meneer Jameson. We komen voor je moeder. Is ze thuis?'

Alsof Finch eraan herinnerd moest worden dat ze niet meer in

New York waren, zwaaide de jongen de deur wijd open, zonder het minste blijk van achterdocht of angst voor verkooppraatjes of oplichterij.

'Nee. Die zit in de gevangenis. Bent u onderwijzer?' De jongen keek om Finch heen naar de plek waar Stephen een tree lager was gaan zitten. 'Wow! Wat is er met uw oog gebeurd, meneer? Hebt u gevochten?'

Stephen glimlachte naar Finch. 'Mag ik antwoord geven of doe jij nog steeds het woord?'

Finch knikte zwakjes, niet in staat om verder te denken dan het 'in de gevangenis'-deel in het antwoord van de jongen. Stephen liep de veranda op en hurkte voor de jongen neer. 'Ik heb inderdaad gevochten, met een grote en angstaanjagende man. Zoals je kunt zien heb ik niet gewonnen.'

Het kind hield een wijsvinger dicht bij Stephens oog. 'Dat is een goeie. Ik heb ook eens een keer gevochten. Oom Phinneaus zei tegen me dat hij zijn riem zou pakken als ik dat nog eens zou doen.'

Finch herstelde zich en begon opnieuw. 'Is je oom soms hier? Misschien kunnen we even met hem praten.'

'Nee, die is thuis. Wij wonen aan de overkant van de straat.' Finch draaide zich om en zag een eenvoudig grijs geschilderd huis van twee verdiepingen in victoriaanse stijl, met witte stijlen en een overdekte veranda die rondom het huis liep.

'Juist. Dus jij woont daar met je oom. Wonen de Kesslers in dit huis?'

'Ja.'

Onmiddellijk voelde hij een heerlijke opluchting. 'Mooi. Misschien kun je ons dan helpen. Degene die wij graag willen spreken is Natalie Kessler. Ken jij haar toevallig?'

'Miss Natalie? Natuurlijk. Maar u kunt niet meer met haar praten.' De jongen leunde naar voren om hard in Stephens oor te fluisteren: 'Ze is dood.'

Finch leunde tegen de deurpost. Zijn lichaam reageerde op dit nieuws van boven naar beneden: hoofd duizelend, ademhaling onregelmatig, borst gespannen. Armen zo zwaar dat hij graag aan Stephen had willen vragen om ze los te schroeven en ze aan de kant te leggen. Zijn knieën bibberden. Tranen welden op in de hoeken van zijn ogen. Het speet hem plotseling voor hen allemaal: voor Alice, Natalie en Thomas, voor alle fouten die ze hadden gemaakt, en voor al zijn eigen fouten. 'Frankie, ga eens weg daar. Wat ben je in vredesnaam aan het doen?' De stem van een vrouw echode in de hal, en Finch zag hoe de jongen, Frankie, achteruitdeinsde totdat hij in de deuropening stond.

'Deze mensen willen met Miss Natalie praten, Saisee. Maar dat kan toch helemaal niet meer?'

'Ga eens weg. Ga je oom halen.'

'Goed, maar deze man hier ziet er niet al te best uit en die andere heeft net een vreselijk gevecht achter de rug.' De jongen leek eerder geïnteresseerd dan bang en was duidelijk niet blij met het vooruitzicht om te worden weggestuurd van wat er hierna zou gebeuren. De vrouw keek hem boos aan en hij draaide zich om en sprong van de veranda, waarbij hij alle drie de brede treden oversloeg en op het pad landde, om vervolgens de straat over te rennen.

'Kan ik u helpen?'

Hier was wel achterdocht. Finch herkende het in de strak over elkaar geslagen armen van de vrouw, de opgetrokken wenkbrauwen, de frons. Maar het kon hem niet meer schelen. Hij was totaal verslagen. Er zouden geen andere onontdekte werken van Thomas Bayber meer zijn, en er zou geen vreugdevolle familiereünie komen.

'Is Natalie Kessler dood?' vroeg hij, zijn stem gespannen.

'Wie wil dat weten?'

Stephen stapte naar voren en legde zijn hand op Finch' schouder. 'Ik ben bang dat dit voor ons allebei nogal een schok is. We zijn al twee maanden naar haar op zoek.' Hij stak zijn hand uit. 'Ik ben Stephen Jameson en dit is professor Dennis Finch. Zouden we een glas water van u kunnen krijgen? Professor Finch was even hiervoor nog ziek, en ik ben bang dat hij een terugval heeft gekregen. Niets besmettelijks, hoor, dat weet ik tamelijk zeker.'

'Een ogenblik.' Ze sloot de voordeur en Finch hoorde de klik van het slot. Aha, dacht hij. Misschien uiteindelijk toch niet zo ver van New York. Stephen klopte hem op zijn rug alsof hij een baby een boertje wilde laten doen, en Finch stak een hand omhoog en liep bij hem vandaan, kapot en ontmoedigd.

'Ik weet wel dat je probeert te helpen, maar ik ben gewoon...' Hij ging op de rand van de veranda zitten en voelde de kou van de stenen dwars door zijn broek heen.

'"Is je moeder thuis?" Echt hoor, Finch, dacht je niet dat de jongen een beetje te jong is om een moeder van eenenzestig te hebben?' Stephen snoof misprijzend. 'Vertel me nu niet dat je niet aan hen hebt gedacht. Ze zitten in je hoofd op een bepaalde leeftijd, op dezelfde manier als ze in mijn hoofd zitten. Ik moet zeggen, je neemt dit zwaarder op dan ik zou hebben verwacht. Heb je nooit die mogelijkheid overwogen?'

Finch keek hem verbaasd aan. 'Jij wel dan?'

'Nou, statistisch gezien zou je dat niet verwachten, maar we weten absoluut niets over de geschiedenis van de vrouw. Ze rookte misschien wel, of ze had kanker. Misschien had ze hartproblemen of misschien heeft ze zich dood verveeld.' Hij stopte. 'Sorry.'

'Ik heb het hem beloofd. Het was ongelooflijk stom om dat te doen, maar ik heb het wel gedaan. Elke dag sinds ik ontdekte dat Thomas een dochter had, elke dag opnieuw, moet ik aan Lydia denken en hoe het zou voelen als ik wist dat ik ergens een kind zou hebben en haar niet kon vinden.'

'Ik heb geluk. Het enige waar ik teleurgesteld in ben, is het schilderij.' Stephen ging op de stenen van het portaal zitten en wreef zijn handen heen en weer over zijn dijen.

Finch keek boos naar hem, onzeker of hij gewoon eerlijk was dan wel probeerde hem op te vrolijken. 'Ik kan niet geloven dat je zo gevoelloos bent.'

'Dat kun jij beter ook maar zijn. Maar echt hoor, Finch, je geeft het wel heel snel op. Dat vind ik ontmoedigend.'

'Je hebt gehoord wat ze zeiden. Natalie Kessler is dood.'

'Precies. *Natalie* Kessler is dood. Niemand heeft iets gezegd over Alice.'

'En waarom heeft u belangstelling voor Alice Kessler, heren, als ik zo vrij mag zijn.'

Finch en Stephen sprongen overeind. Een lange man met blond haar stond bij de hoek van het huis, leunend op een jachtgeweer. Hij kwam op hen afgelopen met een onregelmatige pas, 'een mankepoot', zou de vader van Finch hebben gezegd, terwijl hij het geweer heen en weer liet zwaaien langs zijn zij. Op hetzelfde moment ging de voordeur weer open en de vrouw met wie ze eerder hadden gesproken, stak een glas water uit.

'Dit is Phinneaus Lapine', zei ze. 'Als u vragen heeft over Miss Natalie of Miss Alice, dan kunt u die het beste aan hem stellen.' Ze overhandigde het glas aan Finch, die bevroren op de treden stond, omdat hij nog nooit zo dicht bij een echt wapen was geweest. Nu moet ik goed opletten wat ik ga zeggen, dacht hij, zichzelf dwingend om zich te concentreren, ook al was hij duf in zijn hoofd.

'Ja,' begon hij, 'meneer Lapine…'

Voordat hij verder kon gaan, sprong Stephen van de traptreden op ongeveer dezelfde manier als Frankie eerder had gedaan, en stak zijn hand uit. 'Phinneaus? Dat is nog eens een interessante naam. Is die bijbels? Mythologisch?'

De man glimlachte naar Stephen, maar zijn hand bleef stevig op het geweer. 'Ik geloof dat ik vernoemd ben naar P.T. Barnum, maar mijn moeder had zo haar eigen manier om woorden te spellen. Ik heb nooit een klinker ontmoet die ze niet leuk vond. En u?'

'Jameson. Stephen Jameson. O, en dit is professor Dennis Finch. Misschien hebt u weleens van hem gehoord? Hij zou het zelf nooit zeggen, nogal bescheiden, zoals wel is gebleken – maar hij wordt zeer gerespecteerd in de kunstwereld. Schrijver, historicus, spreker, dat soort dingen. Het zou me niet verbazen als hij ook ooit op de televisie is geweest.' Stephen trok hoopvol zijn wenkbrauwen op naar Finch, die ineenkromp, wensend dat hij ergens anders was.

'Is dat zo? Neem me niet kwalijk dat ik het verband niet zie, maar wat heeft dat te maken met de Kesslers?'

'We zijn hier natuurlijk voor de schilderijen', zei Stephen. 'Laten we ter zake komen. Het is al laat. We hebben het allemaal koud en kunnen dit snel afhandelen. Zoals ik het zie, is de kans behoorlijk groot dat er ongelofelijk veel geld verdiend kan worden, maar als u het liever in een breder perspectief wilt zien: grote kunst mag je niet voor jezelf houden. Nou ja, dat kan natuurlijk wel. Rijke mensen doen dat constant. Maar dat is egoïstisch, vindt u niet? Om het anders te stellen, het is uw morele plicht om het te delen met de wereld.'

Finch bracht zijn hand naar zijn hoofd, omdat hij nu echt beroerd werd, en ging weer in het portaal zitten. Hij zou uiteindelijk door een vreemde met een ongewone naam worden neergeschoten, en zo te zien wist die man hoe hij met een vuurwapen om moest gaan.

'We kunnen hem maar beter naar binnen brengen', zei Phinneaus. Stephen stak zijn handen onder Finch' oksels en hees hem overeind. De vrouw, Saisee, hield de deur open en wees op een bank in de zitkamer. 'Zet u hem daar maar neer. Je moet ook geen koud water drinken als je ziek bent. Wat hij nodig heeft is thee.'

Hij begon te protesteren, maar merkte dat zijn benen dienst weigerden. Laat Stephen hem dan maar leiden. Slechter dan dit kon die het niet meer maken. Ik was mijn handen in onschuld, dacht Finch, die er genoeg van had om de stem van de rede te moeten zijn. Laat iemand anders nu maar eens de leiding nemen. Hij leunde achterover tegen de comfortabele kussens van de bank, en stribbelde tegen toen Stephen zijn schoenen probeerde uit te trekken. Hij was niet van plan om zijn sokken te tonen aan vreemden. Droeg hij zelfs wel sokken? Hij had het zo koud gekregen dat hij niet veel meer kon voelen van alles wat zich onder zijn knieën bevond en hij kon zich niet meer herinneren wat hij in zijn hotelkamer had aangetrokken. Het enige wat hij wist, was dat zijn hoofd bonkte in een heftig ritme en dat zijn tanden dat al klapperend volgden.

Saisee kwam binnen met de thee en schonk een kop voor hem in, waarbij ze ervoor zorgde dat ze de thee zo dicht bij de rand van het tafeltje zette dat hij die kon pakken zonder helemaal overeind te moeten. Terwijl hij de thee naar zijn mond bracht, zweefde een wolk van kaneel, kruidnagel, thee en sinaasappel vanuit de kop omhoog. Hij sloot zijn ogen en inhaleerde diep.

'Is dit Russische thee? Die heb ik in jaren niet meer gehad. Mijn vrouw maakte die vroeger voor mij, als ik mijn stem dreigde kwijt te raken. Te veel colleges, zei ik dan tegen haar. Te lang van stof, zei ze dan tegen mij.'

Saisee knikte met een tevreden glimlach.

Hij nam een grote slok. Het was een wondermiddel dat zich omlaag werkte door zijn keel, zijn hoofd kalmeerde en zijn handen en voeten ontspande. 'Dank u wel. Ik bied u mijn verontschuldigingen aan. Dit is erg…'

'… gênant', bemoeide Stephen zich ermee.

Finch' energie was beperkt en hij koos ervoor om die niet te verspillen door blijk te geven van zijn ergernis aan Stephen. 'Ik neem aan dat je dat zou kunnen zeggen. Mevrouw… het spijt me, ik weet niet wat uw achternaam is.'

'Saisee is goed.'

'Saisee. Meneer Lapine. Ik waardeer uw gastvrijheid, vooral gezien de manier waarop wij ons zonder enige waarschuwing aan u hebben opgedrongen op zo'n laat uur, en ik bovendien niet al te best lijk te functioneren. Ik kan u verzekeren dat we ons niet willen opdringen of onrust veroorzaken. Ik neem aan dat Alice Kessler hier niet is?'

Phinneaus knikte.

'En ik mag aannemen dat u allebei vrienden van de Kesslers bent?' Aangezien Phinneaus' neefje hier kind aan huis leek te zijn en Saisee Phinneaus had laten aanrukken als versterking, dacht Finch dat hij een nauwe relatie had of moest hebben gehad met een van de zussen. Daar de man niet bereid leek veel informatie te geven, vermoedde Finch door zijn behoedzame antwoorden dat hij meer wist dan hij van plan was te delen.

'Meneer Jameson noch ikzelf kennen Natalie of Alice Kessler persoonlijk, en evenmin zijn we vrienden van de familie, maar we zouden ze wel hebben herkend.' Finch klopte op de zakken van zijn jas en haalde uit een ervan een lange envelop tevoorschijn. Hij overhandigde die aan Saisee, die hem op haar beurt doorgaf aan Phinneaus. Hij opende de envelop en haalde er de foto's uit die Stephen had genomen van het middenpaneel van het drieluik en van de tekening bij de Edells.

'Ik weet niet of een van u ooit heeft gehoord van de kunstenaar

Thomas Bayber. Mijn collega meneer Jameson was zo vriendelijk om mijn prestaties nogal uit te vergroten. Het is in werkelijkheid het werk van meneer Bayber dat beroemd en gerespecteerd is. De tekening die u op de foto ziet is een van zijn vroegste werken. Het hangt in het huis van de Kesslers in Connecticut, waar beide meisjes zijn geboren.'

Finch zag een flits van nieuwsgierigheid. 'Stonehope Way 700?' vroeg Phinneaus. 'In Woodridge?' De toon van de man veranderde.

'U bent bekend met het huis?'

'Ik weet dat Natalie en Alice daar zijn opgegroeid.'

'Ja. En tamelijk plotseling uit datzelfde huis zijn verdwenen toen ze allebei begin de twintig waren. Niemand heeft hen kunnen vinden.'

Phinneaus staarde naar de foto van het paneel van het drieluik. 'Wat inhoudt dat iemand naar hen op zoek is', zei hij.

Finch knikte.

'Deze man', zei Phinneaus. Het was geen vraag.

Finch was vertrouwd met Thomas, niet met de Kesslers, dus zijn beschermende instincten waren wat getemperd. Het effect van de schok die er door hem heen was gegaan toen hij het schilderij voor de eerste keer zag, was bovendien langzaam verminderd door de vele blikken die hij daarna nog op het schilderij had geworpen. Niettemin kon hij zich nog goed die eerste reactie herinneren; zijn onmiddellijke inschatting dat er iets was voorgevallen tussen die drie mensen wat niet had mogen gebeuren. Iedereen die naar het schilderij had gekeken, was verward en niet op zijn gemak, alsof prikkeldraad hetgeen was dat Thomas met Natalie en Alice verbond en het hart van ieder van hen doorboorde. Ongeacht de fysieke afstand tussen de zussen was er het gevoel dat Natalie en Alice zich nauwelijks bewust waren van elkaars aanwezigheid, dat elk meisje alleen was met Thomas op het schilderij.

Wat nu eveneens duidelijk was voor Finch, toen hij de gepijnigde uitdrukking op het gezicht van Phinneaus zag, was dat deze man verliefd was op een van de vrouwen. Een man zou Natalie willen op basis van dit schilderij, vooropgesteld dat hij niet al te scherp zou kijken. Gezien vanaf een afstand hypnotiseerde en betoverde Natalie; ze was een studie in goud – haar haar, haar huid, haar ogen, haar jeugd, alles kwam wervelend samen en glinsterde vanaf het doek. Maar als je beter keek, werd datgene wat zich onder haar uitdrukking bevond duidelijk: een stille, ingehouden woede, een zekere mate van meedogenloosheid, en vastberadenheid om haar zin te krijgen. Nee, besloot Finch, Phinneaus moest verliefd zijn op Alice. Op dat moment had hij het gevoel alsof er iets kleins en persoonlijks van hem werd gestolen.

'De familie van meneer Bayber had een zomerhuis in het noorden van de staat New York. De Kesslers gingen daar ook op vakantie, en verbleven dan in het huis van vrienden. Thomas Bayber ontmoette hen in de late zomer van 1963 en maakte toen de tekening van het gezin, waarschijnlijk als een geschenk voor hen. Het schilderij werd pas veel later gemaakt.'

'En wie is die man op het schilderij?' vroeg Phinneaus.

Finch slikte, wensend dat er een manier was om die vraag niet te hoeven beantwoorden. 'Thomas Bayber.'

Phinneaus sloot even zijn ogen, en zijn uitdrukking veranderde niet, hoewel Finch kon zien aan de manier waarop hij zijn hand samenkneep tot een harde vuist, dat hij zich onder controle probeerde te houden. 'De kunstenaar.'

'Ja.' Hij ging door, in de hoop dat een stortvloed van feiten de situatie wat minder gespannen zou maken. 'Meneer Jameson is een expert die beoordeelt of een schilderij authentiek is. Hij gelooft dat dit paneel van het schilderij ergens in het begin van de jaren zeventig werd gemaakt, misschien een jaar of tien nadat de familie poseerde voor die tekening.'

'Dit paneel?' Phinneaus wendde zich tot Stephen, die in een hoekstoel was gaan zitten en een servet open- en dichtvouwde als een origamifiguur. 'U zei dat u hier kwam voor de schilderijen. Zijn er dan meer zoals dit?'

Stephen knikte. 'Twee. Het schilderij dat u ziet is het middenpaneel van een drieluik. Wij zijn op zoek naar de bijbehorende panelen, die aan weerszijden moeten hebben gehangen.'

'Ik weet wat een drieluik is. Dit mag dan een kleine stad zijn, meneer Jameson, maar u doet er verstandig aan om geen veronderstellingen te maken over de mensen die hier wonen zonder dat u hen kent, en ik betwijfel of u hier lang genoeg zou willen blijven om daaraan te werken. Waarom denkt u dat de andere panelen hier zijn?'

'Omdat Bayber heeft gezegd dat hij ze naar haar heeft gestuurd.'

Phinneaus stond plotseling op, waarbij hij bijna zijn stoel omgooide. Of hij nu boos of verward was, dat kon Finch niet zeggen, maar Stephens toon, waar Finch intussen wel aan gewend was, was niet bevorderlijk voor de situatie.

'Saisee, we hebben intussen al veel van je gastvrijheid gevergd, maar misschien mag ik je om nog een gunst vragen', zei Finch.

De vrouw had al die tijd stil staan luisteren.

'Meneer Jameson heeft last van een te lage bloedsuikerspiegel en wordt vaak onverdraaglijk onbeleefd vlak voordat hij flauwvalt. Is het mogelijk om hem iets te eten te geven in de keuken?'

Ze knikte, omdat ze misschien wel voelde dat het in het belang van iedereen was als Stephen en Phinneaus van elkaar werden gescheiden voordat ze met elkaar slaags zouden raken, hoewel Stephen, als zijn oog daar een indicatie voor was, dan opnieuw degene zou zijn die de klappen kreeg.

'Komt u maar met mij mee, meneer Jameson. Ik was net bezig om cheddar *grits* en een braadstuk voor het avondeten klaar te maken. We hebben meer dan genoeg, en ik maak graag een bord voor u klaar. Hebt u weleens grits gegeten?'

'Ik heb weleens maismeelpap gehad.'

Saisee lachte. 'Nou, tenzij u dat hebt gedoopt in meel en gebakken in de boter totdat het een mooie goudbruine kleur had, en het daarna met honing hebt overgoten, hebt u nog niet eens het arme neefje van grits gehad.'

Stephen volgde haar als een hondje de kamer uit, en zodra hij buiten gehoorsafstand was, ging Finch rechtop zitten en zette zijn voeten stevig op de grond.

'Meneer Lapine, ik heb dit slecht aangepakt. Ik ben hier gekomen om een belofte in te lossen aan Thomas Bayber, een belofte die ik niet had moeten doen. Ik ken Alice Kessler niet, en u kent Thomas niet, maar van hen tweeën, welke fouten ze ook gemaakt mogen hebben, ben ik er zeker van dat Alice de beste persoon is. U hebt zo uw eigen gedachten over het karakter van Thomas Bayber. Dat kan ik u niet kwalijk nemen. Ik had soortgelijke gevoelens toen ik het schilderij voor de eerste keer zag, en ik heb er af en toe moeite mee gehad om mezelf te herinneren dat het maar een schilderij is, geen foto. Het is de visie van Thomas, een interpretatie en een beeld waar u naar kijkt. Hij is verre van volmaakt, maar ik kan hem zijn talent niet ontzeggen, en zijn talent is absoluut heel groot.'

'U hebt hem uw woord gegeven dat u iets zou doen. Dus hij is een vriend van u?'

Finch glimlachte en schudde zijn hoofd. 'U stelt me een moeilijke vraag. Er zijn tijden geweest waarin ik dacht dat we misschien wel vrienden waren. Ik ben tot de conclusie gekomen dat vriendschap niet iets is waar hij toe in staat is, althans niet op de manier waarop u en ik dat zouden definiëren. Ik heb gedurende meer jaren dan ik wil tellen een studie van hem en van zijn carrière gemaakt. Net als veel kunstenaars die ik heb ontmoet kan hij moeilijk te begrijpen zijn en zelfs nog moeilijker om te leren kennen. Thomas wordt gedreven door innerlijke demonen, heeft voor zover ik weet nooit een relatie gehad die langer dan een jaar duurde en is roekeloos met zijn gezondheid. Zijn eerste reactie op alles en iedereen is achterdocht, omdat hij gelooft dat iedereen die hem wil ontmoeten, iets van hem wil.'

'Vergeef me dat ik dat zo zeg, maar hij klinkt niet als een goed mens.'

'Nee. Ik schilder hem bepaald niet af in een positief daglicht, nietwaar? De kwestie is, meneer Lapine, ik denk dat hetzelfde gezegd kan worden van ieder van ons op een bepaald punt in ons leven. Zou u het daarmee eens zijn?'

Phinneaus overwoog dit en zei toen: 'Dat zou kunnen. Maar dat maakt nog niet dat ik hem zou willen helpen, en het verklaart ook niet waarom u dat zou willen. Betaalt hij u?'

'Nee. Mijn enige beloning zou zijn dat ik nog meemaak dat onbekend werk van hem aan het licht wordt gebracht. Maar u weet zeker niets van die andere twee panelen?'

'Het spijt me. Nee. Het is vreemd dat ik er nooit eerder bij stil heb gestaan, maar er heeft nooit kunst aan deze muren gehangen sinds de dag dat Natalie en Alice hier zijn komen wonen. Veel spiegels – dat zal wel door Natalie zijn gekomen – maar geen kunst.'

'U mocht haar niet?'

'Natalie is een paar maanden geleden overleden, dus of ik haar nu mocht of niet doet er niet veel toe.' Phinneaus' blik was eerlijk maar onaangedaan. Finch begreep dat de man zijn eigen code had, waar hij geen inbreuk op zou maken.

'Meneer Lapine, er is nog iets dat ik u zou moeten vertellen. Thomas heeft eind oktober een beroerte gehad, bijna meteen nadat hij meneer Jameson en mij vroeg om te proberen de ontbrekende panelen van het schilderij op te sporen. Hij kan sindsdien niet meer praten en zijn gezondheid is erg slecht. De artsen zijn niet optimistisch over zijn herstel.' Finch haalde diep adem. Als Phinneaus al wist wat hij wilde gaan zeggen, dan gaf hij daar geen blijk van met zijn gezichtsuitdrukking. Maar als Alice hem niet in vertrouwen had genomen over haar verleden, hoeveel kon hij de man dan vertellen, omdat hij wel kon raden dat het een schok voor hem moest zijn.

'Als de persoon die verantwoordelijk is voor het catalogiseren van Baybers werken, kreeg ik toegang tot al zijn correspondentie. Er waren heel wat jaren die ik door moest nemen – artikelen, brieven, verzoeken voor tentoonstellingen.' Finch schraapte zijn keel. Waar was dat verdraaide glas water als hij dat nodig had?

'Natalie Kessler stuurde Thomas een foto in de late lente of vroege zomer van 1972. Het retouradres dat ze gebruikte was dat van het huis in Woodridge. Bayber was dat jaar diverse maanden in Europa en keerde pas laat in de herfst terug naar Amerika. Toen hij de gelegenheid had om zijn correspondentie te bekijken, wilde hij heel graag in contact komen met de zussen, vooral met Alice.'

'Wanneer bent u erachter gekomen dat die brief bestond?'

'Een paar weken geleden.'

'Als u pas een paar weken geleden die brief hebt ontdekt, hoe kunt u dan weten dat hij graag in contact wilde komen met Alice?'

Zweetparels verzamelden zich op Finch' voorhoofd. In zijn

nervositeit had hij zijn tenen gespannen en ontspannen met een dusdanige felheid dat hij nu last van kramp had. Wanneer had hij de taak toebedeeld gekregen om te speculeren en hypotheses te maken over wat Alice en Natalie al dan niet hadden gedaan? Waarom was hij niet heerlijk onwetend gebleven? Uiteindelijk was niets van dit alles zijn zaak. Hij was niet gemaakt voor een leven van verraad en insinuaties.

'Ik heb diverse brieven gevonden die Thomas schreef aan Alice en aan Natalie, en die allemaal ongeopend werden geretourneerd. Ik geloof dat er nog een reden was waarom hij wilde dat ik de schilderijen zou vinden, de belangrijkste reden. Het heeft niets te maken met het werk zelf. Maar zijn huidige toestand heeft ervoor gezorgd dat niets van dit alles bevestigd kan worden, en ik ben maar een armzalige detective.'

Finch' sympathie voor de man die voor hem stond, die hem uitdaagde, groeide in gelijke mate met zijn boosheid op Thomas die hem in deze situatie had gebracht. 'Meneer Lapine, bent u een ouder?'

Phinneaus' gezicht verloor zijn kleur, maar hij leek niet verbaasd over de vraag. Een stroom van opluchting overspoelde Finch. *Hij weet het. Goddank, hij weet het.*

'Ik wel, ziet u. Ik heb een dochter, Lydia, en ik kan me mijn leven zonder haar niet voorstellen. U hebt me eerder gevraagd of Thomas Bayber mijn vriend was. De waarheid is dat ik heel veel sympathie voor hem heb in dit ene opzicht – als de ene ouder tot de andere.'

'Ik zou willen dat ik u kon helpen.'

De afwijzing was niet onvriendelijk, maar wel duidelijk. Phinneaus was niet van plan hem ook maar iets te vertellen. Alles wat hij wist zou hij voor zichzelf houden om Alice te beschermen.

'Waar mevrouw Kessler ook is, als ze terugkomt, wilt u haar dan vragen om contact met me op te nemen?'

'Natuurlijk, hoewel ik geen idee heb wanneer ik haar weer zal zien.'

Phinneaus nam Finch' kaartje aan en ging met zijn vingers langs de rand, voordat hij het in het borstzakje van zijn overhemd stopte.

'Het is niet zo dat ik niet met u meeleef, professor. U zei dat u Alice niet kende, net zoals ik deze Bayber niet ken. U hebt gelijk. Maar ik kan u wel dit vertellen. Wat u ook zou kunnen denken van Natalie Kessler, daar hebt u gelijk in. En wat u ook zou kunnen denken van Alice, u zou ernaast zitten.'

'Hoe ouder ik word, meneer Lapine, hoe meer ik me realiseer dat het soms beter is om de antwoorden op dingen niet te weten. Eigenlijk wens ik vaak dat ik dat verzoek nooit had gehoord.' Finch stond op en trok zijn jas om zich heen, nu hij weer steviger op zijn benen stond. Hij had alles gedaan wat hij kon. Voordat hij het zou weten, zou hij weer thuis zijn. 'Ik haal meneer Jameson even, zodat u eindelijk kunt gaan eten.'

Maar het was niet nodig om Stephen te halen, omdat hij bijna door hem ondersteboven werd gelopen toen hij de kamer in stormde.

'Finch, voldoende hersteld om weer te reizen? We moeten weg. Nu.' Stephen trok aan de mouw van zijn jas als een driejarige, en sleurde hem mee naar de deur. Met een blik over zijn schouder zei hij: 'Phinneaus, ik wilde je niet beledigen. Ik hoop dat ik dat niet heb gedaan. Saisee, om het nog even te herhalen, de verhouding van water ten opzichte van grits is vijf op een, en eerst moet je aan het water zout toevoegen, ja?' Hij verliet Finch' zijde net lang genoeg om op de vrouw af te stormen en haar snel op haar wang te kussen. 'Mijn verwachtingen met betrekking tot grits waren bijzonder laag, maar ik geloof dat jij een culinair genie bent. Ik heb nog nooit zoiets lekkers geproefd.' Ze legde haar hand op haar wang terwijl Phinneaus en Finch verbaasd naar hen tweeën keken.

'Ben je niet goed bij je hoofd?' vroeg Finch toen ze weer veilig in de auto zaten.

'Finch, ik hoop echt dat je je beter voelt, omdat we naar Santa Fe gaan vliegen.'

Een groot deel van de rit terug naar Dyersburg werd doorgebracht met cirkelredenering, waarbij Stephen volhield dat ze zo snel mogelijk naar Santa Fe moesten gaan en Finch net zo hardnekkig aandrong dat ze de hele onderneming moesten opgeven.

'Je hebt hem je woord gegeven. Hoe kun je er dan in vredesnaam nu mee stoppen?'

'En jij hebt die vrouw voor de gek gehouden. Voel je je daar niet schuldig over?'

'Absoluut niet. En hoe heb ik haar dan voor de gek gehouden? Ik heb alleen gevraagd of ze haar recept voor grits voor me wilde opschrijven, zodat ik zou kunnen proberen om het zelf klaar te maken.'

'Heb je eigenlijk wel pannen?'

De overdreven beleefdheden en valse vleierij, de kruiperige welgemanierdheid nodig om informatie van iemand los te krijgen, kostten vreselijk veel tijd en Stephen had daar het geduld niet voor. Er was een veel ongecompliceerdere benadering van het probleem. Ga naar de keuken. De keuken was altijd het brandpunt van informatie. Eigenlijk was het een briljant idee van Finch geweest om dat te suggereren. Hij had daar zelf aan moeten denken. Hij was een beetje teleurgesteld geweest om te horen dat Finch echt had gedacht dat hij honger had, of gevaar liep in elkaar geslagen te worden.

Hoe dan ook, het resultaat bleek nog veel beter dan hij had verwacht. Er hing een kalender aan de muur naast de ouderwetse wandtelefoon, die een afschuwelijke mosterdkleur had. Hij bekeek de kalender snel terwijl Saisee met haar rug naar hem toe stond om het recept op te schrijven. Daar vond hij twee aantekeningen die hem alle informatie gaven die hij nodig had. De eerste was van vier dagen geleden: Amtrak NBN, 58 – CONO, Union, 3 – SWC. De tweede notitie was een telefoonnummer. Hij had alleen tijd gehad om het netnummer, de eerste drie cijfers van het abonneenummer en nog een cijfer te zien voordat Saisee terugkeerde naar de tafel, maar dat was voldoende.

De Verenigde Staten en zijn gebiedsdelen waren verdeeld in 282 regio's met ieder hun eigen netnummer. De hele staat New Mexico had sinds 1947 netnummer 505, maar nog geen twee maanden geleden had het grootste deel van de staat een nieuw netnummer gekregen: 575. Alleen het noordwestelijke en centrale deel, met plaatsen als Santa Fe, Albuquerque en Farmington hadden nog 505.

Voor de stad Santa Fe waren de eerste drie cijfers van het abonnee-nummer 982.

Als hij iets van dit alles zou vermelden, zou Finch aannemen dat hij de hele lijst van de 282 netnummers in zijn hoofd had. De waarheid was dat Dylan Jameson had gehandeld met diverse galeries in Santa Fe, en Stephen had op lange, saaie zomermiddagen toen hij nog een tiener was, alle nummers uit zijn vaders Rolodex in zijn hoofd geprent. Alice Kessler was in Santa Fe, New Mexico, en was daar al een paar dagen. Stephen had het gevoel dat ze niet veel tijd meer hadden.

'Het punt is, Stephen, dat we schade berokkenen. Het is mooi geweest. Ik heb er genoeg van om te proberen de fouten van anderen goed te maken. Ik heb er geen zin meer in. Ik wil naar huis en de feestdagen met mijn dochter en schoonzoon doorbrengen en dit hele gedoe vergeten.'

'Finch, wees nou eens redelijk. Je zegt dat we alles hebben gedaan wat we kunnen, maar dat is niet waar. We hebben pas alles gedaan als we Alice hebben gevonden en haar naar de schilderijen hebben gevraagd. We hoeven haar verder niets te vragen.'

Finch rolde met zijn ogen. 'O, en jij wilde het daarbij laten? Heb je enig idee hoeveel mensen er in Santa Fe wonen? Nee, geef maar geen antwoord. Ik weet zeker dat je dat weet en dat zal me nog meer deprimeren. Jij denkt dat ze rondwandelt in Santa Fe, zwaaiend met een bord waarop IK BEN ALICE KESSLER staat?"

'Ik kan haar vinden.'

'Dat betwijfel ik, maar stel dat je dat kunt. Waarom denk je dat ze ons iets zal vertellen over het schilderij of over haar dochter? Jij hebt geen kinderen. Jij begrijpt niet dat een ouder alles zal doen wat nodig is om een kind te beschermen. Om de een of andere reden heeft ze besloten om het niet tegen Thomas te vertellen. Denk je nu echt dat ze na al die tijd alles zal gaan vertellen, alleen omdat twee vreemden de stad binnenwandelen, haar weten op te sporen alsof ze een misdadigster is en haar dan gaan bestoken met vragen?'

'Denk dan eens aan Bayber, die nooit de kans heeft gekregen om zijn eigen dochter te leren kennen. Is dat soms eerlijk?' Hoe geagiteerder Stephen werd, hoe duidelijker zijn motivatie echter begon te worden. Finch wist waarom hij niet wilde ophouden met zoeken totdat ze de schilderijen hadden gevonden.

'Natuurlijk is dat niet eerlijk, maar daar kunnen wij niets aan doen, Stephen. Jij denkt dat, door dit op te lossen, jouw leven zal veranderen. Dat lijkt me een onredelijke verwachting, om nog maar niet te zeggen dat die erg zelfzuchtig is.'

'Dit zijn niet zomaar een paar schilderijen, en dat weet jij ook.'

'Dus dit gaat allemaal om het herstellen van je oude glorie? En de mensen die op de weg daarheen gekwetst zullen worden, kunnen barsten?'

'Je hebt een vreemd moment gekozen om ineens een geweten te krijgen, Finch. Ik doe alleen het werk dat me gevraagd is te doen. Misschien wilde hij mij juist daarom wel. Omdat hij wist dat jij er emotioneel te veel bij betrokken zou raken, verstrikt zou raken in al die relaties of vage relaties, of hoe je die ook wil noemen. Terwijl ik mezelf zuiver kan focussen op de taak die we moeten volbrengen. Wat is daar zo onredelijk aan?'

Finch reed het parkeerterrein van het motel op terwijl het grind onder de achterbanden vandaan vloog. 'Ik weet niet waarom Thomas jou wilde. Misschien had hij medelijden met je. Misschien had hij het gevoel dat hij Dylan iets schuldig was. Wat de reden ook was, het doet er niet toe. Ik ben er klaar mee.'

'Dan ga ik haar wel alleen zoeken.' Stephen sprong de auto uit en sloeg het portier hard achter zich dicht. Maar aangezien Finch voor een betere auto had gekozen bij het autoverhuurbedrijf, was het resulterende gebaar helaas niet zo dramatisch als hij had gehoopt. Hij nam de buitentrap naar de eerste verdieping met twee treden tegelijk, deed de deur van zijn kamer open en glipte naar binnen. Hij deed het licht niet aan, omdat hij liever het barmhartige donker had dan de harde realiteit van de verlichting van een motelkamer, en leunde tegen de muur.

Dat had hij niet van Finch verwacht, zo'n onverwachte dreun, de suggestie dat Bayber medelijden met hem had gehad. Het was teleurstellend om te bedenken dat Bayber misschien op de hoogte was geweest van zijn treurige vooruitzichten, de gênante manier waarop hij ineens uit de gratie was geraakt. Stephen had er de voorkeur aan gegeven om niet te diep na te denken over de reden waarom hij was gekozen. Hij had gedacht dat dit het resultaat was van een verwarrend web van relaties – zijn vader, Finch, Cranston – waarbij het gewicht van zijn vroegere reputatie de weegschaal deed doorslaan. Zelfmedelijden had hij meer dan genoeg gehad, maar het medelijden van iemand anders was iets waar hij nooit bij stilgestaan had. De gedachte daaraan woekerde in hem als onkruid.

Hij ging op het bed zitten, opende zijn laptop en bekeek vluchten, en boekte toen voor zichzelf een vlucht vanaf Memphis rond de middag van de volgende dag. Hij belde met de receptie en vroeg of een taxi hem om halfacht kon oppikken. Zo werd hem in elk geval de kwelling van nog een rit met Finch bespaard. Hij maakte een lijst van hotels in Santa Fe. Maar vijf hadden de eerste drie cijfers plus dat andere cijfer dat hij op de kalender had gezien. Hij zette zijn mobiel aan, toetste het eerste nummer op de lijst in en stopte toen, waarna hij zijn telefoon uitzette. Wat als ze in geen van die hotels was? Wat als ze al had uitgecheckt en op de terugreis naar Tennessee was? Zij tjoekte oostwaarts met de Southwest Chief, terwijl hij over haar hoofd vloog in de verkeerde richting.

En dan was er nog het probleem van wat hij zou moeten zeggen. Hij had op Finch gerekend om de weg met Alice te effenen. Die twee hadden Bayber gemeen, en wat had hij? Niets. Finch zou hebben geweten hoe hij moest beginnen, hoe hij het gesprek rustig op gang kon brengen, zodat ze iets zouden kunnen ontdekken voordat de deur in hun gezichten werd dichtgesmeten. Hoewel Stephen het met tegenzin moest toegeven, was Finch degene geweest die hen het huis in had gekregen, ook al had hijzelf dan ontdekt waar Alice was.

Finch had gelijk. Hij was bezig een toekomst te bouwen, gebaseerd op het succesvolle resultaat van deze ene onderneming. Hij zou natuurlijk al die hotels kunnen bellen en naar Alice Kessler vragen, maar als er geen gast met die naam was, moest hij met lege handen terug naar New York. Cranston zou hem ontslaan. Stephen voorzag een verhuizing terug naar zijn moeders huis, de geïrriteerde gesprekken, de pagina uit de krant met daarop de rubriek 'Hulp nodig' die ze onder zijn deur door zou schuiven, haar suggesties zelfs aangegeven met een gele marker. Hij kreunde en rolde zich op zijn rug, starend naar het maanlandschap van het ruw gepleisterde plafond, voordat hij in zijn kleren in slaap viel.

Vijftien

De volgende morgen sleepte Stephen zijn koffer naar beneden, zonder zich er veel van aan te trekken wie hij wakker zou maken. Waar bleef die verdomde taxi? Hij stampte met zijn voeten op het berijpte asfalt om te proberen ze warm te krijgen. Na een paar minuten wachten en ijsberen liep hij naar de balie. De receptioniste was nergens te bekennen, maar Finch stond daar op hem te wachten met twee bekers koffie in zijn handen.

'Ik heb je taxi geannuleerd. Ik hoop dat je dat niet erg vindt.'

Stephen kon zich niet herinneren dat hij ooit zo blij was geweest om iemand te zien en sloeg Finch verheugd op zijn arm, waardoor beide bekers koffie bijna op de grond vielen.

'Ben je van gedachten veranderd?'

'Dat lijkt erop.'

'Maar…'

'Ik had gisteravond een gesprek met mijn spirituele adviseuse. Ze overtuigde me ervan dat het goed was om door te gaan, en dat ik jou een excuus verschuldigd was. Ze had gelijk, zoals gewoonlijk. Mijn suggestie dat Bayber jou wilde voor de klus omdat hij medelijden met je had was schandelijk, Stephen. In al de jaren dat ik hem nu ken heb ik nooit meegemaakt dat Thomas iets deed uit vriendelijkheid of bezorgdheid voor een ander. Ik zie geen reden waarom hij daar nu mee zou beginnen. Ik denk dat hij om jou heeft gevraagd omdat je getalenteerd en vastberaden bent en, zoals je me gisteravond nog vertelde, niet snel wordt beïnvloed door emoties.'

'Je realiseert je toch wel dat dit inhoudt dat je nog een keer moet vliegen?'

'Het regent in elk geval niet. Ik zal een voorraad roze pillen naar binnen slaan als we bij het vliegveld zijn.'

'Finch, ik heb het teruggebracht tot vijf hotels.'

Finch knikte. 'Jij zit nu aan het roer, Stephen. Ik vaar alleen mee.'

'Ik weet niet wie je spirituele adviseuse is – ik had niet gedacht dat jij je met dat soort dingen in zou laten – maar ik hou van haar.' Stephen gooide zijn bagage op de achterbank van de huurauto.

'Je hebt helemaal gelijk', zei Finch zacht voor zich uit, en Stephen zag hem naar de hemel kijken en zijn hoofd schudden.

Ze hadden een tussenstop van anderhalf uur in Houston. Finch bracht die tijd door met het uitwisselen van e-mails met Lydia, en aangezien Stephen zijn geluk niet op de proef wilde stellen, negeerde hij de impuls om Finch te vragen of hij gunstig over hem wilde schrijven in zijn antwoorden. Tijdens de vlucht naar Albuquerque was hij zo zenuwachtig dat de stewardess hem vroeg of hij soms ziek was. Voor het eerst sinds ze aan deze onderneming waren begonnen, was Stephen er niet meer honderd procent van overtuigd dat ze zouden slagen. Had hij maar kunnen communiceren met Bayber. Er waren zo veel vragen die hij hem had willen stellen. Hoewel het een onlogische gedachte was, koesterde Stephen nog steeds de hoop dat het vinden van de ontbrekende panelen een miraculeus herstel van Bayber teweeg zou kunnen brengen. De aanblik van de oude man die naar adem snakte, was een vreselijke ervaring geweest, iets wat hij niet graag nog eens wilde meemaken. Hij verlangde ernaar om hen allemaal bij elkaar te zien in één kamer: Bayber, Finch, Cranston, zijn moeder. Ze zouden hem stralend aankijken en in koor één simpel zinnetje zeggen: *Je vader zou trots op je zijn geweest.*

'Ik heb een auto voor ons gereserveerd terwijl we in Houston waren. De rit naar Santa Fe is iets meer dan een uur', zei Finch terwijl ze landden. 'Wat zijn onze plannen?'

'Ik heb een hotelkamer voor ons gereserveerd in het centrum. Een van die vijf hotels op de lijst. Ik dacht dat we misschien het beste vroeg kunnen gaan eten, naar bed gaan en morgenochtend meteen gaan beginnen.'

'Wil je dan niet vanavond beginnen?'

Stephen gaf geen antwoord, wreef alleen zijn handen samen, in een poging ze te bevrijden van de pindavelletjes en zoutkorrels die onder zijn nagels zaten. 'Wat als je gelijk hebt, Finch? Ze zou nu al weg kunnen zijn.'

'Nou, het valt te betwijfelen dat ze een bord met onze namen omhoog zal houden en op ons staat te wachten in de aankomsthal.' Finch stompte hem op zijn rug. 'Stephen, laten we genieten van deze ene avond, voordat we enig idee hebben wat het resultaat zal zijn. We zullen wat van Cranstons geld besteden aan goede wijn, gaan slapen in een comfortabel bed, morgenochtend een belachelijk groot ontbijt nemen en dan zullen we wel zien. Goed?'

'Goed.'

De auto's die Finch huurde werden met elke trip groter, wat Stephen beschouwde als een slecht teken. De professor gaf Cranstons geld uit zolang dat beschikbaar was, en terwijl hij bij elke bocht heen en weer schoof over de zitting van de suv, was hij er zeker van dat Finch hem zat te paaien.

Finch klopte op het leren stuur en glimlachte. 'Het is net alsof je een boot bestuurt. Vierwielaandrijving, verwarmde stoelen, dvd-entertainmentsysteem achterin.'

'Moet ik soms achterin gaan zitten?' vroeg Stephen.

'Het zou onmogelijk zijn om met een dergelijk bakbeest in de stad te rijden. Maar hier zijn we praktisch alleen op de snelweg.'

'Misschien zitten we wel te hoog om nog andere auto's te kunnen zien.'

Finch gaf hem een waarschuwende blik. 'Dit zou geen goede auto zijn om wagenziek in te worden.' Hij drukte op een knop en Stephens raam ging een stukje open, waardoor het interieur werd gevuld met koude lucht met een scherpe geur die zijn neus prikkelde.

'Het is de hoogte waar ik niet aan gewend ben', zei Stephen. Hij had bijna met een sprong op de voorstoel moeten klimmen.

'Je hebt gelijk. De lucht is ijler.'

Stephen kon zich de laatste keer niet herinneren dat hij werd omringd door zo veel open ruimte. De zon was een paarsoranje schijf, waarvan het onderste deel messcherp was afgesneden door een plateau, de rest ervan omgeven door wolken in pasteltinten. De bergen die boven Santa Fe verrezen waren donkerblauw, onderbroken door donkere zaagvormige uitsteeksels van dennenbomen die kriskras de lagere hellingen bedekten. Elders zag hij een doffe tint beige: de strook grijsbruin gras die langs de snelweg liep, de prairie die zich voor hen uitstrekte. Het was laat in de middag en terwijl de schemering inviel, werden de contouren van de dingen om hen heen vaag en vervlakten ze.

Santa Fe daarentegen was een sprankelend doolhof van lage, vierkanten huizen en lichten die schaduwen wierpen. De stad was overgoten met een bleekgouden schijnsel. Het gloeide op vanaf rijen papieren zakken die de bovenkanten van gebouwen, muren en zijkanten van opritten afbakenden; het twinkelde naar hem vanuit de takken van bomen en de onderkant van dakranden; het schitterde naar hem vanaf in elkaar verstrengelde lichtjes die over heggen waren geworpen als netten die op donker water waren uitgegooid. Het was allemaal magisch en betoverend, en hij koesterde de gedachte dat alles misschien uiteindelijk toch nog goed zou komen.

Ook het restaurant was warm en stralend, verlicht met kaarsen. Finch en hij aten en dronken, terwijl ze ongedwongen met elkaar zaten te praten en te discussiëren. Ze hadden het niet over het schilderij, of over de Kesslers, of over de brieven, of over het kind. Het was het soort gesprek dat Stephen dolgraag zou hebben gevoerd met zijn vader, maar hij kon zich niet herinneren dat zij tweeën dat ooit hadden gehad.

Zijn telefoon zoemde in zijn zak, en Finch fronste. Het was een stukje technologie waar de professor niet zo veel mee op had. Hij betreurde het langzame verdwijnen van handgeschreven brieven, de Amerikaanse post en de telefoon met een snoer. Al die dingen, zei hij wel, zorgden voor af en toe noodzakelijke periodes van gezegende stilte. Stephen bekeek het toestel verborgen onder het tafelkleed.

'Het is Lydia', zei hij, en Finch' verontwaardigde blik smolt. 'Ze stuurt me een sms, waarin ze vraagt waarom jouw telefoon niet aanstaat.'

'Is alles goed met haar? Wat is er aan de hand?'

'Nou, we kunnen aannemen dat er niets mankeert aan haar duimen', antwoordde Stephen. 'Hoewel ik graag de tussenpersoon wil zijn, lijkt het me beter als jij zelf je telefoon aanzet en het haar persoonlijk vraagt.'

Finch stond op en liet zijn servet op de tafel vallen. 'Het is daar nu na elven, een beetje laat voor haar om gebeld te worden. Wil jij even de rekening tekenen, Stephen? Ik ga proberen haar terug te bellen vanaf het toestel op mijn kamer. Daar zijn de toetsen tenminste groter.'

Stephen werd de volgende morgen wakker met het gezoem van hoofdpijn achter in zijn hersenen en nam een aspirine in met het water dat hij op het nachtkastje vond. Hoogte, drank en bezorgdheid waren niet de juiste elementen voor een productieve dag. Hij nam een warme douche en scrubde zichzelf met de hele fles eucalyptusbodywash die in de badkamer stond. Zijn hoofd werd helder en rook als een bos, en hij ging naar beneden om Finch in het restaurant te ontmoeten.

Finch zag er niet uit alsof hij zelfs maar geslapen had, met een gezicht de kleur van afgeroomde melk en een zweem van stoppels op zijn kin.

'Lydia is toch niet ziek, hoop ik?' vroeg Stephen, met een toon van bezorgdheid.

'Niet in die zin', zei Finch, die in beslag genomen leek te zijn. 'Ze is zwanger.'

'O', zei Stephen. Nou, dat zou zijn zaak geen goed doen. Ongetwijfeld zou ze in het licht van deze ontwikkeling nog gekker zijn op die Kelvin. 'Ben je er blij mee?'

Finch knikte, en een belachelijke grijns nam de onderste helft van zijn gezicht over. Hij had nu al de adorerende uitdrukking van een opa. Stephen maakte zich zorgen dat hij op zoek was naar iemand met wie hij kon knuffelen.

'Jongen of meisje?'

'Dat weet ik niet. Wat ik bedoel is, dat ze het niet al van tevoren willen weten.'

De man was bijna lichtzinnig. Stephen had nooit eerder zo veel opeenvolgende tevreden zuchten gehoord; hij was bang dat Finch zou gaan hyperventileren. Maar de professor gaf hem een snelle omhelzing, sloeg hem vriendschappelijk op de rug en trok toen zijn neus op bij de lucht van eucalyptus die nog om Stephen hing. In het restaurant van het hotel bestelde Finch champagne, en onderbrak Stephen telkens tijdens het drinken met een toost: eerst op Lydia, daarna op het kleinkind en daarna op zichzelf, waarbij hij het woord 'opa' zo vaak mogelijk gebruikte.

'Finch, dit is allemaal leuk en aardig, en ik ben blij voor je, maar we hebben belangrijke zaken te doen. Dat ben je toch niet vergeten?'

'Natuurlijk niet.' Maar zijn uitdrukking was er een van benevelde verstrooidheid. Stephen schudde zijn hoofd en dwong zichzelf om de korstjes op te eten die nog op zijn bord lagen.

Na het ontbijt liepen ze naar de lobby en gingen ze naast elkaar zitten in stijve leren stoelen, de huistelefoon op een tafeltje tussen hen in. 'Ik neem aan dat het geen zin heeft om nog langer te wachten', zei hij.

'Nee. We kunnen maar beter aan de slag gaan.'

Stephen pakte de hoorn op. 'Ik wil graag verbonden worden met de kamer van een andere gast. Kunt u mij doorverbinden met Alice Kessler?' Er was een pauze terwijl de receptioniste door de lijst ging.

'Het spijt me, meneer. Ik zie geen gast met die naam die bij ons zou logeren.'

Stephen legde de hoorn op de haak en schudde zijn hoofd. 'Zal ik de andere hotels proberen?'

'Wat vind je ervan als we er lopend naartoe gaan? Uiteindelijk is het een mooie ochtend. Dat biedt ons de gelegenheid om onderweg nog naar een paar galeries te kijken. Je zei toch dat de andere hotels aan het plein lagen, of daar niet ver vandaan?'

Stephen moest het Finch nageven dat hij het spelletje aardig meespeelde. Uiteindelijk was het voor hem niet belangrijk meer. Hij zou teruggaan naar zijn gezellige appartement en mooie, uitdijende Lydia, en na de vakantie had hij weer zijn colleges. Hij had familie die op hem zat te wachten in de ware betekenis van het woord. Stephen dacht aan zijn moeders stoffige kunstkerstboom, de takken gebogen in vreemde hoeken, met het geverfde metaal dat erdoorheen glinsterde op plaatsen waar de naalden als tanden waren uitgevallen, nadat ze jarenlang in een te kleine doos waren gepropt en er weer uit waren gehaald.

In minder dan een uur hadden ze de andere vier hotels gecheckt. Geen Alice Kessler in welke ook, met verder geen mededelingen of ze er misschien gelogeerd had en weer was vertrokken. 'Het is tegen onze regels om dat soort informatie te geven', was het herhaalde antwoord. Behalve teruggaan naar Orion en zich overgeven aan Phinneaus' genade moest Stephen erkennen dat hij verder niets meer kon doen. Hij voelde de muren van zijn kleine kantoor bij Murchison & Dunne al om zich heen en hoorde al het geknars van de lift terwijl die zijn verdieping passeerde en de spullen op zijn bureau liet rammelen. Zou Cranston hem nog in dienst houden tot na de feestdagen of hem meteen maar ontslaan? Zijn magere loon kon hij dan toevoegen aan de uitgaven die betrekking hadden op deze hopeloze onderneming. Hij hield op met lopen en leunde tegen een lantaarnpaal, plotseling uitgeput, zijn hand tegen zijn voorhoofd.

'Stephen.'

'Het gaat wel. Een ogenblikje alsjeblieft.'

'Stephen.'

'In godsnaam, Finch, je zult toch toe moeten geven dat het er rampzalig uitziet.' Hij keek op en zag Finch voor een galerie staan, waar hij door het raam naar een beeld staarde.

'Kijk daar eens naar', zei Finch, en rende toen naar binnen.

Stephen liep naar het raam en legde zijn hand tegen de ruit, waarbij hij zijn ogen beschermde tegen de zon. Finch stond breeduit gebarend tegenover een jonge vrouw in een denim rok en bengelende oorbellen die bijna haar schouders raakten. Het beeld was van roestvrij staal, met een sensuele vorm, als een kruising tussen een wolk en een grote vlek. De randen waren gebogen en prachtig glad, en het metaal glom door gereflecteerd en gebroken licht, wat kleurenprisma's naar het plafond stuurde. Het plaatje aan de voet vermeldde: 'Verticale plas nr. 3 – A. Kessler.'

A. Kessler. Alice. Het was niet in hem opgekomen dat ze kunstenares zou kunnen zijn. Toegegeven, hij had er niet aan gedacht hoe ze aan de kost zou komen nadat ze was opgehouden met haar studie, hoewel een carrière in ornithologie nogal ver uit de buurt leek te liggen van beeldhouwen. Maar als ze beeldhouwster was, dan was het niet zo vreemd dat ze hier in Santa Fe was. En als ze hier was, dan kon ze worden gevonden. Hij strekte zich uit naar het kozijn om even steun te zoeken. Ze waren er dan eindelijk in geslaagd om haar op te sporen.

Hij ging de galerie in op hetzelfde moment dat Finch naar buiten kwam, waar hij recht tegen hem opbotste in de deuropening.

'We hebben Alice gevonden!' Hij was plotseling uitgehongerd en ademloos en gelukkiger dan hij zich herinnerde ooit te zijn geweest. 'Heb je een telefoonnummer? Waar woont ze?'

Finch had een vreemde uitdrukking op zijn gezicht, somber en onzeker. 'Het is niet Alice die we hebben gevonden.'

'Wat bedoel je? "A. Kessler." Dat staat echt op het plaatje in de etalage.'

'Agnete. A. Kessler is Agnete. Stephen, we hebben misschien Thomas' dochter gevonden. Niet Alice.'

'Maar Alice was hier, in Santa Fe. Ik zag de notitie op de kalender. Misschien is ze hier om haar dochter te bezoeken. Dat is perfect.'

'Nauwelijks het woord dat ik zou gebruiken, maar ik neem aan dat we daar snel genoeg achter zullen komen. Ik heb mijn kaartje achtergelaten bij de galerie-eigenaar. Ze gaat contact opnemen met Agnete en zal proberen een afspraak te regelen.'

'Maar wat heb je gezegd?'

'Ik heb gelogen.'

Hij had nog nooit zo snel een leugen bedacht. Hij was niet even gestopt om na te denken – A. Kessler kon alleen Alice zijn – en hij was naar binnen gestormd om te vragen naar het beeld in de etalage.

'Een plaatselijke kunstenares. Ze maakte schitterende, unieke werken. De meeste zijn tamelijk groot, ze heeft dit beeld speciaal voor mij gemaakt om haar werk hier in de galerie onder de aandacht te brengen. Agnete Kessler.' De vrouw duwde haar haar achter haar oren en glimlachte warm, terwijl ze zijn potentieel als koper inschatte.

'U zei Agnete?'

'Ja. Wilt u soms wat informatie? Ik heb ergens een folder liggen.' Hij raakte in paniek, er totaal niet op voorbereid dat hij haar nu ineens zo gemakkelijk vond, net terwijl hij dacht dat het hele gedoe eindelijk achter de rug was. *Ik wil met haar praten over een opdracht.* Compleet verzonnen, en toen hij dat eenmaal had gezegd, was er geen manier meer om terug te keren naar de werkelijke reden. De folder was al een beetje gekreukt; hij had hem meteen opgevouwen en in de zak van zijn jas gestopt. Hij wilde Agnetes gezicht niet zien. Alice was degene met wie ze eerst moesten praten, niet haar dochter. Er was niets wat hij kon zeggen tegen Agnete zonder Alice te verraden, en hij wilde dat niet doen tegenover de jonge vrouw die hem zo intens aankeek vanaf het schilderij, of het iets oudere meisje op de foto, dat zo stralend had gekeken.

'Misschien neemt ze helemaal geen contact op.'

'Finch, waarom zou ze dat niet doen? Ze is kunstenares, het is een opdracht, ze verdient waarschijnlijk nauwelijks iets, zoals de meeste kunstenaars. Weet je dat ik haar werk écht mooi vind, zeker dit werk. Het is net alsof je in een plas kijkt. Of een spiegel in een lachpaleis. Of allebei.'

'Best. Jij biedt aan om iets te kopen en daar kunnen we het dan bij laten.'

'Je maakt een grap.'

'Dat weet ik nog niet zo zeker.'

'Finch, we moeten erachter zien te komen of ze iets weet over het schilderij. Dat is de echte reden waarom we hier zijn. Als ze toevallig met ons terug wil naar New York en haar vader wil ontmoeten, des te beter. Zo zijn we helden op alle fronten.'

'Helden?' Finch schudde zijn hoofd, perplex dat Stephen zo blind kon zijn voor het grotere beeld. 'Denk je nu echt dat Alice dat op die manier zal zien? Denk je niet dat het haar beslissing is wanneer en wat Agnete eventueel te horen moet krijgen over Thomas? Je mag dat soort nieuws niet van volkomen vreemden te horen krijgen.'

'Nou, we hebben Alice niet gevonden, hè? En jij staat toch aan Baybers kant? Zou hij als haar vader geen zeggenschap moeten krijgen of ze het al dan niet te horen krijgt?'

'Het is geen kwestie van kanten kiezen.'

'Finch, ik weet dat je denkt dat ik me alleen bekommer om mezelf, en dat is grotendeels ook waar. Ik ben eerlijk genoeg om dat toe te geven. Maar ik moet die schilderijen gewoon zien. Ik lig er 's nachts wakker van als ik denk aan Natalie en Alice, terwijl ik me afvraag of ik het goed heb. Ik ben alleen tamelijk zeker van de handen, maar verder weet ik niets. Niet hoe oud ze zijn, of wat ze dragen; niet of er nog andere mensen bij hen zijn, of dat ze alleen zijn. Luister, wat voor puinhoop die drie ook van hun persoonlijke leven hebben gemaakt, dat zijn mijn zaken niet. Het spijt me voor hen, als dat iets zegt. Maar voor het eerst in mijn leven wil ik echt het verhaal weten, Finch. Ik wil weten wat Bayber probeerde te zeggen, niet alleen hoe die andere panelen eruitzien. Ik heb me nooit eerder zo verwant met mijn vader gevoeld op dit gebied. Hoe kan het dat je het niet wil weten? Hoe kun je niet alles doen wat er in je macht ligt om erachter te komen?'

Finch stak zijn handen in de lucht, omdat hij genoeg had gehoord. Hij voelde een enorme druk op zich neerkomen; hij kon de dominostenen horen vallen, de een tegen de ander, het resolute geklik echoënd in zijn oren. 'Laat maar. Het maakt niet uit of ik het wil weten of niet. Het is te laat om het nu nog te stoppen.'

'Dus wat gaan we doen?'

'Wachten op Agnete.'

Ze belde halverwege de middag terwijl ze in de hotellobby zaten, waar Stephen zich tegoed deed aan de crackers met kaas en de sherry van het hotel. Finch merkte het landschap van verspreide kruimels rond zijn servet op; de man at gedachteloos als hij nerveus was. Hij had zijn mobiel op een tafeltje tussen hen in gelegd, en toen die overging, keken ze er allebei gefixeerd naar. Ze keken hoe het apparaat vibreerde op het oppervlak van donker hout, voordat Stephen het greep en in de richting van Finch gooide, intussen proberend om een mondvol kaas door te slikken.

Haar stem was niet zoals hij zich had voorgesteld, maar hoe had hij zich er ook een voorstelling van kunnen maken? Hij had kunnen verwachten dat ze als Alice zou klinken, maar hoe klonk Alice? Een intelligente verlegenheid die haperend en melodieus was? Het geluid van een zangvogel, helder en doordringend tegen de ochtendhemel? Of misschien had Agnete de achterdocht en behoedzaamheid van Thomas geërfd, kortaf sprekend met een koele afstandelijkheid. Het waren allemaal veronderstellingen, waarschijnlijk gevoed door zijn eigen schuldgevoelens. In plaats daarvan was Agnetes toon warm en zelfbewust. Ze zou hen op komen pikken bij het hotel. Ze kon hen dan wat meer van haar voltooide werk laten zien, evenals een paar beelden waar ze mee bezig was in haar atelier naast haar huis, wat niet ver van het plein was.

'Het is een korte wandeling als u daar zin in zou hebben. Maar waarschijnlijk hebt u al de hele morgen rondgewandeld in de stad en als u hier nog niet zo lang bent, zou u van gedachten kunnen veranderen. Ik zou u niet onderweg kwijt willen raken. U zou dan uiteindelijk in het huis van iemand anders, in het atelier van iemand anders terechtkomen, en in plaats van naar mijn werk naar dat van een ander gaan kijken.' Ze lachte.

De lach van Finch was geforceerder en ongemakkelijker. De schaamte knaagde diep van binnen aan hem. Zij was charmant, terwijl hij de scrupules van een platworm had. Tegen de tijd dat hij ophing, leek Stephen wel een loopse hond. Hij liep heen en weer rond de bank, handen in zijn zakken, even later naar buiten en toen weer naar binnen.

'Nou?' vroeg hij.

'Ze komt ons over een halfuur ophalen. We gaan naar haar huis, naar haar atelier, om haar werk te zien. Ik hoop dat je serieus was toen je zei dat je iets wilde kopen.'

'Mag ik wat geld van je lenen?'

Finch keek hem kwaad aan, vastbesloten om iets van zijn sombere stemming op hem over te dragen. 'Nee, maar ik zou me daar niet door laten weerhouden.' Ze gingen allebei naar hun kamers om zich even op te frissen en ontmoetten elkaar weer in de lobby met nog vijf minuten over. Stephen had zijn aktetas bij zich, en

Finch hield met tegenzin een zwartleren portfolio in zijn hand geklemd waarin hij wat relevante informatie had gestopt, samen met de foto's die hij twee dagen eerder al aan Phinneaus had laten zien. Nu hij zijn rol had geaccepteerd, wilde hij dat alles zo snel mogelijk achter de rug zou zijn.

Hij keek om de vijftien seconden op zijn horloge, in de hoop dat ze van gedachten zou zijn veranderd. Ze had zichzelf kort omschreven: krullend donker haar, blauwe ogen, werkschoenen – praktisch, zei ze, als ze heen en weer moest lopen tussen het huis en het atelier. Door de lobby liepen diverse jonge vrouwen die Agnete hadden kunnen zijn, maar niemand wierp een blik in hun richting, en hij werd er opnieuw aan herinnerd dat hij onzichtbaar was geworden nu hij oud was, of hij dat nu wilde of niet.

Toen ineens was ze daar. Hij herkende haar meteen, en raakte helemaal van slag door de schok van een vrouwelijke versie van een Thomas die hij nooit had gekend, zijn kenmerken alleen zichtbaar in de manier waarop ze wat waarschijnlijk de zachte trekken van Alice waren, versterkten. Haar ogen hadden dezelfde opvallende bleekblauwe kleur als van haar moeder; de lichte huid had van hen allebei kunnen zijn. Haar haren waren net zo inktzwart als op de foto van haar als kind die hij bezat; zwarte krullen die elektrisch over haar schouders sprongen; haar tred vol vitaliteit, alsof er te veel van haar in een enkele lange, slanke persoon zat. Vanuit een ooghoek zag Finch hoe hoofden zich omdraaiden terwijl ze dwars door de lobby liep.

Ze liep recht op hen af met haar hand uitgestrekt, en hij voelde hoe hij in haar invloedssfeer kwam. Hij vroeg zich af of ze de kracht zou hebben om te genezen; en of Thomas bij het zien van deze vrolijke, gezonde vrouw die hij had helpen creëren, iemand die leefde en ademhaalde, niet van olieverf maar van vlees en bloed, misschien iets van haar levendigheid, haar kracht zou kunnen krijgen. Hij wendde zich tot Stephen en zag dat die naar zijn voeten staarde, zijn gezicht rood, zijn handen achter zijn rug gestopt. Finch porde hem hard in zijn ribben en stak zijn hand uit, terwijl hij volkomen overbodig vroeg: 'Agnete?'

'U moet professor Finch zijn. Leuk u te ontmoeten. En u bent meneer Jameson?'

Stephen knikte en probeerde iets te zeggen, maar werd overvallen door een hoestbui. Agnete sloeg hem prompt hard op zijn rug.
'Beter?' vroeg ze.
'Prima, dank je. En ik ben gewoon Stephen. Finch en meneer Cranston zijn de enigen die me Jameson noemen.'
'Meneer Cranston?'
Finch gaf hem opnieuw een por. 'Het is heel vriendelijk van je om ons op te halen. Ik weet zeker dat we het zelf ook wel hadden kunnen vinden.'
'Niet half zo attent als jullie misschien denken. Ik heb jullie nu te pakken, of niet soms?'
Ze gaf hem een heimelijk glimlachje, en hij werd even overrompeld – haar aantrekkelijkheid herinnerde hem aan Natalie, maar zij leek volkomen ongekunsteld en oprecht warm. Voordat hij verder nog iets kon vragen, gebaarde ze in de richting van de deur en ze stapten in een oude Volvo-stationcar die een film van stof had, met Finch voorin en Stephen achterin. Hij wilde zo veel mogelijk afstand tussen hen bewaren, al vertrouwde hij er niet op dat Stephen zich in zou houden. Het interieur van de auto was keurig, alsof ze had verwacht dat ze twee vreemden zou moeten ophalen met de auto. Ze was een snelle maar goede chauffeur, en nam de bochten zonder de rem te gebruiken. Finch vermoedde dat ze waarschijnlijk net zo goed zou rijden in de stad, door het verkeer manoeuvrerend, zeldzame parkeerplekken in duikend, beledigingen negerend die minder onverschrokken chauffeurs haar naar het hoofd zouden slingeren.
'We zijn er', zei ze na tien snelle minuten. Ze parkeerden voor een lage muur die verzacht werd door groepen siergras met aan weerskanten bomen met laaghangende takken. Ronde struiken met rode bessen omzoomden een brede opening net voorbij het midden, waar een stenen pad doorheen liep. Er was een metalen plaatje op de muur bevestigd waarop stond: CALLE SANTA ISABEL II. De muur, soortgelijk als die welke ze elders in de stad hadden gezien, had kerstversiering, met stevige papieren zakken bovenop en slingers cedergroen over de hele lengte ervan.
'Ik heb een paar kleinere werken in de voortuin waar jullie naar

kunnen kijken om een idee te krijgen. De grotere werken zijn in de achtertuin.'

Ze volgden haar over het pad, langs de muur en de achtertuin in. Finch was in vervoering. Hij keek naar links en hoorde de fontein nog voor hij die zag, gedeeltelijk verborgen door potten met cactussen en hulst en de kale stengels van planten die al uitgebloeid waren. Stephen hapte naar lucht en toen Finch zijn hoofd omdraaide, zag hij waarom. De andere kant van de tuin was vol beweging; vormgegeven stukken roestvrij staal wierpen licht in elke richting. Er was een werk dat eruitzag als een school vissen, en toen hij die naderde, zag hij dat hun beweging eigenlijk een reflectie van hemzelf was, opgeblazen en gekrompen, zwemmend over het glimmende metalen oppervlak van elk individueel stuk. Onder een prieel van bladerloze bomen stond een sculptuur van vogels, een tornadoachtige vlucht waarvan de massa zilveren vleugels eerst donker werd en toen glinsterde wanneer de zon achter wolken dook en daarna weer tevoorschijn kwam. Overal waar hij keek was er wel wat magie die zijn aandacht trok, schitterend flexibel en bedrieglijk simpel.

'Ze zijn ongelooflijk', zei Stephen, starend naar een komma van metaal die solide en zwaar leek, maar balanceerde op een dunne staaf. Hij wendde zich tot Agnete, die met haar armen over elkaar naar hen beiden stond te kijken. 'Waar heb je geleerd om dit te doen? Waar heb je gestudeerd?'

Finch vroeg zich hetzelfde af, hoewel hij dat niet gevraagd zou hebben. Nog niet. Haar talent was duidelijk. Ze had de fantasie van haar vader, zijn gave om niet alleen te zien wat er was, maar ook de ruimte die werd ingenomen door wat er niet was, en die te versmelten tot wat zou kunnen zijn. Haar werk had een frisse, speelse hoedanigheid die hij schitterend vond. Het feit dat hij nog nooit van haar had gehoord, nooit een van haar werken had gezien, herinnerde hem eraan hoe geïsoleerd hij was geraakt. Zo veel jaren was hij geconcentreerd geweest op slechts één onderwerp – Bayber – met uitsluiting van al het andere. Het maakte hem droevig om te bedenken hoeveel talent hij had gemist. Al de veelbelovende kunstenaars die hij niet had gezien.

Ze haalde haar schouders op. 'Eigenlijk nergens. Ik neem aan dat ik een product van mijn omgeving ben. Praktisch iedereen hier is kunstenaar. Je weet wel wat ze zeggen. Het zit zeker in de lucht.'

'Ik ben diep onder de indruk', zei Finch. 'Dat meen ik. Dat is niet iets wat ik vaak zeg.'

'Ik geloof u.' Ze glimlachte. 'Bent u verzamelaar?' Aha, hier begonnen de moeilijkheden. 'Er zijn bepaalde kunstenaars waar ik erg in geïnteresseerd ben', zei hij, en struikelend over zijn woorden probeerde hij een verklaring te bedenken. Hij keek op naar de wolkenslierten aan de hemel, alsof goddelijke interventie hem kon redden. 'Maar wel voornamelijk schilderijen. Schildert u, mevrouw Kessler?'

'Noem me alsjeblieft Agnete. Of Aggie, als u wilt. Ik heb wel geschilderd, maar ik was daar niet zo goed in. Ik wilde altijd weten wat er gaande was achter het doek. Vraagt u zich dat nooit af, als u een schilderij ziet dat u intrigeert? Wat er verder aan de gang is waar jij niets van weet?' Ze lachte. 'Ik denk dat twee dimensies niet voldoende zijn voor me.'

Stephen mengde zich erin. 'Dat gevoel heb ik ook. Wat is er verder nog aan de hand? Wat weten we niet?'

'Precies', zei ze, verheugd kijkend omdat ze werd begrepen. 'Waarom komen jullie niet binnen, dan schenk ik wat sherry in voordat we teruggaan.'

Een koude rilling ging over Finch' ruggengraat terwijl ze naar de voordeur liepen, die een matte oranje kleur had en wel bij Agnetes stijl leek te passen, ingehouden maar wel uniek. Ze leidde hen het huis in en pakte hun jassen aan, hing ze aan een rek bij de deur.

'We zijn er', riep ze.

Finch stopte. Hij had niet verwacht dat hij dit zou moeten doen in het bijzijn van nog iemand, een echtgenoot, een vriend. 'We storen, en het is bijna etenstijd. Ik bel wel een taxi, dan kunnen we een andere keer verder praten.' Hij had de aandrang om te vluchten, maar Stephen stond voor de deur, en blokkeerde zijn weg, terwijl hij zijn hoofd schudde.

'Helemaal niet', zei Agnete. 'Ik heb toch gezegd dat als jullie eenmaal hier zouden zijn, ik jullie niet zomaar zou laten gaan. En jullie willen nu toch niet weg, niet voordat jullie alles hebben gezien.'

Ze verdween om een hoek en toen Finch aarzelde, gaf Stephen hem een duw. Hij liep een korte gang door en sloeg de hoek om. Ineens bevroor hij, terwijl Stephen, die dicht op zijn hielen zat, tegen hem opbotste en hem bijna van een afstapje duwde dat naar de zitkamer leidde.

De twee vrouwen zaten bij een open haard in de hoek van de zitkamer. Stephen greep de bovenarm van Finch en kneep er zo hard in dat zijn vingers verkrampten. Boven de open haard hing een schilderij, de rechterkant van het drieluik, een jonge Natalie die een kind in een arm wiegde, terwijl ze met haar andere arm naar haar zijkant greep achter de rand van het frame.

Stephen slaakte een zucht, een kleine 'oh', voordat hij zich met een doffe plof liet vallen op de trede waar hij op stond. De vrouw die naast Agnete zat, hield haar hoofd schuin en keek kalm naar Finch, haar haar dansend rond haar gezicht, een wolk van mat goud met hier en daar wat zilver; haar ogen hetzelfde ijsblauw als ze in haar jeugd waren geweest, maar intenser en feller dan hij zich had voorgesteld. Hij realiseerde zich dat het niet Thomas was geweest die Agnete haar vastberaden blik had gegeven, maar haar moeder.

'U moet Dennis Finch zijn', zei Alice Kessler. 'Ik heb begrepen dat u op zoek bent naar mij.'

Zestien

Agnete had in haar oor gefluisterd: 'Zal ik ze vragen of ze blijven eten?' De ruis van haar dochters adem was als een vleugelslag die lucht verplaatste, een gevoel waarvan ze wenste dat ze het kon vangen in een pot. 'Ja,' zei ze zonder erbij na te denken, 'dat zou leuk zijn.' En zo zat ze in Agnetes keuken, waar ze onhandig met een houten lepel in een pan met dikke chili roerde, terwijl meneer Jameson buiten was, ongetwijfeld haar dochter bestokend met vragen waar zij de antwoorden niet op wist. Intussen zat professor Finch aan de keukentafel, waar hij zijn laatste beetje wijn koesterde, en haar observeerde vanonder zijn wenkbrauwen alsof ze een fata morgana was.

Ze had niet verwacht dat ze zich zo klemgezet, of zo opgelucht zou hebben gevoeld. Haar lichaam lag overhoop met zichzelf: haar rug en schouders stijf van spanning, haar spieren krachteloos. Laten zij maar degenen zijn die het haar dochter zouden vertellen. In de twee voorafgaande dagen die ze met Agnete had doorgebracht, had Alice gezocht naar waar ze moest beginnen, had ze geworsteld om de juiste woorden uit de lucht te plukken. *Thomas Bayber is je vader.* Dat had ze er nog wel uit weten te brengen, en nog snel ook, en ze had het gevoel gehad alsof iets in haarzelf zich opende terwijl ze dat zei, waarmee ze hem het geschenk gaf van eindelijk te worden erkend. Agnete had niet aangedrongen, maar Alice wist dat er meer zou moeten worden uitgelegd. Hoe kon ze zeggen wat ze moest zeggen? Het leek gemakkelijker als iemand haar een rol zou toebedelen – als verantwoordelijke of als slachtoffer – en zij zou die dan wel spelen. Ze liet de lepel in de pan staan en liet de roodachtige thee in haar mok ronddraaien, een kruidendrank die Agnete had gekregen van iemand uit de buurt die beweerde dat de thee helende krachten had. Het smaakte als de zomer: madeliefjes, peperachtig en vol van smaak.

Ze keek door het erkerraam terwijl haar dochter Stephen door de achtertuin trok, om hem de rest van haar werk te laten zien, hun donkere hoofden bijna gelijktijdig knikkend in het vervagende licht. Het was prima zo lang ze in het zicht bleef, maar telkens als Agnete om de hoek van het huis verdween of een andere kamer inging, werd Alice overvallen door paniek dat ze alles had gedroomd en wakker zou worden in haar bed in Tennessee, alleen en onwetend.

'Ze is bijzonder getalenteerd, je dochter', zei Finch, terwijl hij zijn glas in de richting van het raam hief. Agnetes handen dansten door de lucht en wezen eerst naar de hemel en daarna naar een beeld. Stephen leek er volkomen door in beslag genomen te worden, en bracht de gecompliceerde onderdelen ervan in beweging door de aanraking van een vinger of een doelbewuste ademhaling. Finch was opgelucht dat hij even uit het huis was, zodat hij alleen met Alice kon praten.

'En ze moet ook magische krachten hebben. Behalve als hij slaapt of eet, heb ik hem nooit stil kunnen krijgen. Agnete heeft hem kennelijk betoverd.' Hij trommelde met zijn vingers tegen het tafelblad in een snel staccato, totdat hij merkte hoe Alice keek.

'Slechte gewoonte', zei hij. 'Dat is iets wat ik doe als ik me niet op mijn gemak voel.'

'Maak ik soms dat je je niet op je gemak voelt?'

'Jij? Helemaal niet. Het is alles wat hierna komt.' Hij haalde zijn schouders op en schudde zijn hoofd, waarbij zijn bril iets van zijn neus gleed. 'Ik weet niet hoe ik dit moet aanpakken. Ik was er zo zeker van dat we je nooit zouden kunnen vinden, dat ik er onvoldoende aan heb gedacht wat er zou gebeuren als dat wél het geval zou zijn.'

'Als het je soms op je gemak stelt: we zitten in hetzelfde schuitje.' Ze pakte de wijn van de plank en schonk hem nog eens bij. Daarna ging ze tegenover hem zitten, waarbij ze beide handen gebruikte om thee in haar mok te schenken.

Toen hij haar afbeelding in de afgelopen paar maanden had

bekeken, had hij een intimiteit tussen hen verondersteld, alsof ze reageerde op al zijn inspecties en over hem nadacht vanuit de opsluiting binnen haar vergulde lijst, veronderstellingen maakte over zijn leven. Hij begreep nu dat hij niets wist van de levende, ademende Alice die hier tegenover hem zat, een vrouw die nooit van zijn bestaan had geweten. Phinneaus mocht hem dan een hint hebben gegeven over haar ziekte, zij het cryptisch, hij had er wel voor gekozen om niets te zeggen, waarbij zijn enige zorg was om haar te beschermen. Finch moest onwillig toegeven dat hij respect voor de man had, omdat hij wist dat hij hetzelfde voor Claire zou hebben gedaan.

'Ik zou graag met je meedoen', zei ze, knikkend in de richting van zijn handen, 'met dat getik. Het geeft me nog steeds veel plezier om de werking van een lichaam te zien zoals het is bedoeld. Het is niet helemaal hetzelfde als het fantoomgevoel, maar ik kan in mijn vingers bijna jouw bewegingen voelen, of een verre herinnering eraan. Het is alsof je wordt bezocht door een vriendelijke geest.'

'Je praat alsof je dit al een hele tijd hebt.'

'Sinds mijn veertiende.'

Hij schrok. Op haar veertiende had Lydia pianosonates gespeeld en rende ze door de straat met haar vriendinnen, haar voeten onder haar vliegend in een waas van snelheid. Hij probeerde zich een verloren jeugd voor de geest te halen, een leven vol fysieke pijn. 'Je hebt hier dus al het grootste deel van je leven mee moeten leven?'

Ze knikte en gaf hem een wrange glimlach. 'Mijn constante metgezel.'

'Maar dan was je ziek toen je zwanger was.' Hij hoorde Phinneaus' woorden. *Wat u ook van haar zou denken, u zou ernaast zitten.*

'Sorry, dat zijn mijn zaken niet.'

Alice lachte en zijn gezicht werd rood toen hij zich realiseerde dat ze moest lachen om hem, zij het niet onvriendelijk. 'Ik veronderstel dat ik nu al maanden deel uitmaak van jouw zaken. Het is niet ongewoon dat vrouwen met artritis zich beter voelen als ze zwanger zijn. Daarvoor, en daarna, had ik de gebruikelijke medicijnen:

corticosteroïden, goudzouten, antimalariapreparaten, d-penicilla-mine, methotrexaat. Sommige medicijnen werkten een poosje. De meeste niet.'

Ze zette haar mok op de tafel en wreef in haar handen. 'Er is een heel alfabet van vermeende remedies voor mijn ziekte, waarvan ik er maar een paar niet heb afgevinkt van mijn lijst: K voor kraaien-vlees – dit mengen met alcohol schijnt een oud Chinees middel te zijn. A voor aardwormen. Je legt ze een poosje op een donkere plek, en wrijft dan de ranzige olie op de aangedane gewrichten. En W voor het staan in de thorax van een walvissenkarkas. Ik heb ernaar gezocht, maar ik kon er geen vinden. Ik moet bekennen dat ik wel blootsvoets in kerstsneeuw heb gelopen – dat telt voor mijn letter K. Verder G voor groene mosselen of gin – wat ik erg lekker vond tussen haakjes – en B voor bijengif en brandnetels. Al die dingen in tijden van wanhoop, omdat ze op een bepaald moment voor ie-mand hadden gewerkt, dus ik dacht, waarom niet?'

'Maar je bleef op school. Je hebt je diploma van Wesleyan, je hebt op de universiteit gezeten…'

'Op een katholieke universiteit, met een beurs. Wat afgelopen was toen ze eenmaal ontdekten dat ik zwanger was. En onge-trouwd. Niet bepaald in overeenstemming met hun morele code. Het was niet zo erg als ik had verwacht. Het leven dat ik in gedach-ten had gehad, leek steeds meer een onmogelijkheid te worden.' Ze stak haar handen op. 'Ornithologie. Het is moeilijk voor te stellen dat je een levende vogel in je handen kunt houden met dit soort handen, niet? Een specimen van een etiket voorzien? Ontledingen? Zelfs het maken van foto's of notities in het veld zou afhankelijk zijn geweest van het feit of ik een goede of slechte dag zou hebben.'

'Je verliet de universiteit en ging naar huis om de baby te krij-gen.'

'Ja, heel vroeg in de lente. Ik was uitzinnig gelukkig. Ik voelde me goed. Sterk zelfs. Ik stond er niet echt bij stil hoe ik het zou moeten redden als de baby er eenmaal was. Ik had er vertrouwen in dat alles goed zou komen.' Alice stond langzaam op en liep naar het fornuis, waar ze het vuur onder de pan zacht zette. 'Ik had on-gelijk.'

Het was onplezierig, dit graven in het leven van iemand anders. Stephen zou waarschijnlijk wel in staat zijn om er neutraal tegenaan te kijken, als een oude geschiedenis, maar hij zat hier niet in dezelfde ruimte met haar, waar Alice uit het raam naar haar dochter keek als iemand die verloren is op zee en zojuist land heeft ontdekt. Hij hoefde niet toe te kijken hoe ze ineenkromp terwijl hij dingen uit haar verleden naar boven haalde. Toen de telefoon ging en ze zich verontschuldigde, ontdekte hij dat hij blij was met de onderbreking.

Ze kwam een paar minuten later terug in de keuken. Haar houding was veranderd; ze had een beetje kleur op haar wangen en haar ogen schitterden. 'Je moet de groeten hebben van Phinneaus.'

'Ik neem aan dat Phinneaus degene was die je heeft verteld dat wij op weg waren naar Santa Fe?'

Haar lichaam leek zich te ontspannen bij het horen van zijn naam; ze leek ineens minder stijf te zijn. 'Hij dacht dat jullie dat weleens zouden kunnen doen. Wij zijn tegenovergestelden in dat opzicht. Hij heeft een soort zesde zintuig; hij laat zich leiden door zijn intuïtie. Ik heb de neiging om eerst te reageren en dan pas, als het al te laat is, te bedenken wat ik had moeten doen. Nadat Stephen je zo snel had meegetrokken, liep Phinneaus de keuken in en ging op de stoel zitten waar Stephen had gezeten. Hij zag toen de notities die Saisee op de kalender had geschreven.'

'Dus je had alle gelegenheid om je plannen te wijzigen, maar dat deed je niet?'

'Ik besloot om het aan het lot over te laten of jullie ons zouden vinden of niet. Ik hoopte bijna dat het jullie zou lukken.'

'Dat begrijp ik niet. Waarom?'

Alice keek uit het raam. 'Omdat ik een lafaard ben.'

'Van het weinige dat ik van je weet, Alice, moet ik zeggen dat ik het daar niet mee eens ben.'

'Noem het dan maar het langverwachte oordeel.'

Ze wendde zich naar het schilderij in de zitkamer, waar Natalie Agnete vasthield alsof het haar eigen kind was, haar arm beschermend om het meisje geslagen. Finch herkende iets in Natalies gezicht, dezelfde ondubbelzinnige uitdrukking van eigendomsrecht dat hij ook had gezien op het middelste paneel van het drieluik, waar Natalies hand de schouder van Thomas vastpakte.

'Heb je het andere paneel weleens gezien?'

'Nee', zei ze. 'Ik wist helemaal niets van dat drieluik. Ik heb dit schilderij een paar dagen geleden voor het eerst gezien. Hij heeft haar heel goed vastgelegd, vind je niet?'

'Agnete? Of Natalie?'

'Allebei eigenlijk. Het is de enige afbeelding die ik heb van Agnete als kind, naast het beeld dat ik in mijn hoofd had. Nu ik haar heb ontmoet, is mijn gefantaseerde Agnete weg. Het lukt me niet meer om die terug te krijgen.' Ze wendde zich af van het schilderij alsof het haar fysiek pijn deed om het te zien. 'Wat was je van plan om mijn dochter te vertellen als je haar zou hebben gevonden?' vroeg Alice.

Hij had het verhaal talloze keren in zichzelf gerepeteerd sinds hij Agnetes werk in de galerie had gezien. Maar het was voornamelijk speculatie, met een stevige hoeveelheid giswerk en veronderstelling. 'Alleen over Thomas. Over de rest moest ik nog nadenken. Er waren momenten waarop ik vond dat zijn recht om het te weten belangrijker was dan al het andere; jouw gevoelens, en die van haar. Hij bracht me in een onmogelijke positie, Alice. Alleen realiseerde ik me dat niet toen ik toestemde om hem te helpen. Tegen de tijd dat ik ontdekte dat er ook sprake was van een kind, was hij al ziek. Hij kon niet praten, kon niet schrijven. Ik wist niet zeker hoeveel hij nog begreep. Het leek op dat moment te laat om nog kanttekeningen te plaatsen bij onze overeenkomst.' Hij pauzeerde, onzeker hoe hij verder moest gaan. 'Wat weet zij over Natalie?'

'Alleen dat haar tante in september plotseling is overleden. Ik vertelde haar dat Natalie van plan was om in oktober te komen, dat ik haar vliegticket had gezien. Agnete was erg overstuur. De laatste keer dat Natalie op bezoek kwam, hadden ze een discussie over geld. Ze vertelde Natalie al jaren dat ze geen financiële ondersteuning meer nodig had, maar Natalie wilde niet luisteren. Agnete gaf het uiteindelijk op en ging het geld dat Natalie stuurde, op een spaarrekening zetten. Ze was van plan om dat later voor Natalie te gebruiken, voor het geval ze het nodig had als ze ouder werd.' Alice liet haar stem dalen en keek naar de deur. 'Ik kon merken dat ze het gevoel had dat ze haar tante verraadde door mij in vertrouwen te nemen, maar Agnete dacht dat Natalie het geld stuurde zodat zij zich op de een of andere manier verplicht zou voelen. Toen de laatste cheque kwam, stuurde ze die simpelweg terug. Dat was de brief die Phinneaus vond toen we door Natalies papieren gingen. Er stond op: "Retour aan afzender." We namen allebei aan dat dit betekende dat ze was verhuisd. Gelukkig was dat niet zo.'

Alice schudde haar hoofd. 'En verder… laten we zeggen dat we voorzichtig met elkaar omgaan. Ik vind mijn dochter verbazingwekkend vriendelijk en geduldig. Ik zou niet weten van wie ze die eigenschappen heeft.' Ze glimlachte naar hem, maar haar ogen waren vochtig. 'Ik weet dat ze vragen heeft. En er zijn zo veel dingen die ik haar wil vragen. Maar er bestaat geen stramien voor zo'n gesprek, terwijl ik dat hard nodig heb.' Ze strekte zich uit en raakte de mouw van zijn sweater aan. 'Je zei dat je een dochter hebt?'

'Lydia. Ze is achtentwintig.'

'Dan zal jij al weten wat ik nog maar net begin te begrijpen. Dat een ouder alles zal doen om zijn of haar kind te beschermen.'

Finch sloot even zijn ogen en dacht aan zijn dochter. Als kind kwam ze vaak naar de deur gerend als hij thuiskwam van zijn werk. Ze sloeg dan haar armen om zijn middel, en liet haar kousenvoeten licht rusten op de punten van zijn schoenen terwijl hij achterwaarts de zitkamer in liep. 'Ja,' zei hij, 'ik zou alles doen wat nodig is om haar te beschermen.'

'En wat als ik haar de waarheid zou vertellen over Natalie, over wat Natalie mij heeft aangedaan, ons allebei heeft aangedaan, waardoor ze nog meer gekwetst wordt? Wat dan?'

Hij dacht goed na voordat hij antwoord gaf. 'Agnete is je kind, maar ze is wel volwassen. Ik denk dat je erop moet vertrouwen dat ze haar eigen conclusies zal trekken over wat je haar gaat vertellen, en haar eigen oordeel zal vellen over diegenen die hierbij betrokken zijn.'

Finch zette zijn portfolio op de tafel en opende die, waarbij hij de kaarten tevoorschijn haalde die Natalie aan Thomas had gestuurd. Hij overhandigde ze een voor een aan Alice. Ze bekeek ze kort, hield ze aan de randen vast alsof ze zich eraan zou kunnen branden. Toen legde ze ze neer en begroef haar hoofd in haar handen.

'Alice, ik denk dat jouw zus een erg gestoorde jonge vrouw was.'

'Hij wist dat ze nog leefde. Hij wist het, en ik niet.' Dit was wat Finch had verwacht, maar het leek te navrant om er lang bij stil te staan.

Hij zou niet hebben gedacht dat Natalie, of wie dan ook, in staat zou zijn om zoiets te doen, als hij niet de uitdrukking op het gezicht van Thomas had gezien toen de vier mannen twee maanden geleden voor het eerst naar het drieluik hadden gekeken.

'Zou Thomas een goede vader zijn geweest, denk je?'

Finch dacht aan de donkere, met rook gevulde kamers, de lege drankflessen, de troep. Hoe erg had Thomas zijn best gedaan om hen tweeën te vinden? Hij en Stephen waren een paar maanden moeizaam bezig geweest om de schat te vinden, waarbij ze nog tamelijk veel geluk hadden gehad ook.

'Misschien zou hij dan een ander mens zijn geweest dan hij nu is.' Het was een indirecte manier om de vraag te beantwoorden. Ondanks alles voelde hij nog steeds enige loyaliteit ten opzichte van Thomas. Wie anders was er nog om hem te verdedigen?

'Dat lijkt me een zware last voor een kind, de verantwoordelijkheid om het beste uit een ouder naar boven te halen.' Ze veegde haar gezicht af. 'Ouder, kind, dochter. Ik heb een nieuwe vocabulaire, woorden die ik niet gewend ben te gebruiken, zeker niet met betrekking tot mijzelf.'

'Maakt het nu echt verschil, de wetenschap dat híj wel vanaf het begin van haar bestaan heeft geweten?'

'Ieder van ons wist alleen wat Natalie wilde dat we zouden weten. Maar ik had in het begin de gelegenheid om het hem te vertellen, en dat heb ik niet gedaan. Ik kan haar bijna overal de schuld van geven, maar niet daarvan. Als ik niet had gedacht dat Agnete...'

Alice wilde duidelijk alleen aan haar dochter denken als iemand die stralend en levend was. 'Ik zou graag willen denken dat ik het hem had verteld nadat ze was geboren, dat ik mijn boosheid had kunnen inslikken en hem de kans had gegeven haar te leren kennen.

Om een ander mens te worden, zoals jij suggereert. Ik weet niet goed hoe ik me daarmee moet verzoenen.'

Ze ging met haar vingertop over een vlekje op de tafel, terwijl ze probeerde het weg te poetsen. 'Dat is het tweede wat ik van hem heb gestolen.'

'Het tweede?'

Ze draaide zich om op haar stoel en stak haar hand in de zak van de sweater die op de rugleuning hing. 'Ik vraag me af of je hem dit terug zou willen geven als je hem weer ziet.'

Ze stak haar gesloten handen naar voren. Hij zag de knokkels, gezwollen en rood; de afwijkende stand van de vingers, de vermoeidheid van jaren die in de huid was gegraveerd. Hij stak zijn handen uit en hoewel hij dacht dat niets hem nog kon verbazen, was hij toch perplex over wat ze daar neerlegde.

'Ik was zo kwaad toen ik het zomerhuis die dag verliet. Hij had iets gedaan waarvan ik niet dacht dat ik hem dat ooit nog zou kunnen vergeven. Ik wilde hem op mijn beurt pijn doen, maar eerlijk gezegd wist ik niet goed hoe ik dat moest doen.' Ze ging met een kromme vinger over de rug van de vogel in Finch' handen. 'Dit beeldje was ooit van zijn moeder. Hoewel zij en zijn vader zich van hem hadden afgekeerd, bewaarde hij dit. Ik dacht dat het dus wel iets voor hem moest betekenen, dus nam ik het mee. Ook al dacht ik dat ik hem nooit meer zou zien, toch ben ik altijd van plan geweest om het terug te geven.'

'Je zou het hem zelf terug kunnen geven.'

Ze schudde haar hoofd. 'Nee. Ik meende het toen ik zei dat ik een lafaard ben.'

Het Doughty-beeldje was warm in zijn handen. Hij bestudeerde het, de zorgvuldige details van de kleuren, de anatomie. 'Ik geloof niet dat Thomas ooit veel ervaring heeft gehad met afwijzing, Alice. Bewieroking, adoratie, ja. Maar los van jou en zijn ouders kan ik niemand anders bedenken die er ooit voor heeft gekozen om hem te verlaten. Hij geeft mensen gewoon niet die kans, zie je. Dat jij bij hem wegging moet een unieke ervaring zijn geweest, een die hij liever niet wilde herhalen. Als je je afvraagt waarom hij niet méér zijn best heeft gedaan om jou en Agnete te vinden, dan komt dat misschien omdat hij geloofde dat jullie niet gevonden wilden worden. Tenminste niet door hem.' Hij stak zijn hand in zijn aktetas en haalde er het pakje brieven uit, allemaal aan haar geadresseerd, allemaal in Natalies handschrift gemarkeerd met 'Retour afzender.'

Ze was stil, keek naar de enveloppen maar maakte geen beweging om ze aan te raken. 'Natalie heeft haar zin gekregen, hè?'

'Ze kon hem er niet van weerhouden om aan jou te blijven denken. Jij bent aanwezig in elk schilderij dat hij heeft gemaakt, vanaf dat hij het wist van de baby, tot hij stopte met schilderen. Is het verkeerd van me dat ik je dat vertel?'

'Je bedoelt de vogels.' Ze staarde naar haar handen en glimlachte. 'Ik wist daar niets van totdat ik hier kwam. Als ik niet was gestopt om even te rusten voor een galerie, dan weet ik niet of ik het ooit zou hebben geweten.' Ze strekte zich uit over de tafel en liet haar hand licht op die van hem rusten. 'Ik denk niet dat die afbeeldingen voor mij bedoeld waren, professor. Ik zag hem in een droom, de nacht voordat ik Agnete vond. Ik denk dat hij ze voor haar had bedoeld.'

'Alice, ik zou je dochter graag willen helpen, als jij denkt dat ze dat zal toestaan. Ik heb nog steeds wat contacten in New York, een paar galerie-eigenaren die ik ken, en het ziet ernaar uit dat ik wel wat vrije tijd ga krijgen. Haar werk is heel bijzonder.' Hij wachtte op een teken van goedkeuring, onzeker of hij dat aanbod nu deed om haar een plezier te doen, of omdat hij een vonkje kinetische energie had gevoeld toen hij naar Agnetes werk keek, iets wat in jaren niet was gebeurd. Niettemin was zijn aanbod oprecht.

'Ze heeft zijn talent.'

'Ze heeft haar eigen talent.'

Hij aarzelde en vroeg toen, als laatste ding dat hij wilde doen voor Bayber: 'Heb je hem vergeven?'

Stephen en Agnete waren nog steeds buiten, en botsten tegen elkaar op terwijl ze naar de achterdeur renden. Hij bedacht hoe jong ze nog waren, met een rode blos op hun wangen, hun lange ledematen, hun donkere haar.

'We hebben vrede gesloten met elkaar', zei Alice.

Ze duwden zich tegelijk door de keukendeur, verdrongen elkaar in een wedloop door het huis, tot ze zich lachend op de twee overgebleven stoelen bij de tafel lieten neervallen. Ze schudden allebei met hun handen om ze weer warm te krijgen.

'Alice…' begon Stephen, over de tafel reikend voor de schaal met crackers. 'Is het goed dat ik je Alice noem?' Hij ging door zonder op antwoord te wachten. 'Ik vraag me af of ik een foto mag maken van jou en Agnete onder het schilderij. Het is niet mijn bedoeling dat ik al van iets uitga, maar ik heb mijn werkgever beloofd dat ik hem op de hoogte zou houden. Ongeacht de uitkomst wil ik hem laten weten dat we een van de ontbrekende panelen hebben gevonden.'

Stephen zag een blik over en weer gaan tussen Alice en Finch voordat ze antwoordde.

'Het schilderij is niet van mij, meneer Jameson. Maar als Agnete het goed vindt, dan vind ik het ook goed.'

'Na het eten', zei Agnete, haar toon, zo merkte Stephen op, een waarschuwing voor hem. *Als je iets van mij verwacht, oefen dan geen druk op haar uit.*

Agnetes antwoorden op zijn vragen in de achtertuin waren kort geweest toen hij van het onderwerp kunst in het algemeen en van haar beelden in het bijzonder af ging dwalen. Uiteindelijk hield hij op met achter haar aan te lopen en ging hij op de koude rand van een gietijzeren tweezitsbankje in de achtertuin zitten, wachtend totdat ze zich realiseerde dat ze haar gehoor was kwijtgeraakt en naar hem terug zou lopen.

'Ben je moe? Of ben je het moe om naar mijn gepraat te moeten luisteren?' had ze gevraagd.

'Ik probeer te begrijpen hoe dit voor jou moet zijn. Eerst staat je moeder, die je nooit eerder hebt gezien, ineens voor je deur met het nieuws dat je tante is overleden. Een paar dagen later zeggen twee vreemden dat ze je werk willen zien, wat tussen haakjes heel indrukwekkend is; iets wat ik niet zou zeggen als ik dat niet zou menen. Mijn positieve mening erover zou een paar jaar geleden wel iets hebben betekend. Nu is het, vrees ik, alleen mijn positieve mening, maar in elk geval is het een mening gebaseerd op ervaring en kennis, als dat enige troost is. Wat, zo moet ik erkennen, ook niet het geval kan zijn.'

'Stephen, je moet intussen wel het spoor bijster zijn over wat je me oorspronkelijk wilde vertellen. Ik in elk geval wel.'

'Ik probeer je te vertellen dat het niet alléén maar is omdat ik iets wil, maar omdat ik oprecht geïnteresseerd ben in je werk.' Stephen gebaarde naar de diverse beelden op de binnenplaats. 'Het intrigeert me.'

Agnete was naar een van de grotere werken gelopen, de school vissen, en ging met een vinger over een klein stukje metaal dat iets donkerder was dan de rest, de vorm niet helemaal zo symmetrisch als de overige stukken die door de lucht zwommen in zwaaiende, opwaartse bewegingen. Bij nadere beschouwing zag Stephen dat de ruimte tussen dit ene stuk metaal in relatie tot de andere verschilde, evenals het gewicht ervan. Als alles in beweging werd gebracht door de wind, bewoog het zich niet in hetzelfde patroon als de rest. In plaats daarvan kronkelde en spartelde het op een manier die suggereerde dat het harder zwom, tegen de stroom in, in een poging bij te blijven.

'Ik ben die vis', zei ze. 'Ik ben in dit huis opgegroeid. Het is de enige plek waar ik ooit heb gewoond, en ik vind het heerlijk hier. Maar iedereen in de stad wist dat Therese, ook al heeft ze me grootgebracht, niet mijn moeder was. Iedereen wist dat wie mijn vader ook mocht zijn, hij niet in de buurt was. Ik overleefde mijn puberteit door mezelf ervan te overtuigen dat het me niet kon schelen; ik vertelde mezelf dat het me niet minder maakte omdat ik anders was.' Ze haalde haar haar uit haar gezicht, en Stephen werd getroffen door de gelijkenis met haar vader. Hij kon Baybers hand voelen, een ijzeren klem die zich om zijn pols sloot. Haar vader, als hij in de buurt was geweest, zou waarschijnlijk iedereen hebben afgeschrikt die moedig genoeg was om binnen een straal van twee meter bij Agnete te komen.

'Ik heb dit werk gemaakt omdat ik altijd het gevoel heb gehad dat ik losstond van anderen, wat ik wel prima vond, maar tegelijkertijd was ik bang dat ik alleen achter zou blijven. Begrijp jij daar iets van?'

Haar uitleg vond weerklank bij hem, hoewel het hem moeite zou hebben gekost om het net zo helder uiteen te zetten. Hij had naar de grond gestaard, geconcentreerd gefronst, niet in staat meer te zeggen dan: 'Ja, ik begrijp wat je bedoelt. Misschien ben ik ook wel die vis.'

'Dan zijn er twee van die vissen. We gaan onze eigen school vormen.'

'Agnete, wat heeft Natalie je verteld over je moeder? Over Alice, bedoel ik.'

'Dat is een tamelijk gevoelloze vraag.'

Stephen beet op zijn lip, maar kon niet voorkomen dat hij moest glimlachen.

'Heb ik iets grappigs gezegd?'

'Nee. Je lijkt Finch wel, dat is alles. Die vindt het leuk om mij er regelmatig aan te herinneren dat ik een tamelijk gevoelloos mens ben, dus jouw conclusie lijkt redelijk.'

Agnete keek naar hem op en kneep haar ogen dicht. 'Alice is precies zoals ik me haar had voorgesteld.'

'In je dromen?'

'Door alles wat Natalie me heeft verteld. Ze had het vaak over Alice wanneer we samen waren. Ze zei dat ze wilde dat ik haar zou leren kennen zoals zij dat deed.' Ze schudde haar hoofd, opende toen haar ogen wijd, alsof de wereld veranderd had kunnen zijn in die paar seconden. Ze stak een hand op en tikte eigenschappen op haar vingers af. 'Slim. Koppig. Gedreven. Eerlijk. Te voorzichtig. Bijzonder loyaal. Natalie zei dat ze er altijd op kon rekenen dat Alice haar kant koos toen ze samen opgroeiden, dat Alice als haar andere, betere zelf was.'

'Maar…'

'Ze vertelde me dat mijn moeder was gestorven tijdens de bevalling.'

Stephens beeld van Natalie als de fascinerende, verleidelijke buitenstaander verdween. Agnete keek weer omhoog naar de hemel, en knipperde snel met haar ogen.

'Iets in je oog?'

Ze keek hem ongelovig aan voordat ze in een lach uitbarstte die net zo helder was als die van Lydia, alleen klankrijker, warmer. 'Ik probeer niet te huilen.'

'Goed.' Hij sloeg met zijn hand tegen zijn knie, om het te benadrukken: 'Dus je haat je tante. Volkomen begrijpelijk.'

Agnete duwde de punt van haar schoen in de grond. 'Wat zou dat voor zin hebben?' Ze strekte zich uit en raakte de mouw van zijn jack aan. 'Jij hebt geen toestemming om haar te veroordelen, Stephen. Dat is gereserveerd voor mij. En voor Alice. Maar goed, ik doe erg mijn best om te geloven dat Natalie, om wat voor reden dan ook, een snelle beslissing nam om mij iets te vertellen wat niet waar was. Ze kon niet bedenken hoe ze dat terug moest nemen nadat ze dat eenmaal had gezegd.'

'Verdedig je haar soms?'

'Natuurlijk niet. Maar mensen doen zo vaak dingen die ze eigenlijk niet van plan waren geweest. Je bent boos. Je staat jezelf de luxe toe om een vreselijke gedachte te overwegen. Je bent helemaal niet van plan om daar naar te handelen, natuurlijk, maar je hebt het in je hoofd een plek gegeven. Het nestelt zich in, let op, wacht op een kans. En op het moment dat er een beslissing moet worden genomen, is het daar, en lijkt het net zo uitvoerbaar als de verstandigere keuze, de moreel juiste reactie. Dus kies je. En met een enkele beslissing ben je een ander mens geworden, die in staat is om iets te doen wat zo verwerpelijk is dat je jezelf ervan overtuigt dat het volkomen gerechtvaardigd is. Want waarom zou je het anders doen? En als dat niet zo is, wanneer je begint te twijfelen, dan zie je niet hoe je nog terug kunt om het goed te maken, dus blijf je vooruit gaan, en maakt het steeds erger.'

Hij staarde naar haar vingers, en stelde zich voor hoe ze leven wist te brengen in een bonk klei. 'Ik vind het vreemd dat je zo mild kunt blijven.'

'Mildheid heeft hier niets mee te maken. Ik wil haar wat rust geven. Natalie werd gekweld.'

'Door haar schuldgevoelens?'

'Spijt, denk ik. Maar nog meer door de angst om alleen te zijn. Ik kon het in haar voelen, telkens als we afscheid namen; de manier waarop ze me vasthield, met een soort heftigheid. Het was een vreemde omhelzing, hongerig, bijna alsof ze dacht dat ze ons kon samenvoegen tot één persoon. En dat kan ik begrijpen. Het is zo vreselijk om te bedenken dat je alleen bent op de wereld.'

Het was een gedachte waar Stephen liever niet bij stilstond. 'Maar hoe zit het met het schilderij? Heeft Natalie je er nooit iets over verteld? Of over de andere delen gesproken?'

'Therese vertelde me dat het was geschilderd door een vriend van de familie. Ik heb er nooit naar gevraagd. Eigenlijk heb ik het nooit mooi gevonden. Mijn tante moet het hebben meegenomen toen ze het huis kocht of anders heeft ze het naar Therese gestuurd. Ik kan me herinneren dat ik er bang van werd als ik ernaar keek toen ik klein was; Natalies uitdrukking was zo intens. Op een gegeven moment ben ik er zeker aan gewend geraakt. Nu vergeet ik soms dat het er is.'

'Maar je kunt wel zien dat het iets bijzonders heeft, hè? Je vader is een genie. Ik zou elke dag voor de rest van mijn leven naar dat schilderij kunnen kijken en er nooit moe van worden om het te zien.' Hij trok een vel papier van het schetsblok waar hij aantekeningen op had gemaakt en maakte een ruwe schets van het hoofdpaneel van het drieluik voor haar. 'Als je de twee stukken samen kon zien, zou je verbaasd staan over de kleurovergang. Die is naadloos, van het ene paneel naar het andere, lichter in het midden, donkerder aan elke kant, alsof er iets moet worden overgebracht over de onzekerheid van de toekomst. De schaduwen op dit paneel, het licht dat diffuus naar binnen schijnt door het raam waar Natalie voor staat, de streken die hij gebruikte om haar rok te schilderen – je kunt bijna het suède tussen je vingers voelen als je ernaar kijkt. Het is waarschijnlijk miljoenen dollars waard, Agnete. Zelfs zonder het andere paneel.'

'Ik zou dat geld zo hebben gegeven als ik dan mijn familie zou hebben gehad, zonder er een seconde over na te hoeven denken.' Agnete draaide haar hoofd weg van zijn schets. 'Jij kijkt alleen maar naar lagen verf, Stephen. Ik kijk naar mijn leven. Het enige wat ik zie als ik nu naar dat schilderij kijk, is de mensen die erop ontbreken.'

* * *

Na het eten deed Stephen veel moeite om de Kesslers onder het schilderij te laten poseren. Stoelen werden verschoven, voorwerpen werden in beeld gebracht om evenwicht aan het geheel te geven, de houding van armen en benen aangepast, gezichten gedraaid, kinnen opgetild. Finch werd er doodmoe van en verloor al snel zijn geduld, vooral toen hij zag dat het te veel voor Alice begon te worden. 'Je bent Stieglitz niet, Stephen. Neem die foto nou maar. We hebben al te veel van onze gastvrouw gevergd.' Stephen wuifde Finch weg, maar nam nu toch snel achter elkaar diverse foto's, en daarna nog diverse van het schilderij alleen.

'Professor Finch, zou u een foto willen nemen van Stephen en mij? Ik ga die gebruiken als chantagemiddel om hem eraan te herinneren dat hij heeft beloofd om een van mijn werken te kopen.' Agnete schonk hem een brede lach, en Finch voelde zijn hart smelten terwijl hij Alice van de harde stoel hielp waar Stephen haar op had gezet. Bayber-bloed. Kennelijk kon hij er geen weerstand aan bieden.

Stephen en Agnete namen een pose aan bij de haard, waarbij ze met zijn tweeën maar door bleven ratelen. Hun armen rustten nonchalant op elkaars schouders, hun hoofden naar elkaar toe gebogen, één massa donker haar. Had hij in zijn leven ooit zo veel energie gehad? Dat leek onwaarschijnlijk. Finch tuurde door de zoeker van Stephens 35 mm-camera, paste de lens aan en rommelde met het zoomobjectief, terwijl hij probeerde Stephen en Agnete scherp in beeld te krijgen. 'Er is hier iets niet goed', begon hij. Hij bracht de camera omlaag en keek wat scherper naar hen tweeën, terwijl zijn hart in zijn keel klopte. De identieke vorm van hun gezichten, de scherpe neus, de hoge jukbeenderen – hoe kon het dat hij het niet eerder had opgemerkt? Hij keek opnieuw in de zoeker, en bad dat hij iets anders zou zien dan hetzelfde hoge voorhoofd bij hen beiden. Maar er was niets mis met de camera. Het beeld was volkomen scherp.

Hij ging op de bovenste trede zitten en stak de camera uit naar Alice. 'Zou jij…?'

'Ik ben bang dat de knoppen te klein zijn voor mijn vingers.'

'Nee', zei Finch, 'wil je alleen even kijken?' Hij overhandigde haar de camera en concentreerde zich op een kras in de traptegel, omdat hij haar uitdrukking niet wilde zien. Ze staarde een lange minuut door de zoeker voordat ze de camera neerlegde. Toen lag haar hand op zijn mouw, en hij draaide zich om en zag op haar gezicht hetzelfde ongeloof dat er op zijn gezicht moest te zien zijn: ogen groot door de schok, mond iets open. Hij schudde zijn hoofd en sloot zijn ogen, voordat hij Thomas zacht vervloekte. En de vrouw van Dylan natuurlijk ook. Dus dit was de reden waarom hij erop had gestaan dat Stephen dit moest doen.

'Je moet het hem vertellen', fluisterde Alice.

Finch voelde hoe een vuist zich spande om zijn hart. 'Ik geloof niet dat ik dat kan', zei hij.

'Finch, hij moet het weten. En snel ook.' Ze hield haar hoofd schuin in de richting van het stel, dat vrolijk zat te babbelen voor de open haard.

Finch belde een taxi, onvermurwbaar omdat Agnete en Alice al genoeg hadden gedaan en iedereen zou opknappen van een nacht goed slapen. Agnete gaf uiteindelijk toe, en sloeg haar armen om zijn hals om hem een onverwachte knuffel te geven. Stephen kuste ze op zijn wang. Ze vertrokken en spraken af om elkaar de volgende dag in het hotel te ontmoeten voor een laat ontbijt. Hij was stil tijdens de korte rit terug naar het hotel, en Finch deed zijn best om niet naar Stephen te kijken.

'Finch, heb ik iets gedaan?'

'Hmm? Nee, nee. Je hebt niets gedaan.' Finch knarste met zijn tanden en trok een grimas over de waarheid van die woorden.

'Alice leek een beetje van streek door mij, had ik de indruk.'

'O ja? Dat is me niet opgevallen', zei Finch, en hij staarde uit het achterraam van de taxi naar de lichtjes die door boomtakken waren geweven, met een halo omgeven en schitterend in de koude lucht. 'Ik denk zo dat ze nog steeds bezig is om de onthullingen van deze dag te verwerken. Er leek geen eind aan te komen.'

In het hotel verdeelde hij de taken voordat hij welterusten zei.

Hij vroeg Stephen om Cranston het laatste nieuws door te geven en de foto's die hij had genomen van het tweede paneel van het drieluik naar het lab te sturen, terwijl hijzelf per se Bayber op de hoogte wilde stellen. 'En ik zet dit vervloekte ding uit', zei hij, terwijl hij met zijn mobiel in Stephens gezicht zwaaide. 'Lydia heeft mijn kamernummer als ze me nodig heeft, en jij ook.'

Veilig achter de gesloten deur van zijn kamer liet hij zich vallen op het bed. Het was nog tot daaraan toe om een wildvreemde pijn te moeten doen, zoals hij had gedaan bij Agnete. Maar zij was toen alleen nog maar tweedimensionaal voor hem geweest, een hersenspinsel waarin hij niet echt geloofde. Stephen daarentegen was de werkelijkheid; een vreemd innemende, fanatieke, briljante chaoot, wanhopig op zoek naar de goedkeuring van die ene persoon die hem die niet langer kon geven – de man van wie hij niet beter wist dan dat het zijn vader was.

De gedachte dat hij gedwongen zou kunnen worden om Stephen de waarheid te vertellen, waardoor hij waarschijnlijk erg van streek zou raken, was meer dan Finch aankon. *Help me, Claire.* Hij sloot zijn ogen en begroef zijn gezicht in de gesteven lakens in een vurig gebed – dat haar stem niet juist op dit moment voorgoed zou vervagen, een ster die van de donkere hemel zou verdwijnen in een kosmische ruimte.

Hij voelde haar adem op zijn wang. *Het doet me pijn om je zo te zien.*

Wat moet ik doen?

Er was een stilte, waarin hij elke dag dat ze nu niet meer bij hem was kon tellen als een doffe slag tegen zijn hart. *Wat zei je ook alweer tegen Alice, toen jullie het vanmiddag over Natalie hadden? Ik zal nu hetzelfde tegen jou zeggen. Stephen is volwassen. Hij zal zelf zijn conclusies trekken over wat jij hem gaat vertellen, en zijn eigen oordeel vellen over diegenen die erbij betrokken zijn.*

Maar hij zal gekwetst worden.

Ja. Maar hij zal daar ook weer van herstellen. Hij heeft meer familie dan hij had gedacht. Een halfzus, en haar moeder. En de man van wie haar moeder houdt, en het neefje van die man, en de vrouw die voor hen allemaal zorgt. En jij, Denny. Ben jij ook niet zijn vriend?

Dat is niet hetzelfde.

Ze snoof even honend, en haar haar kietelde tegen zijn oor. *O, niet? Ga nu maar slapen, gekkie. Je hebt jezelf helemaal uitgeput. Je zult je krachten weer op moeten bouwen als je straks tenminste een kleinkind van mij op die koppige nek van je wil kunnen dragen.*

In zijn hotelkamer, te opgewonden om te kunnen slapen, downloadde Stephen de foto's van zijn camera naar zijn laptop. Hij stuurde ze snel door naar het lab en gooide toen het bericht aan Cranston eruit. Hoewel hij de toorn van Finch riskeerde, e-mailde hij toch een paar foto's naar mevrouw Blankenship, en gaf haar opdracht om ze uit te printen en zo snel mogelijk aan Bayber te laten zien. Agnete in de achtertuin naast een van haar beelden, en Alice en Agnete die onder het schilderij zaten. Ineens besloot hij in een opwelling om ook de foto van hemzelf naast Agnete bij de open haard te sturen, om Bayber te laten zien dat zijn dochter de mannen die hij de opdracht had gegeven om haar te vinden, wel aardig vond. Nadat hij dat had gedaan, strekte hij zich uit op het bed met zijn armen achter zijn hoofd, terwijl hij starend naar de lage balken van het plafond probeerde te bedenken waar het derde paneel zou kunnen zijn.

Zowel Alice als Agnete beweerde dat ze nooit het resterende paneel van het drieluik had gezien, en er was weinig reden voor hen om te liegen. Nu hij en Finch het tweede paneel hadden gevonden, was Stephen ervan overtuigd dat het derde schilderij als onderwerp een zwangere Alice zou hebben, aangezien het schilderij van Natalie en Agnete leek op de tweede foto die Natalie aan Bayber had gestuurd.

Alles voerde uiteindelijk weer naar Natalie. Stephen legde een hand over zijn ogen en concentreerde zich op haar, terwijl hij probeerde in Natalies hoofd te kruipen. Ze moest slim genoeg zijn geweest om te weten dat het schilderij veel waard was, dus het was onwaarschijnlijk dat ze er zich van zou hebben ontdaan. Die gedachte alleen al bezorgde hem een rilling, een vernielde en in stukken gesneden Bayber die op een vuilnisberg lag, of onherkenbaar verbrand, smeulend ergens in een steeg. Nee. Daar was ze te slim voor. Ze zou het bewaren, en het ergens verborgen hebben. Dat zou ze leuk hebben gevonden; de gedachte dat alleen zij en Thomas van het bestaan ervan wisten. Nog iets dat hen met elkaar verbond. Nog een geheim dat ze voor Alice verborgen had gehouden. Dus als ze zich er niet van ontdaan had, dan moest het ergens zijn verstopt. Ze kon het niet riskeren om het te verzekeren zonder het bestaan ervan te onthullen. Hij kon maar twee mogelijkheden bedenken. George Reston junior, of de Edells. Hoewel hij wenste dat het in het bezit was van de niets vermoedende en licht gestoorde Edells, was het veel waarschijnlijkere scenario, en tegelijkertijd ook het meest onaangename, dat Natalie George had opgedragen om het schilderij te bewaren. Als George wist dat Natalie dood was, dan was Stephen er zeker van dat hij het schilderij zo snel mogelijk zou verkopen. De gedachte dat een andere taxateur van een ander veilinghuis op dit moment zou kunnen werken aan een catalogusbeschrijving ervan, was voldoende om Stephen brandend maagzuur te geven en felle lichtspiralen naar zijn hersenen te sturen. Hij en Finch moesten het schilderij zien te vinden voordat iemand anders dat deed.

Hij tuurde naar het lampje naast zijn bed en tastte naar een schakelaar om het uit te doen. Daarna sleepte hij zich naar de badkamer, waar hij een koude doek voor zijn hoofd pakte. Op de weg terug naar zijn bed draaide hij de thermostaat laag en wachtte totdat de vin stopte met zoemen en de kamer met warme lucht werd gevuld, voordat hij tussen de lakens kroop. De morgen zou snel genoeg komen, en dan zou hij nog een kans krijgen om Agnete aan te sporen zich een vergeten maar belangrijk detail te herinneren dat hem het antwoord zou kunnen geven.

De dooiers liepen over zijn bord in een rivier van geel, in de zachte bonenpuree die hij opzij had geschoven. Het was een fout geweest om eieren te eten na halftwaalf in de morgen, besloot Stephen. Ze hadden hun aantrekkingskracht rond dat uur verloren, en hij keek jaloers naar Finch' onaangeraakte sandwich, met het felle rood van een gegrilde paprika die tussen het geroosterde brood uitstak en een stuk bleke, melkachtige kaas. Weinig bestellen was altijd een teleurstelling. Hij sloeg in plaats daarvan zijn latte naar binnen en overwoog om *churros* te bestellen, voedsel waar je op elk moment van de dag van kon genieten.

Ondanks wat Finch de avond ervoor had beweerd, vermeed Alice hem absoluut. Ze had er zelfs moeite mee om hem gewoon aan te kijken. Ze zat achter een bord met pannenkoekjes van blauw maismeel, en hij wist zeker dat ze liever in haar eigen keuken zou zitten om daar te genieten van Saisees grits. Finch hield zijn koffiekop bij zijn mond, en zelfs Agnete was stil, terwijl ze op haar bord stukjes eten rondschoof alsof ze iets aan het opgraven was. Kennelijk mocht hij het gesprek op gang brengen. Hij wilde net beginnen aan het onderwerp van het veilen van het drieluik, vooropgesteld dat het ontbrekende paneel kon worden gevonden, toen zijn telefoon in zijn zak zoemde. Hij negeerde Finch' dreigende blik, haalde zijn mobiel tevoorschijn en keek op het scherm. Mevrouw Blankenship. Hij excuseerde zich van de tafel en liep naar de lobby, meer door Finch' fervente knik in die richting dan door een plotselinge opwelling van goede manieren. Hij liet zich zakken in een van de diepe leren stoelen om zijn berichten te bekijken. Er waren er drie van mevrouw Blankenship, waarvan de eerste om zes uur die morgen was gestuurd, Santa Fe-tijd. Acht uur in New York. Ze was kennelijk niet in staat geweest om Finch te bereiken, met zijn telefoon uit. Het was vroeg voor haar om te bellen, behalve als ze een probleem had met het downloaden van het bestand dat hij haar had gestuurd. Ze had uiteindelijk een boodschap achtergelaten bij het derde telefoontje, iets meer dan een uur geleden, en net voordat hij die wilde beluisteren, werd Stephen getroffen door iets wat afschuwelijk en bekend was, een herinnering die hij zo diep mogelijk had proberen weg te stoppen: de oproepen van zijn moeder terwijl hij in Rome was.

Hij herinnerde zich niet dat hij was teruggelopen naar de eetzaal, of dat hij weer in zijn stoel was gaan zitten, of dat hij zijn servet in zijn schoot had gelegd. Hij herinnerde zich alleen dat er iets was wat hij beslist niet moest zeggen waar Alice bij was. Of Agnete. Hij keek naar Finch en realiseerde zich dat het Finch net zo erg pijn zou doen, op een andere manier. Als niemand het hem zou vragen, zou hij niets zeggen, en pas als hij het gezegd had, was het echt waar.

'Stephen?' zei Finch, plotseling gealarmeerd.

Hij huilde. Hij kon zich niet herinneren dat hij hiervoor had gehuild, in Rome, met zijn moeders trillende stem aan de andere kant van de lijn; of bij zijn vaders wake, terwijl hij wachtte totdat de eindeloze rij rouwenden aan hem voorbij zou zijn getrokken om hem te condoleren. Hij kon zich niet eens herinneren dat hij bij de begrafenis had gehuild, terwijl hij buiten in de regen stond, zijn gezicht al bevroren en nat. Maar uiteindelijk hoefde hij helemaal niets tegen Finch te zeggen; Finch, die hem zo goed kende, en precies wist wat er was gebeurd zonder dat Stephen ook maar iets hoefde te zeggen.

Alles daarna – de beslissingen, de plannen, de telefoongesprekken, de vluchten – ging in een roes voorbij. Alle informatie ging langs hem heen; hij wachtte tot iemand hem in een bepaalde richting wees en hem een duw gaf. Ga hierheen, doe dit, pak dat. Finch verzamelde de details die mevrouw Blankenship had gegeven: Thomas was aan de beterende hand; maar toen ineens weer niet. Thomas zag de foto's die Stephen had gestuurd en leek op te leven, maar toen ze even later binnenkwam met zijn ontbijt, had hij koorts en zag hij bleek. Ze belde de dokter, en daarna, op aanraden van de dagverpleegster, belde ze een ambulance. Hij was gestorven met de foto's in zijn hand geklemd.

'Ik heb hem teleurgesteld', zei Stephen tegen Finch, terwijl ze aan het wachten waren totdat Alice en Agnete terug naar het hotel zouden komen met hun eigen bagage.

'Stephen, jij hebt hem zijn hereniging gegeven, ook al was hij daar zelf niet bij.' Finch leek zijn woorden zorgvuldig te kiezen, waarbij hij langzaam tegen hem sprak, alsof hij een kind was. 'Hij was erg ziek. Leverfalen, onder andere, zei de dokter. Hij zou niet meer beter zijn geworden. Dat weet je toch ook wel?' Finch' stem zweefde boven hem, als een wolk van troost. 'Als je dat kunt, moet je Agnete helpen. Vergeet niet dat ze nooit de kans heeft gehad haar vader te ontmoeten. Niet één keer.'

Finch had meer dan een uur aan de telefoon gehangen om te

proberen een rechtstreekse vlucht naar New York te krijgen voor hen tweeën, maar het was te dicht bij Kerstmis en alles was geboekt of het werd een gecompliceerde route, met uren in de lucht en uren op de grond. Er werd besloten om hun bestaande reserveringen te behouden en een paar dagen met Alice en Agnete naar Tennessee te gaan, om vandaar samen naar New York te vliegen.

'Ik moet eerst naar huis', zei Alice, en Stephen bemerkte haar voorzichtige nadruk op 'naar huis', alsof ze het aftastte. 'Ik moet Phinneaus zien.' Ze zei dat op dezelfde manier als waarop ze had kunnen zeggen: 'Ik heb frisse lucht nodig.'

Ze was meer geschokt dan Stephen zou hebben gedacht, omdat ze Thomas immers meer dan vijfendertig jaar niet had gezien. Het was de samenpersing van te veel verrassingen, nam hij aan, als een duiveltje in een doosje ineengedrukt, omhoog springend met wapperende armen zonder dat ze dat had verwacht. Ze groepten samen in de rijen, en in de vertrekhal, en zaten naast elkaar in het vliegtuig; vier asgrauwe, ernstig kijkende mensen die af en toe moesten huilen, maar om de een of andere reden zelden tegelijk. Phinneaus haalde hen op in Memphis.

'Rij jij maar', zei Stephen tegen hem, zijn stem mat van het inademen van de gerecyclede lucht van het vliegtuig.

'Stephen, dit is mijn auto', zei Phinneaus.

'Goed. Geef alleen niet de sleutels aan Finch. Hij is een idioot achter het stuur.'

'Ga achterin zitten, Stephen.'

Als hij met Finch reed, kon Stephen ten minste nog voorin zitten. Nu zat hij in plaats daarvan achterin met Agnete en Finch, waarbij Finch in het midden zat omdat diens benen het kortst waren. Tijdens de rit naar Orion doezelde Stephen af en toe en schrok hij soms wakker in een toestand van gedesoriënteerdheid, niet goed wetend waar hij was. Alice zat dicht bij Phinneaus op de passagiersstoel voorin, zodat Stephen in het schemerige licht moeilijk kon zien waar de een ophield en de ander begon. Hij realiseerde zich dat hij spoedig weer alleen zou zijn. Na de begrafenis zouden Alice en Phinneaus teruggaan naar Tennessee, en Agnete zou uiteindelijk weer naar Santa Fe gaan. Finch zou ongetwijfeld helemaal in beslag worden genomen door zijn aanstaande grootvaderschap en zijn colleges. De professor snurkte in zijn slaap; en zijn hoofd viel opzij. Wie zou er een beetje op die man letten als dit allemaal voorbij was? Niet Lydia – zij en die Kelvin zouden binnenkort hun aandacht op iets anders gaan richten. Stephen slaagde erin zich uit zijn jas te wurmen en die tegen de hals van Finch aan te leggen. Wie zou hem waarschuwen voor zijn roekeloze rijgedrag? Wie zou zijn misleide en uiterst foute argumenten betreffende het belang van het Amerikaanse regionalisme corrigeren? Met of zonder het laatste paneel, of hij nu in een iets groter kantoor zat of in hetzelfde bedompte hok dat hij momenteel bezette, Stephen was de enige die terugkeerde naar hetzelfde leven. Bayber was er niet meer, en wat Stephen het liefst had willen bereiken – terugkomen met de twee panelen – was hem niet gelukt.

In Orion viel hij binnen in het huis dat hij nog maar één keer eerder had gezien, maar toch had het iets vertrouwds, waar hij dankbaar voor was. Hij was blij met het geluid van Saisees stem, de geuren van haar kookkunst, de warme, heerlijke lucht in de keuken. En daar had je Frankie, die, nadat hij Alice even had geknuffeld, Stephen verbaasde door zijn armen rond zijn knieën te slaan en hem op de plek waar hij stond vasthield; een enthousiaster welkom dan wat hij eerder had gekregen.

'Je oog ziet er nu een stuk beter uit', zei Frankie.

Hoe lang was het geleden, in kinderdagen, dat hij hier was geweest? In volwassen tijd leek het een eeuwigheid. Saisee was druk in de weer, blij dat ze een huis vol mensen had die haar nodig hadden. Er moesten maaltijden worden bereid, kleren gewassen en kamers klaargemaakt. Ze had Thomas nooit gekend en had geen link met hem, op Agnete na, die ze behandelde als een pop die lange tijd zoek was geweest. Ze streek haar haar glad en voelde aan de stof van haar jas, terwijl ze haar druk bemoederde.

Toen hij de volgende morgen de zitkamer binnenkwam, keek Stephen om zich heen en verbaasde zich over het wonderlijke gezelschap dat ze vormden. Agnete zat op de grond naast Frankie, waar ze toekeek hoe hij een gehoornde padhagedis heen en weer liet lopen over haar scheenbeen. De ogen van Alice lieten Agnetes gezicht geen moment los, maar ze week niet van Phinneaus' zijde, terwijl haar vingers de aderen op de rug van zijn hand volgden. Saisee baande zich een weg tussen de keuken en de zitkamer, om koppen koffie te brengen en verder borden die nauwelijks zichtbaar waren onder luchtig maisbrood, ambrosia met marasquinkersen erop – de felrode vruchtjes deden pijn aan zijn ogen – en roze plakken ham. En Finch zat, ondanks zijn afgetobde gezicht, toch ijverig te typen op zijn laptop, terwijl hij af en toe een bezorgde blik op Stephen wierp. Ongetwijfeld zat hij nu allerlei *Pat the Bunny*-boekjes te bestellen, dacht Stephen.

Overal stond bagage, alsof hun vliegtuig zijn inhoud over het huis had uitgestort, en in alle hoeken van de kamer stonden hoog opgestapelde dozen met papieren. Toen Stephen ernaar vroeg, was het Phinneaus die antwoordde.

'Natalies papieren. Op een gegeven moment zullen Alice en Agnete daar doorheen moeten. Saisee heeft ze allemaal van boven gehaald.'

'Van de zolder, bedoel je?'

'O nee,' zei Saisee, 'uit de kamer van Miss Natalie op de eerste verdieping. Niemand gaat ooit naar de zolder. Die treden zijn zo steil dat ze levensgevaarlijk zijn.'

Niemand gaat ooit naar de zolder.

Stephen sprong op van de bank en rende naar de hal, waar hij de trap begon op te rennen. Hij draaide zich halverwege om, waardoor hij tegen Agnete opbotste, die hem was gevolgd en zei: 'Zou je mijn tas even kunnen pakken? Die staat onder aan de trap bij de bagage van alle anderen.' Hij vloog naar de eerste verdieping en daarna door naar de zolder, waarbij hij de trap met twee treden tegelijk nam. Omdat hij geen beweging in de deurknop kon krijgen, gooide hij zijn hele gewicht tegen de kromgetrokken zolderdeur. Hij juichte toen die bezweek en openzwaaide.

Agnete was vlak achter hem; hij kon haar ademhaling net over zijn schouder horen. Hij had er niet meer dan een seconde van goed rondkijken voor nodig voordat hij het zag: een grote kist die tegen de muur in de hoek stond. Er stond een hutkoffer voor, samen met een paar verhuisdozen met sweaters waar een vage lucht van mottenballen en lavendelzakjes omheen hing, en wat papieren zakken vol tijdschriften: *Art in America, ARTnews, Art & Antiques*. Op de bladzijden die ezelsoren hadden, stonden allemaal artikelen over Thomas Bayber.

'Iemand hier was een fan', zei hij, terwijl hij snel door wat oude nummers ging. Een wolk van stof drong in zijn neus en maakte hem aan het niezen. 'Help me eens met die te verplaatsen.'

'Van wie is dit allemaal?' vroeg Agnete. 'Van mijn moeder?'

'Dat denk ik niet. Ik betwijfel zelfs of ze wel wist dat dit hier stond. Het lijkt erop dat het allemaal van Natalie is.' Hij wees op een vergeeld adreslabel op een van de tijdschriftomslagen. Hij duwde de kleren en zakken met tijdschriften weg met de zijkant van zijn voet en daarna pakten Agnete en hij allebei een zijkant van de hutkoffer en trokken die naar het midden van de zolder. De kist stond alleen tegen de muur, de hoeken niet te zien door spinnenwebben en de karkassen van kleine insecten.

'Stephen, we moeten het eerst aan Alice vragen voordat we iets doen. Al deze dingen zijn van haar of van Natalie. Misschien wil ze er liever zelf bij zijn als we die kist openmaken.'

Stephen probeerde zijn hartslag, zijn ademhaling onder controle te krijgen. De haartjes op zijn armen stonden recht overeind; hij kon een scherpe prikkeling achter in zijn keel voelen die hij met slikken niet weg kreeg. Zijn mond was bijna te droog om de noodzakelijke woorden te kunnen vormen. 'Alice heeft al veel meegemaakt. Denk je niet dat het beter is als wij eerst weten wat erin zit, voordat we de kist naar beneden slepen? Als dit het schilderij niet is, dan kunnen we haar zeggen dat het hier niet is. Haar de teleurstelling besparen.'

'O, en ik heb helemaal niets meegemaakt', zei ze, haar stem zwaar van sarcasme. Ze wreef haar handen samen; hij kon zien dat ze net zo opgewonden was als hij. 'Echt hoor, Stephen. Denk je dat iemand jou gelooft als je dat soort dingen zegt? Jij zou degene zijn die teleurgesteld is, niet mijn moeder.'

'Agnete, alsjeblieft.'

Ze aarzelde voordat ze knikte. 'Goed dan. Heb je iets wat we zouden kunnen gebruiken om...'

Stephen had zijn tas al geopend en klopte met een klein breekijzer tegen zijn handpalm. Hij duwde het einde van de staaf in de smalle opening tussen de zijkant van de kist en het deksel en bleef kracht uitoefenen totdat de spijkers piepend loslieten en het deksel omhoog schoot. Hij gebaarde naar Agnete om te helpen, en met zijn tweeën trokken ze de kist naar het midden van de zoldervloer, waar ze hem plat neerlegden. Stephen overhandigde haar het breekijzer, ging toen op zijn knieën zitten en strekte zich uit naar binnen.

'Wat het ook is, het is goed verpakt.'

Agnete keek intussen naar een verzendetiket dat op een van de hoeken op de bodem van de kist zat. 'Het is geadresseerd aan Alice', zei ze. 'Stephen, kijk eens. Herken jij dit handschrift?'

Hij stopte met trekken aan het pakket en stond meteen naast haar. 'Ja,' zei hij, 'dat is Baybers handschrift.'

'Mijn vader', zei ze, terwijl ze naar hem keek.

Haar vader. Hij had daar geen moment aan gedacht, aan de manier waarop zij en Bayber met elkaar verwant waren, en wat beide schilderijen voor haar zouden kunnen betekenen. Hij had alleen aan hun waarde in bredere zin gedacht – de opwinding van de ontdekking, zeldzame toevoegingen aan een werk dat al bekend was en afgerond zou zijn. Nu stopte hij en herinnerde zich de manchetknopen die hij altijd bij zich droeg. Hoe zou hij zich voelen als hij onverwacht iets van Dylan zou tegenkomen? Agnete had gelijk. Dat zou meer waard zijn dan alle werken van Pollock en Mangold, Klee en Gormley bij elkaar.

Agnetes huid strekte zich dun uit over de beenderen van haar gezicht, minuscule blauwe adertjes waren zichtbaar aan de zijkant van haar hals en verschenen opnieuw bij haar slaap. Hij kon zelfs de gelijkmatige rij van haar tanden zien die zich tegen haar bovenlip drukte.

'Jij moet degene zijn die het openmaakt', zei hij.

Ze schudde haar hoofd. 'Nee. wij allebei. Jij was degene die ons allemaal samen heeft gebracht, Stephen. Jij en professor Finch.'

Hij aarzelde en knikte toen, en ze draaiden het krat zo dat de geopende kant zich tegenover hen bevond. Allebei staken ze hun armen naar binnen en grepen ze iets vast wat een verhuisdeken leek te zijn, en schoven die snel heen en weer totdat die loskwam van de kist. Stephen haalde de bedekking weg en Agnete snakte naar adem.

'Dat is mijn moeder. Dat is Alice. Wat is ze mooi.'

Hij zette het derde paneel van het drieluik tegen de muur aan. Het olieverfschilderij zat in een grote maar simpele vergulde lijst. Terwijl hij dit schilderij bestudeerde, dacht hij aan de andere twee werken, en in gedachten arrangeerde hij ze in hun juiste volgorde. Hij zag voor zich hoe de achtergronden in elkaar zouden overvloeien; de meisjes op de buitenste panelen die allebei zichzelf in hun jongere gedaante wegtrokken van Bayber, in de richting van de toekomst; verleden, heden en toekomst samengevoegd. Maar waar Natalie baby Agnete vastgreep en ernstig in de camera keek, had Alice op haar paneel haar hoofd opzij gekeerd en keek ze omhoog naar de hemel, haar gezicht stralend van vreugde, haar haar los en zwevend om haar heen in een aura van bleekgoud. Een arm omvatte de zwelling van haar buik terwijl de andere arm zich naar achteren strekte om de hand van de jongere Alice te pakken. De blauwe bisschop die ontbrak uit de kooi in het middenpaneel, zat hier, op Alice' schouder. Het leek alsof het vogeltje iets in haar oor fluisterde.

Agnete moest huilen. Stephen legde zijn arm onhandig om haar schouder, en zij deed hetzelfde bij hem en begroef haar gezicht tegen zijn borst. Hij kon voelen hoe de voorkant van zijn overhemd vochtig werd. Hij probeerde de kist aan de kant te duwen met zijn schoen, maar daarvoor was die te zwaar.

'Agnete, er zit nog iets in.'

Ze veegde haar gezicht met de palmen van haar handen droog en keek toe hoe hij een kleiner schilderij, bedekt met een stuk flanel, uit de kist haalde en het uitpakte: een middelgroot doek zonder lijst.

'Wat is het?' vroeg ze.

'Ik ben daar geweest', zei Stephen, terwijl hij zijn vingers over het schilderij liet zweven. 'Ik ken die plek. Het is je vaders zomerhuis. Waar hij en Alice elkaar hebben leren kennen.' Het was een gezicht vanaf het meer, midden in een storm. Stephen kon wel ongeveer bepalen vanaf welke plek. Hij kon bijna de golven voelen die onder hem tekeergingen terwijl hij in een kleine boot stond en in de richting van het land keek. De voorgrond was een miasma van schuim, grote golven die over het water aan kwamen stormen, een natte glinstering die reflecteerde van de rotsen op de oever en van het dak van het zomerhuis. De ramen werden verlicht door een doffe gloed, en rook krulde op uit een van de schoorstenen, wat een brandende open haard suggereerde. Hij keek nog eens beter. Waterige vegen aan de bovenkant van het schilderij waren eigenlijk de oppervlakkige V's van vogels, diverse vluchten die in dezelfde richting gingen, maar de streken leken niet helemaal die van Bayber. Stephen draaide het schilderij om en overhandigde het aan Agnete, die hardop las wat er in een solide schuinschrift op de achterkant stond:

Alice,
Laat verdriet niet de enige kaart zijn die je bij je hebt,
omdat je anders de weg terug naar het geluk kwijtraakt.
T.

Epiloog

Finch ging langs bij het appartement van Thomas – zijn apparte- ment – op de ochtend dat ze terugkwamen in de stad. Mevrouw Blankenship zat op de rand van een stoel in de zitkamer op hem te wachten, haar jas dichtgeknoopt tot aan de hals in de koude lucht, met een stuk papier opgevouwen in haar gehandschoende hand. De verwarming was zeker weer uitgegaan. Het kon ook zijn dat er abrupt een einde was gekomen aan Cranstons goedgeefsheid. Finch zou iemand moeten bellen.

'Ik kan niet meer naar de achterkamers gaan', zei ze. 'Ik word er zo droevig van.' Ze drukte het papier in zijn hand. 'Het lag in de la van zijn nachtkastje. Ik vond het toen ik zijn spullen aan het verza- melen was: medicijnen, een bril, een haarborstel. Er is niet veel.'

Een niet ongebruikelijke ijdelheid, alleen verborgen. Finch kon zich niet herinneren dat hij Thomas ooit met een bril had gezien. Hij nam het papier aan dat ze naar hem uitstak.

'Ik heb het niet gelezen.' Ze wilde hem niet aankijken, wat op het tegenovergestelde wees.

'Ik zie u morgen bij de dienst', zei hij.

Mevrouw Blankenship knikte. 'Wilt u dat ik nog blijf?'

'Ga gerust weg. Ik sluit wel af.' Finch drukte haar hand, en reali- seerde zich dat de vrouw diepbedroefd was. Zij en Thomas hadden uiteindelijk hun eigen soort relatie gehad; zo veel jaren van zich druk maken en opruimen, blijk geven van haar afkeuring en de troep maar weer opruimen. Waar hadden ze met zijn tweeën over gepraat? Hij schudde zijn hoofd toen ze hem haar sleutels van het appartement aanbood. 'Dat regelen we later nog wel.' Hij vroeg zich af of Stephen hier misschien zou willen wonen, of eventueel Agnete.

Nadat mevrouw Blankenship was vertrokken, kreeg de kamer dezelfde beladen stilte die hij maanden geleden ook in het zomerhuis had gevoeld. Hij ging de slaapkamer van Thomas in en trok de gordijnen open, voordat hij ging zitten in de stoel bij het raam en het stuk papier openvouwde. Het was een brief.

Stephen Jameson
p/a Murchison & Dunne, 22^e verdieping

1 oktober 2007

Stephen,

Ik heb van anderen begrepen dat je een man bent die houdt van directheid en weinig geduld heeft voor het gekronkel dat tegenwoordig voor conversatie moet doorgaan. Het zij zo. Ik weet nog niet of jij en ik het genoegen zullen hebben elkaar nog te leren kennen. Ik heb er jaren geleden in toegestemd om nooit contact met je te zoeken, op aandringen van je moeder. Daarom, en uit respect voor haar man, heb ik dat tot nu toe dan ook nooit gedaan. Maar naarmate de jaren die nog voor mij liggen minder worden, zou ik toch wel graag de gelegenheid willen hebben om op zijn minst een keer mijn eigen zoon te zien.
Ik hield niet van je moeder, en zij realiseerde zich al snel dat zij ook niet van mij hield. Ik doe geen poging om mijn gedrag te rechtvaardigen, vroeger of nu. Ik heb alleen voor mijzelf geleefd, en nu zit ik met de verdiende brokstukken van een dergelijk leven. Jouw vader – de man die jou heeft grootgebracht – was een goed mens, hoewel dat woord geen recht doet aan zijn karakter. Hij was een veel betere ouder dan ik ooit had kunnen zijn.
Je hebt een zus, Stephen; een halfzus, zo je wil. Ik weet niet waar ze woont, maar mijn hoop is dat jij in staat zult zijn haar te vinden, en dat ze meer van haar moeder heeft dan van mij, hoewel de gedachte dat twee mensen op deze aarde uit mij

zouden zijn voortgekomen, meer is dan God zou toestaan. Als je behoefte hebt aan goede raad, ga dan naar Dennis Finch. Dat is een man van principes, en met mededogen, iemand die zichzelf zal herinneren aan jouw goede eigenschappen terwijl hij zijn best zal doen om je jouw slechte eigenschappen te vergeven. Kortom, hij is een vriend. Je kunt erop vertrouwen dat hij doet wat hij zegt, een karaktertrek die steeds zeldzamer begint te worden.

Het is moeilijk om te weten wat te wensen voor iemand die geen vreemde zou moeten zijn, maar dat toch is. Daarom zeg ik alleen dit. De beoordeling van het talent van een kunstenaar is vaak gebaseerd op zijn vermogen om zowel licht als schaduw weer te geven. Als je daarin enige keus hebt, breng je tijd dan door met het zoeken naar het eerste.

Thomas Bayber

Finch vouwde het stuk papier op en stopte het in zijn zak, terwijl hij opnieuw Baybers woorden hoorde op die middag in oktober. *Zou het zo vreemd zijn als ik terug zou willen hebben wat ik ooit had, net zoals jij dat wil?* Het was nooit het drieluik geweest dat Thomas herenigd wilde zien. Finch keek uit het raam en zag hoe de zon een brede baan van licht op de gebouwen aan de andere kant van de straat schilderde. Er was uiteindelijk toch niet voldoende tijd geweest.

Dankwoord

Ik heb het grote geluk gehad om de geweldige Sally Wofford-Girand en haar team bij Union Literary als mijn agent te hebben. Mijn redacteur bij Simon & Schuster, Trish Todd, heeft mij op een plezierige manier aangestuurd en me geholpen om mij te laten zien wat er in mijn hoofd zat maar nog niet op papier stond. Thalia Suzuma bij HarperFiction UK stimuleerde me om stukken van het verhaal te onthullen waarvan ik me niet had gerealiseerd dat die verborgen waren. Ik had niet meer aanmoedigende begeleiding en enthousiasme kunnen krijgen dan ik van hen drieën heb ontvangen. Mijn dank gaat ook uit naar het team bij Simon & Schuster voor al hun inspanningen ten behoeve van mij.

Voor mijn lezers: Ellen Sussman, docent, mentor en vriendin, wier grootmoedigheid ongeëvenaard was; voor haar kan mijn dank niet groot genoeg zijn; en Christine Chua, mijn buitengewone, onverschrokken schrijfmaatje, die me altijd hielp om eruit te komen als ik vastzat; jouw aanmoediging, scherpe inzicht en wijze suggesties waren van onschatbare waarde. Calvin Klein heeft me van het begin tot het einde gesteund, en ik ben dankbaar dat ik hem, en de hele familie Klein, in mijn leven heb. Voor Gabriela Cosio-Avilla, John DeMartini, Anne Ferril, Nancy Hoefig, Philip McCaffrey, Lori Petrucelli en Jean, Mike en Tony Valentine: jullie enthousiasme en steun hebben me veel geholpen. Voor al mijn schrijvende vrienden die me hebben gestimuleerd en het met mij hebben gevierd: ik mag me gelukkig prijzen dat ik zowel jullie feedback als jullie liefdevolle steun heb gekregen.

Voor mijn familie – ik had het zonder jullie niet gekund: mijn vader, die de ontbrekende woorden vond; mijn zussen, die geloofden dat dit mogelijk was voordat ik dat zelf deed; en mijn neven,

Conor, Cody en Kyle, wier liefde voor lezen inspirerend is. En het allerbelangrijkst voor mijn moeder – eerste lezer, beste lezer, altijd.